天才小毒妃

천재소독비 13

ⓒ지에모 2019

초판1쇄 인쇄	2019년 9월 10일
초판2쇄 발행	2020년 12월 8일

지은이	지에모 芥沫
옮긴이	전정은 · 홍지연

펴낸이	박대일
편집	이문영 · 박지해 · 임유리 · 신지연 · 이지영
마케팅	임유미 · 손태석
디자인	박현주
일러스트레이션	우나영

펴낸곳	파란미디어
출판등록	2004년 9월 14일 제313-2004-00214호

주소	03992 서울시 마포구 동교로23길 14 국제빌딩 6층
전화	02.3141.5589 영업부 070.4616.2012 편집부
팩스	02.3141.5590
전자우편	paranbook@gmail.com
카페	http://cafe.naver.com/paranmedia
페이스북	http://www.facebook.com/paranbook

ISBN	978-89-6371-693-0(04820)
	978-89-6371-656-5(전26권)

천재소독비

13

天才小毒妃

지에모 芥沫 지음 · 전정은 · 홍지연 옮김

파란

차례

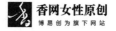

속이기, 끝없는 거짓말

고북월이 유일하게 확신할 수 있는 것은, 초운예가 영승에게 고북월 자신의 신분을 알려 주지 않았다는 것이었다. 그렇지 않았으면 영승이 그렇게 무관심했을 리도 없고 이렇게 쉽게 놓아주지도 않았을 것이다.

한때 적족 영씨 집안이 서진 황족에 바치던 충성심은 영족보다 더 깊었다! 적족 영씨 집안은 평소 정치에 나서지 않고 장사만 했다. 그렇지만 지금의 영씨 집안은 어떨까? 영승은 장수로서 천녕국에 숨어들어 병력의 3분의 1인 천녕국 기병대를 장악했고, 초청가와 결탁해 황제를 끼고 제후를 호령하고 있었다. 무엇을 하기 위해서일까? 지금의 적족 영씨 집안은 아직도 예전의 그 적족 영씨 집안일까?

고북월의 눈동자에 복잡한 빛이 어른거렸다.

"고 의원, 왜 그래요?"

한운석도 그의 이상한 반응을 알아차렸다.

"아닙니다. 그저 뜻밖이라서 그렇습니다. 그 짧은 한 달 사이 서부에 그처럼 큰일이 있었을 줄은 몰랐습니다."

별 뜻 없이 한 대답 같았지만 사실은 한운석을 통해 현 서부의 정세를 알아보려는 의미가 담겨 있었다. 누가 뭐래도 그간 여러 가지 정세 변화가 있었는데 오래 갇혀 있는 바람에 그 변화를 전혀 모르기 때문이었다. 이런 상황에서 용비야를 상대하는 건 아무래도 자신이 없었다.

애석하게도 한운석은 길게 말하지 않고 가볍게 탄식하기만 했다.

"다른 건 신경 쓰지 말아요. 상처를 치료하는 게 제일 중요해요. 당신은 몸을 제대로 보양해야 해요. 직접 약방문을 쓰겠어요, 아니면 다른 사람에게 부탁하는 게 좋겠어요?"

고북월은 웃음을 지었다.

"제가 하면 됩니다."

그는 즉시 약재 몇 가지를 한운석에게 말해 주었고 한운석은 일일이 기록한 다음 곧바로 약을 구하러 갔다. 이 별원에 도착한 후로 그녀는 잠시도 쉰 적이 없었다. 용비야는 그 모습을 지켜보면서도 꾹 참았다. 저 여자를 영원히 방에 가둬 두고 싶은 마음이 굴뚝같았지만, 애석하게도 한운석이 얌전히 갇혀 있을 여자가 아니라는 것을 잘 알고 있었다.

한운석이 사라진 것을 확인하자 용비야는 곧 고북월의 방으로 돌아갔다. 고북월도 그를 기다리고 있었다.

"무엇 때문이냐!"

용비야는 들어서자마자 앞서 했던 질문을 되풀이했다. 한운석이 방해하지만 않았다면 고북월도 벌써 대답했을 것이다.

수많은 의문의 종착지는 단 한 마디였다.

"어째서 일부러 한운석에게 접근했느냐?"

사실 고북월 역시 한운석이 나간 후 용비야와 단둘이 이야기를 나누고 싶었다. 영족이란 신분은 발각되었지만, 그는 용비야 앞에서 끝까지 태연자약했다.

고북월은 용비야의 날카로운 눈동자를 직시하며 태연하게 대답했다.

"그녀가 독종의 직계 혈육이기 때문입니다."

용비야의 눈동자에 복잡한 빛이 스쳤다. 설마 고북월은 한운석의 다른 신분을 모르는 걸까? 속은 온통 의심투성이였지만, 용비야는 여전히 동요하지 않고 말 한마디 없이 고북월이 말을 잇기를 기다렸다.

그러나 용비야의 그런 차분함이 고북월의 마음속에 파란을 일으켰다. 그가 물었다.

"설마, 벌써 알고 계셨습니까?"

한운석이 독종 직계 혈육이라는 비밀을, 용비야는 언제 알게 되었을까? 목씨 집안 누군가에게 그 이야기를 들었을까? 그렇다면, 한운석이 서진 황족의 핏줄이라는 것도 알고 있을까?

알다시피 서진 황족의 핏줄이라는 비밀이 숨겨진 곳 역시 약성 목씨 집안이었다.

그도 몇 년 전 우연한 기회에 할아버지의 유물을 뒤지다 의심스러운 실마리를 얻었고, 이를 따라 약성까지 쫓아가 온갖 노력을 쏟은 다음에야 목심을 찾아낼 수 있었다.

그가 진실을 알았을 때 목심은 이미 실종된 지 오래였고, 목심이 독종의 후예와 관계를 맺었다는 풍문만 남아 있었다.

다른 사람에게는 풍문이지만, 고북월에게는 유일한 실마리라

할 수 있었다. 애석하게도 그는 그 실마리를 붙들고 계속 조사해 나갔지만 수년이 흐르도록 끝내 목심의 행방을 찾지 못했다.

그러는 동안 독종에 대해 제법 확실하게 알게 되었고, 독종의 금지인 갱에 독 짐승을 가둬 놓은 현금문이 독종 직계 혈육의 피로만 열 수 있는 감지형 문이라는 것도 알아냈다.

그 후 그는 서진 황족을 찾는 일을 거의 포기했는데, 한운석의 출현이 다시금 희망을 주었다. 목 대장군부에서 처음 한운석을 봤을 때는 단순히 그녀의 기개에 끌린 것뿐이었다. 진정으로 그의 이목을 끈 것은 금침으로 펼치는 독술과 기괴한 침술이었다.

그가 아는 독종에 저런 침술은 없었지만, 그래도 그는 그녀가 독종과 관계가 있을 것이라고 굳게 믿었다. 독종은 운공대륙 독술계의 뿌리고, 저렇게 뛰어난 해독 침술이라면 독종이 외부인에게 전하지 않는 비기일 가능성이 무척 크기 때문이었다.

그때부터 그는 한운석의 출신을 추적하기 시작했다. 한씨 집안 출신이라는 것은 더없이 확실하니, 한운석에게 비밀이 있다면 천심부인에서부터 시작된 것이 분명했다. 그래서 그는 한운석을 조사하지 않고 천심부인을 조사했다. 천심부인이 약성 목씨 집안과 관계있다는 것을 알아내자 모든 것이 명확해졌다.

한씨 집안의 천심부인은 바로 목씨 집안의 목심이었고, 한운석은 곧 목심과 독종 직계 후손의 딸이었다. 한운석은 독종 직계 후손일 뿐 아니라 서진 황족의 핏줄이었다.

그는 이 일을 확실히 하려고 일부러 한운석을 독종의 금지로 유인했다. 현금문으로 시험한 결과 부인할 수 없는 사실이었다!

그가 이렇게까지 조사할 수 있었던 것은 모두 할아버지가 남겨 둔 단서 덕분이었다. 그런데 용비야는 어떻게 알아냈을까?

차분하면서도 차가운 용비야의 얼굴을 바라보는 고북월의 마음은 어지러웠다.

두려웠다!

그에게는 가장 두려운 일이었다.

만약 용비야가 한운석의 신분을 진작 알았다면, 한운석을 아낀 것도 그녀를 이용하기 위해서가 아닐까? 생각해 보면 진왕비가 진왕의 총애를 받는다는 소문에 운공대륙 전체가 발칵 뒤집히다시피 했다. 천녕국의 얼음왕 진왕이 진심으로 한 여자를 사랑하고 포용하리라고는 그 누구도 차마 믿을 수 없었기 때문이었다.

"본 왕은 일찍부터 그녀가 독종과 관계있다는 것을 알고 있었다."

용비야는 대범하게 시인했다.

고북월은 서진 황족 일까지 그가 알고 있는지 떠보고 싶었으나, 거의 입 밖으로 나올 뻔한 말을 몇 번이나 신중하게 삼켰다. 용비야는 그렇게 쉽게 떠볼 수 있는 사람이 아니기에 신중에 신중을 거듭하여 처리해야만 했다. 만에 하나 서진 황족 일을 모르고 있다면 그의 질문에 도리어 의심할 것이다.

결국 고북월은 침묵하기로 하고 입을 다물었다.

고북월이 침묵하자 용비야도 속으로 주판알을 튕겼다. 한운석이 독종의 후손이라는 것 외에 서진 황족의 핏줄이라는 것도 고북월이 알고 있는지 떠보고 싶었다. 그는 한참 고민했지만 어떻게 물어봐야 할지 알 수가 없었다. 고북월처럼 영리한 사람을 쉽게 떠볼 수 없어서였다.

만에 하나 한운석이 서진 황족의 핏줄이라는 것을 고북월이 모른다면, 분명 그의 질문을 듣고 의심하게 될 것이다. 반면 고북월이 이미 알고 있다면, 자꾸만 떠보다가 자신이 알고 있다는 것마저 드러내게 될 것이 분명했다.

용비야도 입을 다물고 고북월이 먼저 말을 하기를 기다렸다. 이렇게 해서 뼛속까지 똑똑한 두 사람은 침묵에 빠졌다.

침묵은 잠시뿐, 용비야가 먼저 입을 열었다. 한운석이 금방 돌아올 테니 너무 오래 시간을 끌 수 없기 때문이었다.

비록 먼저 입을 열긴 했지만, 그는 아무 비밀도 드러내지 않고 차갑게 말했다.

"고북월, 아직 본 왕의 물음에 대답하지 않았다!"

고북월은 속을 헤아릴 수 없는 용비야의 태도에 남몰래 감탄했다. 이렇게 물으면 그의 속마음을 전혀 꿰뚫어 보지 못한 채 계속 대답하는 수밖에 없었다.

"진왕 전하, 저는 일부러 왕비마마께 접근한 것이 아닙니다. 왕비마마의 출신을 알게 된 것도 우연에 불과했습니다."

"어떤 우연이냐?"

용비야가 차갑게 물었다.

"현금문입니다. 기억하시겠지요?"

고북월은 그렇게 묻는 한편, 속으로는 시간을 쪼개가며 단어 하나하나를 검토했다. 용비야에게 하는 대답은 단어 하나하나 신중해야 했다.

화제를 돌리는 것은 생각할 시간을 버는 제일 나은 방법이었다. 하지만 용비야는 말하지 않고 고개만 끄덕였고, 고북월은 시간을 많이 벌지 못했다.

"현금문은 독종 직계 후손의 피로만 열 수 있고, 독종의 독 짐승은 독종의 직계 후손만 주인으로 인식합니다. 그래서 현금 문을 여는 자가 독 짐승의 주인이라는 말이 있었지요. 당시 그 급박한 상황에 갑자기 현금문이 열리자 저도 무척 의아했습니다. 나중에 곰곰이 돌이켜 보다가 왕비마마의 손가락에서 피가 약간 났던 것을 떠올리고서야 마마의 비밀을 알고 놀랐지요."

고북월은 그렇게 말한 후 해명을 덧붙였다.

"진왕 전하, 제가 갱에 갔던 것은 본래 독 짐승의 독을 보조 재 삼아 약을 만들기 위해서였습니다. 그곳에서 우연히 왕비마 마를 만났고 마마의 독술을 이용해 독 짐승을 붙잡으려고 했는데, 애석하게도 현금문에서 알아낸 사실 때문에 어렵겠구나 싶어 물러난 것입니다. 저는…… 독 짐승이 주인을 인식한 다음에는 아무도 데려갈 수 없다는 걸 알고 있었으니까요."

"현금문……."

용비야는 뭔가 생각하는 듯이 중얼거렸다.

"그렇습니다! 그 일은 정말 뜻밖이었습니다."

고북월은 잠시 머뭇거리다가 결국 용비야를 떠보았다.

"뜻밖이긴 했으나 곰곰이 생각해 보니 오히려 명확해지더군요. 왕비마마의 뛰어난 독술은 한 신의를 이어받은 것이 아니라 천심부인께 배운 것일 수밖에 없습니다. 의술 명가인 한씨 집안은 독종과 전혀 관계가 없으나 천심부인은 내력이 비밀에 싸여 있었으니, 필시 독종의 딸이었을 겁니다!"

용비야는 퍽 의외였다. 고북월이 현금문 때문에 한운석이 독종의 핏줄이라는 것을 알았을 줄은 생각지도 못한 일이었다. 그렇다면 고북월은 천심부인의 신분을 잘못 알았고 그녀가 목심과 동일인이라는 것도 모른다는 말이었다.

지난번 벙어리 노파도 목심의 진짜 신분을 아는 사람은 자신밖에 없다고 했다. 고북월이, 천심부인이 곧 목심이라는 것을 모른다면 목심과 서진 황족의 관계는 더욱더 알 리 없었다.

다른 각도에서 볼 때, 한운석이 서진 황족의 핏줄임을 알았다면 벌써 행동에 옮겼지, 여태 가만히 있었을 리도 없었다.

용비야는 그렇게 짐작한 후 여전히 따졌다.

"역시 다른 마음이 있어 약귀당에 들어왔군!"

"오해이십니다. 저는 왕비마마의 독술을 흠모하고 성품을 존경할 뿐 다른 마음은 없습니다. 약귀당에 들어온 것도 편히 의술을 베푸는 한편, 목숨을 구해 주신 왕비마마의 은혜에 보답하기 위해서입니다. 왕비마마께서 구해 주지 않으셨다면, 저는 이미 이 태후의 손에 죽었을 겁니다."

"너 같은 영족이 고작 천녕국 태후 따위가 안중에 있겠느냐?"

용비야가 비꼬았다.

고북월의 눈동자 깊은 곳에 경계의 빛이 스쳤지만, 그는 힘없이 웃으며 말했다.

"전하께서는 모르시겠지만, 영족은 쇠락했고 이제 남은 것은 병약한 저 혼자뿐입니다. 영족은……, 후후, 이미 없어졌지요."

"그래? 지난날 유족과 영족은 서로 손잡고 멋진 연극을 꾸며 서진 황족의 핏줄을 보호했지. 유족 초씨 집안은 황족을 찾아내 서진을 부흥시키겠다고 천하에 선포했다. 초씨 집안은 서주국에 숨어들어 병권을 쥐고 반란을 일으켰고, 너희 영족은 천녕국에 숨어들었다가 일부러 약귀당까지 들어왔다. 그 의도가 무엇이냐?"

용비야는 차갑게 따져 물었다.

고북월은 속으로 깜짝 놀라 눈썹을 찡그렸다. 그가 갇혀 있는 동안 초운예가 지난날의 일을 전부 폭로했을 줄이야! 정말이지 죽어 마땅한 자였다!

이렇게 되면, 관련이 있건 없건 얼마나 많은 사람들이 서진 황족 후예의 행방을 찾기 위해 곳곳을 뒤지고 다니는 것일까?

그는 어깨와 다리의 통증을 눌러 참으며 침상에서 내려왔다. 두 다리로 똑바로 설 수 없어 한쪽 다리만 짚고 침상 가장자리에 기대야 했지만 용비야는 동정하지도, 가엾어 하지도 않고 그저 차갑게 바라보기만 할 뿐이었다…….

속이기, 커다란 오해

고북월은 심한 상처를 입었지만 누군가의 동정은 원치 않았다. 비굴하지도 오만하지도 않게 읍을 하는 그의 창백한 얼굴은 진지하면서도 고집스러웠다.

"진왕 전하, 유족 초씨 집안은 야심만만합니다. 서진을 부흥시킨다는 말도 그 야심을 숨기기 위한 간판에 불과합니다. 우리 영족은 그런 늑대 같은 야심가와는 결단코 함께하지 않습니다! 하물며 영족에는 저 한 사람밖에 남지 않았으니 설령 그럴 마음이 있다 해도 힘이 없지요."

용비야는 시종일관 입꼬리에 비웃음을 띤 채 고북월의 거짓말을 차갑게 지켜보는 태도를 유지했다. 하지만 고북월은 시종일관 진지한 태도로 진술하게 말했다.

"진왕 전하, 당시 서진 황족은 혈육을 남겼으나 지금 그 후손이 살아 있는지 어떤지는 모릅니다. 찾아낸다는 보장도 없고, 나라를 부흥시키고 복수할 야심이 있다는 보장도 없습니다. 저는 비록 일족의 중책을 짊어진 몸이지만 주인을 도와 나라를 부흥시킬 생각도 없고 힘도 없습니다. 그저 살아 있는 한 환자를 치료하고 다친 사람을 도우면서 평생 의원으로서 평범하고 조용하게 살고 싶을 따름입니다. 부득이하지만 않았다면 영술을 드러내지도 않았을 것이고, 더욱이 신분을 드러내지도 않았을 겁니다."

고북월이 이렇게까지 말하는데도 용비야는 여전히 요지부동이었다. 솔직히 말해 지금 이 순간 고북월의 마음은 몹시 불안했다. 평생 용비야 앞에서 이렇게 자신이 없었던 적은 한 번도 없었다.

특히 저 차가운 표정을 보면 더욱더 자신감이 떨어졌다. 그렇다고 해도 그는 여전히 진솔하게 나가야 했다.

그가 하는 말은 전부 마음속에서 우러나온 가장 진실한 생각이자, 가장 진실한 거짓말이기 때문이었다.

"전하께서는 제가 어째서 초씨 집안의 화살에 다쳤는지 궁금하지 않으십니까?"

고북월이 진지하게 물었다.

확실히 용비야는 그 점이 이해가 가지 않았다. 비록 자신의 이간질이 있었다지만 같은 편인 초운예와 고북월이 천불굴에서 서로 죽고 죽이며 싸울 정도는 아니었다.

"어째서냐?"

마침내 용비야가 물었다.

"천불굴에서 초운예가 제게 전하와 왕비마마를 죽이라고 명령했으나 제가 거절했기 때문입니다."

고북월은 거리낌 없이 그 말을 꺼냈다.

입꼬리에 자조가 번졌다.

"본래는 전하와 왕비마마를 구할 생각이었습니다만 하하, 지금 보면 제 힘을 지나치게 믿었던 것이지요……."

의장대 틈에 숨은 용비야와 한운석이 가짜라는 것을 진작 알았다면 그도 초운예의 명령을 거부하지도, 목숨을 걸고 구하려 하지도 않았을 것이다. 상처를 입고 초운예에게 끌려가는 일도 없었고, 이 모든 일도 일어나지 않았을 것이다.

그가 그처럼 큰 대가를 치른 것은 모두 마음 쓰이는 사람 일이라 흥분했기 때문이었지만, 용비야에게 그것까지 사실대로 말할 수는 없었다.

이 해명을 듣자 용비야도 결국 남아 있던 마지막 의심을 내려놓았다.

고북월이 한운석의 신분을 모른다고 말해 주는 증거는 많고 많은데, 한운석의 신분을 안다고 의심할 만한 것은 전혀 없었다.

그처럼 의심 많은 용비야도 이번에는 믿었다. 사실은 그의 성격으로 보아 고북월을 죽이는 것이 가장 안전한 방법이자 가장 직접적인 방법이었다. 하지만 안타깝게도 한운석을 생각해야 했다.

벙어리 노파의 죽음만으로도 노심초사할 일이 많은데 고북월까지 더해지면 얼마나 더 심혈을 쏟아야 할까?

이렇게 속이는 자신이 극도로 혐오스러웠다!

고북월을 살려, 당분간 한운석의 약귀당에 유능한 조력자로 남겨 두는 것이 좋았다.

용비야는 일언반구도 없이 고개만 끄덕이고 돌아섰으나 고북월이 불러 세웠다.

"진왕 전하, 잠시 기다려 주십시오. 한 가지 이해가 가지 않는 것이 있는데 가르쳐 주시겠습니까?"

"말해라."

용비야는 문 안쪽에서 걸음을 멈췄다.

"전하께서는 왕비마마가 독종의 핏줄임을 어떻게 아셨습니까?"

고북월에게는 최대의 의문점이었다.

"천심부인이 바로 예전의 목심이라고 연심부인이 말해 주었다."

용비야는 차갑게 대답했다.

"그랬군요……."

아마 지난번 약성 시약대회에서 막다른 곳에 몰린 연심부인이 목심의 비밀을 밝힌 모양이었다. 연심부인이든 목영동이든, 둘 다 서진 황족에 관해서는 알지 못했다.

"전하, 제 일은…… 왕비마마께 모른 척해 주실 수 없으시겠습니까?"

용비야가 자신을 믿는다는 것을 알기에 다시 한 번 그를 안심시키기 위해 꺼낸 말이었다.

"그건 네 일이고 본 왕과는 무관하다."

용비야는 차갑게 말을 내뱉고 자리를 떴다.

그는 고북월이 말하지 않으리라는 것을 알고 있는 게 분명했다. 이 말은, 사실을 숨긴 결과는 고북월 스스로 책임지라는 뜻이었다.

이제 보니 용비야도 한운석을 두려워했던 것이다!

고북월은 웃음을 참지 못해 창백한 얼굴로 따스하게 웃음을 지었다. 그 어느 때보다 더 보기 좋은 웃음이었다. 영술을 드러낸 이래 이렇게 마음 편했던 적은 한 번도 없었다.

용비야가 믿어 준다면, 죽지만 않는다면, 계속해서 한운석 곁에 남아 있을 수 있었다.

영술은 사라졌고 다리도 망가졌다. 그가 영승의 감옥에 갇혀 있는 동안 얼마나 시달렸는지 아무도 몰랐고, 그 자신조차 자세히 떠오르지 않았다. 잊었을 수도 있고, 괴로운 나머지 무의식적으로 떠올리기를 거부하는 것일 수도 있었다.

그가 기억하는 것이라곤, 한운석의 긴장한 얼굴을 보는 순간 더는 괴롭지 않았다는 것이었다.

그는 영술을 쓸 수 없고 다리도 성치 않지만, 그녀에겐…… 아직 용비야가 있었다. 그거면 충분하지 않을까? 그리고 그 자신은 반드시 전심전력으로 그녀를 도와 약귀당을 멋지게 키워 낼 생각이었다…….

이렇게 해서, 이 세상에서 한운석의 두 가지 신분을 누구보다 잘 아는 두 남자는 서로를 속이고 또 서로를 오해했다. 그들은 언제까지 상대를 속일 수 있을까? 그 오해는 언제까지 이어질 수 있을까?

한운석은 거짓말하는 사람을 좋아하지 않는데, 선의의 거짓말이라면 용서해 줄까? 언젠가는 한운석도 자신이 용비야뿐 아니라 고칠소와 고북월에게조차 멍청이처럼 속았다는 것을 알게 될 것이다!

하지만 지금 그녀는 고북월의 약을 구하느라 바빴다. 전란 중이라 약재를 구하기가 쉽지 않았고 몸에 지닌 것도 많지 않아 약성에 요청하는 수밖에 없었다. 다행히 고북월이 말한 약재 모두 약성 왕씨 집안에 있었다.

그날로 모든 약재가 준비되었다. 목령아도 답신과 함께 영약인 백산유白山油를 보내 주었다. 고칠소만 여태 소식이 없었는데, 아직 서신을 받지 못했는지 아니면 받고도 답할 시간이 없는지 알 수 없었다.

고칠소는 목령아보다 신비한 영약을 많이 알고 있는 데다 당장 약이 없더라도 재배할 능력이 있어서, 한운석은 하인을 시켜 계속 서신을 보내 재촉하게 했다.

열흘간 몸조리하자 고북월의 안색은 눈에 띄게 좋아졌지만 다리는 전혀 호전될 기미가 없었다. 다행히 목령아가 보내 준 백산유가 상처가 악화되는 것을 막아 주었다. 한운석은 계속해서 고칠소에게 연락을 취하는 한편, 심 삼장로를 재촉했다.

"왕비마마, 약을 구하려고 서두르실 필요 없습니다. 며칠 더 있으면 삼장로께서도 도착하실 겁니다."

고북월은 서두르는 그녀가 안타까웠다. 그녀는 초조해지면 늘 눈을 찡그렸다.

용비야도 한운석이 눈을 찡그리는 것을 싫어했다. 그는 강박증이라도 있는 양 그녀가 눈을 찡그리기만 하면 당장 손을 내밀어 말없이 눌러 펴 주었다.

한운석이 찡그린 눈을 펴도 손을 떼지 않아서 그녀가 손을 잡고 떼야만 했다. 누가 누구를 위로하는지 모르겠지만, 어쨌든 한운석이 그의 손을 잡아 깍지를 끼면 용비야는 곧 만족했다.

이 장면을 고칠소가 봤다면 분명 뚫어지게 노려봤겠지만, 고북월은 시선을 돌리는 쪽을 택했다. 그의 기분이 어떤지는 그 자신과 고칠소 두 사람만이 알 수 있었다.

용비야와 결판을 낸 후로 고북월은 내내 침상에 누워 요양했다. 한운석이 올 때면 용비야도 따라왔지만 그때를 제외하면 이 방에 한 발짝도 들어오지 않았고, 두 사람 사이는 마치 아무 일도 없었던 것 같았다.

"삼장로께서 오시려면 아직 닷새는 있어야 해요."

한운석이 차분하게 대답했다. 방에서 나온 후 그녀는 곧 용비야에게 말했다.

"차라리 내가 직접 약성에 다녀오는 게 어떨까요?"

"일단 고칠소를 찾아 의견을 들어 보거라. 초서풍을 서경으로 보내지."

용비야가 담담하게 말했다. 한운석이 약왕 노인의 제자라곤 해도 이름뿐인 제자니 지금 약왕 노인을 찾아가 부탁하면 빚을 지는 셈이었다. 그가 그런 걸 원할 사람일까? 알다시피 약왕 노인은 그렇게 후한 사람이 아니었다. 만에 하나 한운석을 약려에 잡아 두려 하면 어떻게 해야 할까?

빌어먹을 고칠소. 나타나지 말아야 할 때는 쫓아도 끈질기게 달라붙더니 나타나야 할 때는 코빼기도 보이지 않는군.

고칠소를 떠올리자 용비야는 저도 모르게 눈을 찡그렸다.

22

"약귀 노인네에게 무슨 일이 있는 건 아니겠죠?"

갑자기 한운석이 놀란 듯 물었다.

"그자는 죽지 않는다!"

용비야의 목소리가 약간 커졌다. 결국, 짜증이 치민 것이었다.

한운석은 풀이 죽어 입을 다물었다. 용비야가 고북월을 영남군으로 돌려보내지 않은 것도 천지신명께 감사할 일이었다.

그날 저녁 한운석은 몸소 산약죽山藥粥(마와 멥쌀로 만든 전통 약선) 한 그릇을 끓여 용비야의 방으로 가져갔다.

용비야는 탁자 위에 쌓인 밀서를 뜯어보는 중이었는데 그녀를 흘끗 보고도 아무 말 하지 않았다.

"봄에 먹는 보약은 겨울에 먹는 보약보다 못해요. 이건 약성에서 보낸 고급 마로 끓인 것인데 원기를 보충하고 정신을 맑게 해 주는 효과가 있어요."

어느덧 한 해가 지났다. 벌써 봄이 오고 있었다.

용비야는 다리를 툭툭 치며 가까이 오라는 몸짓을 했다. 한운석이 다가가자 그는 곧바로 그녀의 허리를 휘감아 앉힌 후 등 뒤에서 끌어안고 귓가에 대고 속삭였다.

"벌이다. 본 왕과 함께 하룻밤을 보내도록."

어째서 '벌'이라는 단어를 썼는지는 그녀 스스로 잘 알고 있었다. 이 인간의 질투하는 방법이 또 하나 늘었구나 싶어 한숨이 났다. 함께 하룻밤을 보낸다는 말에는 뜻이 너무 많았다. 그녀는 그 중 무슨 뜻인지 알 수도 없었지만 차마 알고 싶은 용기도 나지 않아 이렇게만 대답했다.

"신첩, 기꺼이 벌을 받겠습니다."

이 말에 그녀를 안은 그의 손에 와락 힘이 들어갔다. 마치 뻔히 알면서도 일부러 잘못을 저지르는 그녀를 질책하는 것 같았다. 한운석은 허리가 아팠지만 마음은 달콤했다.

그가 뺨을 비비며 귓가에 가볍게 쪽쪽 입맞춤했다. 미적지근한 태도처럼 보여도 사실은 도저히 참을 수 없으면서도 어쩔 수 없이 참는 사람의 태도였다.

"죽을 먹고 돌아가 자거라."

결국 그는 그녀를 놓아주고 쫓아냈다.

한운석은 몸을 일으켰지만 가지 않고 산약죽을 그의 입가에 가져갔다.

"당신이 다 먹으면 갈게요. 먹지 않으면 날이 밝을 때까지 옆에 있을 거예요."

어차피 그녀를 놓아줬으니 밤새 쌓인 밀서를 봐야 한다는 것을 그도 알고 있었다. 서부의 전쟁은 멈췄으나 정세는 아직 미묘했고, 더욱이 그는 여전히 영승과 싸울 준비를 하고 있어서 바빴다.

"본 왕을 위협하는 것이냐?"

용비야가 눈썹을 치키고 바라보았다.

"그래요!"

한운석도 눈썹을 치키며 바라보았다. 자못 도전적인 표정이었다.

두 사람은 한참 동안 차갑게 서로 마주 보았다. 결국 누가 먼저 물러서기 전에 약속이나 한 듯 같이 웃음을 터트렸다.

"결국 웃었군요, 후훗!"

한운석이 즐거워하며 말했다. 용비야는 입꼬리로 살짝 웃기만 하다가 이 말을 듣자 커다란 손으로 그녀의 얼굴을 덮어 시선을 가렸다.

한운석이 그의 손을 치우고 몹시 진지하게 말했다.

"먹어요. 다 먹어도 가지 않고 옆에 있을 거예요."

방금까지 엄숙하게 닫혀 있던 용비야의 입꼬리가 자연스레 올라갔다. 옅은 웃음이지만 진실한 웃음이었다.

한운석은 진지하게 밀서를 뒤적이며 서부의 정세에 관심을 보였다. 그간 서부 전체의 정세에는 확실히 적잖은 변화가 있었다.

초씨 집안은 서주국의 풍림군을 들고 공개적으로 천녕국에 투항했다. 천녕국 초 태후는 초씨 집안 군대의 투항을 받아들이고, 나아가 서주국 강성황제가 설 황후의 참언을 믿고 충성스러운 신하를 몰라준 탓에 초씨 집안이 자신을 지키기 위해 어쩔 수 없이 거병하게 했다고 비난했다. 영승은 천녕국 서쪽 국경에 주둔했던 병력을 좀 더 서쪽으로 옮겨 풍림군 서쪽으로 보냈다. 그렇게 해서 천녕국은 정식으로 풍림군을 판도에 넣었고, 수십년에 걸친 서주국과의 혼인동맹을 정식으로 파기했다.

"용비야, 영승과 초씨 집안을 어떻게 혼내 줄 계획이에요?"

한운석이 진지하게 물었다.

천산검종의 개입

용비야는 영승과 초씨 집안을 어떻게 상대할까?

용비야는 시치미를 뗐다.

"사흘 후면 알게 될 것이다."

"사흘이요?"

한운석은 알 수가 없었다.

"사흘 후에 무슨 일이 있는 거예요?"

용비야는 죽을 먹으면서 고개를 저었고, 한운석은 더욱 의아했다.

"당신이 나서지 않을 거예요?"

용비야는 또 고개를 끄덕였고 여전히 말은 없었다.

"말 좀 해 봐요!"

가끔은 이 인간이 하루 동안 하는 말이 손가락에 꼽을 정도라는 게 정말 답답했다.

용비야가 입을 열고 자못 진지하게 말했다.

"죽이 아주 맛있구나."

한운석은 기가 막혔다. 말하지 않기로 마음먹은 모양이었다. 그녀로서는 오늘 하루만 고민한 문제가 아니었다. 벌써 며칠 동안 생각했지만 짐작이 가지 않아 물은 것이었다.

줄곧 요수군에 머무는 것을 보면 계획이 있는 게 분명한데,

용비야는 내내 미적거리며 움직이지 않았다.

비록 정전 상태지만 근 반달간 운공대륙 서부에는 적잖은 변화가 있었다.

서주국 강성황제는 초씨 집안의 야심과 배은망덕함에 화를 냈다.

그는 초 태후가 영승과 결탁해 군주를 시해하고 황위를 찬탈했다며 질책하고 용천묵 쪽으로 돌아서서 천안국을 천녕국의 전통 황실로 인정하겠다며 혼인동맹을 지속하고자 했다.

전쟁이 일어났을 때부터 서주국과 손잡고 천녕국을 칠 생각이 있었던 용천묵은 강성황제가 손을 내밀자 즉시 화답했다. 그는 초씨 집안이 군주를 시해하고 황위를 찬탈했다고 통렬하게 꾸짖으며, 알아서 투항하지 않으면 반드시 출병해 토벌하겠다고 했다. 물론 듣기 좋으라고 하는 경고에 불과했고, 강성황제도 이런 상황에서 용천묵이 먼저 출병하리라 기대하지는 않았다.

강성황제는 두세 번 초씨 집안을 성토하고 설 황후를 돌려보내라고 요구했다. 초씨 집안은 땅을 나눠 주면 돌려주겠다고 했지만 강성황제에게 거절당했고, 설 황후는 내내 초씨 집안 군영에 갇혀 있었다.

남들은 이것이 초씨 집안 두 어른의 생각인 줄 알았지만, 사실상 그들은 이미 영승에게 감금당했고 지금 초씨 집안 주인 노릇을 하는 사람이 영승과 초천은이라는 것은 아무도 몰랐다.

그 일에 대해서는 강성황제도 알지 못했다. 그는 여전히 용비야에게 희망을 걸며, 용비야가 출병해 서주국, 천안국과 힘을 합쳐 삼면에서 천녕국을 공격하기를 바랐다.

그렇지만 애석하게도 용비야는 미적거리며 움직이지 않았고 중남부의 군대 역시 요수군에 주둔한 채 서주국에 땅을 돌려주고 퇴각할 기미가 없었다. 서주국 황제는 초조했지만 먼저 말을 꺼낼 수도 없어 용비야를 따라 시간만 죽이고 있었다.

서부 지역은 네 나라의 접경이라 군사요충지이기도 했고, 정치나 군사에 나서지 않았던 진왕이 처음으로 주둔한 곳이라 운공대륙 전체가 이곳의 일거일동에 주목했다. 초씨 집안 군대가 천녕국에 투항하자 조정에서든 민간에서든 온갖 의견이 난무했는데, 개중에서 가장 크게 떠든 문제는 두 가지였다. 하나는 진왕 전하가 계속 병사를 움직여 천녕국을 공격할 것인가, 다른 하나는 초 태후와 섭정왕 영승이 간통했는지 여부였다. 남녀가 손을 잡으면 반드시 간통이 따른다는 것이 보통 사람들의 생각이었다.

어쨌든 용비야가 말이 없으니 한운석은 기다릴 수밖에 없었다.

그러나 사흘 후 전해진 소식은 한운석뿐만 아니라 천녕국 전체를 뒤흔들었다!

바로 설 황후가 자객을 만나 사망했다는 소식이었다.

소식이 퍼진 날 오후, 강성황제는 비통해하며 초씨 집안의 음모를 비난하고 설 황후의 시신을 돌려 달라고 요구했지만 초씨 집안은 끝내 거절했다.

그날 밤, 천산검종의 제자 단목요가 초씨 집안을 성토하며, 천산검종 제자 열 명을 데리고 직접 하산했다. 그리고 초씨 집안이 시신을 돌려주고 명확한 설명을 내놓지 않는다면 천산검종은 결단코 초씨 집안의 그 누구도 용서하지 않겠다고 큰소리쳤다.

한운석은 이 소식을 듣자마자 용비야에게 달려갔다.

"설 황후는 어쩌다 죽은 거예요?"

강성황제와 단목요가 시신을 요구하는 까닭은 첫째, 설 황후를 안장하고 둘째, 그간의 분풀이를 하며 셋째, 시신을 검사해설 황후가 습격당해 죽었는지 아니면 초씨 집안의 고문 끝에죽었는지 확인하기 위해서였다.

용비야가 사흘 뒤라는 정확한 날짜를 언급한 것으로 보아 그가 이 일과 관련되어 있다는 건 발로 생각해도 알 수 있었다.

"네 생각은 어떠냐?"

용비야는 푹신한 긴 의자에 편안하게 앉아 한운석을 바라보며 입꼬리로 사악한 호를 그렸다.

한운석은 깨달았다. 역시 그였어!

초씨 집안 군대를 무너뜨리고 영승의 군대에 반격하기는 쉽지 않지만, 군영에 숨어들어 인질 하나 죽이는 것쯤, 그에게든혹은 그의 부하 중 아무 고수에게든 어려운 일이 아니었다.

이 인간은 정말 음험했다. 설 황후를 죽임으로써 힘 하나 들이지 않고 남의 손을 빌려 적을 없애려 하다니.

알다시피 천산검종의 눈 밖에 나면 초씨 집안과 영승도 편히 지낼 수 없었다. 그들이 설 황후를 단목요에게 내주지 않는 한 단목요가 그 성격에 호락호락 물러날까?

한운석은 문득 단목요가 이 사건의 진상을 알았을 때 어떤 반응을 보일지 궁금해졌다.

이해가 가지 않는 것은, 단목요가 대체 천산에서 어느 정도 힘을 갖고 있기에 천산의 이름으로 초씨 집안 군대를 성토하며 개인적인 원한을 두 세력의 원한으로 끌어올릴 수 있었나 하는 것이었다.

"초씨 집안에 시신을 내놓으라고 요구한 건……, 당신 사부의 뜻인가요?"

한운석은 이해가 가지 않아 물었다.

"나도 확실한 것은 모른다. 그렇지 않더라도 단목요는 천산의 힘을 빌려 초씨 집안에 대항할 능력이 있다."

용비야는 차갑게 말했다.

그 여자를 너무 싫어해서인지, 한운석은 용비야의 입에서 '단목요'라는 이름이 나오기만 해도 기분이 좋지 않았다.

"그 여자 능력이 참 대단하네요."

그녀가 비꼬듯이 말했다.

용비야는 이러쿵저러쿵 평가하는 대신 한운석을 끌어당기며 태연하게 말했다.

"이곳에 머물다가 눈이 녹은 다음 천산에 데려가 주마. 괜찮겠지?"

그녀를 바라보는 그의 표정이나 말투는 더없이 진지했다. 드물게 보이는 진지함이었다.

진지해진 용비야의 눈빛에는 마력이 있어서 한운석은 거절할 수가 없었다. 그가 무슨 말을 하든 거절하지 못했겠지만, 마침 그의 입에서 나온 제안도 천산에 가는 일이었다.

그녀가 오랫동안 바라 온 일이었다.

"좋아요."

그녀는 큰 소리로 대답했다.

지금은 정월이고, 눈이 녹아야 산길을 갈 수 있으니 아무리 빨라도 두 달은 있어야 했다.

한운석은 그 두 달 동안 고북월을 치료하고 약귀당으로 보내 줄 수 있으리라 생각했다. 영승은 단목요에게 맡겨 두면 되었다.

그녀의 기억이 옳다면, 이번 겨울에 북려국의 군마도 제법 건강해져서 여름이 되어 풀이 무성하게 자랄 때쯤이면 튼튼하게 살이 오를 테니 영승도 지금처럼 여유를 부릴 수 없었다.

서주국이 오랫동안 혼란에 빠져 있었는데 북려국은 그 좋은 기회를 놓치고 말았다. 그러니 일단 힘을 회복하면 반드시 보란 듯이 영승에게 위세를 부릴 것이다!

예전과 달리 용비야가 모든 것을 손에 쥐고 대승을 거둔 상황은 아니지만, 어쨌든 마지막에 웃는 사람은 그였고, 어부지리를 얻은 사람도 그였다.

앞으로 몇 달간 그는 요수군을 점거한 채 서주국과 북려국, 천녕국에 재차 풍운이 이는 것을 구경할 생각이었다. 심지어 용천묵의 천안국도 그 풍운에 휘말렸다.

어리석은 사람은 세를 거스르고 총명한 사람은 세를 따른다고 했다. 한운석이 볼 때, 말 없고 감정을 드러내지 않는 이 남자는 바로 그 '세'를 만드는 사람이었다. 풍운을 일으키고 천하의 큰 세력들을 모두 손아귀에 쥐고 흔드는 그야말로 세를 만들기에 충분했다.

한운석은 앞으로 고북월의 치료에만 집중할 수 있으리라 생각했다. 물론 초씨 집안을 쉽게 용서할 생각은 아니었다. 단목요가 일을 끝내고 나면 기꺼이 물에 빠진 사람에게 돌을 던지는 악인이 될 생각이었다!

이틀 후, 고칠소는 여전히 감감무소식이었지만 심 삼장로는 예정대로 도착했고 근골 전문가인 낙 신의도 데려왔다.

방 안은 조용했다. 심 삼장로는 맥을 짚어 본 후 낙 신의와 함께 고북월의 다친 무릎을 꼼꼼하게 살폈다. 한참 동안 검사했지만 두 사람은 고개만 가로저을 뿐 아무 말이 없었다.

같은 의원으로서, 한운석은 그 의미를 누구보다 잘 알 수 있었다. 그녀는 아무 말 하지 않았고 팽팽하게 굳은 얼굴은 겁이날 만큼 엄숙했다.

"심 삼장로, 고개만 젓지 말고 말씀 좀 해 보세요. 대체 어떻습니까?"

참다못한 당리가 물었다.

심 삼장로는 못 들은 척 대답하지 않았다. 당리는 또 물으려고 했지만 한운석이 무서운 눈빛으로 노려보는 바람에 입을 다물었다. 한운석도 초조했지만, 의원이 상처를 살필 때는 그 경중에 상관없이 방해하지 말아야 한다는 것을 알고 있었다.

심 삼장로와 낙 신의는 검사를 진행하면서 고북월에게 이것저것 물었고 검사가 끝날 때까지는 족히 반 시진이 걸렸다. 결국 심 삼장로는 상처에 새로 약을 바르고 싸맨 뒤 고북월을 바라보며 무거운 투로 말했다.

"북월, 자네도…… 짐작은 하고 있었겠지."

그 한마디에 한운석이 눈을 찡그렸다. 그녀는 둘둘 싸맨 고북월의 무릎을 바라보며 저도 모르게 입술을 깨물었다. 꼬맹이 역시 그녀의 어깨에 앉아 두 앞발을 힘껏 포갠 채 잔뜩 긴장했다.

"예."

고북월은 빙그레 웃었다.

"저도 압니다."

비록 그는 웃고 있었지만, 방 안의 분위기는 별안간 묵직하게 가라앉았다. 당리와 초서풍은 서로를 바라보았고 내리뜬 용비야의 눈동자에는 그늘이 졌다.

심 삼장로는 고북월의 깨끗한 웃음을 보자 진심으로 마음이 아팠다. 그와 고북월의 할아버지인 고 이사는 꽤 교분이 깊었고, 당시 아이였던 고북월이 자라나는 것을 지켜보기도 했다. 그렇게 잘 지내던 아이가, 선량해서 수없이 많은 사람을 구한 그 아이가 어쩌다 이런 결말을 맞게 되었을까? 구천에 있는 고 이사가 이를 알면 눈을 감을 수 있을까?

그는 장탄식하며 일어나 한운석에게 읍을 하며 진지하게 말했다.

"운석, 고 의원의 다리는…… 못 쓰게 되었네!"

"못 쓴다고요? 어떻게 그럴 수가 있죠?"

"심 삼장로, 정말 치료할 수 없을까요? 다른 사람도 마찬가지인가요?"

당리와 초서풍도 믿을 수 없어 했고, 용비야조차 살며시 눈을 찡그렸다. 그들 모두 고북월의 다리 상태가 무척 심각하다는 것을 알았지만 치료하지 못할 정도라고는 생각해 본 적 없었다. 모두 심 삼장로가 도착하기만 하면 고북월도 괜찮아질 것으로 생각했다.

심 삼장로는 무거운 표정으로 연신 고개를 저었고, 대답은 낙 신의가 대신했다.

"고 의원이 다친 곳은 힘줄인데 다리 힘줄이 심각하게 찢어졌습니다. 비록 끊어지지는 않았으나 심각한 손상을 입어 똑바로 서거나 걷는 데 큰 영향을 끼칠 것입니다. 치료는 불가능하고, 장기간 약을 먹어 몸보신하면서 악화되는 것을 방지하는 수밖에 없지요. 일단 상처가 악화되면 힘줄이 완전히 끊어질 가능성이 농후합니다."

"힘줄을 붙일 수는 없나요?"

마침내 한운석이 입을 열었다. 심 삼장로를 부른 까닭도 혹시 힘줄을 이어 붙이는 솜씨가 있는지 보고 싶어서였다.

그렇다면 설사 힘줄이 완전히 끊어지더라도 치료할 수 있었다!

운공대륙의 의료 장비에는 한계가 있고 몸을 갈라 수술하는 방식을 전혀 모른다는 것은 알지만, 그래도 한 줄기 희망을 품고 있었다.

"골절된 뼈는 붙일 수 있지만 힘줄은……."

심 삼장로는 여전히 고개를 저었다.

"골절된 뼈를 붙일 수 있듯이 힘줄도 꿰매 붙일 수 있어요!"

한운석이 진지하게 말했다. 골절되었을 때 뼈를 이어 붙이면 약 백 일쯤 지나서 뼈 아교질이 흘러나와 상처를 아물게 해 주므로 본래대로 회복할 수 있었다. 힘줄이 끊어져도 원리는 같았다. 침으로 바느질해 붙이고 난 뒤 약 백 일쯤 지나면 뼈 아교질과 섞여 본래대로 회복할 수 있었다.

현대에서는 무척 간단한 수술인데, 고대에는 왜 그렇게 어려울까?

질투하는 칠 오라버니

"힘줄을 꿰맬 수 있습니까?"

심 삼장로가 무슨 소리인가 하고 고민하는 사이 고북월이 먼저 입을 열었다.

그는 진지하게 한운석을 바라보았다.

"그……, 그게 가능한 일입니까? 사람 몸을 갈라 치료하는 일은 본래 몹시 어려운데, 그런 세밀한 작업을 할 수 있다니요? 어디서 그런 이야기를 들으셨습니까, 왕비마마? 할 줄 아는 사람이 있습니까?"

고북월의 진지하고 맑은 눈동자를 보자 한운석은 더욱더 마음이 아팠다. 뭐라고 대답해야 할까? 그녀도 힘줄을 붙이는 원리는 알지만, 어떻게 칼을 대고 어떻게 붙여야 하는지는 전혀 아는 게 없었다.

힘줄을 이어 붙이는 것은 상처를 봉합하는 것과는 달라서 대충대충 할 수도 없는 데다, 특히 환자가 고북월이라면 더더구나 함부로 손댈 수 없었다.

한운석은 낙관적인 환자를 많이 봐 왔는데, 아무리 낙관적인 환자라도 마음속 깊은 곳에 고통과 희망을 감추고 있었다. 지금 고북월의 옅은 웃음을 통해 고통을 볼 수는 없었지만, 희망은 볼 수 있었다.

희망을 품지 않았더라면, 항상 차분하던 그가 심 삼장로보다 서둘러 물었을까?

고북월 바보. 그걸 할 줄 아는 사람이 있었다면 지금까지 기다렸겠어? 구태여 심 삼장로를 청했겠어?

무심코 희망을 주고 그 희망을 목격한 그녀가 어떻게 잔인하게 그를 실망하게 할 수 있을까? 한운석은 그의 무릎을 응시했다. 머릿속이 텅 비어 어떻게 해야 할지 알 수 없었다.

그 무엇보다 슬픈 일은, 분명히 치료할 수 있다는 것을 알면서 치료하지 못하는 것이었다!

그러나 고북월은 곧 상황을 알아차리고 도리어 한운석을 위로했다.

"왕비마마, 더는 저 때문에 마음 쓰시지 않아도 됩니다. 이 한목숨 구한 것도 천행입니다. 앉아서라도, 누워서라도, 이 목숨이 붙어 있기만 하면 지금까지 그랬듯 약귀당을 위해 힘쓸 수 있습니다."

그는 여기서 잠시 멈추었다가 덧붙였다.

"왕비마마께서 저를 쫓아내시지 말기를 바랄 뿐입니다."

한운석은 말없이 그의 다리를 응시하기만 했다. 그는 모질게 마음먹고 그녀가 보지 못하도록 이불로 무릎을 덮었다.

그리고 일부러 자극했다.

"설마 왕비마마께서…… 저를 쫓아내시려는 건 아니겠지요?"

뜻밖에도 한운석은 큰 소리로 대답했다.

"그럴 거예요!"

일순 조용하던 방 안이 더욱더 조용해졌고, 고북월의 심장은 불규칙하게 방망이질 쳤다. 그는 입을 열고 말을 하려 했지만 아무 말도 나오지 않았다.

이렇게 침착하지 못했던 적은 한 번도 없었다. 이런 느낌은 생전 처음이었다. 마음에…… 상처를 입은 느낌.

"반드시 쫓아낼 거예요. 그러니 본 왕비가 포기하기 전까지는 당신도 포기하면 안 돼요! 허락하지 않겠어요!"

한운석이 매섭게 말했다.

힘줄을 붙이는 방법은 모르지만, 의학적 원리로 볼 때 찢어진 힘줄이 붙는 것을 촉진하는 약을 찾아낸다면 고북월의 다리를 되살릴 수 있었다!

아직 고칠소에게서 소식이 오지 않았다! 아직 약왕 노인에게 물어보지도 않았다! 그런데 '못 쓰게 되었다'는 심 삼장로의 한마디 때문에 포기할 순 없었다.

"왕비마마……, 저는……, 사실 저는…….."

고북월은 뭐라고 설명해야 할지 알 수가 없었다. 그는 쉽게 포기하는 사람이 아니지만, 확실히 이 다리에 대해서는 일찌감치 포기했다. 심 삼장로가 오기 전에 스스로 이미 진단을 내렸고, 틀릴 리가 없었다.

하지만 한운석의 고집스럽고 단호한 얼굴을 보자 갑자기 희망이 솟구쳐, 저도 모르게 고개를 끄덕였다.

"예, 왕비마마. 포기하지 않겠습니다!"

이번에는 그녀를 위로하려고 하는 말이 아니라, 진심을 알리기 위해 한 말이었다.

한운석이 바라던 것도 이 한 줌의 희망이었다. 희망을 품은 이상 포기하지 말고 끝까지 밀고 나가야 했다.

"심 삼장로, 수고스러우시겠지만 며칠간 고 의원의 상처를 잘 보살펴 주시기 바랍니다."

한운석이 진지하게 말했다.

"안심하게. 반드시 온 힘을 다하겠네."

심 삼장로는 설령 그녀가 내쫓더라도 떠나지 않을 생각이었다. 이 여자가 만들어 낸 기적을 경험한 적 있는 그로서는 이번에도 그녀가 무슨 수로 무에서 유를 창조해 낼지 지켜보고 싶었다.

말을 마친 한운석은 밖으로 나가서 차갑게 명령했다.

"서동림, 약귀곡에 연락해서 고칠소가 사흘 안에 본 왕비 앞에 나타나지 않으면 목령아를 약귀곡에 보내겠다고 전해라!"

약귀곡 사람조차 고칠소를 찾아내지 못할 리 없었다!

그 결과 사흘은커녕 이틀째 되던 날 저녁, 고칠소가 먼지를 뒤집어쓴 모습으로 한운석 앞에 나타났다.

"독누이, 목령아에게 뭐라고 했어?"

고칠소는 몹시 긴장해서 다짜고짜 물었다.

"내 서신 못 받았어?"

한운석은 화를 눌러 참으며 물었다.

"못 받았는데? 왜 날 찾은 거야?"

고칠소는 그간 연심부인을 지켜보며 큰일을 꾸미는 중이었고, 확실히 서신은 받지 못했다. 그가 일부러 서신을 무시하지 않았다는 것을 알자 한운석도 화가 가라앉았다.

그녀는 무거운 목소리로 고북월의 이야기를 해 주었지만, 뜻밖에도 고칠소는 이야기가 채 끝나기도 전에 냉소를 터트렸다.

"흐흥, 얼마나 대단한 일인가 했더니 다리 하나 못 쓰게 된 것뿐이잖아. 죽는 것도 아닌데 뭐 하러 그렇게 신경 써? 지난번에 내가 고슴도치처럼 화살을 맞았을 때도 이렇게 초조해하진 않았잖아."

이 말을 듣자마자 한운석의 얼굴이 어두컴컴해졌다. 그녀가 뭐라 하기도 전에 고칠소가 먼저 항복했다.

"알았어, 알았다고. 힘줄을 자라게 하는 약은 나도 없어. 약왕 그 늙다리에게 물어보면 있을 수도 있지."

"정말?"

한운석의 얼굴이 환해졌다.

힘줄을 이어 붙일 수 있다면 유사한 효과를 내는 묘약도 반드시 있으리라 여겼는데, 역시 그 추측이 옳았다!

고칠소는 고개를 외로 꼬아 그녀를 바라보며 킥킥 웃었다.

"있을 수도 있고 없을 수도 있어."

한운석의 심장이 놀이기구를 탄 것처럼 아래로 쿵 떨어졌다. 그녀는 고칠소를 한 번 흘긴 후 말하기도 귀찮다는 듯이 돌아섰다.

고칠소가 쪼르르 쫓아와 실없이 물었다.

"용비야는 어디 갔어?"

한운석은 대답하지 않고, 아무래도 직접 약왕 노인을 찾아가는 게 좋겠다는 생각을 했다. 이대로 있다간 언젠가 고칠소 때문에 화병으로 죽을 것 같았다.

고칠소는 쫄래쫄래 따라오며 물었다.

"독누이, 어디 가?"

"……."

"독누이, 오래 못 봤더니 이 칠 오라버니가 그립지 않았어?"

"……."

"독누이, 목령아에겐 아무 말도 안 했지?"

그는 한운석을 쫓아오면서 물어 댔다. 발과 입이 부지런히 움직이는 동안 손 역시 놀지 않고 소매 주머니에서 아주 작은 인삼 하나를 꺼냈다.

"독누이, 자. 몸보신하라고 주는 거야."

이 조그만 인삼은 다름 아닌 천녕국의 보물 중 보물이었다. 천휘황제가 서쪽으로 달아날 때 가져간 유일한 보물이 바로 이 인삼 한 뿌리였다.

고칠소에게는 정말 힘들게 찾아내 훔쳐 온 귀한 것이었다.

그렇지만 한운석은 걸음을 빨리해서 걸어갈 뿐 진지하지 못한 그를 싹 무시했다.

고칠소는 어깨를 으쓱하며 인삼을 도로 넣은 뒤 계속 그녀를 따라갔다. 얼마 지나지 않아 그가 또 물었다.

"독누이, 용비야가 고북월을 가만 놔뒀어?"

용비야가 얼마나 질투심이 강한지 아는 사람은 한운석 혼자만이 아니었다. 고칠소도 그 질투심을 익히 겪은 사람 중 하나였다.

이번에는 한운석도 걸음을 멈췄다.

"당신······."

그녀가 말하기도 전에 고칠소가 선수를 쳐서 히죽거리던 표정을 싹 거두고 몹시 진지한 표정을 지으며 아름다운 얼굴 위로 슬픔을 떠올렸다. 그는 그녀를 바라보며 나지막이 말했다.

"독누이, 용비야는 그렇다 쳐도 다른 남자에게까지 잘해 주면 이 칠 오라버니 섭섭해."

용비야는 그녀의 지아비이고, 고칠소보다 그녀를 먼저 만났고, 또 그녀가 마음에 둔 유일한 남자였다. 그러니 어쩔 수 없었다. 하지만 다른 사람은 누구든 간에 질투가 났다.

독누이, 용비야 말고는 이 칠 오라버니에게만 신경 써 주면 안 돼?

갑자기 한운석이 금침 하나와 수술용 실 한 줄을 꺼냈다.

"이게 뭔지 알아?"

그녀가 물었다.

"침과 실."

고칠소가 대답했다.

"내가 뭘 하고 싶은 줄 알아?"

한운석이 다시 물었다.

고칠소는 고개를 저었다.

"당신 입을 꿰매 버리고 싶어!"

한운석은 그렇게 말하며 금침과 실을 고칠소에게 휙 던졌다.

"고북월은 다리를 못 쓰게 되었어! 못 쓴다는 게 무슨 뜻인지 알기나 해? 다시는 걸을 수 없다는 말이야! 똑바로 서 있을 수도 없어! 알겠어? 그 사람은 평생 앉아 있거나 누워 있어야 해! 조금이라도 안됐다는 생각을 할 수 없어? 내가 열흘 넘게 당신을 찾았다는 것도 모르지? 동정심이 없을 수는 있다 쳐, 그래도 이런 일을 갖고 농담은 하지 말아야지!"

한운석은 씩씩거리면서 털썩 옆에 앉아 할머니라도 된 것처럼 눈가에 주름을 잔뜩 잡았다.

그녀가 얼마나 압박을 느끼고 있는지 아무도 몰랐다. 고북월에게 두 번 희망을 줬으니 무슨 일이 있어도 또 실망하게 만들 수는 없었다!

고칠소는 여전히 고북월 문제에 관심이 없었다. 고북월이 불구가 되는 것은 말할 것도 없고, 오늘 당장 죽는다 해도 무덤덤했다.

자신과는 아무 관계가 없기 때문이었다.

의성을 떠난 그날부터 그의 관심은 단 하나, 의학원을 무너뜨리는 것뿐이었다. 그 밖의 일에 관해서는 한 번도 관심을 가진 적이 없었다.

지금도 마음속에 한 여자의 자리가 생겨났을 뿐, 다른 것은 알고 싶지도 않고 간섭하기도 귀찮았다.

한운석에게 욕을 먹은 그는 쭈뼛거리며 기둥에 기대선 채 아무 소리도 내지 못했다.

뜻밖에도 한운석은 무슨 생각을 하는지 한참 동안 그 자리에 넋을 놓고 앉아 있었다. 결국 참다못한 고칠소가 살그머니 그녀 옆에 가 앉았다.

"독누이……."

한운석이 무시하자 고칠소는 그녀 앞에 웅크려 부탁이라도 하듯 한쪽 무릎을 꿇었다.

"독누이, 화내지 마, 응? 내가 방법을 알려 주면 되잖아."

그 말에 어두웠던 한운석의 눈동자가 순식간에 환해졌다.

"방법이 있어?"

"웃어 봐, 그럼 말해 줄게."

마치 아내를 달래는 것 같은 목소리였다. 고칠소 자신조차 자기 목소리가 얼마나 부드러운지 알아차리지 못했다.

한운석 역시 알아차리지 못한 채 웃음을 지었다. 마음속에서부터 우러나오는 웃음이어서 평소보다 더 아름다웠다.

고칠소는 만족해하며 진지하게 말했다.

"생근고生筋膏라는 약이 있는데, 팔 힘줄이나 다리 힘줄이 완전히 끊어져도 충분히 바르기만 하면 백 일 안에 다 나아……."

"가지고 있어?"

한운석은 흥분을 감추지 못했다.

"난 없어. 약왕 노인네에겐 있을지도 몰라. 이 세상에 단 하나밖에 없는데, 내 기억이 틀리지 않았다면 그 노인네 손에 있을 거야."

고칠소가 사실대로 말했다.

"당장 약려에 가야겠어!"

한운석은 흥분한 나머지 앞뒤 가리지 않고 벌떡 일어났다. 고칠소가 그런 그녀를 잡아 눌렀다.

"우선 서신을 보내 물어봐. 괜히 헛걸음하지 말고."

한운석은 연신 고개를 끄덕이고는, 진지한 얼굴로 고칠소에게 고맙다며 인사한 뒤 자리를 떴다. 고칠소는 그런 그녀의 뒷모습을 바라보며 저도 모르게 턱을 매만지면서 중얼거렸다.

"독누이, 이 칠 오라버니도 다치고 싶어지잖아."

한운석이 약왕 노인에게 서신을 쓰고 있을 때 용비야는 고북월의 방에 있었다. 심 삼장로와 낙 신의가 방에서 나가자마자 그가 단도직입적으로 물었다.

"초운예가 영승에게 네 신분을 알리지는 않았겠지?"

"그럴 리 없습니다."

고북월은 매우 자신했다.

"어째서?"

용비야가 물었다.

"저는 초운예를 잘 압니다. 영승은 필시 초씨 집안 두 사람을 인질 삼아 초천은을 협박하려 할 것입니다. 초천은의 성격으로 보아 절대로 영승 밑에 있을 사람이 아닙니다. 느긋이 기다리고 계시면 언젠가 초천은이 전하를 찾아올 것입니다."

고북월이 진지하게 말했다.

"그리고?"

용비야는 흥미롭게 물었다.

언제나 온화하던 고북월의 눈동자에 가차 없는 살기가 떠올랐다. 그가 입을 열었다…….

온화한 사람이 가장 모질다

고북월이 용비야에게 뭐라고 했는지 모르지만, 놀랍게도 용비야의 입꼬리가 만족스럽게 휘어졌다. 그가 냉소하며 말했다.

"고북월, 본 왕이 너를 살려 두는 것이 호랑이 새끼를 기른 일이 되지 않겠느냐?"

고북월의 온화한 표정 아래에는 늑대 같은 야심이 아니라 이상하리만치 냉정하고 단호한 심장이 자리하고 있었다.

큰일을 할 사람에게는 최고의 조건이자 무기였다.

이런 사람이 일단 이기려는 마음을 먹으면 큰 화가 될 것이 분명했다!

'당신이 운석 낭자를 진심으로 대한다면 이 고북월은 영원히 당신의 적이 되지 않을 겁니다. 하지만 운석 낭자를 저버리게 된다면, 설사 이 두 팔과 두 다리를 모두 못 쓰게 되었다 해도 어떻게든 당신이 영원히 마음 편히 살지 못하도록 해 줄 겁니다!'

고북월이 마음속에서 한 말이었다.

겉으로는 시원하게 웃으며 이렇게 말했다.

"지금 돌이키셔도 늦지 않습니다. 단칼에 저를 죽이시면 모든 게 끝이지요."

용비야는 눈썹을 치키며 그를 훑어보더니 아무 말 없이 돌아서서 나갔다.

고북월을 살려 두기로 한 이상 제압할 자신은 얼마든지 있었다.

용비야가 막 밖으로 나왔을 때 맞은편에서 한운석과 고칠소가 나타났다. 한운석은 환히 웃고 있어서 누가 봐도 고북월의 다리를 치료할 방법이 생겼다는 것을 알 수 있었다.

"약을 찾았느냐?"

용비야가 물었다.

한운석이 말하기 전에 고칠소가 먼저 끼어들었다.

"진왕 전하께서 언제부터 이렇게 착해졌지? 쓸모없는 사람도 다 구하고 말이야."

용비야도 당연히 고칠소가 뭘 비꼬는지 알았다. 그는 고칠소에게 싸늘한 시선을 던지며 차갑게 물었다.

"미접몽 문제는 진전이 있느냐?"

그들은 이제 오행지독 중 만독지목, 만독지수, 만독지토를 손에 넣었고, 남은 두 가지를 찾는 일은 고칠소에게 맡겨 둔 상태였다.

하지만 고칠소는 그간 능 대장로와 연심부인을 감시하느라 만독지금과 만독지화의 행방을 조사할 시간이 없었다. 그는 어깨를 으쓱하며 대답했다.

"별 진전은 없어."

"그럼 꺼져도 좋다."

용비야가 차갑게 말했다.

고칠소는 좁고 가느다란 눈을 더욱 가늘게 떴다.

"이 도련님은 꺼지는 게 뭔지 몰라. 어디 진왕 전하께서 친히 시범을 보여 주시지 그래?"

"좋다, 본 왕이 가르쳐 주지."

용비야가 말하며 긴 다리를 번쩍 들자 고칠소는 알아서 피했다.

"그럴 능력이 없을 텐데!"

용비야는 말 한마디를 금덩이처럼 아끼는 사람이었지만 고칠소만 보면 평소보다 말이 많아졌고, 고칠소는 몇 번이나 지고도 용비야를 보기만 하면 꼭 시비를 걸곤 했다.

딱 봐도 궁합이 안 맞는 사이였다!

두 사람이 싸움을 벌이려는데 등 뒤에서 문소리가 들려왔다. 고칠소 뒤에 서 있던 한운석이 어느새 그들을 지나쳐 방 안으로 들어간 것이었다.

두 사람은 당연히 싸움을 그만두고 그녀를 따라 들어갔다.

한운석은 고북월에게 다리를 치료할 약이 있다는 희소식을 전하고 있었다. 가만히 듣고 있는 고북월은 눈에 띄게 기운을 차렸고, 입고 있는 희디흰 옷도 희미한 광채를 내는 것 같아 깨끗하고 아름다웠다.

"정말입니까?"

그는 흥분했다.

"이미 서신을 보내 물어보게 했어요. 설사 약왕 손에 생근고가 없더라도 이 세상에 그런 약이 존재하는 한 반드시 찾아낼 거예요!"

한운석이 진지하게 말했다.

'약왕'이라는 말에 고북월은 분명히 멈칫하며 곁눈질로 용비야를 흘끗 바라보았지만, 곧바로 시선을 돌리며 희미하게 미소를 지었다.

"그렇다면 왕비마마께서 저를 내쫓으실 일은 없겠군요."

한운석은 마음 한구석이 씁쓸해지면서 뭐라고 해야 좋을지 몰랐지만, 그래도 엄숙하게 말했다.

"당신이 일어설 수만 있다면 내쫓지 않아요!"

"반드시 그럴 겁니다!"

고북월이 진지하게 대답했다.

고칠소는 옆에서 콧날을 만지작거리며 고북월의 얼굴을 훑어보았다. 비록 옛날부터 알던 인물이고 여러 차례 만나본 적도 있지만, 단 한 번도 고북월을 중요한 사람으로 생각한 적이 없었다. 오늘에서야 진지하게 살펴보니 이자는 정말이지······, 약골이었다!

의술이 뛰어난 것을 빼면 좋은 데라곤 하나도 없는데, 어떻게 용비야 눈에 들어 지금까지 남아 있을 수 있었을까?

고칠소는 다소 이상한 생각이 들었지만, 역시 귀찮아서 깊이 생각하지 않았다. 진지하게 살펴보긴 해도 아직은 고북월을 중요하게 생각하지 않았기 때문이었다.

용비야는 복잡한 눈빛을 띤 채 말이 없었다.

그날 밤, 용비야는 직접 초씨 집안 정보를 고북월에게 건넸다. 다 읽어 본 고북월은 깊이 생각하지 않고 아침에 그랬던 것처럼 나지막한 목소리로 용비야에게 속삭였다. 용비야는 가타부타 말이 없었지만 계속 고개를 끄덕였다.

마치 둘이서 비밀리에 뭔가 꾸미고 있는 것 같았다.

반 시진 가량의 의논이 끝나고 용비야가 나가려는데 고북월이 불러 세웠다.

"진왕 전하, 잠시 기다려 주십시오. 한 가지 더 상의드릴 일이 있습니다."

"말해 보아라!"

"왕비마마께서 약왕에게 약을 청하시면 아마도 대가를 치르셔야겠지요? 저는…….."

고북월의 말이 끝나기 전에 용비야가 싸늘하게 잘랐다.

"그녀 일에 관해서는 본 왕과 상의할 자격이 없다!"

"누가 뭐래도 저와 관계된 일입니다."

고북월은 온화하게 말했다.

"저는 이미 내공을 모두 잃었습니다. 다리가 낫는다 한들……, 후후, 무슨 소용이겠습니까?"

그는 자포자기하는 사람이 아니었지만 잔인할 정도로 결단력이 있었다. 자기 일은 특히 그랬다!

나을 수 있다는 희망을 품긴 했지만, 그 때문에 한운석이 대가를 치러야 한다면 차라리 평생 의자 신세를 지는 게 나았다.

그도 약왕에 대해서 제법 알지만, 아무리 한운석을 제자로 거뒀다고 해도 쉽사리 부탁을 들어줄 사람은 아니었다. 생근고라는 약은 그 자신도 들어보지 못한 것인 만큼 묘약 중에서도 무척 진귀한 약이 분명했다. 그렇게 좋은 물건을 서슴없이 내줄까?

용비야가 눈썹을 치키며 그를 바라보았다.

"고북월, 포기할 생각이었다면 어쩌자고 한운석에게 희망을 줬느냐?"

모두가 한운석이 고북월에게 희망을 줬다고 생각했지만, 용비야는 포기하지 않는 고북월의 태도가 한운석에게 희망을 줬다고 여겼다.

그는 그 여자를 너무 잘 알았다. 고북월이 정말 다리를 못 쓰게 되면 평생 불안해할 여자였다.

고북월은 눈동자에 복잡한 빛을 띠며 다시 말했다.

"제게 왕비마마를 설득할 방법이 있……."

이번에도 고북월은 말을 끝맺지 못했다. 용비야가 또다시 사정없이 끼어들었기 때문이었다.

"네게 무슨 설득할 힘이 있다는 말이냐?"

고북월은 잠시 말문이 막혔다. 뒤늦게야 초조한 마음에 말을 잘못했다는 것을 알고, 그는 묵묵히 고개를 숙였다.

"네가 인질로 붙잡힌 일은 우리 두 사람이 네게 진 빚이다. 치료약이 있는 이상, 본 왕은 반드시 너를 일으켜 세울 것이다. 너는 본 왕을 도와 유족과 적족을 처리하기만 하면 된다!"

용비야는 이 말을 마친 뒤 고북월에게는 말할 기회조차 주지 않고 성큼성큼 문을 나섰다.

고북월은 가만히 탄식했고, 그날 밤 내내 잠을 이루지 못했다. 가슴을 채운 복잡한 감정은 꼭꼭 숨긴 채로 단 한 자락조차 드러낼 수가 없었다. 감히 드러낼 용기도 없었다.

서진 황족의 수호자로서 그 어떤 힘도, 그 어떤 자격도 있었지만, 애석하게도 아무것도 입에 담을 수 없었다.

그는 이 비밀을 마음속 깊이 묻어 두기로 굳게 결심했다.

이튿날, 아침 일찍 약왕 노인의 답신이 도착했다.

생근고는 확실히 약왕 노인에게 있었다. 하지만 그는 한운석에게 직접 고북월을 데리고 약려에 오라고 요구했다.

"설마 직접 고북월에게 약을 발라 주려는 건 아니겠지? 약왕 노인네가 그렇게 마음씨 좋을 리 없잖아?"

고칠소는 턱을 매만지며 고개를 갸웃했다.

한운석도 약왕 노인이 말이 잘 통하는 사람이 아니어서 이번 일이 쉽지 않으리라는 것을 알기에 머뭇거리며 용비야를 바라보았다.

용비야가 반대할 줄 알았지만 예상과 달리 그는 시원시원하게 말했다.

"함께 가지. 협상할 일이 있으면 본 왕이 하겠다."

한운석은 무척 기뻤다. 그녀에겐 용비야의 이해와 지지를 받는 것보다 더 행복한 일은 없었다. 이 인간은 때때로 질투의 화신이 되곤 하지만, 가장 기본적인 옳고 그름 앞에서는 언제나 냉정하고 시원시원했다.

그때쯤 밤새 잠 한숨 못 잔 고북월도 침착한 모습으로 돌아와 있었다.

그는 예전처럼 아무것도 모르고, 아무것도 알아듣지 못하는 척하면서 침상에서 공손하게 읍을 했다.

"감사합니다, 진왕 전하, 왕비마마!"

"고칠소, 당신도 함께 가!"

한운석이 진지하게 말했다.

고칠소는 약을 잘 아는 데다 같은 일에 종사하는 사람이기도 하니, 만에 하나 약왕 노인이 그들을 곯리려고 할 때 얼마간 도움을 줄 수 있었다.

그런데 뜻밖에도 고칠소는 콧방귀를 뀌었다.

"이 도련님은 남자 일에는 흥미가 없어."

한운석은 그를 걷어차 주고 싶어 죽을 지경이었다.

"저리 가 버려!"

고칠소도 이번에는 뻔뻔스레 뭉그적거리지 않고 정말 가 버렸다.

그날 오후, 용비야는 요수군의 일을 정리한 후 한운석과 고북월을 데리고 비밀리에 성을 나가 약성으로 향했다. 서부 지역에서 그가 할 일이라곤 앉아서 싸움 구경하는 것뿐이어서, 당장 몇 개월 정도는 한가했다.

꼬맹이는 그들이 어디로 가는지 몰랐지만, 공자도 함께 나서자 공자의 다리를 치료할 방법이 생겼다는 것을 알고 공자 주위를 팔짝팔짝 뛰어다니며 기뻐 어쩔 줄 몰라 했다. 고칠소는 어디로 내뺐는지 몰라도 그들과 함께 성을 나오지는 않았다.

출발 전에 한운석은 뒤를 돌아보고 고칠소가 오지 않는 것을 확인했다. 이미 그의 신출귀몰한 행적에 익숙해진 그녀는 귀찮아서 따지지도 않았고, 용비야는 더욱더 그의 행방에 관심을 보이지 않았다.

며칠 후 그들은 약성 약재 숲에 도착했다.

약려가 있는 곳에 접근하자 몸소 그들을 배웅하러 온 왕공 일행은 어쩔 수 없이 걸음을 멈췄다. 비록 명문화된 규정은 없지만 잡인들은 함부로 약려에 접근할 수 없었다.

고북월의 바퀴 달린 의자를 밀던 하인조차 따라갈 수 없었다. 한운석이 대신 의자를 밀어 주려 했지만, 용비야가 말없이 선수를 쳐서 직접 고북월을 밀고 나아갔다.

그 광경을 본 한운석은 멍해졌다. 문득, 용비야와 비교하면 자신이야말로 거대한 질투 덩어리였다는 생각이 엄습했다.

뒤를 돌아본 용비야는 못 박힌 듯 서 있는 그녀를 보고 불쾌한 목소리로 말했다.

"한운석, 따라오지 않고 뭘 하느냐?"

저 말이 참 좋다니까!

그가 저렇게 말할 때마다 그녀는 한마디 대꾸도 없이 쪼르르 쫓아가 그의 옆에 서곤 했다. 그리고 그는 늘 그런 그녀를 눈으로 좇다가 그녀가 곁에 온 다음에야 시선을 거두었다.

이미 정오가 지난 때라, 햇빛이 등 뒤에서 비쳐 들어 그런 두 사람의 그림자를 바닥에 드리웠다. 마치 서로 이어져 한 덩이가 된 것 같은 그림자였다. 고북월은 말없이 그 광경을 보고 또

보았다. 비록 한참 동안 쳐다보긴 했지만, 결국 그도 마음을 굳게 먹고 눈을 질끈 감았다.

보지 않으면 생각나지도 않을 것이다.

일행은 조용히 좁다란 밭길을 지나 약려에 도착했다. 조그마한 집 울타리 앞에는 백발이 창창한 노인이 서 있었다. 바로 약려의 주인이자 약학계의 권위자인 약왕 노인, 손종이었다.

그들은 아직 멀리 있었지만 약왕 노인은 큰 소리로 껄껄 웃었다.

"하하하, 아주 착한 제자로구나. 설이 지난 지가 언젠데 이제야 사부를 보러 온 게냐?"

분명히 책망하는 말투였다. 한운석이 새해 인사를 하러 오지 않았다고 꾸짖는 것이었다.

그간 한운석은 너무 바쁜 나날을 보내느라 섣달그믐이 언제였는지, 설이 언제였는지도 알아차리지 못했다. 그런데 이곳에 찾아올 시간이 어디 있었을까!

그녀는 허겁지겁 다가가 변명했다.

"사부님, 서부 지역에 난리가 벌어져 그간 저도 전쟁터에 있느라 틈을 내지 못했답니다. 사죄드리겠어요."

말을 마친 그녀는 더없이 공손하게 읍하고 절을 올린 다음 커다란 선물을 바쳤다.

하지만……

약왕, 그의 꿍꿍이속

하지만 약왕 노인은 눈길도 주지 않고 선물을 받지도 않았다.

"틈을 내지 못해? 요수군에서 매를 날려 약려로 서신 한 장 보내는데 고작 두세 시진이면 된다. 이 사부를 전혀 생각하지 않은 것이겠지."

그렇게 말하며 수염을 쓰다듬는 약왕 노인은 무척 불쾌해 보였다.

한운석은 답답해 죽을 지경이었다! 말로는 사부님, 사부님해도 사실 그녀와 약왕은 가까운 사이가 아니었다. 애초에 10년간 약려에 머무는 것을 거절했을 때부터 그녀는 이미 그의 제자라고 할 수 없었다.

약왕 노인도 입만 열면 그녀를 제자라고 부르며 새해 인사를 오지 않았다고 나무라지만, 속으로는 진짜 제자로 여기고 있지 않았다. 그렇지 않고서야 이렇게까지 괴롭힐 수 있었을까?

한운석은 다시 해명했다.

"사부님, 저는 정말 전쟁터에 있느라 연말이 온 줄도 몰랐답니다. 정신을 차리고 보니 새해가 되어 있더군요. 그렇다고 어떻게 무성의하게 서신만 보낼 수 있겠어요? 누가 뭐래도 직접 와서 인사를 드려야지요."

"허허, 일이 없었으면 오지도 않았겠지!"

약왕 노인이 냉소하며 말했다.

"그럴 리가요! 새해 인사를 드리러 오는 김에 약이 있는지 여쭌 것이랍니다!"

한운석 자신이 듣기에도 무척 가식적이었지만 그래도 얼굴에 철판을 딱 깔고 말했다.

약왕 노인이 일부러 위세를 부려 기를 죽이려고 하는데, 이 관문조차 넘지 못하면 약을 구하는 건 어림도 없었다.

그녀는 들고 있던 선물 상자를 열고 말했다.

"사부님, 보시지요. 사부님께 드리려고 특별히 준비한 선물입니다. 분명히 마음에 드실 거예요."

약왕 노인은 본체도 하지 않고 차갑게 말했다.

"정말 성의를 보이려거든 이번에는 돌아가지 말고 사부 곁에 1년을 머물도록 해라. 어떠냐?"

역시 그 문제였다.

줄곧 말이 없던 용비야가 눈을 싸늘하게 빛내며 차갑게 말했다.

"약왕, 왕비는 새해 인사를 드리러 왔고 본 왕은 약을 구하러 왔소. 생근고를 가지고 있다니 조건을 말해 보시오."

기재奇才들이 거의 다 그렇듯 약왕 노인도 자부심이 강했다. 그는 눈썹을 치켜세우고 용비야를 바라보면서 냉소를 지었다.

"진왕도 이 늙은이의 규칙은 알 텐데. 허허, 이 늙은이에게 부탁해서 약을 받아간 사람은 여태 한 명도 없었다!"

"오해하지 마시오. 본 왕은 한 번도 누군가에게 부탁한 적이 없소! 어떻게 해야 생근고를 내줄 것인지 조건을 말해 보시오!"

용비야는 자부심만 강한 게 아니라 거의 안하무인이었다.

나이는 약왕 노인과 비교할 수 없지만, 기개나 기세는 압도적으로 우세했다.

그 자신도 다른 사람에게 부탁할 리 없지만, 한운석은 더욱더 그래야 했다. 그녀가 이렇게 납작 엎드려 누군가에게 부탁하고 비위를 맞추는 것은 결코 허락할 수 없었다.

한운석이 약려에 남는 것을 반대한 사람이 바로 용비야라고 짐작한 약왕 노인은 처음부터 그를 싫어했는데, 이런 말까지 듣자 버럭 화가 치밀어 외쳤다.

"흥! 이 늙은이는 아무하고 약을 교환하지 않는다. 그만 가거라!"

"교환할 생각이 없으면 왜 왕비에게 환자를 데려오라고 했소? 분명히 무슨 꿍꿍이가 있군, 허!"

용비야는 비꼬는 투로 웃었다.

"이 늙은이가 알아서 할 일이다! 왜 네가 이래라저래라 하느냐!"

약왕 노인은 발을 동동 구를 만큼 화가 났다. 평생 이런 비방을 들어본 적이 없는 그였다.

"왕비의 일이 곧 본 왕의 일이오! 대체 어떻게 해야 생근고를 내줄 것인지 시원하게 말해 보시오!"

용비야는 한 걸음도 물러서지 않았다.

"네……, 네놈이……."

약왕 노인은 분노로 얼굴까지 시퍼렇게 물들었지만 대꾸할 말이 없었다. 눈앞에 있는 이가 다른 사람이었다면 벌써 사람을 시켜 모조리 쫓아냈을 테지만, 하필이면 상대는 한운석이었다.

그녀의 재주를 본 이후 지금까지, 그는 그녀를 약려에 붙잡아 두고 자신의 모든 것을 전수해 약학계 권위자로 만들고 싶은 생각에 사로잡혀 있었다.

어렵게 이곳으로 불러들인 그녀를 이대로 쫓아 보낼 수는 없었다.

대놓고 약려에 남아야 생근고를 내주겠다고 요구하면 그녀가 화를 내고 그를 경멸하게 될까 걱정스러웠다. 그래서 새해 인사를 하지 않았다고 트집을 잡아 그녀 스스로 곁에 남겠다고 말하도록 만들 생각이었다.

계획에 따라 한운석이 할 말이 없을 때까지 몰아붙였는데 하필이면 용비야가 끼어들어 방해했다. 정말이지 괘씸했다!

옆에서 보던 한운석은 용비야가 약왕 노인의 이런 약점을 믿고 자극하고 있는 것을 알아차렸다.

그녀는 눈동자를 반짝 빛내며 황급히 말했다.

"전하! 사부님께 어쩜 그런 무례한 말씀을 하세요? 생근고가 약려에 있으니 저더러 고 의원을 데려오라고 하신 이상, 사부님께서는 반드시 고 의원을 구해 주실 거예요. 우리 사부님은 세상에서 가장 좋은 사부님이시라고요!"

이 말에 고북월은 그만 웃음을 터트릴 뻔했다.

약왕 노인도 이 말에 뭐라고 대답해야 할지 갈피를 잡지 못한 듯 입을 실룩이고 수염을 꿈틀거렸다.

한운석이 재빨리 다가가 약왕 노인의 손에 선물 상자를 밀어넣었다.

"사부님, 전하께서 사부님을 오해하신 거예요. 그렇지요?"

약왕 노인은 뭐라고 해야 할까?

'아니다'라고 하면 용비야가 말한 대로 '꿍꿍이가 있는 사람'이 되고, '그렇다'라고 하면 한운석이 말한 대로 '반드시 고 의원을 구해 줄 좋은 사부'가 되어야 했다.

문득, 이 부부에게 당한 기분이 들었다.

"그렇지요, 사부님?"

한운석이 다시 물었다. 애교를 떠는 것처럼 보여도 사실은 바짝 몰아붙이는 말이었다.

약왕 노인은 몇 번 헛기침하더니 결국 어쩔 수 없이 고개를 끄덕였다.

"음, 진왕에게 오해를 받는 것이 무슨 대수겠느냐. 이 사부는 네가 오해할까 걱정이다."

"오해라니요! 그럴 리가요! 안으로 들어가시지요, 사부님. 사람을 구하는 게 중요하답니다."

한운석은 역시 시원시원했다.

뜻밖에도 약왕 노인은 그들을 집 안으로 데려가지 않고 약려를 지나쳐 어느 바위 숲으로 들어갔다.

바위 숲 끝에는 동굴이 하나 있었는데, 입구 위의 돌로 만든 편액에는 핏빛으로 '구약동求藥洞'이라는 세 글자가 크게 새겨져 있었다. 동굴 안은 칠흑처럼 컴컴해서 얼마나 깊은지 보이지 않았다.

한운석과 용비야는 왠지 불길한 예감이 들어 서로 마주 보았다. 한운석이 의아한 목소리로 물었다.

"사부님, 이곳은……."

"너희가 원하는 생근고는 확실히 약려에 있다만 이 늙은이 소유가 아니다. 이 늙은이의 사부님께서 살아생전에 만드신 것인데, 바로 이 동굴 안에 있다. 이 동굴에는 생근고뿐만 아니라 다른 묘약도 많지. 지난날 사부님께서는 누구든 동굴에 들어갈 수 있으면 한 푼도 내지 않고 약을 얻게 될 것이나, 약을 얻지 못하면 반드시 벌을 받게 될 것이라는 말씀을 남기셨다."

이 말을 하는 동안 약왕 노인의 눈동자 깊은 곳에서는 교활한 빛이 번쩍였다. 그가 계속 말했다.

"그 벌이 무엇인지는 들어가 봐야만 알 수 있다. 얘야, 안으로 들어갈지 빈손으로 돌아갈지 신중하게 결정해야 한다. 이 사부도 널 도울 수가 없다."

"왕비마마, 구약동은 무척 위험합니다. 저 때문에 모험하실 필요는 없습니다!"

고북월이 다급하게 말했다.

한운석은 생긋 웃었다.

"모험 한 번에 당신 다리를 살릴 수 있다면 해 볼 가치가 있어요!"

위험이라면 익히 겪어 본 그녀였다. 고작 동굴에 불과한 구약동이 위험해 봤자 얼마나 위험할까?

"횃불을 빌려주시오!"

용비야가 차가운 목소리로 약왕 노인에게 말했다.

약왕 노인도 이미 그들이 들어갈 것을 예상하고 재미있는 구경거리가 펼쳐지기를 기다리고 있었다. 이번에는 반드시 한운석을 붙잡아 둘 생각이었다.

그는 곧 사람을 시켜 등롱 하나를 건네주었다.

"두 사람은 들어가고 고 의원은 남도록 해라. 이 늙은이가 보살피마."

고북월도 한운석을 만류하는 대신 고집스럽게 말했다.

"저도 두 분을 따라가겠습니다!"

"걱정하지 말아요. 우린 금방 나올 거예요."

한운석이 그를 위로했다.

"네가 들어가면 방해만 될 뿐이다."

용비야 역시 차갑게 말했다.

"진왕 전하, 방해되지 않겠다고 약속드리겠습니다!"

고북월은 그래도 꿋꿋했다.

용비야는 그를 무시한 채 등롱을 들고 동굴 입구로 다가가 안쪽을 살폈고, 한운석은 그를 위로했다.

"고 의원, 안심해요. 우리가 저 동굴에서 나오면 당신은 곧 일어설 수 있을 거예요."

"왕비마마, 저를 데려가지 않으시면 차라리 죽을망정 치료는 받지 않겠습니다! 저는 한다면 합니다!"

고북월의 얼굴은 무척 엄숙했고 눈빛은 아주 맑았다. 그 모습에 한운석마저 당황했다. 오랫동안 알고 지냈지만, 이 온화한 남자에게도 고집스러운 구석이 있다는 것은 처음 알게 된 사실이었다.

하지만 그래도 그녀는 허락하지 않았다.

"고 의원, 진왕 전하 말씀이 옳아요."

운석 낭자, 나는 본래 낭자를 지켜야 하는 사람입니다. 그런데 내 일로 낭자를 위험에 빠뜨리면 이 두 다리를 구한들 무슨 소용이며, 이 목숨을 부지한들 무슨 소용이겠습니까?

"전하와 마마께서 그처럼 고집하시면 저도 할 말이 없습니다. 하지만 헛걸음을 하시는 건 각오하십시오. 설령 약을 얻더라도 제 다리를 치료할 수 없을 테니까요!"

고북월은 차갑게 말했다. 어찌나 찬바람이 쌩쌩 부는지 마치 다른 사람이 된 것 같았다.

그에게는 제 다리를 철저히 망가뜨릴 방법이 얼마든지 있었다.

한운석은 완전히 넋이 나갔다. 눈앞의 이 남자가 몹시도 낯설어 보였다. 그녀가 어쩔 줄 모르고 있을 때 용비야가 고북월에게 등롱을 건네더니 두말없이 직접 의자를 밀며 동굴로 들어갔다.

한운석은 그런 두 사람의 뒷모습을 보자, 무엇 때문인지 몰라도 걱정이 싹 사라지고 도리어 마음이 따스해졌다. 그녀는 허겁지겁 뒤를 쫓았다.

"참, 이 늙은이가 알려 주는 것을 깜빡했구나. 주어진 시간은 한 시진뿐이다!"

약왕 노인이 등 뒤에 대고 큰 소리로 외쳤다. 그는 몇 발짝 따라가다가 동굴 입구에 이르자 우뚝 멈췄다.

그는 평생 다시는 이 구약동에 발을 들일 용기가 없었다. 사실 그 역시 약을 구하러 약려를 찾아왔다가 구약동 안에 갇히는 바람에 어쩔 수 없이 평생 약려에 머물게 된 사람이었다.

그에게 이 동굴은 악몽이었지만, 지금은 희망이기도 했다. 그는 한운석이 자신의 전철을 밟기만을 간절히 기다렸다!

한운석 일행의 모습은 금세 동굴 속 끝, 간데없는 어둠 속에 파묻혔다.

약왕 노인은 서둘러 옆에 난 오솔길로 걸어갔다. 이 오솔길과 구약동은 나란히 나 있고 비밀 창이 있어 안에서 벌어지는 모든 것을 볼 수 있었다.

한운석 일행은 말없이 계속 안으로 들어갔다. 용비야는 한 손으로 고북월의 의자를 밀고 다른 한 손으로 한운석의 손을 꽉 잡은 채 경계를 돋워 주위의 움직임을 낱낱이 주시했다. 기류의 이상 흐름조차 놓치지 않았다.

고북월은 무공이 모두 사라졌지만 오랜 기간 무예를 연마하며 얻은 경계심은 남아 있어서, 용비야와 마찬가지로 주위를 꼼꼼히 살폈다.

한운석도 경계를 풀지 않고 언제든 침을 쏠 준비를 했다.

그러나 한참 동안 긴장한 끝에 쓸데없는 짓이었음을 깨달았다. 이 동굴에는 함정도 없고 매복도 없었다. 오로지 그들이 넘어야 할 관문만 있을 뿐이었다.

안전하게 마지막 관문까지 가기만 하면 원하는 약은 무엇이든 가져갈 수 있었다.

그들은 곧 첫 번째 관문인 약 감별문에 도착했다!

그들의 앞을 가로막은 것은 굳게 닫힌 돌문으로, 검은 옷을 입은 약 심부름하는 동자가 약 한 상자를 받쳐 들고 문 앞에 서 있었다.

"향 하나가 탈 시간 안에 이 안에 있는 약을 감별해 내면 계속 앞으로 나아가실 수 있습니다. 그렇지 못하면 평생 약려에 남아야 합니다! 이를 어기는 자는 치료약이 없는 온갖 병을 앓게 되는 저주를 받습니다!"

동자의 말투는 딱딱하고 감정은 전혀 느껴지지 않았다.

"감별하는 규칙은?"

한운석이 물었다.

"다섯 걸음 떨어진 곳에 서서 다가오지 않고 보기만 해야 합니다."

동자가 설명했다.

"그것뿐이야?"

한운석은 기뻐하며 물었다.

그녀에게 이것쯤은 어린아이 장난이나 마찬가지였다. 다섯 걸음은 말할 것도 없고 열 걸음, 아니 스무 걸음 밖에서도 문제없었다.

"그것뿐입니다. 준비되면 시작하십시오."

동자가 말했다.

"시작할게!"

한운석이 과감하게 나섰다.

동자가 천천히 약 상자를 열자 숨어서 지켜보던 약왕 노인의 얼굴 위로 간교한 미소가 떠올랐다. 그는 약성의 시약대회에서 한운석의 재주를 본 적이 있었다.

하지만 구약동의 첫 번째 관문이면 틀림없이 그녀를 막을 수 있으리라 굳게 믿었다. 지난날 그 역시 이 첫 번째 관문에 패했던 것이다!

대관절 멍청한 건 누구

동자가 상자를 여는 순간 모두 깜짝 놀랐다.

약 상자에는 동그랗고 조그마한 환약이 빈틈없이 꽉꽉 들어 있었기 때문이었다. 어림잡아도 백 알은 넘어 보이고 크기가 엄지손톱만 해서, 한운석은 초콜릿으로 오해할 뻔했다.

무엇보다 놀라운 것은 환약의 개수가 아니라 냄새였다. 약 상자를 여는 순간 지독하게 강한 약 냄새가 흘러나와 동굴 안을 가득 채웠다.

용비야 같은 문외한은 단순히 약 냄새를 맡는 것이 고작이었지만, 한운석과 고북월 같은 전문가는 이 복잡한 냄새가 수많은 약이 섞여서 나는 냄새라는 것을 알아보았다.

약을 감별하는 일에는 '눈, 코, 입'이 중요했다. 먼저 눈으로 모양과 색을 확인한 다음 코로 냄새를 맡고 입으로 맛을 봐야 하는데, 동자는 다섯 걸음 떨어져서 약을 감별하라고 했으니 '입'은 쓸 수 없고 '눈'과 '코'만 이용할 수 있었다.

그런데 동굴 안이 어두컴컴한 데다 상자 안에 든 약은 똑같은 색에 똑같은 형태를 띤 조그마한 환약이라, 다섯 걸음은커녕 세 걸음만 떨어져도 자세히 볼 수가 없었다.

터놓고 말하자면, 이 관문은 '코'만 이용해 커다란 상자 가득 든 약 백여 가지를 감별하는 것이었다. 게다가 약 냄새가 서로 뒤섞여 구분하기 쉽지 않았다.

한운석은 속으로 탄식을 내쉬었다. 첫 번째 관문이 이렇게 어려우면 뒤에 있는 관문은 어느 정도일까?

"아직 포기할 기회는 있습니다. 포기하려면 왔던 길로 돌아가시되 일단 시작하면 돌아갈 수 없습니다."

동자가 일깨워 주었다.

한운석은 꼼짝도 하지 않고 약 상자를 노려보았다. 문외한인 용비야는 이 일이 한운석에게 얼마나 어려운지 알지 못했다. 그래서 한운석을 흘끗 바라본 후 침묵을 택했다.

고북월도 눈빛이 복잡했다. 의술과 약술은 서로 통하는 학문이어서, 이 관문이 얼마나 어려운지 그 역시 잘 알았다. 설령 한운석이 저 백여 가지 환약을 모두 감별해 정확하게 맞힌다 해도 승산이 크지 않았다.

시간이 부족하기 때문이었다!

구약동에는 삼대 관문이 있고 하나같이 난관이었다. 백여 가지 환약을 하나도 틀리지 않고 맞히는 것은 아무리 뛰어난 약제사라도 한두 시진은 들여야 했는데, 주어진 시간은 한 시진 뿐이었다. 이곳에서 시간을 다 써 버린다면 설사 이 관문을 넘더라도 그들의 패배였다.

영리한 고북월은 구약동이란 그저 한운석을 붙잡아 두기 위한 음모에 불과하다는 것을 금세 파악했다!

"왕비마마, 돌아가시지요. 이건……."

고북월이 '음모'라는 말을 내뱉기 전에, 한운석이 동자에게 말했다.

"포기하지 않아. 시작해!"

이 말이 떨어지자 가장 기뻐한 사람은 역시 숨어서 지켜보던 약왕 노인이었다. 평소 쉽사리 웃지 않는 그도 이번에는 입을 막고 쿡쿡 웃었다.

그는 한운석의 성격상 절대 포기하지 않을 줄 알고 있었다!

참 마음에 드는 성격이었다!

약왕 노인은 한운석이 한 시진 안에 몇 가지나 감별해 낼지 궁금했다. 지난날 그 자신은 한 시진에 쉰일곱 가지를 알아맞혔다. 비록 첫 번째 관문을 넘지는 못했지만, 그래도 구약동의 기록을 갈아치웠던 터라 평생 자랑으로 여기던 일이었다!

한운석이 능력을 최대한 발휘한다면 서른 가지 정도는 알아낼 수 있으리라 싶었다. 예전의 자신만큼은 아니지만, 저 나이에 그 정도면 꽤 괜찮은 솜씨였다.

동자가 약 상자에서 약 한 알을 꺼내 손바닥에 올려놓고 한운석에게 보여 주었다.

고북월은 연신 고개를 저었고, 지금껏 한운석의 능력을 믿어 온 용비야마저 마음이 불안해졌다. 저런 식으로 환약을 하나하나 알아맞히려면 시간이 얼마나 걸릴까?

"이게 무슨 약인지 알아내셨다면 말씀하십시오. 한번 답한 것은 돌이킬 수 없으니 잘 보고 말씀하십시오."

동자가 엄숙하게 말했다.

"알았어."

한운석은 고개를 끄덕이고는 진지한 얼굴로 환약을 응시했다.

동굴 안은 고요한 가운데 조금씩 조금씩 시간이 흘렀다. 꽤 많은 시간이 흘렀지만 뜻밖에도 한운석은 아직 말이 없었다.

용비야와 고북월은 엄숙한 표정을 지은 채 속으로 긴장했지만, 구석에 숨은 약왕 노인은 자못 인내심을 발휘하며 기다렸다. 하지만 차 한 잔 마실 시간, 즉 10분 정도가 지났는데도 예상과 달리 한운석은 단 한 알도 알아맞히지 못했다.

용비야와 고북월은 초조했다. 이 속도면 이미 진 셈이었다. 약왕 노인도 꽤 실망해서 수염을 쓰다듬으며 혼잣말을 중얼거렸다.

"내가 저 아이를 과대평가한 모양이군."

차 한 잔 마실 시간이면 한운석이 약 하나 알아맞히기엔 충분하다고 생각했는데, 뜻밖에도 그녀는 또다시 차 한 잔 마실 시간이 지났는데도 계속 침묵하고 있었다. 환약을 노려보는 그녀는 마치 뭔가 곰곰이 생각하는 듯 진지한 표정이었다.

이렇게 되자 동자도 더는 두고 볼 수가 없었다. 약왕 노인이 구약동 관문을 지키러 보낸 사람인만큼 이 아이도 결코 평범한 인물은 아니었다.

이렇게 한참 지났는데 이 여자는 어째서 하나도 맞히지 못할까?

"이 약이 뭔지 모르시겠다면 다른 것을 먼저 감별하셔도 됩니다. 이렇게 멍청한 사람도 뻔뻔하게 약을 구하러 오는군요. 허 참!"

동자는 귀찮은 듯이 하품했다.

"아니, 바꿔도 별 차이 없어."

결국, 한운석이 입을 열었지만, 그 말이 무슨 뜻인지는 아무도 알아듣지 못했다.

동자는 하품을 하다 말고 어리둥절해하며 그녀를 돌아보았다.

"바꿔도 차이가 없다니요? 아니, 하나도 모르시겠다는 겁니까?"

약왕 노인은 눈앞에 펼쳐진 상황을 믿을 수 없어 연신 고개를 저었다. 자신도 사람을 잘못 볼 때가 있다니 뜻밖이었다. 용비야는 말이 없었고, 고북월은 과감하게 직접 나섰다.

함께 구약동에 들어온 이상 약을 감별하는 사람은 꼭 한운석이 아니라도 상관없었다. 그 역시 모든 환약을 감별해 낼 자신은 없지만, 어쨌든 일부는 맞힐 수 있을 테니 처참하게 패배하는 꼴은 피할 수 있을 터였다.

"왕비마마, 제가 하겠습니다."

그가 진지하게 말했다.

그런데 한운석은 손을 내저으며 태연하게 대답했다.

"됐어요. 내가 모두 감별했어요."

아니…….

동굴 안은 오랜 침묵에 빠져들었다. 숨소리조차 들리지 않을 정도로 조용한 가운데 용비야의 입꼬리가 멋지게 호를 그렸다.

동자가 정신을 가다듬으며 믿을 수 없다는 듯 물었다.

"바……, 방금 뭐라고 했습니까? 다시 말씀해 보세요!"

"저 환약들을 모두 감별했다고 했어. 지금부터 이름을 하나씩 댈 테니 잘 들어!"

한운석이 진지한 목소리로 말했다.

동자는 까르르 웃음을 터트렸다.

"말도 안 돼! 거짓말을 해도 말은 되게끔 하셔야지요. 신성한 약려에서 허튼소리를 하시면 안 됩니다! 약왕 어른, 나오세요! 감히 이런 자를 구약동에 데려오다니 눈이 삐셨어요? 당장 데리고 나가세요!"

약왕 노인은 재빨리 어둠 속에서 걸어 나갔다. 그도 이렇게 될 줄은 전혀 예상하지 못했다. 그는 동자와 마찬가지로 한운석의 말을 믿을 수 없어서 심각한 목소리로 말했다.

"한운석, 정말 하나도 감별해 내지 못했느냐?"

한운석은 짜증스레 눈을 흘길 뿐 대답도 하지 않았다. 그녀가 그렇게 진지하게 살펴본 것은 완벽을 기하기 위해 해독시스템으로 세 번이나 검사했기 때문이었다.

약과 독은 본래 하나여서, 해독시스템의 약 감별 기능은 독 감별 기능만큼 뛰어나지는 않아도 초보적인 약재 판별쯤은 할 수 있었다.

백 알은 물론이고 천 알도 문제없었다.

"한운석, 말 좀 해 봐라!"

약왕 노인은 몹시 흥분했다. 가까스로 마음에 든 후계자를 만났는데 이렇게 쉽게 잃고 싶지는 않았다.

한운석은 그를 흘끗 보며 차갑게 말했다.

"잘 들으세요! 자감紫甘, 풍상風橡, 사목四木, 화엽樺葉, 광제
환廣濟丸······."

한운석은 족히 백칠 가지나 되는 환약 이름을 쉬지 않고 단
숨에 읊었고, 듣고 있던 약왕 노인과 동자는 깜짝 놀라 멍해졌
다. 너무나도 익숙한 이름이지만, 한운석이 이렇게 빨리 읊어
대자 당황스러워 어떻게 해야 할지 알 수가 없었다.

한운석이 이름을 모두 읊었을 때쯤 약왕 노인과 동자 모두
넋이 나가 있었다.

한운석은 여유롭게 목청을 가다듬은 뒤 물었다.

"모두 백일곱 가지예요. 다 맞죠?"

약왕 노인은 그녀를 빤히 쳐다보며 아무 말도 하지 않았다.
조금 전까지 짜증을 내던 동자도 더듬더듬 말했다.

"그······, 그럴 수가, 다시 한 번 말해 보세요!"

"잘 못 들었어?"

한운석이 물었다.

사실 동자도 처음에는 똑똑히 들었으나 점차 넋이 나가면서
한운석의 속도를 따라잡지 못해 몇 개 놓치고 말았다. 어쨌든
지금은 몹시 혼란스러운 상태였다.

"너······, 너무 빨라서 다 못 들었습니다."

"어디서부터 못 들은 거야?"

한운석이 물었다.

"새······, 생각해 보겠어요."

동자는 진지하게 말했다.

한운석은 기다렸다는 듯이 깔깔 웃었다.

"이렇게 멍청한데도 뻔뻔하게 구약동을 지키는구나. 알아서 썩 꺼지지 않고!"

자신이 어쩌다 멍청해졌는지, 동자가 채 깨닫기도 전에 옆에 있던 고북월이 웃음을 터트렸다. 초운예에게 붙잡힌 이후로 이렇게 즐겁게 웃은 것은 처음이었다. 용비야도 입꼬리를 높이 올리고 보기 좋은 웃음을 지었다.

제대로 듣지 못했는데 어디서부터 놓쳤는지 무슨 수로 알까? 한운석이 이렇게 물은 것은 뭐니 뭐니 해도 동자를 곯려 주기 위해서였다.

이 여자가 자비롭고 마음씨 곱다고 누가 그랬더라? 딱 봐도 욕 한번 들으면 그대로 갚아 주는 성격인데.

약왕 노인도 몇 가지는 똑바로 듣지 못했지만, 자칫 실수로 한운석의 함정에 빠져 체면이 떨어질까 겁이 나서 차마 물어볼 수가 없었다.

동자는 골이 나서 씩씩거렸다.

"다시 한 번 말해 봐요. 천천히!"

"시간제한이 있잖아. 난 다 말했는데 똑바로 듣지 못한 건 네 문제야. 네가 너무 멍청해서 제대로 알아들을 때까지 한 시진이 걸리면, 다음 관문으로 갈 필요도 없잖아?"

한운석이 차갑게 물었다.

동자는 말문이 막혀 어쩔 수 없이 한발 물러섰다.

"그 시간은 감하지 않을 테니 천천히 말해 보세요."

이 여자가 모두 다 맞혔다고는 믿을 수가 없었다. 저렇게 다다다 쏘아 댄 걸 보면 필시 슬그머니 얼버무린 부분이 있을 터였다. 약왕 노인도 같은 생각을 하며 말없이 지켜보았다.

한운석은 가소로운 표정으로 약왕 노인과 동자를 바라보더니 환약 이름을 하나하나 천천히 말했다. 이번에는 약왕 노인과 동자도 똑똑히 들었다.

한운석이 마지막 이름을 댄 순간 노인과 아이 둘 다 눈이 휘둥그레졌다.

세상에……! 다 맞았어!

게다가 차 두 잔 마실 시간밖에 걸리지 않았다니! 심지어 환약을 하나하나 살펴본 것도 아니었다! 어떻게 알아냈을까? 설마 냄새만으로 판단한 걸까?

무릇 구약동에 들어온 사람이라면 저주를 받고 달아나거나 한평생 제자로서 약려에 남아 약을 심고 배합하고 공부해야 했다.

한운석은 첫 번째 관문을 넘은 첫 번째 사람이었다!

약왕 노인과 동자는 눈앞에 펼쳐진 사실을 믿을 수 없어 멍해졌다.

"똑똑히 들었겠지? 모두 맞혔지?"

한운석이 물었다.

그제야 정신이 든 동자는 갑자기 한운석에게 끝 모를 존경심이 솟구쳐 연신 고개를 끄덕였다.

"맞아요! 모두 맞혔어요! 축하드립니다. 첫 번째 관문을 통과하실 수 있습니다!"

한운석을 바라보는 약왕 노인의 눈동자가 이상하리만치 뜨겁게 달아올랐다. 충격을 넘어 기뻐서 미칠 것 같은 표정이었다! 그는 사람을 잘못 보지 않았다. 이 아이는, 무슨 일이 있어도 놓아줄 수 없었다.

첫 번째 관문을 통과한들 또 어떤가. 두 번째 관문에서 필요한 것은 약에 대한 지식뿐만이 아니었다. 약왕 노인은 이들이 절대 두 번째 관문을 통과할 수 없다는 데 목을 걸 수도 있었다!

패배를 인정하는 것이 방법

한운석은 첫 번째 관문을 순조롭게 통과했다.

용비야와 고북월은 한참 동안 긴장했던 만큼 당연히 기뻐해야 옳았다. 하지만 지금 그들은 약왕 노인을 주시하고 있었다.

한운석에게 꿍꿍이를 품은 눈빛이라면 대체로 이 두 사람의 눈을 피할 수 없었다.

약왕 노인은 기쁨에 들뜬 나머지 운공대륙에서 가장 강한 두 남자가 그를 향해 원한을 새기고 있다는 사실을 알지 못했다.

동자가 뭐라고 하기 전에 약왕 노인이 채근했다.

"어서 문을 열고 들여보내 주지 않고?"

약왕 노인도 한운석을 조사한 적이 있어서, 그녀가 독술에 뛰어나고 약을 감별하는 능력도 훌륭하지만 의술은 평범해서 가벼운 병이나 작은 상처만 치료할 수 있다는 것을 알고 있었다.

구약동의 두 번째 관문을 넘으려면 약에 관한 지식뿐 아니라 의술에 관한 지식도 필요했다. 한운석이 아무리 대단해도 이번 만큼은 당할 수밖에 없었다!

고북월이라면, 고작 오품 신의에 불과했기에 애초에 약왕 노인의 관심 대상도 아니었다.

약왕 노인은 자꾸만 수염을 쓰다듬으며 미칠 듯한 기쁨을 억눌렀다. 이렇게 대단한 재주를 가진 제자를 거두게 될 줄은 생각해 본 적이 없었다. 심지어 한운석이 약려에 남으면 무슨 일을 시킬지 구상하기 시작했다.

아무래도 위엄을 보여 기를 좀 눌러 놓은 다음 어디서 약을 감별하는 기술을 배웠는지 자세히 알아봐야겠다 싶었다. 물론 가장 중요한 것은 그가 평생 배운 것을 전수하고, 그녀가 영원히 약려를 지키면서 약 제조에 매진하게 만드는 것이었다.

동자가 얼른 등 뒤에 있는 돌문을 열었다.

오직 생근고를 얻어 고북월의 다리를 치료하려는 생각뿐인 한운석은 약왕 노인을 아는 척도 않고 큰 걸음으로 돌문을 지났다. 용비야는 고북월의 의자를 밀며 바짝 뒤따랐다.

돌문 안에도 어두운 통로가 이어져 있었다. 한 번 겪어 본 그들은 고민하거나 경계하지 않고 서둘러 앞으로 나아갔다. 그런데 통로 끝에 도착해 보니 예상과 달리 활짝 열린 커다란 돌문이 보였다.

어떻게 된 일일까?

"설마 첫 번째 관문을 너무 쉽게 넘었다고 그냥 통과할 기회를 주려는 걸까요?"

한운석이 재미난 듯이 말했다.

"분명히 속임수가 있을 겁니다!"

고북월은 역시 신중했다.

하지만 용비야는 긴 다리를 성큼 움직여 시원시원하고 패기 만만하게 돌문을 지났다. 어차피 온 이상, 칼날이 쏟아지고 불길이 타올라도 두려워하지 말고 당당하게 뛰어들 수밖에 없었다! 문이 보란 듯이 열려 있으니, 당연히 그들도 보란 듯이 들어가야 했다!

한운석 역시 과감한 성품이어서 직접 고북월의 의자를 밀고 들어갔다. 안으로 들어간 순간, 돌문이 저절로 닫혀 돌아갈 길을 차단했다.

고북월이 입을 열었다.

"아무래도 두 번째 관문이 시작된 모양입니다. 왕비마마……."

말이 끝나기도 전에 별안간 그가 격렬하게 기침을 해 댔다. 어찌나 심한지 숨을 제대로 쉬기 힘들 정도여서 한운석은 깜짝 놀랐다.

"뭐가 목에 걸리기라도 했어요?"

고북월은 대답할 수도 없어 다급히 손을 내저었다.

한운석이 물을 건넨 뒤 등을 두드려 주려고 했으나 용비야가 선수를 쳤다. 그런데 그가 고북월의 등을 겨우 몇 번 두드렸을 때 갑자기 한운석도 기침을 하기 시작했다. 고북월처럼 격렬하지는 않지만, 계속 기침이 나와 숨쉬기도 힘들고 무척 괴로웠다.

이 세상에는 기침하다 목이 메어 죽는 사람도 적지 않았다.

다급해진 용비야는 더는 고북월을 신경 쓸 틈이 없었다. 그는 황급히 한운석을 앉힌 뒤, 조심조심 등을 두드리고 심장께를 어루만져 숨이 통하게 하고 물을 먹여 주는 등 바쁘게 움직였다.

그렇지만 목을 축이기도 전에 물이 다시 입 밖으로 튀어나왔다. 등을 두드리는 것도 잠시 효과가 있을 뿐 큰 소용이 없어서, 고북월과 한운석은 환자가 되고 말았다.

용비야마저 기침을 했다. 한운석이나 고북월만큼 심각하진 않았지만 목구멍이 간질간질하니 견딜 수가 없어서 때때로 콜록콜록 기침이 났다.

대체 어떻게 된 걸까? 한운석이 약간 좋아졌을 때쯤 용비야가 물었다.

"중독이냐?"

"모르겠어요. 콜록콜록……, 중독 같지는 않아요. 틀림없이 두 번째 관문의 시험일 거예요. 교활하기도 하지!"

한운석은 심장이 아플 정도로 기침을 해 댄 끝에 겨우 눌러 참을 수 있었다. 그녀는 용비야에게 물을 건네며 진지하게 말했다.

"고 의원은 몸이 허약해서 이렇게 시달리면 견딜 수 없으니 잘 보살펴야 해요. 그렇지 않으면 여기까지 헛걸음 한 셈이 돼요."

고북월이 여기서 죽으면 생근고를 손에 넣은들 무슨 의미가 있을까?

용비야는 한운석이 큰 문제없는 것을 확인하자 곧 고북월에게 돌아서서 기침을 진정시키고 물을 먹였다. 그리고 한운석은 진지하게 고북월의 맥을 짚어 보았다. 고북월의 상태가 제일 심각하니 맥상에 이상이 있다면 선명하게 드러날 터였다.

고북월은 숨조차 제대로 쉴 수 없는 상태여서 이것저것 생각할 겨를이 없었다. 기침할 때마다 가슴이 쿡쿡 쑤시고 머릿속이

욱신욱신했다. 잠시 멈추고 물을 마시는 것조차 불가능했다.

죽음에 아주 가까이 가 본 적이 여러 차례 있었지만 지금처럼 가까웠던 적도 없었고, 지금처럼 괴로웠던 적도 없었다. 생각이라는 것을 할 수 없을 정도로 괴로웠다.

숨을 고르려 애써 보고, 잠시라도 기침을 참고 맥을 짚어 보고 싶었지만, 애석하게도 그럴 수가 없었다.

그가 물을 삼키지도 못하자, 한운석은 별수 없이 독 모기떼를 쫓을 때 썼던 분무기에 깨끗한 물을 넣고 입 안에 뿌리는 방식으로 목을 시원하게 해 주려고 했다. 하지만 이 방법도 소용 없었다. 고북월은 계속 기침을 했고 나아질 기미가 조금도 없었다. 한운석은 과감하게 금침을 꺼내 침을 놓았다.

뜻밖에도 침술마저 효과가 없었고, 기침은 점점 더 심해졌다.

천식으로 인한 기침은 아니라지만 계속 이렇게 가다간 산소 결핍이 될 수도 있었다.

목숨이 위험한 순간이 닥치자 늘 차분하던 한운석도 겁을 먹고 초조하게 물었다.

"용비야, 어떡해요?"

이런 일은 용비야에게 가장 낯선 분야였다.

하지만 그는 허둥거리지 않고 과감하게 고북월의 손을 잡아 운기행공해서 자신의 진기를 그에게 주입했다.

진기라는 것은 선천적으로 타고난 원기와 후천적으로 익혀서 얻는 기운으로, 목숨을 지켜 주는 뿌리였다. 용비야의 진기가 충만하고 몸이 튼튼한 것도 좋은 체질을 타고난 데다 열심히 내공을 수련한 덕분이었다.

용비야의 진기를 받자 고북월의 허약한 몸에도 새로운 힘이 솟는 것 같았다. 그는 그 힘으로 기침을 억누르고 숨을 골랐다.

이를 본 한운석이 무척 기뻐하며 재빨리 물을 먹여 주었다. 물로 목을 축이자 고북월도 훨씬 좋아졌다.

"좀 괜찮아졌어요?"

한운석이 다급히 물었다. 용비야가 그런 그녀를 쳐다보았으나 그의 표정은 차갑기만 하고 감정은 전혀 드러나지 않았다.

한운석은 무예를 익힌 사람에게 진기가 어떤 의미인지 몰랐지만, 고북월은 무척 잘 알고 있었다! 한운석과 용비야를 번갈아 바라보는 그의 마음속은 마치 실타래를 얽어 놓은 것처럼 복잡했다.

"고 의원, 어서 맥을 짚어 봐요. 우리가 무슨 병에 걸린 거죠?"

한운석이 다급하게 말했다.

그런데 뜻밖에도 고북월은 눈앞이 까매지는 것을 느끼다가 그대로 혼절하고 말았다.

"고북월!"

용비야가 화난 소리로 외치며 계속 진기를 주입했지만 애석하게도 고북월은 깨어나지 않았다. 그는 불쾌하게 중얼거렸다.

"쓸모없는 자로군!"

한운석이 황급히 고북월의 맥을 짚어 보았으나 왜 이러는지 알 수가 없었다. 고북월은 몸이 허약할 뿐 맥상에 특별한 증상이 나타나지 않았다.

그녀는 자신과 용비야의 맥도 짚어 보았지만 모두 정상이었다.

"멀쩡하던 사람이 어떻게 갑자기 병이 날 수 있느냐?"

용비야는 이해할 수 없었다. 비록 이쪽 분야에는 문외한이지만 몸에 이상을 유발하는 것이 병 아니면 독이라는 것은 알고 있었다. 한운석이 독을 감지하지 못했으니 십중팔구 병이었다. 그 말을 마치기 무섭게 용비야는 다시 기침을 쿨럭였다.

"두 번째 관문까지 오는 길에 뭔가를 들이마셔서 이렇게 기침을 하는 게 분명해요. 접촉하기만 하면 병을 유발하는 것이 있어요. 병독病毒(바이러스)이라고 하는 거예요."

전문적인 설명은 아니었다.

정확하게 말하면, 바이러스는 수없이 많지만 접촉한다고 해서 모두 병에 걸리는 것은 아니었다. 병에 걸릴 가능성은 바이러스 자체의 전염성뿐만 아니라 인체의 면역력과도 관계가 있었다.

자세하게 설명하려면 전문적인 이야기를 깊이 있게 해야 하기에 이렇게만 설명할 수밖에 없었다. 용비야는 병독이 뭔지 정확히 이해가 가지 않았지만, 한운석이 말하고자 하는 의미는 알아들었다.

그가 진지하게 말했다.

"그러니까 우리가 몰래 병독에 당했다는 말이군."

꽤 적절한 비유여서 한운석은 진지하게 고개를 끄덕였다.

"맞아요, 바로 그거예요!"

그녀는 용비야 같은 고수도 눈치채지 못하게 하려면 공기를 통해 전염되는 바이러스일 것으로 생각했다.

고북월이 제일 심하게 기침한 것은 아마 그가 세 사람 중에서 면역력이 가장 떨어지기 때문이었을 것이다.

두 사람이 그런 이야기를 나누고 있는데, 갑자기 어둠 속에서 손뼉 치는 소리가 들려오더니 한 노옹이 느릿느릿 걸어왔다. 앞서 만난 동자와 똑같은 차림새로, 역시 구약동의 수호자였다.

"과연 약왕이 점찍은 후계자답군. 재미있구먼."

노옹은 자못 감탄한 눈길로 한운석을 훑어보았다.

이런 환경에서 갑자기 병을 얻으면 대다수는 저주를 받았거나 귀신에 씌었다는 식의 사악한 술수를 떠올리기 마련인데, 이 아이는 파릇파릇한 나이에도 냉정하게 원인을 분석했으니 확실히 보통 사람과는 달랐다.

"귀신놀음은 그만해라. 두 번째 관문은 대체 무엇이냐?"

용비야가 차갑게 물었다.

노옹은 그들처럼 서두르지 않고 느릿느릿 걸어와 한가롭게 수염을 쓰다듬은 다음에야 대답했다.

"젊은이, 사실 자네들은 이미 두 번째 관문을 넘었네. 다만 세 번째 관문까지 갈 운명은 아닌 게지."

어찌나 느릿느릿 말하는지, 한운석과 용비야는 속이 타 죽을 지경이었다. 노옹은 여기까지 말한 다음 용비야를 한 번 훑어본 후 다시 말을 이었다.

"젊은이, 저 젊은이에게 진기를 주입해도 소용없네. 저 젊은

이는 몸이 약해서 병이 빨리 발작한 게야. 하지만 반 시진만 더 지나면 몸이 튼튼하건 허약하건 똑같이 기침하다 죽게 될 걸세."

그런 것이었다니!

한운석은 대로해서 욕을 퍼부었다.

"대체 어떤 고약한 개자식이 이런 시험을 만든 거예요? 약을 구하러 왔을 뿐인데 사람을 죽이겠다고요?"

시험을 만든 사람은 당연히 약려의 조사祖師였다. 약려를 거쳐 간 수많은 사람이 조사 어르신이 만든 갖가지 시험과 규칙에 불만이 많았지만, 감히 입 밖에 낸 사람은 아무도 없었고 이렇게 욕을 퍼부은 사람은 더더욱 없었다. 노옹은 입가를 실룩거리며 해명했다.

"어허, 서두르지 말게. 아직 관문을 넘을 방법은 있다네."

"무슨 방법이죠?"

한운석이 차갑게 물었다.

"패배를 인정하는 것이지. 졌다고 말하기만 하면 이 늙은이가 당장 약을 내줌세. 보장하네만, 그 약만 먹으면 병은 금세 사라질 걸세."

노옹이 허허거리며 말했다.

"아주 재미가 좋은 모양이군요?"

한운석의 얼굴이 싸늘하게 굳었고, 용비야는 대놓고 검을 뽑아 노옹을 겨누었다.

"약을 내놔라. 그렇지 않으면 너를 먼저 죽여 주마!"

노옹은 덜덜 떨면서 한 걸음 물러섰다.

"젊은이, 경솔하게 굴지 말게. 설사 나를 죽인다 해도 약은 얻을 수 없네. 우리 모두…… 죽을 뿐이지."

"너를 먼저 죽이고 약을 찾아도 늦지 않다!"

용비야는 정말 공격하려 했지만, 다행히 한운석이 때맞춰 가로막으며 속삭였다.

"그랬다간 잃는 게 더 많아요."

예부터 지금까지 약을 구하러 온 사람이 수없이 많았을 텐데, 구약동이 감히 이런 규칙을 세운 데는 그만한 배짱이 있기 때문이었다.

지금 이 노옹을 죽이면, 설사 약을 찾아낸다 해도 이곳을 빠져나가지 못할 터였다. 이 관문을 넘는 방법은 패배를 인정하는 것이 아니라 병을 치료하는 것이었고, 지금은 고북월에게 희망을 걸 수밖에 없었다.

한운석이 만류하자 용비야는 자연스레 검을 내렸다. 노옹은 안도의 숨을 내쉬며 허겁지겁 달아났다.

"젊은이, 자네들에게 남은 시간은 반 시진뿐일세, 잘 생각해 보게!"

어둠 속에서 숨어 지켜보던 약왕 노인은 이미 입이 헤벌어질 정도로 함박웃음을 짓고 있었다. 한운석 일행이 걸린 것은 반나절 안에 치료하지 못하면 목숨을 잃는 병으로, 반일해半日咳라고 불렸다. 의학원 원장이 와도 손쓸 방도가 없는 병이니, 도저히 한운석 일행이 기적을 일으킬 수 있다고는 생각할 수 없었다.

두려워, 봄바람이 사라질까 봐

남은 시간은 겨우 반 시진. 병을 치료하고 세 번째 관문에 도전하거나 이곳에서 죽거나, 둘 중 하나였다.

패배를 인정하는 길은, 용비야와 한운석 둘 다 애초에 고려하지도 않았다. 그들은 고북월에게 모든 희망을 걸었다.

지금 해야 할 일은 서둘러 고북월을 깨워 반일해를 치료하는 방법이 있는지 묻는 것이었다.

용비야가 진지하게 고북월의 맥상을 짚어 보자 한운석이 의아하게 물었다.

"당신도 맥을 볼 줄 알아요?"

"약간은. 내가 준 진기가 몸속에서 이리저리 날뛰고 있어서 견디다 못해 혼절했을 것이다."

용비야는 담담하게 말했다.

한운석은 무공에 관한 것을 잘 몰랐다.

그녀도 고북월의 맥상을 살펴보았지만 현저하게 허약해진 것 외에 다른 이상은 발견할 수 없었다.

"그럼 이제 어쩌죠?"

한운석이 나지막이 물었다.

"뭐든 시도해 봐야지."

용비야가 독한 눈빛을 번쩍이며 말했다. 한운석이 무슨 뜻인지 미처 깨닫기도 전에, 그가 고북월의 손을 잡고 다시 진기를 주입하기 시작했다.

앞서 준 진기도 다스리지 못했는데 더 주입하면 어떻게 될지 생각만 해도 끔찍했다. 한운석은 저지하고 싶었지만, 용비야의 엄숙하고 차가운 표정에 놀라 차마 나설 수가 없었다.

한운석의 어깨 위에 올라선 꼬맹이도 한운석보다 더 용비야를 무서워했기 때문에 물어뜯고 싶은 마음은 굴뚝같아도 몸이 움직여지지 않았다.

곁눈으로 걱정에 찬 한운석의 표정을 본 용비야는 기가 막혔다. 이 멍청한 여자는 그가 이만큼 진기를 내주면 몸이 얼마나 상하는지 전혀 모르는 게 분명했다.

웅혼하고 강력한 그의 진기는 고북월의 몸에 들어가자마자 곧장 단전으로 흘러들었다. 고북월의 단전이 멀쩡했다면 명약을 먹은 셈이나 마찬가지였겠으나, 아쉽게도 고북월은 단전이 크게 상해 진기를 모을 수가 없었다. 그래서 진기는 단전에 이르기 무섭게 사방으로 흩어져 몸속에서 이리저리 날뛰며 고북월이 본래 가지고 있던 정상적인 기운에 영향을 미쳤다.

용비야가 고북월에게 계속 진기를 주입하는 것은 사실 몹시 패도적이고 야만적인 방식으로, 강제로 어질러진 기운을 똑바로 흐르게 하는 것이었다. 일단 성공하면 고북월은 분명히 깨어나 맑고 또렷하게 의식을 찾을 것이다. 하지만 실패하면, 가벼워도 주화입마走火入魔(무공을 정해진 대로 익히지 않았거나 무리했을 때 기혈이 역류해 몸에 손상을 입는 것)되고 심각하면 눈, 코, 입과

귀에서 피를 쏟으며 죽을 수도 있었다.

용비야는 아주 잔인한 방법을 사용하고 있는 것이었다!

용비야가 이런 식으로 고북월을 구하려는 것을 보자 어둠 속에 숨어 있던 약왕 노인은 연신 냉소를 흘렸다.

"그렇게 힘을 써 버리면 설령 구해 낸들 무슨 소용일꼬?"

관문 수호자인 노옹은 용비야의 검에 놀라 달아났다가 지금은 약왕 노인 옆에 서 있었다. 그가 느긋하게 하품하며 말했다.

"젊은이들이 애 좀 쓰게 내버려 두시지요. 저러다가 결국엔 패배를 인정할 겁니다."

그렇게 참을성이 많지 않은 약왕 노인은 한운석 일행을 살피면서 말없이 시간을 헤아렸다.

그때, 별안간 고북월이 가볍게 기침을 콜록댔다.

한운석과 꼬맹이는 긴장한 나머지 눈 하나 깜빡이지 않고 그를 지켜보았다. 용비야는 멈추기는커녕 도리어 더욱 힘을 가했다. 이제는 진기를 주입한다기보다 거칠게 쏟아붓는다고 해야 할 판이었다.

"윽!"

고북월이 신음하더니 왝하고 새빨간 피를 토했다. 무예를 익힌 사람이라면 단박에 고북월의 단전에 문제가 있고, 몸속의 기운이 크게 어지러워져 언제든 주화입마될 수 있다는 것을 알 수 있었다. 하지만 그 자리에 있는 사람 중 용비야 외에는 아무도 알아차리지 못했다.

"용비야, 어떻게 된 거예요?"

한운석이 다급히 물었다.

용비야가 대답하기 전에 놀랍게도 고북월이 입을 열었다.

"저는 괜찮습니다. 수고스럽지만 계속해 주시지요, 진왕 전하!"

그는 눈을 뜰 힘조차 없었지만, 이 한마디는 한 글자 한 글자 또렷하게 내뱉었다. 창백한 얼굴과 꼭 감은 눈두덩이 위로 고집이 고스란히 드러나, 마치 끝까지 결심을 굽히지 않는 고집쟁이 아이 같았다. 그는 자신의 처지가 몹시 위험한 것도, 계속하면 주화입마되거나 피를 쏟으며 죽음에 이를 것도 뻔히 알고 있었다. 지금 상황으로 보아 성공 확률은 낮아도 너무 낮았다.

그렇지만 그는 버텼다.

지금이 생사를 판가름하는 순간이라는 것은, 용비야와 고북월, 이 두 남자만 알고 있었다.

용비야는 감탄한 눈빛을 떠올리면서도 망설임 없이 계속했다. 강력한 진기가 고북월의 손을 통해 몸으로 쑥쑥 쏟아져 들어갔고 고북월의 입가에는 주룩주룩 피가 흘렀다. 몸속의 진기가 맹렬하게 오장육부를 두드려 대는 통에 속이 부글부글 끓었다. 여차하면 폭발할 것 같은 기분이었다.

"멈춰요!"

한운석이 용비야의 손을 잡았다. 비록 상황은 잘 모르지만 그녀도 고북월이 위험하다는 건 알 수 있었다.

그런데 어디서 그런 힘이 났는지, 고북월이 한운석의 손을 잡아 홱 떼어냈다. 너무 갑작스레 힘을 쓰는 바람에 의자에서 굴러 떨어졌지만, 그런데도 용비야는 한사코 고북월의 손을 잡으며 계속했다.

운석 엄마가 나서자 꼬맹이도 즉시 용비야의 손등으로 달려들어 이빨을 드러냈다. 하지만 용비야가 귀찮은 듯 다른 손으로 휙 쳐내자 그만 멀리 날아가고 말았다.

"용비야, 멈춰요. 이 사람이 죽을 수도 있어요!"

한운석이 용비야의 손을 붙잡았다.

"이자가 살아나지 못하면 우리도 똑같이 죽는다."

용비야가 차갑게 말했다.

한운석도 알아들었다. 용비야는 도박을 하는 것이 아니라 선택의 여지가 없는 것이었다. 알아듣기는 했지만, 그래도 쉽사리 손이 떨어지지 않았다. 도저히 마음을 모질게 먹을 수가 없었다.

용비야 역시 재촉하지 않고 차갑게 그녀를 바라보기만 했다. 그의 심장은 언제까지나 그녀보다 더 차갑고 모질었다.

두 사람이 그렇게 대치하고 있을 때, 반대로 고북월의 손에서 진기 한 줄기가 쏟아져 나와 용비야와 한운석을 힘차게 두드렸다!

두 사람은 그 힘에 밀려 몇 걸음이나 뒷걸음질 쳤고, 고북월은 땅에 푹 쓰러져 숨이 끊어진 사람처럼 꼼짝도 하지 않았다.

"찍!"

꼬맹이가 찢어져라 비명을 지르더니, 미친 것처럼 달려들어 고북월의 얼굴 옆에 몸을 웅크리고 숨을 확인했다. 무슨 결론을 내렸는지 몰라도, 꼬맹이는 바짝 엎드린 채 조그마한 몸을 바르르 떨었다.

한운석은 놀라 얼굴이 새하얘진 채 용비야의 손을 꽉 움켜쥐고 감히 다가갈 용기를 내지 못했다.

두려웠다!

이 노력이 물거품이 될까 봐, 고북월과 영원히 이별하게 될까 봐, 부드럽게 얼굴을 스치던 4월의 봄바람을 다시는 느낄 수 없게 될까 봐.

고 의원, 날 놀라게 하지 말아요, 네?

용비야도 이런 결과는 예상하지 못했다. 그가 주입해 준 진기가 튕겨 나오다니, 저자의 단전은 중상을 입었는데 어떻게? 어디서 그런 힘이 났을까?

지금 저자의 몸은 어떤 상태일까? 살았을까, 아니면 죽었을까? 솔직히 용비야도 자신이 없었다.

하필이면 바로 그때, 구석에 숨어 있던 노옹이 한마디 했다.

"시간이 얼마 남지 않았다네. 이래도 패배를 인정하지 않으면 반일해가 발작할 게야. 한번 발작하면 신선이 와도 구할 수 없지."

한운석은 화난 눈으로 어둠 속을 노려보았다. 사람을 죽이기라도 할 듯 날카로운 눈빛이었다.

노옹은 즉시 입을 다물었지만 약왕 노인은 도리어 앞으로 걸어 나오며 껄껄 웃었다.

"설사 고북월을 살린다 해도 소용없다. 말해 주지만, 반일해는 의학원 고 원장도 치료하지 못하는 병인데 고작 오품 신의가 무슨 수로 치료할 수 있겠느냐?"

그 말을 듣는 순간 한운석은 퍼뜩 깨달았다. 조금 전 그녀가 비난했던 대로, 구약동의 관문은 애초에 들어온 사람을 함정에 빠뜨릴 목적으로 만든 것이었다. 그렇게 치료하기 어려운 병이라면 누가 오더라도 통과할 수 없었다.

이번 출행은 헛수고였다. 고북월이 정말 여기서 죽음을 맞게 되면 그들은 더없이 큰 잘못을 저지른 셈이었다!

"이 사기꾼! 지독한 인간!"

그녀가 분노를 터트리며 이화루우를 찬 손을 들어 올렸다. 독침을 발사하려는 순간, 갑자기 등 뒤에서 모깃소리처럼 희미한 목소리가 들려왔다.

"왕비마마……, 화를…… 푸십시오. 제가……, 제가 이 병을 치료할 수 있습니다."

너무나도 약하지만, 희망과 힘을 전해 주는 목소리였다!

한운석이 홱 고개를 돌려 보니 정신을 차린 고북월이 보였다. 꼬맹이는 그 어깨 위에서 눈물을 닦고 있었다.

고북월은 평소처럼 온화하게 웃는 대신 단호한 표정을 지으면서 부드러운 두 손으로 바닥을 짚어 허약해진 자신의 몸을, 그리고 그들의 희망을 떠받쳐 올렸다.

한운석은 옥같이 따스한 고 의원이 이처럼 낭패한 모습이 된 것을 여태 본 적이 없었다. 허약하고 힘없는 고 의원이 이렇게 굳세고 단호하게 나오는 것도 여태 본 적이 없었다. 비록 바닥에 쓰러져 있지만, 그는 마치 꼿꼿이 서서 약왕의 권위에 도전하고, 나아가 의학원의 권위에 도전하는 사내대장부 같았다.

고 원장이 치료하지 못하는 병을, 그는 치료할 수 있다고 했다!

한운석이 쏜살같이 다가갔지만 용비야가 한발 앞서 다가가 고북월을 부축해 일으켰다. 다리 하나를 못 쓰게 된 고북월은 균형을 잡고 설 수 없어서 용비야가 붙잡아 주었다.

그가 나지막이 말했다.

"본 왕이 진기를 낭비하지는 않은 모양이군."

"이 목숨은 전하께서 주신 것이나 마찬가지입니다. 기억하겠습니다."

고북월 역시 나지막이 대답했다.

고북월이 또렷하게 정신을 차린 것을 보자 한운석과 꼬맹이는 기쁜 나머지 입을 헤벌린 채 용비야와 고북월 두 사람을 바라보며 헤죽거렸다.

"고작 오품 신의가 감히 그런 망언을 하다니. 네가 이 병을 치료할 수 있다면 어째서 그렇게 심하게 앓았느냐? 홍!"

약왕 노인이 냉소를 지으며 비웃었다.

고북월은 서두르지 않고 바퀴 달린 의자에 앉은 후에야 대답했다.

"약왕 어르신께서도 신농씨神農氏(고대 중국 삼황 중 하나로, 농사, 의료, 상업의 신)가 백 가지 약초를 맛보고 의약과 농사법을 발견했다는 이야기를 들어 보셨겠지요?"

"무슨 말이냐?"

약왕 노인은 알아듣지 못했다.

고북월은 빙그레 웃었다.

"병을 앓아 보지 않고서 어떻게 그 병을 알 것이며, 병을 알지 못하면서 어떻게 그 병을 치료하겠습니까?"

그에게는 전화위복이 된 셈이었다. 몸이 허약해서 먼저 병증이 나타나고 심하게 앓은 덕분에 반일해가 어떤 병인지 알아낼 수 있었던 것이다.

크게 병을 앓고 살아났으니 어떻게 치료하면 될지 갈피가 잡혔다.

"고 의원, 정말 치료할 수 있어요?"

한운석은 놀라고 기뻐했다. 그녀도 고북월이 명성에 욕심이 없어 진급 시험을 보지 않았을 뿐 실제 의술은 오품 신의보다 높다고 생각했지만, 이렇게까지 높은 줄은 몰랐다.

설마 그의 의술이 정말 의학원 원장보다 뛰어난 걸까? 한운석이 알기로 고 원장의 의품은 운공대륙 의학원 사상 최고인 팔품 의선이었다!

고북월이 새파란 나이에 그 도리를 깨우쳤다는 말에 약왕 노인도 속으로는 깜짝 놀랐지만, 직접 앓았다고 곧바로 치료할 능력이 생겼다고는 믿을 수 없었다.

백번 양보해서 설사 그런 능력이 생겼다 해도 시간이 부족했다. 앞으로 차 한 잔 마실 시간이 지나면 반일해가 발작할 것이다.

그렇지만 고북월은 한운석에게 확신에 찬 대답을 내놓았다.

"왕비마마, 제가 치료할 수 있습니다. 이 병은 병증이 크게 발작하기 전에 약을 달여 먹어야만 약효가 있습니다."

한운석도 의아했지만 그래도 고북월을 굳게 믿었다.

"어떤 약이죠?"

"망춘望春, 반하半夏, 추석秋石, 동초冬草 각 한 냥씩이 필요합니다."

고북월이 진지하게 말했다.

이 말을 듣자 약왕 노인의 눈에 복잡한 표정이 줄기줄기 일었다. 조사가 남긴 치료 약방문에는 정말 저 약재가 들어 있기 때문이었다. 약왕 노인은 동요하지 않고 귀를 기울였지만 고북월은 더는 말하지 않았다.

"그것뿐이에요? 다른 건요?"

한운석이 물었다.

흥, 놀라 죽겠죠

그것뿐?

한운석은 호기심이 일었고, 약왕 노인은 몹시 긴장했다. 고북월이 정말 약방문을 완벽하게 만들어 내는 기적을 일으킬까봐 무척 두려웠다.

더 있을까?

물론이었다!

고북월은 기적을 일으킬 때조차 온화했다. 그는 가만히 생각하면서 약재 이름과 분량을 하나하나 말했다.

"천패川貝 석 냥, 과루瓜蔞 한 냥, 천동天冬 한 냥, 백합 한 송이……."

고북월이 다 말하기도 전에 약왕 노인의 입이 떡 벌어졌다. 그는 수호자 노옹을 바라보았지만, 그 역시 약왕 노인과 마찬가지로 믿을 수 없는 표정을 하고 있었다.

어……, 어떻게 저럴 수가?

오품 신의가 반일해를 치료할 수 있다니, 설마하니 저 젊은이의 의술이 고 원장보다 높은 걸까? 누가 봐도 불가능한 일이었다!

고북월의 의술이 정말 그렇게 대단하다면, 어째서 그 오랜시간 천녕국 태의원에 눌러앉아 있었으며, 어째서 약귀당 상주

의원이 되었을까? 그만한 실력이 있으면 누구에게도 빌붙을 필요가 없었다. 의학원에 가기만 하면 분명히 한자리 얻고 원장의 눈에도 들어 탄탄대로를 걸을 수 있었다!

솔직히 말해 그가 마음만 먹으면, 훗날 의학원은 곧 그의 차지였다!

고북월은 금세 필요한 약재를 모두 읊었다. 총 열일곱 가지로, 약왕 노인이 아는 약방문과 똑같았다!

"이건 분명 우연이다!"

약왕 노인이 확신에 차서 외쳤다.

고북월은 그를 모른 척하고 수호자 노옹을 향해 진지하게 말했다.

"소생이 지은 약방문이 정확합니까?"

노옹은 인정하기 싫었지만 그래도 고개를 끄덕였다.

"그렇다네. 모두 맞았네! 자네가 말한 약방문은 반일해를 치료할 수 있는 약이고, 한 첩만 먹어도 병을 물리칠 수 있네."

한운석은 무척 기뻐했다.

"그럼 어서 약을 내놔요!"

노옹은 느릿느릿 수염을 쓰다듬으며 주저했다. 이제 그도 약왕이 무엇 때문에 한운석을 제자로 삼아 약려에 붙잡아 두려는지 알게 되었다. 한운석은 약을 감별하는 능력이 놀랍고 고북월은 의술이 뛰어났다. 이 두 사람을 붙잡을 수 있다면 약려의 앞날은 걱정하지 않아도 되었다.

노옹은 포기하기가 아쉬워 한운석과 고북월을 바라보며 약을 주는 것을 미뤘다.

"약을 내놔라!"

용비야가 차갑게 말했다.

노옹이 그래도 망설이는데 약왕 노인이 불쑥 입을 열었다.

"약은 너희가 직접 찾아야 한다. 구약동에는 평범한 약재를 보관한 적이 없다!"

"뭐하자는 겁니까?"

성격 좋은 고북월마저 화를 냈다.

뜻밖에도 노옹이 약왕 노인 말에 맞장구를 치며 등 뒤에 있는 돌문을 열었다.

"구약동을 나서면 백 묘쯤 되는 약초밭이 있다네. 허허허, 자네들은 능력이 있으니 필시 약을 마련할 수 있을 게야. 이 늙은 이는 여기서 자네들이 돌아올 때까지 기다렸다가 세 번째 관문으로 안내해 줌세. 주어진 시간은 한 시진뿐이라는 것을 명심하게. 서둘러 다녀와야 하네."

친절한 척 말하지만 사실은 지독한 위선이었다. 정말이지 약왕 노인보다 더 얄미웠다!

"비열하군요!"

고북월도 견디다 못해 비난했다. 관문 통과 시간은 아직 반 시진 남았지만, 반일해가 곧 발작하기 때문에 약을 찾아다닐 시간은 없었다. 일단 병이 발작해 상태가 심해지면 누가 약을 찾을 수 있을까?

약왕 노인과 수호자 노옹은 그 점을 노리고 일부러 수작을 부리고는 겉으로는 친절한 척했다.

고북월은 분노한 얼굴로 그들을 바라보았다. 약왕 노인과 수호자 노옹은 양심이 찔리는지 차마 반박하지는 못하고 못 들은 척했다. 오늘 이 자리에 있는 사람이 다른 이였다면 두 사람 역시 공정하게 원칙을 따랐겠지만, 기적을 일으킨 한운석과 고북월은 아무래도 놓아주기 아까웠다!

한운석 일행은 남의 땅에 도움을 청하러 온 만큼 당할 수밖에 없는 처지였다. 고북월은 용비야를 바라보았고 용비야도 고북월을 바라보았다. 당장은 무력을 쓰는 것 말고는 적절한 대책이 떠오르지 않았다.

그런데 한운석이 차갑게 물었다.

"필요한 약재를 구해도 또 직접 달여야겠죠?"

잔뜩 비꼬는 말이었다. 약왕 노인과 수호자 노옹이 서로 쳐다보았고, 결국 약왕 노인이 낯 두껍게 대답했다.

"그건 너희가 알아서 할 일이다. 두 번째 관문을 넘는 조건은 병을 치료하는 것이니까!"

한운석은 더 말하지 않고 경멸스럽게 코웃음을 쳤다.

약재는 가지고 있었다!

커다란 공간 두 개를 늘 가지고 다니는 그녀에게 그깟 약재 구하는 것쯤은 아무것도 아니었다. 해독시스템의 가장 강력한 기능은 자동으로 해약을 배합하는 것이었다. 약재를 충분히 비축하고 있다는 전제하에 사용할 수 있는 기능인데, 알다시피 그녀는 몇 차례 약성을 들락거리며 창고를 넉넉히 채워 두었다.

"고 의원. 방금 그 열일곱 가지 약재를 다시 한 번 말해 줄래요?"

한운석이 물었다.

고북월은 이해할 수가 없었다.

"그건 왜……."

"시킨 대로 해라!"

옆에 있던 용비야가 투덜거렸다. 그 역시 한운석이 뭘 하려는지 몰랐지만, 그녀가 시킨 대로 하는 것이 버릇되어 있었다.

이른바 말 잘 듣는 버릇이었다!

고북월도 시킨 대로 할 수밖에 없었다. 그러나 그가 첫 번째 약재인 '망춘'을 입 밖에 내자마자 한운석이 진료 주머니에서 약 가루 한 포를 꺼내며 진지하게 말했다.

"여기 망춘이요!"

이 광경에 모두가 깜짝 놀랐다. 한운석이 지금…… 뭘 하려는 거지?

"너……, 너는 약재를 얼마나 가지고 있느냐?"

약왕 노인은 공연히 불안해졌다.

한운석은 일부러 그쪽을 바라보며 위협하는 표정을 지었다.

"모두 다요. 흥, 놀라 죽겠죠?"

이렇게 말한 그녀의 입에서 기침이 튀어나왔다. 그녀는 고북월을 재촉했다.

"어서요, 시간이 없어요!"

약왕 노인뿐 아니라 고북월과 용비야 역시 놀람을 감추지 못했다. 고북월은 생각할 틈도 없이 재빨리 이어 말했다.

"반하, 추석, 동초…….."

그가 약재 이름을 말할 때마다 한운석이 진료 주머니에서 뭔가를 꺼냈고, 마침내 열일곱 가지 약재가 모두 눈앞에 나타났다.

이런…….

약왕 노인과 수호자 노옹의 눈이 휘둥그레졌다. 어찌나 놀랐는지 입을 떡 벌리는 바람에 턱이 빠질 지경이었다. 그들은 약속이나 한 듯 다가와 약재를 살피려 했지만 한운석이 멀찌감치 피했다.

"용비야, 쿨럭쿨럭……, 뜨거운 물을 줘요!"

시간이 무척 촉박했다. 기침이 점점 잦아지고 있으니 당장 약을 먹어야 했다!

용비야도 놀라긴 했으나 재빨리 물통을 꺼내 내밀었다. 한운석은 물을 대부분 쏟아 버리고 일정량만 남긴 다음 가루약을 모두 털어 넣어 녹인 후 고북월에게 건넸다.

"고 의원, 맛을 좀 봐 줘요."

한 모금 마셔본 고북월은 더욱더 믿을 수 없는 표정이 되었다. 열일곱 가지 약재가 다 있는 것도 놀랍지만 가루약을 녹인 물의 약효 역시 달여서 만든 탕약과 큰 차이가 없었기 때문이었다!

"맞습니다!"

고북월은 두 모금 더 마신 후 한운석에게 내밀었다.

"세 모금씩 드시면 됩니다!"

한운석과 용비야도 서둘러 약물을 마셨다. 과연 약을 먹기만 하면 병이 가신다는 노옹의 말대로였다. 목구멍의 가려움이 싹 사라져 몇 번 잔기침을 하고 나자 곧 좋아졌다.

이……, 이것이야말로 진정한 기적이었다! 앞에 있었던 기적도 이 일과 비교하면 아무것도 아니었다.

약왕 노인과 수호자 노옹은 완전히 넋이 나갔다. 차라리 꿈이라고 생각할망정 눈앞에서 벌어진 이 사실을 믿을 수가 없었다.

"노인네! 당신 입으로 말했죠? 당장 우릴 세 번째 관문으로 안내해요!"

한운석은 가차 없이 소리쳤다.

노옹은 그제야 정신을 차렸다. 안색을 보면 한운석 일행이 나은 것이 확실했지만 아무리 그래도 의심을 거둘 수 없었다. 혹시 요행을 바라고 있는 것일지도 몰랐다.

"내……, 내가 맥을 좀 짚어 보겠네."

말은 이렇게 했지만 아무래도 양심이 찔렸다.

한운석이 손을 내밀려는데 용비야가 그녀를 확 잡아당겨 뒤로 숨겼다. 노옹보다 족히 머리 하나는 키가 큰 그가 차가운 눈길로 노옹을 내려다보았다.

그리고 커다란 손을 쭉 내밀며 냉랭하게 말했다.

"서둘러라!"

노옹은 저도 모르게 부르르 떨며 주춤주춤 물러섰다.

"돼……, 됐네. 시간이 거의 다 됐으니 아마……, 아마 나았을 게야. 아니면 벌써 발작했겠지, 안 그런가?"

마음 같아서야 웃음으로 분위기를 누그러뜨리고 싶었지만, 애석하게도 억지로 지어낸 웃음은 보기 흉하기만 했다!

용비야의 차가운 얼굴과 얼음 같은 눈동자를 올려다보자니, 그 맥을 짚기는커녕 가까이 다가간다는 생각만 해도 다리에 힘이 빠졌다.

"그럼 어서 안내하지 않고 뭘 하느냐?"

용비야가 차갑게 되물었다.

노옹은 또다시 깜짝 놀라 이것저것 따지지 않고 허둥지둥 앞장섰다.

"이 늙은이를 따라서 오게……."

약왕 노인은 그들이 멀리 사라진 후에야 정신을 차리고 쏜살같이 쫓아갔다. 그의 시선은 한운석의 진료 주머니에 못 박혀 있었는데 마치 저 조그마한 주머니 속을 꿰뚫어 보기라도 할 듯한 눈빛이었다.

저 작디작은 진료 주머니에 약재가 들어가면 얼마나 들어간다고? 우연이라기엔 너무 이상했다. 게다가 하필이면 곧바로 물에 녹일 수 있는 특제 가루약이라니. 저 진료 주머니에는 틀림없이 뭔가가 있었다.

혹시 약학계의 어마어마한 보물일지도 몰랐다!

얼마 후 한운석이 뒤를 돌아보자 약왕 노인은 즉시 시선을 거뒀다. 하지만 한운석도 이미 짐작하고 있었다. 누군가 이 진료 주머니를 탐낸 것이 처음도 아니어서 이상할 것도 없었다.

그녀는 일부러 가소로운 듯 콧방귀를 뀌며 약왕 노인을 한참 노려보다가 고개를 돌리고 계속 앞으로 걸어갔다.

이 진료 주머니는 운공대륙의 의녀들이 대부분 몸에 지니고 다니는 주머니와 별로 다를 게 없어서, 사실상 특별한 구석이나 눈에 띌 만한 점은 전혀 없었다.

천심부인이 딸의 혼수로 쓰려고 직접 만든 주머니인데, 마침 필요했던 한운석이 보자마자 쓰기 시작한 것이었다. 주머니 안에 든 것은 상비약과 금침뿐이었다.

이 주머니의 진짜 용도는 눈속임이었다. 한운석은 해독시스템이나 독 저장 공간에서 물건을 꺼낼 때 이 주머니에서 꺼내는 척했다.

진귀한 부분을 꼽자면 겉에 수놓아진 '심' 자뿐이고, 다른 사람 손에 들어가 봤자 하등 쓸모도 없었다.

수호자 노옹이 앞장서서 길을 안내하고 약왕 노인이 뒤를 따랐다. 세 번째 관문에서 무엇이 기다리는지 모르지만, 어쨌든 두 관문을 넘는 동안 한운석 일행은 모두 무사했다.

"고 의원, 몸은 괜찮은 거죠?"

한운석이 소리 죽여 물었다.

"진왕 전하께서 주신 진기 덕분에 목숨을 건졌습니다."

고북월이 진지하게 말했다.

용비야는 마지막에 진기가 튕겨 나온 까닭이 궁금했지만, 한운석 앞에서 무공에 관해 깊이 이야기를 나눌 생각은 없었다. 고북월 역시 자세히 이야기할 수 있는 일이 아니어서 나지막한 목소리로 화제를 돌렸다.

"왕비마마, 어떻게 그 주머니에 약재들이 다 있었습니까? 그것도 가루 상태로 말입니다."

고북월은 한운석이 허공에서 약을 꺼내는 장면을 목격했던 만큼 진작부터 이 진료 주머니에 흥미를 갖고 있었다. 용비야 역시 지붕 위에서 한운석의 그 능력을 엿본 적이 있고 직접 진료 주머니를 조사한 적도 있어서, 직접 묻지는 않았지만 그 질문을 듣자 귀를 쫑긋 세웠다.

조금 전에는 달리 방법이 없어 모두가 보는 앞에서 가루약을 꺼냈으니 고북월과 용비야가 의심을 품으리라는 것은 한운석도 예상한 일이었다. 하지만 아직은 뭐라고 대답해야 할지 마음을 정하지 못했다.

정말이지 골치 아픈 문제였다!

한운석이 한참 말이 없자, 평소에는 배려 깊은 고북월도 이번에는 너무 놀란 탓인지 장난스러운 말투로 그녀를 떠보았다.

"왕비마마, 그 진료 주머니 안에는 없는 게 없는 것 같더군요."

한운석은 '우연이에요'라고 말하고 싶었지만, 자신이 생각하기에도 너무 멍청한 변명이었다.

그녀는 고민에 빠졌다!

바로 그때, 앞장서 가던 노옹이 위기를 풀어주었다.

"자, 구약동의 마지막 관문에 도착했네."

마지막 관문에는 무엇이 있을까?

뒤따르던 약왕 노인이 눈을 가늘게 떴다. 몹시 음흉한 눈빛이었다!

세 번째 관문 (1)

　용비야와 고북월은 한운석이 내놓은 열일곱 가지 약재가 어디서 나왔는지 궁금했다. 한운석은 고북월의 의술이 대체 얼마나 높은지 궁금했다. 용비야는 고북월의 허약한 몸이 어떻게 자신의 패도적인 진기를 튕겨낼 수 있었는지 궁금했다.

　요컨대 각자 서로에게 의문을 품고 있었지만, 지금은 그 모든 의문을 잠시 마음속에 묻어 둘 수밖에 없었다. 세 번째 관문의 돌문이 눈앞에 나타났기 때문이었다. 구약동의 마지막 관문이니 통과하기가 얼마나 어려울지 충분히 상상할 수 있었다.

　첫 번째 관문은 약 감별, 두 번째 관문은 병 치료로, 둘 다 의약과 관련이 있었다. 그럼 세 번째 관문은 무엇일까?

　한운석은 이번에도 분명히 의약에 관한 일일 것으로 생각했다. 의약 범주 내라면 두려울 것이 없었다. 무심결에 흘끗 뒤를 돌아보니 약왕 노인은 어느새 사라지고 없었다.

　"세 번째 관문은 무엇이냐?"

　용비야가 차갑게 물었다.

　"이 늙은이의 임무는 여기까지일세."

　노옹은 뒤로 몇 발짝 물러서서 어둠 속에 몸을 숨겼다. 모습이 보일락 말락 희미해졌지만 그는 완전히 떠나기 전에 참지 못하고 한마디 남겼다.

"젊은이, 나이 든 사람 말을 듣지 않으면 해를 입기 마련이라네!"

"무슨 뜻이죠?"

한운석이 물었다.

"허허허, 세 번째 관문에서는 패배를 인정할 기회조차 없네……. 암, 없고말고!"

노옹은 그렇게 말하며 자꾸만 뒤로 물러났고, 목소리는 점점 멀어졌다.

그의 목소리가 완전히 사라진 순간, 맞은편 어둠 속에서 또 다른 목소리가 들려왔다. 이번에는 여자 목소리였다.

"어머나, 세상에 이렇게 잘생긴 남자가 다 있네!"

뭐…….

한운석 일행이 일제히 고개를 돌려 보니, 요염하게 치장한 젊은 여자가 천천히 걸어 나오고 있었다. 상반신은 어깨를 드러내고 가슴만 두른 차림이고 하반신은 윗부분이 불룩하게 나온 바지를 입어 무척 시원해 보였다. 그녀는 걸으면서 가느다란 허리를 살랑살랑 흔들며 교태를 부렸다.

여자가 가까워지면서 희미한 향기가 공기 속으로 점점 퍼져 나갔다. 한운석은 이 향기에서 독을 감지하지 못했지만 그래도 안심이 되지 않아 해독시스템의 딥 스캔 기능을 켰다. 역시 아무 이상이 없었다.

"평범한 향이 아닙니다. 약 향기 같습니다."

고북월이 나지막이 속삭였다.

"약 향기? 오래 맡으면 어떻게 되죠?"

한운석이 다급히 물었다. 마취약같이 독이 아니라 약의 범주에 속하는 미약은 해독시스템이 검출해 내지 못했다. 보통 그런 약은 냄새만 맡아도 알 수 있어서 해독시스템을 쓸 필요도 없었다.

그렇지만 여자가 몰고 온 향기는 처음 맡는 향이고, 독인지 약인지 확신할 수가 없었다.

"그냥 비슷한 것뿐이지 독일 수도 있습니다. 한 번도 맡아 본 적이 없는 향입니다."

고북월이 솔직하게 말했다.

그들이 진지하게 향기를 맡으며 고민하는 사이 용비야는 주먹으로 코를 막았다. 이 향기를 무척 싫어하는 게 분명했다. 여자는 봉황같이 요염한 눈으로 계속 용비야를 바라보며 대놓고 추파를 던졌다.

그녀는 한운석과 고북월은 무시하다시피 싹 지나쳐 곧장 용비야에게 다가갔다. 한운석은 입을 실룩이며 속으로 투덜거렸다.

'설마 세 번째 관문이 미인계는 아니겠지?'

바퀴 달린 의자에 앉은 고북월은 일부러 여자를 피하려는 듯 꼬맹이만 쓰다듬고 있었다. 사실 그는 뼛속까지 무척 보수적인 사람이었다.

하지만 용비야는 차가운 눈으로 가까이 다가오는 여자를 바라보았다.

"이봐요, 나리. 성함이 어찌 되시나요?"

여자가 코맹맹이 소리로 물었다.

용비야는 대답이 없었다.

그녀는 이렇게 냉혹하고 오만한 남자를 좋아했다. 기뻐하며 계속 앞으로 걸어가는데, 미처 가까이 가기도 전에 용비야가 느닷없이 발을 힘차게 뻗어 그녀의 배를 걷어찼다. 그녀는 뒤로 휭 날아가 어둠 속으로 사라졌다.

어느샌가 고개를 든 고북월이 그쪽을 바라보며 눈을 살짝 찌푸렸다. 무슨 일이 있어도 그는 절대 여자를 때리지 못했다. 한운석이 웃음을 참으며 장난스럽게 말했다.

"저렇게 몸매 좋은 여자를 그렇게 대하시면 어떡해요. 전하는 참 여자를 소중히 여길 줄 모르신다니까요."

용비야가 싸늘한 눈으로 쏘아보자, 그 무시무시한 눈빛에 한운석도 슬그머니 입을 다물었다.

그때 그 여자가 다시 어둠 속에서 휙 날아 나왔다. 그녀는 눈, 코, 입에서 피를 흘리며 분노에 차서 용비야에게 삿대질을 했다.

"감히 나에게 손을 써? 후회하게 해 주겠다!"

"본 왕은 발을 썼을 뿐이다. 넌 아직 본 왕이 손까지 쓸 자격이 없다."

용비야가 차갑게 말했다.

"감히!"

여자가 기막혀하며 얼굴을 잔뜩 찌푸리자 핏자국이 얼굴 위로 어지럽게 얽혀 끔찍하기 짝이 없었다.

한운석도 마침내 고북월이 왜 눈을 찌푸렸는지 깨달았다. 발길질 한 번에 눈, 코, 입과 귀에서 피를 줄줄 흘릴 정도로 다쳤으니 용비야가 지독하긴 했다!

"세 번째 관문은 대체 무엇이냐? 말해라!"

용비야의 말은 완전히 명령조였다.

"쓸데없는 말 말고 실력이 있으면 들어와 보시지!"

여자가 콧방귀를 뀌며 손을 흔들자 돌문이 자동으로 열렸고, 순간 그녀의 몸에서 나는 것과 똑같은 향기가 훅 끼쳤다.

아무래도 수상쩍은 향기였다!

한운석은 다른 여자가 용비야를 유혹하는 것은 웃으면서 구경할 수 있어도, 다른 여자가 용비야를 도발하는 것은 두고 볼 수 없었다. 여자에게 도발 당하고도 용비야라고 할 수 있을까?

용비야가 움직이기도 전에 한운석이 대범하게 문 안으로 들어갔다.

"쓸데없는 말만 잔뜩 늘어놓더니 이제야 문을 여는군. 꾸물거리긴."

이 향기에 무슨 꿍꿍이가 있든, 여기까지 온 이상 아무리 앞이 깜깜해도 끝까지 나아가야만 했다.

여자도 드디어 한운석에게 관심을 보이며 눈을 가늘게 떴다. 짙은 살기가 피어올랐지만 여자가 입을 열기도 전에 등 뒤에서 용비야의 차가운 목소리가 들렸다.

"비켜라!"

방금 맛본 발길질 덕분에 여자는 순순히 비켜났다. 용비야는 그녀에겐 눈길조차 주지 않고 고북월의 의자를 밀며 문 안으로 들어갔다.

여자는 그들을 따라 들어오지 않고 문을 닫았다.

뒤에서 돌문이 닫히는 소리가 들렸지만 한운석 일행은 전혀 놀라지 않았다. 이미 눈앞에 펼쳐진 광경에 기함한 탓이었다!

동굴 안에 이런 곳이 숨겨져 있을 줄은 누구도 상상하지 못했다. 더구나 세 번째 관문이 이런 곳일 줄은 더욱더 예상 밖이었다.

지금 그들은 절벽 위에 서 있었다. 열 걸음 앞에는 끝이 보이지 않는 심연이 펼쳐져 있는데, 그 폭이 무척 넓어서 아무리 뛰어난 경공으로도 한 번에 뛰어넘을 수 없었다. 심연 위 허공에는 나무 말뚝이 줄을 지어 둥둥 떠 있는데, 서로 이어지는 모양이 구불구불해서 흡사 심연을 가로질러 누운 용 같았다. 말뚝의 간격이 꽤 넓어 뛰는 솜씨가 없는 사람은 아예 건널 수도 없었고, 설사 건너뛴다 해도 자칫 발을 잘못 디디면…… 결과는 상상하기도 끔찍했다.

심연 너머 저편에 어렴풋이 보이는 절벽 위에는 돌문이 하나 있고, 그 위에 '약'이라는 글자가 커다랗게 쓰여 있었다.

"저게…… 약 창고를 여는 문이겠군요. 우리가 원하는 약도 저 안에 있겠죠?"

한운석이 중얼거리듯 물었다.

"세 번째 관문은 심연을 건너는 것이군요?"

고북월이 추측했다.

"말뚝이 공중에 떠 있으니 밟으면 꺼지지 않겠습니까?"

용비야가 두말없이 몸을 날려 말뚝 위에 내려섰다. 발끝이 살짝 닿기만 해도 말뚝이 약간 꺼졌고, 좀 더 힘을 주자 더더욱 푹 내려앉았다.

이 장면을 보자 한운석과 고북월은 서로 마주 보았다. 예상대로 저 말뚝은 고정되어 있지 않아서 하나하나 빠르게 건너야 하고 조금이라도 균형을 잃으면 끝장이었다.

"아무래도 진왕 전하께 수고를 끼쳐야겠군요."

고북월은 어쩔 수 없는 미소를 지어 보였다. 예전의 그였다면 이깟 심연쯤은 눈 깜짝할 사이 뛰어넘을 수 있었지만, 지금은 업혀서 갈 수밖에 없었다.

"나까지 쳐서 두 번 수고를 끼쳐야 해요."

한운석은 생각에 잠긴 얼굴로 말했다.

"그냥 심연을 넘기만 하면 되는 걸까요? 그렇게 간단할 리 없잖아요?"

그 말이 떨어지기 무섭게 휘파람 소리가 울리더니 심연 깊은 곳에서 무엇인가 새까만 것이 솟아올랐다. 한운석이 자세히 살펴보니 놀랍게도 가장 흉악한 날짐승인 식인 수리였다!

용비야가 재빨리 돌아와 한운석 앞에 내려서더니 나지막이 말했다.

"조심해라. 저 까만 수리는 사람을 먹는다."

식인 수리 떼는 두 갈래로 나뉘어 반은 맞은편 절벽으로 가고 반은 한운석 일행 쪽으로 날아왔다. 하지만 공격하지는 않고 한쪽에 내려앉아 호시탐탐 그들을 노려보기만 했다.

식인 수리를 조종하는 사람은 방금 그 여자가 분명했는데, 부근에 숨어 모습을 드러내지 않고 있었다. 세 번째 관문을 넘으려면 대체 어떻게 해야 할까?

"서둘러 건너가야 한다. 이 향기는 내공을 억제하는 효과가 있고 오래 맡을수록 정도가 심해진다."

용비야가 낮은 목소리로 말했다.

그는 조금 전 내공을 써서 몸을 날릴 때 그 비밀을 깨달았다. 세 번째 관문을 넘는 조건이 무엇이든, 목적지가 맞은편에 있으니 이 심연을 건너기만 하면 모든 일이 끝날 것이다. 한운석과 고북월은 혼자서 심연을 건널 수 없어서 그가 데려가야만 했다. 그 짧은 시간 동안 그의 내공이 삼사 할 정도 제압당했으니, 더 시간을 끌면 몸을 날리는 것조차 불가능해질 수도 있었다.

"전하, 제가 침을 써 보겠습니다."

고북월이 진지하게 말했다.

용비야는 대범하게 허락했다. 그때 문밖에서 만났던 여자와 약왕 노인은 어둠 속에서 모든 것을 지켜보고 있었다.

여자는 얼굴에 묻었던 피를 닦아 낸 후였지만 창백해진 안색마저 가릴 수는 없었다. 그녀가 코웃음 치며 말했다.

"감히 내 쇄공향鎖功香을 깨뜨리겠다고? 헛된 망상을 품는군!"

"하하하, 이번 계획은 꽤 쓸 만했지?"

약왕 노인이 웃으며 말했다.

향기를 오래 맡았으니 용비야의 내공은 육에서 칠 할밖에 남지 않았을 것이고 아직도 줄어들고 있었다. 동시에 두 사람을 데리고 심연을 건너려고 하면 식인 수리가 그 틈을 타 허공에서 기습을 감행할 텐데, 그렇게 되면 한운석과 고북월을 모두 보호할 방도가 없었다. 그러니 가능한 빠른 속도로 한 사람씩 데려가야 했다.

하지만 용비야가 한 사람씩 데리고 심연을 건너면, 그가 돌아가는 사이 양쪽 절벽에는 한 사람만 남게 되어 있었다.

고북월을 남기고 한운석을 먼저 데려가든, 한운석을 남기고 고북월을 먼저 데려가든, 한운석과 고북월은 혼자서 식인 수리 떼를 상대해야 했다. 용비야 없이 한운석과 고북월이 저 식인 수리 떼를 상대할 수 있을까?

그야말로 해결 방법이 없는 진퇴양난의 상황이었다!

"대단해요! 정말 대단하시다니까요! 호호호, 약왕께서 알려 주시지 않았다면 저 진왕비가 무공을 할 줄 모른다는 것도 몰랐을 거예요!"

여자가 웃으며 말했다.

"저 아이는 기재니 무공을 할 필요가 없지."

약왕 노인의 시선은 내내 한운석에게서 떨어지지 않았다. 약려에 들어간 후로 그는 오랫동안 약려에만 머물렀고 가장 멀리 나간 일이라 봐야 시약대회를 구경한 것이 고작이었다. 이 때문에 바깥세상에 대해 잘 알지 못했고 한운석 일행에 대해서도 아는 것이 거의 없었다.

한운석이 무공을 할 줄 모르는 것은 알지만, 독술을 할 줄 아는 것도 몰랐고 암기를 가지고 있다는 것은 더욱더 몰랐다. 고북월이 오품 신의라는 것은 알지만, 그것도 한운석이 보낸 서신을 보고 알게 된 것이었다.

두 사람은 남몰래 기뻐하며 곧 펼쳐질 구경거리를 기다렸다.

그때 고북월은 이미 침을 거둔 후였으나 침술은 아무 효과가 없었다. 그의 힘으로도 이 향기를 처치할 수가 없었다.

"대체 이건 약일까요 독일까요?"

한운석도 답답했다. 그녀 자신과 고북월조차 알지 못하고 깨뜨리지도 못하는 것이 있다니, 과연 명성이 쟁쟁한 약려다웠다.

"저 식인 수리가 용비야의 내공이 다 사라진 후에 우릴 공격하려는 걸까요?"

한운석은 고개를 갸웃하며 말했다.

"아마 그럴 겁니다."

고북월은 진지하게 말했다.

하지만 용비야는 부정했다.

"아니다. 놈들은 언제든 우리를 공격할 수 있다. 지금 본 왕의 내공으로는 한 번에 한 명씩 데리고 심연을 건널 수밖에 없으니까."

약왕 노인과 여자의 추측대로 용비야는 신경 쓸 것이 많았다.

한운석은 잠시 생각해 본 후 깨달았다.

"이 세 번째 관문은 임시로 만든 거예요. 우리를 막으려고 일부러 만든 거라고요!"

그녀는 휘파람 소리가 난 쪽을 돌아보며 차갑게 코웃음 쳤다.

"저 여자는 본 왕비와 고 의원이 아예 안중에도 없군요!"

"전하, 서둘러 건너야 위험을 피할 수 있습니다. 왕비마마께
는 암기가 있고 제게는 꼬맹이가 있으니 식인 수리를 대적할 수
있습니다."

고북월이 진지하게 말했다.

하지만 한운석은 차갑게 대꾸했다.

"본 왕비가 먼저 독으로 저 짐승들을 죽여 버리겠어요. 그래
도 약왕이 감히 나를 붙잡아 두려고 할지 궁금하군요!"

세 번째 관문 (2)

한운석은 독술을 알지만, 해독 위주이지, 공격하기 위해 독을 쓰는 일은 손에 꼽을 정도였다. 그런데 이번에는 분명히 화가 머리끝까지 났다.

"시간이 촉박하니 고북월을 데리고 먼저 건너가겠다. 조심해라."

용비야는 그녀의 독술을 믿고 있었다. 소요성의 박쥐 떼를 물리쳤을 때를 생각해 보면 군더더기 없는 솜씨였다.

심연은 넓고 건너야 할 말뚝은 많은 데다 건너는 도중에 무슨 일이 생길지 알 수 없었다. 용비야로서는 한운석을 데리고 모험할 수가 없어 고북월을 먼저 데려가면서 길을 살펴볼 심산이었다.

"당신도 조심해요."

한운석이 말하며 고북월이 안고 있는 꼬맹이를 진지하게 바라보며 주의를 시켰다.

"고 의원을 잘 보살펴. 문제가 생기면 네가 책임져야 해."

꼬맹이는 순순히 고개를 끄덕이며 속으로는 킥킥 웃었다. 운석 엄마가 주의를 시키지 않아도 녀석은 어떻게든 공자를 보호할 생각이었다.

큰 어려움이 닥쳤으니 꼬맹이도 모두와 한마음이었다!

용비야가 바퀴 달린 의자를 밀고 나아가 내공을 끌어올리려는데, 뜻밖에도 휘파람 소리가 울리더니 식인 수리가 한운석을 내버려 두고 용비야와 고북월에게만 날아들어 두 사람을 단단히 포위했다.

한운석이 휘파람 소리가 난 쪽을 돌아보며 눈을 가늘게 떴다.

"죽고 싶구나!"

휘파람 소리는 그 요염한 여자가 낸 것이었다. 그 여자는 정말 한운석은 안중에도 없이 오직 용비야만 노리고 있었다.

"옳지. 진왕의 발을 묶어 시간을 끌면 된다. 쇄공향이 저자의 내공을 완전히 억제하면 저들은 영원히 건너지 못해!"

평소에는 엄숙하던 약왕 노인도 지금은 장난꾸러기 어린아이처럼 들떠 있었다.

요염한 여자는 새까맣게 몰려 있는 식인 수리 떼를 응시하며 용비야가 반격하기를 기다렸다.

"약왕, 미리 약속한 대로 이번 일이 성공하면 진왕은 구약동에 남겨 둬야 해요."

"당연하지. 단, 저 아이는 절대로 해치지 마라."

약왕 노인의 관심사는 오로지 한운석이었다. 저런 손녀가 있다면 죽어도 여한이 없을 것 같았다.

식인 수리는 날개를 펄럭이며 점점 더 바짝 다가들었고 덕분에 용비야와 고북월의 모습은 거의 가려졌다. 그래도 용비야는 여전히 공격하지 않았다.

요염한 여자는 의아했다.

"계속 시간 끌어 봤자 좋을 게 없을 텐데!"

이렇게 말하는 동안 새까맣게 몰려 있던 식인 수리 떼 속에서 갑자기 까만 깃털이 후두두 떨어졌다. 꽤 많은 양이었다.

식인 수리 떼가 털갈이를? 저 수리들은 모두 성체였고, 대머리독수리처럼 정수리에는 털이 없어도 몸에는 털이 수북하게 났지만 잘 빠지지 않았다.

요염한 여자와 약왕 노인은 무슨 일인가 하며 어리둥절했다.

별안간, 무리 속에서 식인 수리 한 마리가 퍽 소리를 내며 땅에 떨어졌다.

요염한 여자와 약왕 노인은 눈이 휘둥그레졌다. 그 식인 수리의 몸에는 털이 하나도 남아 있지 않아서, 민둥민둥한 몸뚱이는 꼭 털을 뽑아 놓은 칠면조 같았다. 수리의 눈도 처음처럼 날카롭지 않고 공포에 질린 듯 휘둥그레져 있었다. 녀석은 머리 잘린 파리처럼 이리저리 뛰어다니며 괴성을 지르고 미친 듯이 날개를 퍼덕였지만 안타깝게도 깃털 없는 날개로는 날 수가 없었다.

곧이어 털이 벗겨진 식인 수리가 한 마리 한 마리 잇달아 툭툭 떨어지기 시작했고, 검은 깃털이 하늘 가득 휘날렸다. 털 빠진 '칠면조'들이 땅에서 어지럽게 뛰어다니면서 동굴 안은 날카로운 귀곡성으로 가득 찼다. 놀라워서 도무지 눈을 뗄 수 없는 장면이었다.

요염한 여자와 약왕 노인은 무슨 일이 벌어졌는지 알아차리지도 못한 채 놀라 벌어진 입을 다물지 못했다. 하지만 용비야와 고북월은 짐작할 수 있었다. 고북월은 큰 소리로 웃었고 용비야 역시 웃음을 감추지 못했다. 한운석은 독을 쓰는 일이 거의 없지만, 일단 썼다 하면 뇌리에 똑똑히 새겨져 평생 잊을 수 없는 기억을 선사했다.

한운석이 독침을 쓴 것이 확실했다. 그녀는 독술에 뛰어나지만, 독을 쓰는 기술은 형편없어서 단숨에 이 많은 수리를 물리칠 수 없었다. 그래서 이렇게 본보기를 보여 식인 수리를 겁주는 방법을 택해야 했다. 예상대로, 털이 빠져 땅에 떨어진 식인 수리가 점점 많아지자 아직 해를 입지 않은 수리들도 다음 차례가 자신이 될까 봐 놀라 분분히 흩어지기 시작했다. 차츰차츰 용비야와 고북월의 모습이 다시 드러나기 시작했고, 그들의 앞을 가로막는 것도 없어졌다.

요염한 여자는 줄곧 용비야가 수작을 부린 줄로 짐작했지만, 용비야는 바퀴 달린 의자만 잡고 있을 뿐 아무것도 하지 않고 있었다. 대체 누가 그녀의 자랑거리인 식인 수리를 저렇게 우스꽝스러운 꼴로 만들었을까?

화난 그녀가 모습을 드러내며 외쳤다.

"누구 짓이냐! 나와라!"

"나야!"

한운석이 시원시원하게 나섰다.

요염한 여자는 충격 받은 얼굴로 그쪽을 돌아보았다. 한운석이 손을 들자 소매에서 금침 하나가 튀어나와 여자에게 날아들었다. 이런 상황을 예상하지 못한 여자는 피하지도 못한 채 놀라 하얗게 질린 얼굴로 숨을 죽였다. 금침이 얼굴을 스치고 지나가자 그제야 참았던 숨이 터지고 등에서 식은땀이 주룩 흘렀다.

"겁내지 마. 당신이 세 번째 관문의 수호자라는 건 아니까 명청하게 죽이진 않을 거야."

한운석이 차갑게 말했다. 세 번째 관문의 문제가 무엇이든 간에, 적어도 수호자를 직접 공격해선 안 되고 수호자 역시 직접 그들을 공격하지 못하는 것은 당연했다.

"암기를 가지고 있다니!"

요염한 여자는 믿을 수 없는 목소리로 외쳤다.

한운석은 그 여자 뒤의 어둠 속을 바라보며 웃었다.

"독술이 내 본업이고, 암기는 취미라고 할 수 있지."

"무슨 말이지?"

요염한 여자는 알아들을 수가 없었다.

"내 앞을 가로막는 자는 모조리 독살해 버리겠다는 말이지!"

한운석의 웃음소리가 갑작스레 차가워지면서 살기를 뿌렸다. 요염한 여자는 흠칫 놀라 한 걸음 물러섰고, 어둠 속에 숨은 약왕 노인도 적잖이 놀라 한 손으로 수염을 쓰다듬으며 다른 손으로 심장 부근을 매만졌다. 저 아이가 저렇게 독술에 뛰어난 줄 왜 몰랐을까? 그녀를 약려에 붙잡아 두면 혹시 어느 날 기분이 안 좋다며 그가 기르던 약초에 독을 뿌려 모두 없애 버리지나 않을까? 처음으로 약왕 노인의 결심이 흔들렸다.

요염한 여자도 속으로는 흠칫했지만 겉으로는 굴하지 않고 냉소하며 말했다.

"그렇게 대단한 능력이 있으면 직접 심연을 건너지 그래?"

"귀찮아. 어차피 내 남자가 업고 가 줄 테니까."

한운석은 나른한 목소리로 대답했다.

그때 용비야가 고북월을 의자 째로 휙 날려 보낸 뒤 뒤따라 허공으로 몸을 날렸다. 그는 말뚝을 하나하나 밟으며 건너지 않았다. 지금 그의 무공이면 가는 길에 말뚝 두세 개만 밟아도 순조롭게 심연을 건널 수 있었다.

요염한 여자는 초조한 마음에 기괴한 소리로 휘파람을 불었다. 방금 흩어졌던 식인 수리가 다시 돌아왔는데, 새로 합류한 것도 있는지 수가 꽤 많아져 있었다. 빈틈없이 빽빽하게 몰려드는 모습이 너무 징그러워 보기만 해도 소름이 끼쳤다.

한운석은 어리둥절했다. 저 식인 수리들은 건망증이 심한지, 방금 그 무서운 일을 겪고도 명령을 받자 고집스럽게 날아들었다.

허공에 집결한 식인 수리 떼는 두툼한 벽을 이루어 용비야와 고북월의 앞을 가로막았다. 용비야는 고북월을 뒤쫓아가 한 손으로 의자를 붙잡고 다른 손으로 검을 뽑았다.

저 식인 수리들을 도륙하려면 내공을 소모해야 했지만 시간을 끄는 것보다는 나았다. 쇄공향 속에서는 시간이 곧 내공이었다. 고북월을 데려다준 뒤 다시 돌아가 한운석을 데려와야 하는데, 시간을 지체하면 할수록 한운석이 위험했다.

용비야는 검을 꽉 움켜쥐었다가 휙 떨쳤다. 무지개 같은 검기가 산을 가를 듯한 기세로 식인 수리 떼를 내리찍었다. 단 일

검이었지만 두툼하게 쌓아 올린 검은 장벽은 단번에 박살났다! 식인 수리도 적잖이 죽어 나갔는데, 남은 녀석들은 격노한 듯 마구잡이로 용비야를 공격해 댔다.

용비야는 녀석들과 맞서 한 손으로 검을 휘둘렀고 그때마다 사방에 피가 튀었다. 바퀴 달린 의자를 꼭 쥔 다른 한 손으로 고북월의 의자의 무게를 고스란히 버티는데도 의자에 앉은 고북월의 몸은 조금도 기울지 않았다.

고북월은 푸른 힘줄이 선 그의 손등을 보며 복잡한 마음을 감출 수 없었다. 지켜보는 꼬맹이도 약간 마음이 아팠다. 녀석도 용 아빠가 겉으로는 무시무시해 보여도 사실 자기 사람에게는 무척 잘한다는 것을 알고 있었다.

용비야는 식인 수리를 베면서 고북월을 데리고 계속해서 앞으로 나아갔지만 아무래도 멀리 가지 못했다.

요염한 여자가 득의양양하게 웃음을 터트렸다.

"저 사람이 널 업고 간다고? 호호호, 어디 기다려 보시지!"

이 여자는 경박스럽기는 해도 머리가 없는 건 아니었다. 그녀가 부리는 식인 수리는 한운석이나 고북월을 공격하지 않고 용비야만 집중적으로 공격했다. 그녀는 용비야가 그들의 주력이고, 용비야만 제압하면 그들이 심연을 건널 수 없다는 것을 알고 있었다. 식인 수리가 아무리 많아도 용비야의 적수가 될 수는 없지만, 문제는 용비야에게 시간이 많지 않다는 것이었다.

한운석은 요염한 여자의 도발에 신경 쓰지 않고 잇달아 침을 쏘았다. 조금 전처럼 털 빠진 식인 수리가 우수수 아래로 떨어졌지만 이번에는 겁주는 효과가 없었다. 이번에 온 식인 수리는 결사대라도 된 양 필사적으로 명령에 따랐다.

한운석은 눈빛을 바꾸며 계속 침을 쏘아 시험해 보았다. 요염한 여자가 가소로운 목소리로 비웃었다.

"천천히 해, 서두르지 말고. 몇 마리나 떨어뜨렸는지 내가 하나하나 세어 줄게."

한운석이 그녀를 돌아보았다.

"정말?"

요염한 여자는 갑자기 자신이 없어졌지만 그래도 오만하게 굴었다.

"물론이지!"

"기다려!"

한운석은 우아하게 걸어 나가 죽은 식인 수리 한 마리 앞에 몸을 웅크리더니, 금침 한 벌을 꺼내 식인 수리의 사체에 하나씩 꽂아 넣기 시작했다.

요염한 여자가 가까이 다가가 살펴보니, 금침에 독이 묻어 있는지 모두 끝이 새까맸다. 얼마 지나지 않아 수리의 사체에서 이상한 냄새가 나기 시작했다.

살아 있는 수리는 내버려 두고 죽은 수리에게 손을 쓰다니, 저 여자는 대체 뭘 하려는 걸까? 요염한 여자가 코를 쥐며 의아해하고 있을 때, 용비야를 포위 공격하던 식인 수리가 갑자기 뭐에 홀린 듯이 앞다투어 한운석 쪽으로 날아들기 시작했다.

요염한 여자는 깜짝 놀라 마구 휘파람을 불었지만 수리 떼는

파란미디어의
책들

Ro
man
ce

e-mail paranbook@gmail.com
cafe cafe.naver.com/paranmedia
facebook facebook.com/paranbook
tel 02. 3141. 5589 **fax** 02. 3141. 5590

파란

SBS 드라마 방영예정!

홍천기 紅天機 각 권 14,000원(전2권)

하늘의 무늬를 읽고 해독할 수 있지만
앞을 보지 못하는 남자 하람
그의 눈이 되고자 당당히 경복궁에 입성한
백유화단의 여화공 홍천기
그들의 운명에 번져 가는 애틋하고 몽환적인 먹센!

〈성균관 유생들의 나날〉,
〈규장각 각신들의 나날〉,
〈해를 품은 달〉 정은궐 작가의 귀환!
놀랍고 강렬하고 신비로운 이야기!

성균관 유생들의 나날(개정판) 각 권 11,000원(전2권)

교보문고, 예스24, 인터파크, 알라딘 베스트셀러 종합 1위!
백만 부 돌파!
일본, 중국, 태국, 베트남, 대만, 인도네시아 6개국 번역 출판
독자들이 뽑은 가장 재미있는 소설!

금녀의 반궁, 성균관에 입성한 남장 유생 김 낭자의
파란만장한 나날들!

규장각 각신들의 나날 각 권 11,000원(전2권)

『성균관 유생들의 나날』 시즌 2, 잘금 4인방의 귀환!

'공부가 가장 쉬웠던' 성균관은 아무것도 아니었다.
'피똥 싸는 건 예사고, 없던 다한증까지 생긴다는'
무시무시한 규장각 나날이 잘금 4인방을 기다린다!

해를 품은 달(개정판) 각 권 13,000원(전2권)

드라마 '해를 품은 달' 원작
8주 연속 종합 베스트셀러 1위!
아시아 전역 번역 출간!

세상 모든 것을 가진 왕이지만 왕이기 때문에 사랑을 잃은 훤
사랑과 권력을 되찾기 위해 가혹한 운명에 맞선다!

가슴을 파고드는 애잔한 러브 스토리! 홍수연 작가 시리즈
《눈꽃》, 《불꽃》, 《정우》, 《바람》
홍수연 작가의 새로운 변신
당신을 숨 막히게 할 미스터리 스릴러 로맨스!

파편 각 권 13,000원(전2권)

일그러진 인연, 깨져 버린 시간
빠져나올 수 없는 늪으로 걸어 들어간……
조각난 그 밤은 아름다운 지옥

그 남자의 삶 속엔 오직 초 단위로 계획된 복수의 시간,
매일을 형벌처럼 살게 하는 끔찍한 기억,
그리고 언제든 손목을 그을 수 있는 유리 파편뿐…….
그런 그에게 빛으로 가득한 한 여자가
삶의 미련이 되어 버린다.

바람 각 권 12,000원(전2권)

너는 내가 이루고 싶었던 가장 아름다운 바람…….
오랜 시간 한 남자만을 꿈꾼 여자

어떤 장소에서 어떤 모습으로 만났어도
결국 한 여자만을 사랑한 남자.
파리, 시드니, 그리고 서울을 오가며 그들은 성장하고 사랑
한다.
그리움의 바람도 커져 간다.

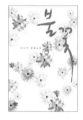

불꽃 값 10,000원

사랑은 법보다 강하고, 용서는 사랑보다 강하다.
당신의 얼음 같은 마음도 불타는 사랑 앞에서는 녹고 말 것입
니다.

무엇보다 야망이 우선인 여자. 끝없이 상처받으면서도
여자를 놓지 못하는 남자.
불꽃같은 사랑과 증오, 그리고 애증의 복수가 펼쳐진다!

눈꽃(개정판) e-book 값 5,000원

차라리 욕망일 뿐이었다면, 이렇게 아픈 사랑이 아니라
그들의 사랑은 시리도록 하얀……, 눈꽃

한겨울의 차가운 바람처럼 시린 10년간의 사랑.
미국 대재벌가의 상속자와 평범한 동양 여자, 그들이 넘어
야 할 두터운 얼음벽 사랑.

프렘더 김자인 지음 | 값 13,000원

**너를 처음 봤을 때, 간절히 빌었어
드디어 발견한 내 오아시스가 사라지지 않기를**

막막한 유학 생활과 상처뿐인 사랑, 그 모든 것을 끝내고 싶은 여자, 한나. 비밀을 숨기고 있는 남자, 헤리. 비뚤어진 사랑으로 한나를 어둠 속으로 몰아넣는 남자, 레온.
진실 혹은 거짓, 그 위태로운 경계 속에서 과연 이들은 서로의 세계에 안착할 수 있을까?

너의 바이라인 김이비 지음 | 값 13,000원

고백의 순간, 너로 인해 채워진 나의 바이라인

올곧은 신념과 의지를 가진 열혈 기자, 이다임.
정의와 반대되는 기사를 써 내라 요구하는 회사와 부딪히다가 결국 좌천되고, 설상가상으로 이별까지 겪는다.
좌절한 그녀의 앞에 대형견 같은 매력을 가진 연극배우 선우와, 능글맞은 엘리트 검사 현도준이 나타나는데…….

사랑도 처방이 되나요 최준서 지음 | 값 13,000원

안하무인 건물주와 위기에 빠진 세입자.
갑과 을에서 '남'과 '여'로 만나다!

조금 이른 봄 같은 남자와
아직 추운 겨울에 머무른 여자의 이야기.
김약국에서 진단하는 사랑의 처방전!

퀸 최준서 지음 | 각 권 9,000원(전2권)

**잡을수록 사라지는 당신의 향기
그리움으로 만든 그 이름…… 퀸**

강산 그룹의 후계자가 되기 위해 앞만 보고 달려왔으나 할아버지의 반대에 부딪힌 세아. 충동적으로 떠난 호주 여행, 정신없이 바쁜 한국에서의 삶과는 달리 평화로운 와인 농장과 그 풍경처럼 아름다운 딘에게 매료된다.

앤을 위하여 최준서 지음 | 값 13,000원

**열두 번의 봄이 지나는 동안
그녀는 그를 애타게 기다렸고, 그는 그녀를 애써 지웠다.**

하나를 얻으려면 다른 것은 놓아야 한다는 남자, 윤태하.
원하는 것은 모두 손에 넣어야 한다는 여자, 서은혜.
이들이 다시 만난 순간, 돌기 시작한 운명의 수레바퀴.

통제를 완전히 벗어나 미친 듯이 덮쳐 왔다. 한운석이 물러서자 식인 수리는 사체에 달려들어 마구잡이로 뜯어먹기 시작했다! 사체를 먹은 식인 수리는 하나도 빠짐없이 그 자리에서 즉사했고, 죽자마자 동족들의 먹이로 전락했다.

이런 일이 반복되자 얼마 지나지 않아 바닥이 사체로 뒤덮였다.

용비야는 뒤를 흘끗 돌아보더니 주저 없이 고북월을 데리고 계속 앞으로 나아갔다. 한운석은 가슴 앞에 팔짱을 끼고 지켜보면서 오만한 태도로 입꼬리를 살짝 올렸다. 마치 그녀 자신이야말로 식인 수리의 조종자가 된 것 같은 태도였다.

요염한 여자는 놀라서 창백해졌다.

"이⋯⋯, 이럴 순 없어!"

"하나하나 셀 필요는 없겠네. 모두 죽었으니까!"

한운석은 이 말을 툭 던지고 우아하게 돌아서서 절벽 쪽으로 다가갔다. 조금 전 시험해 본 결과 이 식인 수리들은 이미 결사항쟁 명령을 받은 상태였다. 이렇게 완전히 조종당하는 맹금류는 지난번 소요성의 박쥐 떼처럼 '동족상잔' 유의 독을 쓰기 딱 좋았다. 똑같은 독이고 독을 쓰는 방법만 다를 뿐이었다!

요염한 여자가 조금 더 똑똑했다면 한운석을 공격했어야 옳았다.

어쨌든 식인 수리의 위협이 사라지자 그들은 안전해졌다. 한운석은 낭떠러지 옆에 서서 용비야와 고북월의 뒷모습을 바라보며 용비야가 데리러 오기를 기다렸다.

아직 시간은 충분했다.

하지만 그녀는 곧 자신이 틀렸다는 것을 깨달았다. 왜냐하면⋯⋯.

세 번째 관문 (3)

한운석의 잘못은 시간을 잘못 계산한 것이 아니라, 요염한 여자의 음험하고 잔인한 면을 얕본 것이었다.

요염한 여자는 한운석처럼 용비야와 고북월의 뒷모습을 바라보며 한참 동안 움직이지 않았다. 포기한 것처럼 보였지만, 사실은 공격할 최적의 순간을 찾는 중이었다.

이번에는 한운석이 얼마나 대단한 능력을 발휘해 도와줄지 궁금했다!

그때 용비야는 이미 심연을 반 이상 건넜고 여전히 허공에 몸을 띄운 채 말뚝의 힘을 빌리지도 않고 날아가는 중이었다. 요염한 여자도 용비야의 내공이 저 정도일 줄은 몰랐던 터라 속으로 감탄을 금치 못했다. 심연을 반 정도 건너려면 적어도 세 번은 말뚝을 밟아야 할 줄 알았는데 그는 바퀴 달린 의자를 탄 사람까지 데리고 단숨에 반이나 건넜다.

"정말이지 쉽게 볼 사람이 아니었어. 아아, 아까워서 어쩌나……."

요염한 여자가 중얼거렸다. 평소에는 모질지만 용비야처럼 뛰어난 남자 앞에서는 아무래도 마음이 약해졌다.

물론, 어차피 얻지 못할 사람이라면 차라리 망가뜨리는 게 나았다!

그때 어둠 속에 숨어 있던 약왕 노인 역시 용비야를 응시하고 있었다. 그는 요염한 여자가 무슨 수작을 부릴지 너무나 잘 알았다. 긴장한 나머지 양손으로 기다란 수염을 꽉 움켜쥐었지만 아픔조차 느끼지 못했고, 평소 보이던 엄숙함과 권위는 전혀 찾아볼 수 없었다.

솔직히 식인 수리가 서로 죽고 죽이는 장면에 소스라치게 놀란 나머지 벌써 후회가 스멀스멀 피어오르고 한운석을 약려에 붙잡아 둘 용기도 사라진 상태였다. 하지만 한운석의 사부, 진정한 사부가 되고 싶은 마음은 여전했다. 그는 그녀에게 약술을 가르치고 훗날 이 약려를 물려주고 싶었다.

한운석의 뛰어난 재주가 진심으로 감탄스러워서 도저히 포기할 수가 없었다.

사제 관계를 되살리기 위해서는 어떻게든 저 요염한 여자를 저지해야 했지만, 그에게는 능력 밖의 일이었다. 구약동에서 벌어지는 일은 약왕 노인의 관할이 아니었고, 한운석 일행이 구약동에 들어온 이상 끝까지 가는 수밖에 없었다!

그때, 허공을 가르고 날아가던 용비야가 느닷없이 아래로 떨어졌다. 결국 말뚝의 힘을 빌릴 때가 온 것이었다!

그는 한 발로 아래에 있는 말뚝을 힘껏 밟았다. 힘을 빌릴 때는 가능한 한 힘을 주어야 반탄력도 그만큼 크기 때문이었다! 그는 발구름 한 번으로 속도를 올려 건너편까지 날아갈 생각이었다! 누가 뭐래도 한운석이 걱정스러웠기 때문이었다.

힘을 빌리는 원리는 한운석도 알아볼 수 있었다. 그녀는 용비야를 무척 믿고 있었고, 용비야가 말뚝을 밟는 순간 요염한 여자가 수작을 부릴 줄은 전혀 예상하지 못했다. 요염한 여자는 차갑게 명령했다.

"화살을 쏴라!"

순간, 수많은 화살이 허공을 가르며 정확하게 용비야의 아래에 있는 말뚝을 향해 날아갔다. 말뚝은 순식간에 산산조각이 나 심연 아래로 흔적조차 없이 사라졌다.

헛발을 짚은 용비야는 순식간에 중심을 잃어 고북월을 붙잡은 채로 아래로 떨어져 내렸다! 말뚝을 밟아 힘을 빌려야 했던 만큼 이미 몸을 지탱하기 어려운 상태에서 발에 힘을 잔뜩 주기까지 한 바람에 그의 몸은 족히 3, 40미터나 가라앉았다.

그와 동시에 공기 속에 퍼진 쇄공향이 더욱 짙어졌다. 향이 너무 짙어 저절로 재채기가 날 정도였다. 요염한 여자는 그들을 철저하게 해치울 생각이 분명했다!

"용비야!"

한운석은 깜짝 놀랐다. 용비야와 고북월은 빠르게 아래로 떨어졌고 붙잡을 곳조차 없어 점점 멀어지기만 했다.

"용비야!"

그녀는 계속해서 목이 터져라 불렀다. 용비야는 들었는지 아닌지 대답이 없었다.

모든 것이 너무 갑작스러웠다!

"저런, 저 밑에 뭐가 있는지는 나도 모르는데."

요염한 여자는 아쉽다는 투로 말했지만, 한운석을 마주하자 곧 태연자약한 태도를 보였다.

"하지만 한 가지는 확실해. 너희가 졌다는 거. 앞으로 반 시 진만 지나면 제한 시간은 끝이야!"

한운석은 승패 따위에는 관심조차 없었다. 그녀는 절벽 끝에 엎드려 점점 작아지는 그림자를 놓치지 않으려 애쓰며 계속 용 비야의 이름을 불렀다. 그가 대답해 주기를, 예전에 늘 그랬듯 이 '안심해라'라고 한 마디만 해 주기를 바라면서.

저 아래에 무엇이 있는지는 전혀 중요하지 않았다.

중요한 것은 용비야가 아래로 떨어지고 있고, 사방에 붙잡을 것이 전혀 없다는 것이었다.

중요한 것은 용비야가 다친 고북월을 데리고 있다는 것이었다.

중요한 것은 쇄공향이 갑자기 짙어져 용비야의 내공이 더욱 더 약해지고 있다는 것이었다.

그에게 내공이 얼마나 남았는지, 언제까지 버틸 수 있는지 아무도 몰랐다.

그 순간에도 한운석은 여전히 냉정했다. 그녀는 즉시 팔을 들어 암기로 요염한 여자를 겨누었다.

"쇄공향을 거둬. 그렇지 않으면 널 죽이겠다!"

이것이 그녀가 용비야를 도울 수 있는 유일한 방법이었다. 쇄공향이 사라진다면, 곧바로 용비야의 내공이 회복되지는 않 더라도 최소한 계속 줄어들지는 않을 테니 희망이 있었다.

"날 협박하는 거야? 후훗!"

요염한 여자는 일부러 얼굴을 가리고 웃어 댔다.

"아니, 이건 명령이다!"

한운석은 사납게 외쳤다.

"만약 내가 싫다면?"

요염한 여자가 도발했다.

한운석은 두말없이 독침을 쏘았다. 요염한 여자가 즉시 피하자 한운석은 눈빛을 매섭게 번쩍이더니 이화루우에 든 금침 서른세 개를 모조리 발사했다. 이 금침에는 서른세 가지 독을 묻혀 놓았는데, 닿기만 해도 중독되는 독도 있고 조금만 마셔도 중독되는 독 가루를 뿌려놓은 것도 있었다.

요염한 여자는 일류 고수가 아니어서 이 많은 암기를 상대할 여유가 없었다. 어찌어찌 피하기는 했지만 결국 완전히 피하지는 못해서 독 가루를 들이마시고 말았다. 곧 온몸이 견딜 수 없이 가려워졌다.

"감히 관문 수호자를 공격해? 평생 여길 나갈 생각은 꿈도 꾸지 마!"

요염한 여자가 분노를 터트렸다.

용비야의 목숨이 위험한데 그깟 규칙에 얽매일 한운석이 아니었다. 설령 옥황상제가 만든 규칙이라 해도 콧방귀를 뀌었을 것이다! 그녀는 화난 소리로 말했다.

"당장 쇄공향을 거둬. 그렇지 않으면 식인 수리와 똑같은 최후를 맞을 테니!"

요염한 여자는 가려움을 참고 싶었지만 안타깝게도 그럴 수가 없었다. 몇 번 긁었을 뿐인데 팔의 피부가 벗겨졌고, 상처가 생기자마자 주변이 짓무르기 시작했다.

식인 수리의 최후라면 뭘 말하는 거지?

털이 몽땅 빠진 거? 아니면 동족끼리 뜯어 먹은 거?

요염한 여자는 상상할 용기조차 없었다. 놀란 그녀가 허둥지둥 말을 바꿨다.

"어서 해독해 줘. 그럼 쇄공향을 거둘게!"

"넌 본 왕비에게 조건을 제시할 자격이 없다!"

한운석은 노성을 지르며 자꾸만 아래쪽을 바라보았다. 용비야와 고북월의 모습이 점점 희미해지고 있었다.

시간을 끌 때가 아니었다!

요염한 여자 역시 시간을 끌 처지가 아니었지만 손쓸 방도가 없었다! 사실 한운석에게는 거짓말을 했을 뿐, 당장 쇄공향을 거둘 방법 같은 건 애초에 없었다. 쇄공향은 한번 퍼지면 자연스레 흩어질 때까지 기다려야 하고, 사람이 거둬들일 수 없었다.

그녀가 시선을 피하자 한운석은 심장이 철렁했다.

"못하는 거지?"

요염한 여인은 별수 없이 고개를 끄덕였다.

"한운석, 세 번째 관문의 규칙은 내가 결정해. 해약만 주면 반드시 널 놓아줄게. 난 한다면 해!"

한운석은 화가 머리끝까지 났다.

"경고하는데, 내 지아비의 털끝 하나라도 상하면 네 피부를 세 겹 벗겨 내고 말겠다!"

134

그녀는 심연 쪽을 내려다보았다. 용비야의 뒷모습을 시야에 박아두고 싶었지만, 애석하게도 희미한 그림자는 이미 너무나도 작아져 있었다.

요염한 여자는 팔의 피부가 자꾸만 벗겨져 나가자 놀라서 하얗게 질렸다. 그녀는 허둥지둥 한운석을 달랬다.

"솔직히 말해 이렇게 깊은 곳에 떨어지면 죽는 것은 말할 것도 없고 시신조차 찾지 못할 가능성이 커. 그러니 너 자신이라도 챙겨! 내가 문을 열지 않으면 넌 영원히 여기서 나가지 못해!"

"저 사람은 죽지 않아! 입 닥쳐!"

한운석이 사납게 으르렁거렸다!

이제 요염한 여자의 팔 전체가 문드러지기 시작했다. 그녀는 한운석에게 달려들며 다급히 말했다.

"지금쯤 내공이 다 사라졌을 테니 틀림없이 죽을 거야! 너 자신이라도 살아야지!"

철썩!

한운석이 요염한 여자의 뺨을 호되게 때렸다.

"감히 날 때려!"

요염한 여자도 버럭 화를 내며 똑같이 손을 쳐들었다. 하지만 핏발을 잔뜩 세운 채 분노의 불길을 이글거리는 한운석의 두 눈을 보는 순간 슬며시 두려움이 밀려와 저도 모르게 손을 내렸다.

"저 사람은 죽지 않아! 내가 살아 있으니 저 사람은 죽을 수 없다!"

한운석이 한 자 한 자 차갑게 내뱉었다.

그녀는 다시 심연을 돌아보며 외쳤다.

"용비야, 들려요? 대답 좀 해요! 용비야!"

대답은 없었다. 더구나 그 짧은 순간 희미하던 그림자마저 사라졌다. 이제 그녀는 더는 그 낯익은 모습을 볼 수가 없게 되었다. 철저하게 사라져 버렸다!

"안 돼!"

한운석도 마침내 이성을 잃고 흐느끼기 시작했다.

"용비야, 대답 좀 해 봐요, 네?"

지난번 그가 심장에 칼을 맞았을 때는, 그래도 볼 수도 있었고, 힘껏 손을 잡을 수도 있었고, 의원을 불러올 수도 있었다. 하지만 이번에는 도울 수 있는 게 아무것도 없었다. 이렇게 힘없는 자신이 미웠다.

낯익은 그림자를 볼 수 없게 되자 시원시원하고 강인하던 그녀는 순식간에 겁쟁이가 되어 버렸다. 그녀는 온몸을 부들부들 떨며 미친 듯이 외쳐댔다.

"용비야, 대답 좀 해요! 당신은 올라올 수 있어요, 그렇죠?"

"……."

"용비야, 기다릴게요!"

"……."

"용비야, 당신이 올라오지 못하면 내가 뛰어내릴 거예요!"

용비야, 아직 백 걸음을 다 가지 못했는데 어떻게 이렇게 멀어질 수 있어?

애석하게도 그는 정말로 사라졌다.

한운석은 절벽 끝에 엎드려 바보처럼 혼잣말했다. 마치 길을 잃고 어쩔 줄 모르는 어린아이 같아서 보기만 해도 마음이 아파지는 모습이었다.

어떡해?

우리 전하가 보이지 않잖아.

얼마나 오랫동안 그와 떨어지지 않고 지냈는지 기억도 나지 않았다. 이제 서로 가까워져 다시는 헤어지지 않으리라고 생각했는데.

"용비야, 당신은 올라올 수 있어. 그렇지?"

"……."

"용비야, 날 건너편으로 데려가기로 했잖아. 날 속인 거야?"

"……."

"용비야, 한 번만 속여도 백 번 속인 걸로 칠 거야! 다시는 당신을 안 믿을 거라고!"

그녀가 아무리 경고해도 깊디깊은 심연에는 시종일관 죽음과 같은 정적뿐이었다. 그녀의 목소리는 점점 잦아들어, 마지막에는 중얼거리는 것 같기도 하고 목이 메어 우는 것 같은 소리로 변했다.

요염한 여자는 그 옆에 서서 자꾸만 몸을 긁어 댔다. 한운석을 밀어 떨어뜨리고 싶은 마음은 굴뚝같지만 그럴 수도 없으니 미쳐 버릴 노릇이었다. 그때쯤 약왕 노인도 가만있지 못하고 달려 나왔다. 그는 심연 속을 내려다보고는 어쩔 수 없는 듯이 고개를 저었다. 후회스럽기도 하고 초조하기도 했다.

한운석의 이런 모습을 보고 있자니 정말 마음이 아팠다.

"애야, 죽은 사람은 다시 살아날 수 없다. 네 몸을 생각해야지! 구약동의 규칙이 그렇다고 이 늙은이도 처음부터 말하지 않았느냐? 응?"

약왕 노인은 상황을 돌이켜 보려 애썼다.

하지만 한운석은 바보가 된 듯 그를 쳐다보지도 않았다.

약왕 노인은 요염한 여자를 흘끗 바라보며 초조해했다. 구약동은 약려에 속해 있지만 그의 관할이 아니었고, 별도의 관리 조직이 있었다. 이대로 시간을 끌다가 만에 하나 이 요염한 여자가 죽기라도 하면, 그가 나서서 애원해도 구약동의 주인은 한운석을 놓아주지 않을 것이다.

"애야, 좋게 이야기해 보자꾸나. 네가 관문 수호자를 해독해 주면 이 늙은이도 널 억지로 약려에 붙잡아 두지 않으마. 어떠냐?"

약왕 노인이 권했다.

갑자기 한운석이 홱 고개를 돌리며 화난 눈길로 쏘아보았다. 그 살기등등한 눈빛에 요염한 여자가 그랬듯 약왕 노인 또한 놀라 뒷걸음질 쳤다. 그런데 뜻밖에도 한운석은 그를 공격하지 않았다. 대신⋯⋯.

세 번째 관문 (4)

한운석은 약왕 노인을 공격하지 않고 대신 몸을 돌려 심연으로 뛰어내렸다!

용비야가 올라오지 않으면 그녀가 내려가서 찾을 수밖에. 황천길을 지나 망천하忘川河(중국 전설에서 저승으로 가는 길에 있는 강)에 이르러 내하교奈何橋(망천하를 건너는 다리)를 건너서라도 찾아내고야 말 것이다!

약왕 노인이 다급히 손을 뻗었지만 거리가 멀어 닿지 않았다. 그는 두 눈 빤히 뜨고 한운석이 아래로 떨어지는 것을 볼 수밖에 없었다.

"안 돼!"

약왕 노인이 고통스럽게 외쳤다. 정말이지 후회막급이었다.

요염한 여자도 달려왔다. 한운석이 떨어져 죽으면 자신을 해독해 줄 사람이 없었다! 이제 어쩌나?

그런데 바로 그때, 심연 속에서 뭔가가 솟구쳐 올라 맞은편 절벽 위로 날아갔다. 두 사람이 자세히 바라보니 바로 바퀴 달린 의자에 앉은 고북월이었다!

누군가가 집어 던진 것처럼 심연에서 날아올라 공중에 떴던 그가 곧 다시 떨어지려고 할 때, 심연 속에서 기다란 채찍 하나가 튀어나와 힘차게 의자를 휘갈겼다. 그 채찍에 얼마나 힘이 실려 있었는지, 의자는 고북월을 앉힌 채 맞은편 절벽 위로 힘껏 밀려나갔다.

쾅!

굉음과 함께 고북월은 의자째 바닥에 떨어졌고 한참 데굴데굴 구른 다음에야 겨우 멈췄다. 그의 몸에서 툭 떨어져 나온 꼬맹이는 어지러운 듯 비틀거리며 똑바로 서지도 못했다.

대체 심연에서 무슨 일이 벌어졌는지, 아무도 알지 못했다.

하지만 방금 그 채찍은 용비야가 휘두른 것이 분명했다!

그들이 죽지 않았다고?

어떻게 이럴 수가?

약왕 노인은 눈이 휘둥그레졌고 요염한 여자도 충격을 받아 몸을 긁는 것조차 잊었다.

"불가능해! 아직도 저만한 내공이 남아 있다는 건 불가능한 일이야!"

지금 쇄공향의 농도라면, 그 누구라 해도 차 한 잔 마실 시간 안에 내공이 완전히 사라지기에 충분했다. 그런데 용비야는 어디서 저런 내공이 났을까? 더구나 저렇게 강력한 내공이. 알다시피 설사 쇄공향이 없었더라도 제아무리 뛰어난 고수인들 발 디딜 곳 없는 심연에서는 저렇게 엄청난 힘을 낼 수 없었다!

용비야는 뭘 어떻게 한 걸까?

그는 고북월을 위로 집어 던진 것도 모자라 채찍을 한 번 휘둘러 건너편 절벽까지 날려 보냈다.

처음부터 저런 힘이 있었다면 심연으로 떨어지기 전에 썼을 것이다! 대체 어떻게 된 일일까?

약왕 노인과 요염한 여자 둘 다 충격이 컸다.

두 사람은 아무리 머리를 싸매도 이해할 수가 없어 약속한 듯 고개를 내밀고 절벽 아래쪽을 내려다보았다. 놀랍게도 용비야가 한운석을 안은 채 저 아래에서 날아오르고 있었다.

아니…….

저 남자는 신인가?

두 사람이 입을 떡 벌리고 있는 사이 기다란 채찍이 힘차게 날아들었다. 그들은 화들짝 놀라 허둥지둥 물러섰지만 요염한 여자는 발을 헛디뎌 나동그라지고 말았다.

채찍이 가까워진 후에야 그들은 채찍 끝에 검이 묶여 있는 것을 알아차렸다. 채찍은 위로 솟았다가 포물선을 그리며 땅에 떨어졌고 끝에 달린 검은 흙바닥에 힘차게 박혔다. 용비야는 채찍을 잡아당기면서 한운석을 안은 채 훌쩍 몸을 날려 심연을 벗어난 뒤 허공으로 올라갔다.

물 흐르듯 거침없는 그 동작에서는 패기가 철철 넘쳤다!

그는 한운석을 공주처럼 안아 들고 빙그르르 돌면서 바닥에 내려섰다. 바람에 펄럭이는 옷자락이 더없이 낭만적이었다.

약왕 노인과 요염한 여자는 물론, 맞은편에 있는 고북월과 꼬맹이조차 경악에 빠졌다. 하지만 용비야는 사람들을 무시한 채 잔뜩 찡그린 눈으로 한운석을 응시하며 차갑게 물었다.

"왜 뛰어내렸느냐? 죽고 싶으냐?"

"당신을 찾고 싶었어요!"

한운석은 아직 정신이 돌아오지 않아 넋이 나간 상태였다. 정말이지 간이 철렁해서 정신이 없었다.

"멍청한 여자 같으니!"

용비야는 불쾌한 표정이었다.

뜻밖에도 한운석이 갑작스레 팔을 뻗어 그의 목을 껴안으며 으앙하고 울음을 터트렸다.

"용비야, 안 죽었군요! 흑흑……. 안 죽었어! 살아 있어!"

좀 더 혼내려던 용비야는 한운석의 울음소리를 듣는 순간 어쩔 줄 몰라, 아수라같이 차가운 얼굴 위로 당황한 표정을 떠올렸다.

이 여자가 울면 그의 세상은 그대로 혼란에 빠졌다.

한운석이 목을 어찌나 세게 껴안았는지 그는 어쩔 수 없이 그녀가 안기 편하도록 고개를 숙였다. 한운석은 눈물 콧물 바람을 하며 울었고, 결벽증이 있는 그는 그 눈물 콧물을 가슴팍에 잔뜩 묻힐 수밖에 없었다. 한운석이 아직도 부들부들 떨고 있어서 쇠처럼 단단한 심장을 가진 냉혹 무정한 그도 심장이 꽉 죄어드는 기분이었다.

그러나 그는 울지 말라고 달래는 대신 실컷 감정을 발산하도록 해 주었다. 이번에는 그녀가 정말 놀랐다는 것을 잘 알고 있었다.

그는 아주 아주 어렸을 때부터 울어 본 적이 없었고, 앞으로도 울 생각은 없었다. 하지만 울고 나면 마음이 편해진다는 건 알고 있었다.

이렇게 해서 죽은 듯이 고요한 동굴 안에는 한운석의 낮은 흐느낌만 울려 퍼졌다. 용비야의 가슴에 머리를 묻고 있는 탓에 그녀의 울음소리는 하나하나 그의 심장으로 스며들었다.

고북월은 멀리서 그 모습을 보고, 그 소리를 들었다. 그 역시 마음이 아팠지만 마음속 한쪽에서는 희미한 무력감을 느끼기도 했다. 떨어지는 동안 그와 용비야는 한운석의 목소리를 들었지만, 상황이 너무 급해 대답할 수가 없었다.

처음부터 끝까지, 그녀는 오직 한 사람의 이름만 불렀다. 용비야.

"바보……."

고북월은 힘없이 웃었다. 그는 살며시 꼬맹이를 쓰다듬으며 심연 깊숙이 떨어졌을 때를 떠올렸다.

그와 용비야가 아래로 떨어지는 순간 쇄공향이 갑작스레 짙어지자, 용비야는 틀렸다는 것을 알고 위로 올라가는 것을 포기했다. 그는 어떻게든 균형을 잡아 안전한 곳에 떨어지려고 애썼다. 그렇게 하면 최소한 목숨은 구할 수 있어서였다.

그렇지만 쇄공향은 금세 그가 가진 내공을 모두 억눌렀다. 고북월도 쇄공향이 짙어지면 용비야가 순식간에 힘을 잃어 자신과 함께 빠르게 추락하리라는 것을 잘 알고 있었다.

그런데 어떻게 된 셈인지, 갑자기 용비야의 몸에서 강력한 기운이 폭발하는 것이 느껴졌다. 그 후 용비야는 기력을 회복한 것처럼 바퀴 달린 의자를 붙잡은 채 허공에 천천히 멈췄다.

용비야는 몸속의 내공을 가다듬기라도 하듯 한참 그렇게 멈쳐 있다가, 마침내 그를 위로 집어던지고 이어서 채찍을 휘둘러 절벽 위로 날려 보냈다.

뒤늦게 용비야의 몸에서 폭발한 내공은 그가 본래 갖고 있던 내공과는 다른 데다 훨씬 더 강력하다는 것을, 고북월은 확신했다.

저자의 내공은 드물 만큼 웅혼하고 패도적이었는데, 지금 저 내공은 더욱더 무시무시했다.

고북월은 고민에 빠졌다. 저것은 내공이 아니라 용비야의 몸속에 봉인되었던 힘인데 상황이 급박해 어쩔 수 없이 봉인을 해제한 게 아닐까?

여기까지 생각이 미치자 고북월은 맞은편 절벽 위, 아직도 바닥에 박혀 있는 검을 바라보았다.

용비야가 그를 의자째 던질 힘이 있는데도 한운석을 안고 곧바로 올라오지 않고 채찍과 검을 이용해 절벽을 타고 올라온 것을 볼 때, 봉인을 해제하면 그 즉시 대가를 치러야 하는 것이 분명했다.

그렇지 않았다면 구태여 다른 힘을 빌려 올라올 필요가 없었다.

고북월은 용비야의 몸에 어떤 비밀이 숨겨져 있다고 거의 결론을 내렸다. 그의 검술은 천산검종에서 배운 것이지만, 채찍술은 어디서 배웠는지 알려지지 않았다. 봉인된 힘 역시 천산검종에서 배웠을까, 아니면 저 채찍술과 관련이 있을까?

그때쯤 한운석은 이미 울음을 그치고 반대로 생글생글 웃고 있었다.

멀쩡하게 눈앞에 있는 용비야를 보면서, 그녀는 눈물 젖은 얼굴로 바보처럼 웃었다.

이제 보니 사나운 진왕비 한운석도 이렇게 바보스러울 때가 있었다!

처음에는 마음 아파하던 용비야도 한운석의 이런 표정이 우스워 슬며시 웃음이 났지만 꾹 참았다.

그는 부드럽게 그녀의 눈물을 닦아 주면서 꾸짖었다.

"겨우 이런 일로 겁을 먹느냐?"

"당신이 없어지면 겁을 먹어도 소용없잖아요?"

한운석이 진지하게 물었다.

용비야는 대답할 말이 생각나지 않아 그녀의 앞머리를 쓰다듬으며 속삭였다.

"됐다, 이제 괜찮다……."

"어떻게 쇄공향을 극복했죠?"

한운석은 아무래도 그게 궁금했다.

"본 왕의 내공은 그렇게 약하지 않다. 이런 것을 '사즉생死卽生'이라고 하는데, 아느냐?"

용비야가 물었다.

한운석은 알 수가 없어 고개를 저었다.

"내공 수련의 최고 경지를 말하는 것이다."

용비야는 담담하게 말했다. 그 말이 사실인지 거짓인지는 오로지 그 자신만 알고 있었다.

한운석은 더 묻고 싶었지만, 마침 요염한 여자가 참지 못하고 끼어들었다.

"한운석, 그자는 죽지 않았어! 그러니 어서 날 해독해 줘!"

이렇게 놔두면 그녀는 온몸의 피부가 썩어 들어갈 처지였다.

한운석이 품에서 뛰어내리려 했지만 용비야는 그녀를 꽉 껴안은 채 놓아주지 않았다. 한운석은 그가 하자는 대로 놔두고 요염한 여자를 향해 차갑게 물었다.

"세 번째 관문의 규칙은 네가 정한다고 했지?"

당연히 요염한 여자도 그 말이 무슨 뜻인지 알아들었다. 아직 시간이 남아 있긴 했지만 한운석이 관문 수호자를 공격해 규칙을 어겼으니 그들의 패배였다.

"그래! 한운석, 너희가 감히 구약동에 들어온 이상 구약동의 규칙은 지켜야 해! 너희 능력이 부족해서 순조롭게 관문을 통과하지 못해 놓고 날 탓할 순 없어!"

요염한 여자가 변명했다.

한운석은 냉소를 터트렸다.

"규칙? 그러는 너는 규칙을 지켰어? 나와 고 의원이 무공을 못한다는 걸 몰랐다고는 하지 마."

이번 관문은 분명히 사전에 그녀와 고북월의 약점을 알고 준비한 것이었다.

요염한 여자는 입을 삐죽였다. 대답은 없었지만 그녀도 속으로는 자신이 먼저 규칙을 어겼다는 것을 똑똑히 알고 있었다.

"그래, 약왕 노인도 구약동 일에 간섭할 수 있는 모양이지?"

한운석이 또 물었다. 확실히는 모르지만 약왕 노인의 수상쩍은 행동으로 보아 대강 짐작이 갔다.

요염한 여자는 완전히 할 말을 잃고서 자꾸만 몸을 긁어 댔다. 이대로 물러나고 싶진 않았지만 달리 방법이 없었다. 이럴 줄 알았다면 처음부터 이들을 건드리지 않았을 것이다.

그녀는 항복했다.

"좋아. 날 해독해 주면 따지지 않겠어!"

"똑똑히 말해. 따지지 않겠다는 게 무슨 의미지?"

한운석은 아직 신중했다.

"날 공격한 일을 없었던 셈 쳐주겠다는 거야. 됐지!"

요염한 여자는 내키지 않는 목소리로 대답했다.

한운석은 그제야 그녀에게 해약을 주었다. 용비야는 그녀를 안은 채 돌아서서 몸을 날렸고, 이번에도 반쯤 날아가다가 채찍을 휘둘러 검을 맞은편 절벽에 박아 그 힘으로 남은 거리를 건넜다.

그의 내공은 전보다 더 강해진 것 같았지만, 아래로 떨어질 때 폭발했던 그 엄청난 기운에 비교하면 한참 부족했다. 고북월은 내내 그 모습을 관찰하고 있었다.

하지만 용비야와 한운석이 땅에 내려서자 곧 시선을 거뒀다.

결국 모든 것이 끝났고, 등 뒤에는 돌문 하나만 남아 있었다.

요염한 여자와 약왕 노인은 맞은편에 있었는데, 약왕 노인은 양심이 찔리는지 일찌감치 모습을 감춘 후였고 요염한 여자는 해약을 먹고 훨씬 편안한 모습이었다.

그렇지만 이렇게 큰 해를 입고 순순히 넘어갈 그녀가 아니었다.

그녀는 멀리서 한운석 일행을 노려보며 아무 말도 하지 않았다.

"빨리 문 열지 않고 뭐 해?"

한운석이 큰 소리로 물었다.

"심연을 건너면 끝이라고 누가 그래? 난 갈 테니 알아서 열어 봐."

요염한 여자는 냉소를 지으며 대답했다. 이대로 패배하기는 아무래도 내키지 않아서 일부러 기관을 가동해 한운석 일행이 들어가지 못하게 하려는 것이었다.

"이……!"

한운석이 용비야와 함께 그녀를 공격하려는데, 갑자기 꼬맹이가 돌문 위로 폴짝 뛰어오르더니 미친 듯이 돌을 갉아먹기 시작했다.

한배를 탄 만큼 꼬맹이도 줄곧 그들을 돕고 싶어 했지만 안타깝게도 기회가 없었다. 그런데 드디어 능력을 발휘할 기회가 왔으니 절대 놓칠 수 없었다!

돌문 따위는 녀석을 막을 수 없었다!

과연, 얼마 지나지 않아 튼튼하던 돌문은 가루로 변했다.

요염한 여자는 완전히 바보가 된 기분이었다. 저들은 대체 뭐 하는 자들이기에 데려온 다람쥐까지 저렇게 무시무시할까!

한운석 일행은 그녀를 싹 무시한 채 조심조심 문 안으로 들

148

어갔다.

　지금껏 구약동의 삼대 관문을 무사히 통과한 사람은 아무도 없었다. 이 문 뒤쪽에는 어떤 장소가 있을까? 한운석 일행은 무엇을 마주치게 될까?

그들과 비밀을 나누다

약왕 노인이 앞서 말했듯, 구약동의 삼대 관문을 무사히 통과한 사람은 원하는 약을 가져갈 수 있었다. 한운석 일행은 세 번째 관문까지 넘었으니 약을 가져갈 수 있지 않을까?

이치대로라면 그래야 했지만 요염한 여자가 아무것도 말해 주지 않아서 그들도 자신이 없었다. 돌문을 지난 후 그들이 본 것은 어둠에 덮인 통로였다.

돌문 위에 새겨진 '약' 자 외에 암시가 될 만한 것은 전혀 없어, 한운석 일행은 그저 계속 앞으로 나아가야만 했다.

그들의 뒷모습이 어둠 속으로 사라졌을 때 약왕 노인이 다시 모습을 드러냈다.

한운석 일행이 모두 무사해서 그 역시 안심이 되었다. 만에 하나 한운석에게 무슨 일이 생겼더라면 그는 평생 후회했을 것이다.

"저 안에는 대체 무엇이 있나?"

약왕 노인이 나지막이 물었다.

구약동의 삼대 관문을 넘은 사람이 없어서 저 돌문은 생긴 이래 한 번도 열린 적이 없었다. 약려의 주인인 약왕 노인도 잘 모르기는 마찬가지였다.

구약동은 비록 약려에 속해 있으나 가장 특별하고 가장 독립적인 존재였다.

"약왕께서도 모르시는데 제가 어떻게 알겠어요?"

요염한 여자도 호기심을 보였다. 그녀는 어렸을 때 약을 공부하기 위해 약려에 보내졌다가 순조롭게 시험을 통과해서 약려에 남았고, 다 자란 후에는 운 좋게 구약동의 관문 수호자가 되었다. 하지만 오직 세 번째 관문만 맡았기 때문에 구약동에 관해 아는 것은 약왕 노인보다 더 적었다.

"우리도 들어가서 볼까?"

약왕 노인이 제안했다.

요염한 여자는 곧 웃음을 터트렸다.

"무슨 그런 농담을요? 구약동의 규칙은 약왕이나 저나 뻔히 알잖아요. 제발 저까지 끌어들이지 마세요!"

약왕과 손잡고 한운석을 괴롭힌 것만 해도 규칙을 어긴 셈인데 금기까지 깨뜨리면 무슨 일이 벌어질지 상상할 수도 없었다.

떠나려던 그녀는 다시 뒤를 돌아보며 조소했다.

"약왕, 좌우간 한운석은 사람들이 보는 앞에서 약왕을 사부로 인정했어요. 아주 훌륭한 제자니 잃어버리지 마세요."

썩 내키지는 않지만, 그녀 역시 한운석의 약 감별 능력에 크게 탄복하고 있었다. 사실 구약동은 앞 관문이 어렵고 뒤로 갈수록 쉬워지는 구조였다.

전문가 관점에서 곰곰이 생각해 보면, 분명히 첫 번째 관문이 두 번째와 세 번째 관문보다 훨씬 어렵다는 것을 알 수 있었다.

한운석이 첫 번째 관문을 넘지 못했다면, 고북월의 의술이 아무리 대단하고 용비야의 내공이 아무리 놀라워도 실력을 발휘할 기회조차 없었다.

애초에 약려의 조사가 삼대 관문을 설치한 목적도 약을 다루는 능력을 시험하기 위해서였다. 약 시험에서 통과해야만 진짜 구약동에 들어갈 자격이 있는 셈이었다.

약왕 노인은 요염한 여자의 비웃음을 들었지만 이러쿵저러쿵 따질 기분이 아니었다. 지금 그는 잔뜩 풀이 죽어 있었다.

한운석 일행이 생근고를 얻어 나오면, 무슨 낯으로 그들을 대해야 할까?

한운석에게 평생 익힌 학문을 모두 전수하고자 억지로 약려에 붙들어 놓지 않겠다고 하면, 그녀가 오늘 있었던 일을 없었던 셈 쳐줄까?

약왕 노인도 감히 안으로 뛰어들 용기가 나지 않아 어쩔 수 없이 바깥에서 기다렸다.

걱정이 태산이요, 후회가 막급이었다!

그때 한운석 일행은 여전히 앞으로 나아가고 있었다. 앞서 지나온 짧은 통로와 달리 이번 통로는 유난히 길었다. 지금은 봄인데, 동굴 안 온도는 아무래도 바깥보다 낮은 편이었다. 하지만 저 앞에서 열기가 흘러나오기라도 하는지 갈수록 더워졌다.

"앞에 큰불이 난 건가?"

용비야는 시종일관 경계를 풀지 않았다.

"불이 나면 불빛이 있기 마련인데 이렇게 어두울 리 없습니다."

고북월이 대답했다. 공기 속에 느껴지는 열기로 보아 불이 났다면 불빛이 보여야 했다.

한운석도 호기심이 일었다.

"불 말고 다른 발열체가 있는 걸까요?"

"발열체라니요?"

고북월은 이해가 가지 않았지만, 용비야는 한운석이 가끔 낯선 단어를 뱉어 내는 것에 익숙해져 있었다.

"그러니까 열을 내는 물건을 통칭해서 말하는 거예요."

한운석이 설명했다.

불을 제외하고, 열을 내는 물건이라면 현대에는 많지만 고대에는 아무리 생각해도 자연적으로 생긴 지열밖에 없었다.

지열이 드러나는 방식은 다양했다. 증기나 온천 같은 것이라면 문제없지만 혹시 용암류일까 걱정스러웠다.

삼대 관문도 넘었는데, 구약동 사람이 신용이라곤 없이 계속 괴롭히려 들지는 않겠지?

"불은 없지만 열을 내는 물건이라니 딱 잘라 말하기 어렵군요. 이 넓디넓은 세상에는 온갖 신기한 것들이 다 있으니까요."

고북월이 담담하게 말했다.

이 말이 한운석을 일깨웠다. 누가 뭐래도 운공대륙에는 과학적으로는 설명할 수 없는 것들이 많았다. 그러니 쓸데없이 분석하지 말고 직접 가 보는 수밖에 없었다.

가는 길은 무척 길게 느껴졌다.

주변이 고요한 가운데 한운석이 먼저 입을 열었다.

"고 의원, 당신 의술이 오품밖에 안 되는 건 아니죠?"

그가 반일해까지 치료하는 것을 목격한 뒤 진작 이렇게 물어보고 싶었다.

"한동안 의학원 진급 시험을 치른 적이 없어서 지금 몇 품이나 되는지 저도 잘 모릅니다. 아마 육품 정도겠지요."

고북월은 겸손하게 말했다.

"고 의원, 당신이 이렇게 겸손한 걸 의학원 원장도 알아요?"

한운석이 장난스럽게 물었다.

의학원의 고 원장도 치료하지 못한다는 반일해를, 고북월은 단번에 약방문을 지어냈으니 아무리 낮게 잡아도 칠품은 될 것이다.

"아마 고 원장은 직접 앓아 보지 않아서 그럴 겁니다. 그렇지 않았다면 그런 병증쯤이야 그분께는 아주 사소한 문제에 불과했을 테지요. 왕비마마께서도 아시겠지만, 약방문이 조금 복잡했을 뿐 사용한 약재는 별다를 게 없었으니까요."

고북월이 이렇게 설명하자 한운석도 이해가 갔다. 독특한 약재가 필요했다면 해독시스템에 없었을 수도 있었다. 그렇게 생각해 보면 아무래도 첫 번째 관문이 두 번째 관문보다 어려웠다.

"왕비마마, 어떻게 그 열일곱 가지 약재를 가지고 계셨는지 정말 궁금합니다."

고북월도 한참 고민하던 질문을 던졌다.

의약계 사람이 몸에 약재를 지니고 다니는 건 더없이 정상적인 일이었다. 의원은 보통 진료 주머니나 진료 상자를, 약제사는 약 상자나 약 주머니를 가지고 다녔다.

하지만 그 열일곱 가지 약재는 기본적으로 기침을 멎게 하는 동종의 약재로, 보통은 함께 사용할 일이 없어서 모두 다 가지고 다닐 사람은 잘 없었다.

무엇보다 이상한 것은 한운석이 가져온 약재가 물에 타서 곧바로 마실 수 있는 가루약이라는 점이었다. 비록 약제사는 아니지만, 고북월도 약의 원리는 제법 알고 있었다. 무슨 약이든 갈아서 직접 물에 타 마실 수 있는 것은 아니어서, 갈기 전에 가공해야 하는 것도 있고 간 다음 후처리해야 하는 것도 있었다. 더욱이 약방문에 따라 약재 처리 방식이 달라지기도 했다.

약물을 마셨을 때 그는 한운석이 가져온 가루약이 약방문에 따라 가공한 것임을 알아차릴 수 있었다.

어떻게 그렇게 우연한 일이 있을 수 있을까?

고북월이 진짜 의혹을 입 밖에 내지는 않았지만, 한운석은 그 일을 숨길 수 없다는 것을 알고 있었다.

모두가 보는 앞에서 그 많은 가루약을 꺼낸 것은 절박한 상황에서 뾰족한 수가 없었기 때문이었다!

곁눈질로 용비야를 흘끗 바라보니, 아무 표정 없이 묵묵히 있는 용비야도 똑같이 대답을 기다리고 있는 것을 알 수 있었다.

시공을 초월한 일을 숨길 생각은 아니었다. 다만 설명하기가 너무 어려웠다. 그녀 자신도 어쩌다 이런 일이 생겼는지 모르는데 무슨 수로 설명할 수 있을까?

첨단기술이 접목된 해독시스템은 더욱더 설명하기 어려웠

다. 아마 사흘 밤낮을 설명해도 그들에겐 여전히 의문점만 남을 것이다. 그녀는 쓸데없는 골칫거리를 만들고 싶지 않았다.

그래서 잠시 고민하다가 이렇게 대답했다.

"그건 우연이 아니었어요. 비밀이 있었죠!"

이 말에 용비야도 그녀를 돌아보았다.

한운석은 가까이 오라는 뜻으로 손가락을 까딱이며 생긋 웃었다.

"비밀이니까 조용히 말할게요."

표정은 쌀쌀했지만 용비야는 그래도 시킨 대로 가까이 다가왔다. 한운석은 그를 잡아당겨 고북월에게 가까이 간 후 소리 죽여 말했다.

"내가 독종의 독 저장 공간을 물려받았기 때문이에요."

한운석은 독종의 독 저장 공간에 대해 간단명료하게 설명하면서 해독시스템만의 기능을 독 저장 공간의 기능으로 바꿔치기했다. 실제로 독 저장 공간은 독을 저장할 수 있을 뿐, 약을 저장하고 감별하는 것은 해독시스템의 기능이었다.

이렇게 설명하자 용비야와 고북월도 알아들었다. 두 사람은 놀라기도 하고 기뻐하기도 했다.

용비야가 한운석의 앞머리를 쓰다듬으며 말했다.

"많이 컸구나. 몰래 좋은 것을 숨겨 놓고 본 왕에게 말하지 않았다니?"

한운석의 웃음이 굳어졌다.

"나도 최근에야 공간을 완전히 열고 확실히 알게 된 거예요.

전에는 뭔지 알 수가 없었다고요. 확실히 알아낸 다음 당신에게 말하려고 했어요."

"최근이면 언제냐?"

용비야가 다시 물었다.

"독종의 제단에 갔을 때요."

한운석이 대답했다.

"최근이라더니?"

용비야의 목소리가 싹 변했다.

한운석은 얼른 웃어 보였다.

"당신이 안 믿을까 봐 겁이 났어요. 사실은 나 자신도 믿을 수가 없어서……."

한운석이 이렇게까지 구석에 몰리자 느닷없이 고북월이 놀란 소리로 외쳤다.

"왕비마마, 그렇다면 천심부인께서 독종 사람이셨습니까?"

그녀를 도우려고 화제를 돌린 것이 분명했다. 다행히 용비야 역시 더는 한운석을 추궁하지 않았다.

그러잖아도 누군가 도와주길 기다리던 한운석은 이때다 싶어 얼른 대답했다.

"난 한씨 집안 핏줄이 아니에요. 어머니는 날 가진 후에 한종안에게 시집가셨는데, 본래는 약성 목씨 집안의 목심이었죠. 독종 사람이었던 건 친아버지예요."

그녀는 아주 일찍부터 까닭 없이 고북월을 믿고 무슨 일이든 사실대로 말해 주었고, 지금은 그 믿음이 더 강해져 있었다.

고북월은 훌륭한 연기자였다. 그는 일단 당황한 표정을 지었다가 황급히 읍을 했다.

"걱정하지 마십시오, 왕비마마. 저는 이 일을 단 한마디도 입 밖에 내지 않을 겁니다!"

옆에 있던 용비야는 냉소를 지었다. 한운석같이 영리한 사람이 어째서 고북월이란 자를 저렇게 믿는지 알 수가 없었다.

어쨌든 한운석은 그를 믿었기 때문에 고개를 끄덕이며 더는 이러쿵저러쿵하지 않았다.

"약제사가 열심히 수련하면 약을 저장하는 공간을 만들 수 있다고 들었지만, 독종에도 그런 좋은 것이 있는 줄은 몰랐습니다. 왕비마마께서는 수련한 것이 아니라 물려받으셨으니 대단한 행운이십니다."

고북월이 감탄스럽게 말했다.

이 말에는 용비야도 동의했다. 독종의 핏줄이라는 신분이 한운석에게 여러 가지 골칫거리를 안겨 주었지만, 적어도 그만한 보상은 해 준 것이다.

고북월과 한운석은 속에 품었던 의문이 풀렸으나 용비야는 아직 한 가지 의문이 남아 있었다. 그는 자신의 진기가 어째서 고북월에게 튕겨 나왔는지 아직도 알 수가 없었다. 알다시피 고북월은 이미 단전이 망가져 반탄력을 가지고 있을 수 없었다.

하지만 한운석 앞에서는 이 질문을 할 수 없었기에 혼자 답답해할 수밖에 없었다.

그들은 계속 앞으로 나아갔다. 한동안 걷고 나자 마침내 눈앞에 빛이 보였다. 얼굴을 덮치는 열기는 점점 뜨거워졌지만, 빛은 등불처럼 희미했다.

　그들은 걸음을 서둘러 활짝 열린 커다란 돌문을 통과했다. 순간, 눈을 뜨기 어려울 만큼 열기가 훅 끼쳤지만 그들은 눈을 휘둥그레 떴다. 눈앞에 보이는 것에 깜짝 놀란 탓이었다!

　세상에!

　그들은 과연 무엇을 봤을까?

심장 박동을 빠르게 하는 일

한운석 일행은 무엇을 봤을까?

그들이 본 것은 거대한 청동 약탕기였다. 눈앞에 떡하니 놓인 약탕기는 높이가 족히 10미터나 되어 장엄한 위풍을 자랑하는 데다 예스러운 기운을 풀풀 풍겼다.

이 약탕기는 도교에서 선단을 만들 때 쓰는 화로같이 생겼는데, 높이가 삼 층이나 되었고 층마다 용비야같이 키 큰 사람도 지나갈 수 있을 정도로 큰 반달문이 세 개씩 달려 있었다.

한운석은 전설의 태상노군太上老君(도가의 창시자인 노자를 신으로 높여 부르는 말)이 손오공을 가뒀던 화로도 저렇게는 크지 않았을 것이라는 생각을 했다. 구약동은 저렇게 큰 약탕기로 무슨 보물을 만들려는 것일까?

그들이 느낀 열기는 저 커다란 약탕기에서 흘러나오는 것이었지만, 이상하게도 약탕기 밑에 불이 타오르고 있지는 않았다.

한운석은 열기를 손으로 가리면서 꾸역꾸역 살핀 끝에 약탕기 바닥에 약재며 미완성 선단仙丹이 적잖이 놓여 있는 것을 발견했다. 불은 없고 열기만 있는데, 이걸 약을 달인다고 표현해도 될지 판단이 서지 않았다.

그렇게 본다면 이건 약탕기가 아니라 선단 화로라고 불러야 했다.

한운석은 구약동이 왜 약왕 노인의 관할 구역이 아닌지 알 것 같았다. 약에 관한 학문을 세부적으로 분류하면, 약과 선단은 아주 다른 분야였다. 약은 일반적으로 약재를 주재료로 만든 것으로, 병이나 상처를 치료하는 용도이며 인체의 자연적인 원리를 따르는 것을 중요했다. 반면 선단은 광물질을 주재료로 삼고 소량의 약재를 보조재로 사용해 만든 것으로, 하늘의 섭리를 거스르는 특수한 효능이 있었다. 구약동은 선단을 주로 다루는 곳이 분명했다.

"불이 없는데 어디서 열이 나서 약을 달이는 걸까요? 필시 무슨 비밀이 있을 겁니다."

고북월은 제법 흥미를 보였다.

열기가 뜨거웠지만, 그래도 그들은 선단 화로 주위를 한 바퀴 돌며 자세히 살폈다. 어디에도 불꽃은 없었다.

"운공대륙에서는 선단을 만드는 게 유행이 아니죠?"

한운석이 의아한 듯이 물었다.

그녀가 알기로 운공대륙에는 선단을 파는 시장이 없고, 각국 황제들 사이에 영단 묘약을 찾아내 장생불로하려는 풍조가 퍼져 있지도 않았다. 이렇게 큰 선단 화로를 만들어 어디에 쓰려는 걸까?

호기심도 호기심이지만, 그래도 한운석은 목적을 잊지 않았다. 그들이 고생스레 관문을 하나씩 넘은 것은 생근고를 찾기 위해서였다. 그녀가 큰 소리로 외쳤다.

"아무도 없어요?"

잇달아 세 번을 불렀지만 메아리만 쩌렁쩌렁 울릴 뿐 대답
은 없었다.

뭔가 이상했다.

주위는 온통 돌벽이고 이 안은 빠져나갈 구멍 하나 없는 동
굴인데 정말 아무도 없는 건 아니겠지?

한운석은 본래 약려에 제법 호감이 있을 뿐 아니라 경외심까
지 느끼고 있었지만, 이번 일로 호감이 싹 사라져 남은 것이라
곤 불신뿐이었다. 그녀가 놀란 소리로 말했다.

"우리가 속은 건 아니겠죠?"

"아닐 겁니다. 명성이 자자한 약려와 약학계의 필두가 헌신
짝처럼 신의를 저버릴 리 없습니다."

고북월이 진지하게 말했다.

"아무도 없어요? 여보세요! 말 좀 해 봐요!"

한운석이 다시 크게 외쳤다.

안타깝게도 여전히 대답하는 사람은 없었다.

그녀는 주위를 둘러보면서 한참 동안 입을 다물었다. 동굴
안은 쥐 죽은 듯 고요해서 정말 아무도 없는 것 같았다.

오랫동안 열기에 노출된 탓에 짜증이 밀려왔고 오는 동안 당
했던 부당한 일들까지 떠오르자, 결국 구약동에 대한 한운석의
불만이 폭발했다. 그녀는 버럭 화를 냈다.

"삼대 관문을 다 넘었는데 뭘 더 어쩌려는 거야? 이 좀팽이,
비열한 소인배들! 줄 약이 없으면 처음부터 약속하지 말았어야
지! 당장 나오지 않으면 이 화로를 망가뜨려 버리겠어!"

갈수록 운석 엄마와 마음이 잘 통하게 된 꼬맹이 역시 고북월의 어깨 위에서 이를 갈기 시작했다.

별안간 괴상하기 짝이 없는 목소리가 울려 퍼졌다.

"시끄러워 죽겠구나! 요 못된 계집, 감히 이 늙은이의 보물 화로를 위협해? 기회를 줄 테니 당장 이 보물 화로에 사죄하시지. 그렇지 않으면 용서하지 않을 테다!"

사람이 있었다! 어디에?

용비야와 고북월은 경계를 돋우고 사방을 살폈지만, 한운석은 겁먹지 않고 차갑게 말했다.

"귀신놀음은 그만하고 나와요!"

그때, 선단 화로 꼭대기 층에서 늙수그레한 사람이 걸어 나왔다. 정확히 말하면 꼬부랑 영감이었다. 목을 잔뜩 움츠린 데다 얼굴은 주름투성이에 머리를 풀어헤친 모습이 꼭 늙은 요괴 같았다. 누가 봐도 뼈밖에 없어 보이는 앙상한 몸은 폭이 넓은 검은 장포로 가려 밖으로 드러난 것은 머리뿐이었다.

사실 그는 그들이 생근고를 구하러 왔다는 것을 알고 찾던 중이었는데 한운석이 소리소리 지르는 통에 머리가 지끈지끈해져 밖으로 나온 것이었다. 그가 높은 곳에서 한운석 일행을 굽어보며 음침한 소리로 말했다.

"못된 계집, 사과해!"

"싫다면요?"

한운석이 반문했다.

"그럼 뒤는 알아서 해야지!"

영감이 몹시 화를 냈다.

한운석은 아랑곳하지 않고 따졌다.

"당신 주인은 어디 있죠? 당장 나오라고 해요. 약속하고 지키지 않으면 부끄러운 줄 알아야지!"

영감은 눈을 가늘게 떴다. 방금 한운석이 좀팽이라느니 비열하다느니 욕을 한 것도 다 들어 알고 있었다.

그가 차갑게 물었다.

"무슨 약을 구하러 왔느냐?"

"생근고!"

한운석이 대답했다.

"기다려!"

영감은 돌아서서 화로 속으로 들어갔다. 삼 층에서 일층까지 선단 화로를 샅샅이 뒤진 끝에 드디어 생근고 한 병을 찾아낼 수 있었다. 그는 일층 반달문으로 나와 곧바로 한운석에게 다가갔다.

가까운 거리에서 보니 이 영감의 얼굴 주름살은 더욱더 무시무시했다. 한운석은 겁내지 않았지만 용비야가 곧바로 그녀를 잡아당겨 등 뒤로 숨겼다.

그가 영감을 똑바로 마주 보며 말했다.

"네가 바로 구약동의 주인이냐?"

"그래! 자, 너희가 찾던 약이다."

영감이 생근고를 용비야에게 건넸다. 손은 뼈만 앙상했고, 손가락보다 더 길게 자란 손톱에는 약 찌꺼기가 잔뜩 묻어 있었다.

164

그가 말했다.

"삼대 관문을 넘다니 능력이 제법이군! 흐흐, 이왕 여기까지 왔으니 고작 생근고만이 아니라 영단 묘약이라 해도 필요하다면 내주지!"

용비야처럼 결벽증이 심한 사람은 영감의 손만 보고도 역겨움이 치밀었다.

그는 두 손가락으로 생근고 병을 집어 한운석이 아니라 고북월에게 휙 던져준 다음, 곧바로 고북월의 의자를 밀며 떠나려 했다.

한운석도 마찬가지였다. 원하던 것을 얻었으니 쓸데없는 말을 할 필요가 없었다. 하물며 이곳은 열기가 너무 뜨거워서 오래 있다간 갑갑해서 병이 날지도 몰랐다.

"이 못된 계집, 게 서라!"

영감은 이대로 끝내려 하지 않았다.

"욕설을 퍼붓고 그냥 가려고? 그럴 순 없지."

한운석은 귀찮은 듯이 돌아서서 콧방귀를 뀌었다.

"당신 부하들이 무슨 짓을 했는지 모르는 건 아니겠죠? 우리가 여기서 얼마나 기다렸는지도 모르지 않을 테고. 비열한 좀팽이라는 말이 틀렸어요?"

한운석을 샅샅이 훑어보던 영감은 문득 낯익은 인상을 받았다. 이 오랜 세월 동안 이런 식으로 말대꾸한 사람은 그가 가장 아꼈던 그 녀석뿐이었다.

비록 낯익은 느낌이 반갑긴 했지만, 그래도 화가 나긴 마찬가지였다. 그는 어린아이처럼 생떼를 부렸다.

"그런 건 모른다. 어쨌든 너는 이 늙은이의 보물 화로에 머리를 조아려 사과해야 해. 이 귀한 녀석을 놀라게 했으니까!"

한운석은 이 영감이 정신적으로 문제가 있는 게 아닐까 의심스러웠다. 어쨌든 그녀로서는 어서 빨리 고북월을 치료하고 싶은 마음에 싸움을 길게 끌고 싶지 않았다.

"알았어요, 알았어, 그러죠! 화로야, 미안하게 됐어. 방금은 내가 실수한 거야."

사과는 했지만 머리까지 조아릴 생각은 없었다.

하지만 영감은 고집을 피웠다.

"꿇어앉아서 머리를 조아려!"

한운석이 성질을 부리기 전에 용비야가 먼저 분노를 터트렸다.

"미친 척은 그만해라! 낯부끄러운 줄 모르는군!"

순간, 영감의 손아귀에 불덩이 하나가 쑥 나타났다. 이를 본 한운석 일행은 화들짝 놀랐다. 저건 무슨 마술이지? 한운석은 허공에서 독을 꺼내는 자신의 능력도 신기원이라고 생각했는데, 저 영감은 허공에서 불을 불러내다니 뜻밖이었다!

저것도 무슨 무공일까?

불이 없어도 열을 내는 저 화로와 관계있을까?

별안간 한운석은 이 커다란 동굴이 온갖 이상한 것들로 가득차 있는 기분이 들었다. 저 영감이 손에 든 불덩이도 몹시 이상한 게 아무리 봐도 평소 보는 불꽃과는 달랐다.

"첫 번째 관문을 넘은 사람이 누구냐. 앞으로 나서라."

영감이 퉁명스럽게 말했다.

첫 번째 관문을 넘은 사람만 놓아주겠다는 말 같았다.

한운석은 용비야의 등 뒤에서 걸어 나갔다.

"나예요."

영감은 흠칫했지만 곧 높이 쳐들었던 불덩이를 꺼뜨리고 한운석을 노려보았다. 그리고는 무슨 말인가를 중얼중얼하며 고민스러운 듯이 얼굴을 잔뜩 찡그렸는데, 한데 뭉친 눈, 코, 입에다 얼굴 가득한 주름살이 더해지자 꼭 너무 익어서 떨어진 귤 같았다.

그는 몹시 고통스러운 듯 기다란 검은 장포를 질질 끌며 왔다 갔다 했다.

이 모습을 본 한운석은 간담이 서늘해졌다. 아무래도 저 영감은 뇌에 문제가 있는 게 분명했다!

아무리 무서운 사람도 겁나지 않았지만 미치광이는 겁이 날 만 했다. 무슨 짓을 할지 전혀 예측할 수 없기 때문이었다.

고북월과 용비야는 눈살을 찌푸린 채 그 광경을 바라보며 약속이나 한 듯 한 사람을 생각하고 있었다. 약귀 고칠찰!

차이점이 꽤 있지만 닮은 부분도 몇 군데 있었다. 그 때문에 그들은 저 영감이 미친 척하는 것이거나 아니면 단순히 성격이 괴팍한 것뿐이라고 생각했다.

어느 쪽이든 간에 그들은 이곳에서 시간 낭비하지 말고 서둘러 돌아가야 했다. 너무 이상한 점이 많아서 오래 머물 만한 곳이 아니었다.

"가자!"

용비야가 나지막이 말했다.

그들이 미처 움직이기도 전에 영감이 홱 몸을 돌려 한운석을 바라보며 냉소를 흘렸다.

"오호라, 기껏 계집애 따위가 그렇게 솜씨가 좋을 줄이야! 손종 그 늙다리가 너를 제자로 거두다니, 참 잘했군!"

여자를 향한 경멸이 잔뜩 묻은 말이었다.

한운석은 꼬치꼬치 따질 생각이 없었다.

"노인장, 우리는 삼대 관문을 통과했고, 나도 화로에 사과했어요. 그러니 이제 가도 되겠죠?"

한운석은 속으로 이 영감이 또다시 괴롭히려 들면 꼬맹이를 풀어 선단을 하나도 남김없이 먹어치우게 하겠다고 결심을 내린 상태였다.

그러나 이 영감은 뭘 잘못 먹었는지 뜻밖의 말을 꺼냈다.

"네가 이미 손종의 제자가 되었다니 이 늙은이가 다시 제자로 삼을 수는 없겠지. 하지만 날 위해 한 사람을 찾아와 주면 구약동을 네가 다스리게 해 주지. 어떠냐?"

한운석은 이 영감이 미쳤다고 완전히 확신했다! 진짜 미치광이였다!

어서 빨리 떠나기 위해서 그녀는 즉시 승낙했다.

"좋아요. 누굴 찾아올까요?"

"내 제자."

영감은 이렇게 말하며 깊은 생각에 빠져들었다. 무슨 생각을 하는지 모르지만, 끔찍하기 짝이 없는 얼굴 위로 웃음이 번지자 늙고 못생긴 얼굴을 인지하지 못할 만큼 자상해 보였다.

한참 후 비로소 그가 입을 열었다.

"이제 그 녀석도 스무 살이 넘었을 테지. 그 녀석은 천재야……. 아니, 아니, 귀재지. 어리디 어린 나이에 천 개가 넘는 약재를 감별하고 약방문도 잔뜩 지어냈으니……."

여기까지 듣자 한운석 일행은 서로를 바라보았다. 세 사람 모두 곧바로 떠오르는 사람이 있어서였다. 고칠찰, 즉 고칠소였다!

귀재라는 평가는 고칠소의 전유물이었다!

"그 사람 이름이 뭐죠?"

한운석이 다급히 물었다.

영감은 웃으며 말했다.

"꼬마 미치광이! 흐흐, 이 늙은이는 늙은 미치광이고, 그 녀석은 꼬마 미치광이지."

"어떻게 생겼어요?"

한운석이 다시 물었다.

영감은 기다렸다는 듯이 초상화 한 장을 내밀었다. 초상화에는 열 살쯤 되는 남자아이의 얼굴이 있었는데, 이목구비가 고왔고 가늘고 긴 두 눈이 유난히 아름다웠다.

한운석은 또다시 고칠소를 떠올렸다. 저도 모르게 심장박동이 빨라졌다.

고칠소…….

그는 생근고가 약려에 있다는 걸 어떻게 알았을까? 평소에는
쫓아도 쫓아도 들러붙던 그가 이번에는 왜 따라오지 않았을까?

강요할 수 없으니 굽힐 수밖에

고칠소의 이상했던 반응을 떠올리면서 초상화에 그려진 남자 아이의 가늘고 긴 눈을 보자, 한운석은 고칠소를 의심하지 않을 수 없었다.

그 녀석은 약학계의 귀재로, 의성에서 약을 먹으며 자라다가 나중에 무슨 이유에선지 의성에서 쫓겨났다. 그녀의 기억이 옳다면, 고칠소가 의성을 떠났을 때는 아직 어렸고 약귀곡을 만들기 전이었다.

의성을 떠난 뒤 그는 어디로 갔을까? 또 어쩌다 약귀곡을 만들게 되었을까? 알다시피 그는 의성에서 축출되었으니 약성에서도 함부로 친근하게 굴지 못했을 것이다. 그럼 어디서 돈과 약재를 구해 약귀곡을 만들었을까?

"꼬마 미치광이는 왜 구약동을 떠났죠?"

한운석이 물었다.

영감은 화난 눈으로 그녀를 노려보았다.

"초상화에 그려진 사람이나 찾거라. 다른 것은……. 흐흐흐, 쓸데없이 알 필요 없어!"

이 늙은이가 성질이 괴팍하고 감정 기복이 심한 것을 알아차린 한운석은 따지지 않고 참을성 있게 말했다.

"10년이 넘었는데 어떻게 변했을지 누가 알아요? 지금 당신

눈앞에 있어도 못 알아볼 수도 있다고요. 이 초상화만 갖고 어떻게 찾으라는 거죠?"

영감은 가만히 생각에 잠겨 한운석을 응시했다. 그러던 그가 무슨 이유에선지 갑자기 눈물을 줄줄 흘렸다.

"다 이 늙은이 탓이야. 그 녀석을 때리지 말았어야 했는데."

"왜 때린 거예요?"

한운석은 속으로 깜짝 놀랐다. 맞아서 달아났을 정도라면 대체 얼마나 심하게 때렸던 걸까?

"그날 이 늙은이는……."

영감은 이야기를 시작하려다가 갑자기 뚝 멈췄다.

"못된 계집, 이 구약동을 그리 쉽게 손에 넣을 수 있을 줄 아느냐. 그 초상화만으로 그 녀석을 찾아낸다면 구약동은 네 것이다!"

사실 그도 한운석에게 좀 더 많은 정보를 알려 주고 싶었지만, 그 자신조차 그 아이가 어디서 왔는지, 이름이 무엇인지, 심지어 진짜 나이가 몇 살인지도 몰랐다.

오래전, 뒷산에 약초를 캐러 갔다가 우연히 만난 아이였다. 처음에는 약을 훔치러 온 손종의 약 심부름을 하는 아이라 생각했는데 가까이 가 보니 뜻밖에도 약초를 생으로 뜯어 먹고 있었다. 그것도 아주 맛있게.

약초로 끼니를 때우는 아이는 처음이어서 자세히 물어보려고 다가갔지만 아이는 후다닥 달아났다. 놀랍게도 아이는 비밀통로를 알고 있어서 뒷산에서 화로가 있는 이곳 연단동煉丹洞으로 달아나 숨었다.

연단동 비밀 통로는 그 자신밖에 모르는 길이고 평소 약초를 캐러 갈 때만 사용했는데 어떻게 알아냈는지 도무지 알 수가 없었다. 우연히 발견했다고는 절대 믿을 수 없었다.

그는 비밀 통로의 출입구를 닫고 아이를 연단동에 가둔 뒤 참을성 있게 사흘 동안 대치했다. 결국 아이가 밥을 먹고 싶다며 항복했다.

그는 따뜻한 밥을 줬지만, 오랫동안 따뜻한 음식을 먹지 못했던 아이가 그 밥 때문에 내장이 상할 뻔했다는 것은 알아차리지 못했다. 자세히 캐물어 보니, 놀랍게도 아이는 선단의 냄새를 맡고 이곳을 찾아냈다고 했다. 심지어 선단 하나에 약재가 얼마나 섞여 있는지도 정확히 알아맞혔다.

그는 놀랍기도 하고 기쁘기도 했다. 지금껏 구약동의 후계자를 찾지 못했는데 뜻밖에도 하늘이 이런 귀재를 보내 줄 줄이야.

그날 이후 그는 아이를 제자로 거두고 약술을 가르쳤다. 아이가 약려의 약술을 모두 익히면 선단을 만드는 기술도 전수할 생각이었다.

하지만……

대체 무슨 일이 있었는지 모르지만, 영감은 여기까지 생각한 뒤 완전히 의기소침해져 조용히 말했다.

"요 못된 계집, 3년 안에 찾아낼 수 있겠느냐?"

"그러죠! 하지만 확실하게 조건을 써 놔야 해요. 나중에 정말······."

한운석의 말이 끝나기도 전에 영감이 차갑게 외쳤다.

"여봐라, 지필묵을 대령해라!"

영감이 그 자리에서 계약서를 쓰자 한운석은 물론 용비야와 고북월조차 무척 놀랐다. 이 영감은 비록 성질이 괴팍하고 감정 기복이 심했지만, 정신은 더할 나위 없이 또렷했다. 그는 미치광이도 아니고 바보는 더더욱 아니었다.

사람을 찾아주면 구약동을 내주겠다고?

마치 돈벼락을 맞은 기분이어서 한운석 자신도 믿기지 않았다.

"확실한 거죠?"

그녀가 진지하게 물었다.

"왜, 3년 안에 못 찾겠느냐?"

영감이 경멸스럽게 물었다.

한운석이 대답하기 전에 용비야가 계약서를 낚아챘다.

"약속은 지켜라!"

이렇게 좋은 일을 두고 망설일 필요가 있을까? 만에 하나 늙은이의 마음이 바뀌면, 뒤늦게 후회해 봐야 소용없었다.

남들 눈에는 손쉽게 얻어낸 계약처럼 보이지만, 사실 꼼꼼히 뜯어보면 그렇지도 않았다. 한운석에게 약을 감별하는 능력이 없었다면 그들은 이 영감을 만나지 못했을 것이고, 이 영감 역시 한운석을 높이 치지 않았을 테니까.

"약속은 지킨다!"

영감은 후회하는 기미가 전혀 없었다. 그가 평생 가장 죄책감을 느낀 일은 바로 그 아이를 때린 것이었다. 누군가 그 아이를 되찾아 준다면 이보다 더 큰 대가를 치러도 아깝지 않았다.

눈앞에 있는 이 못된 계집 일행은 반드시 높은 조건을 제시해야만 흥미를 느끼고 진심으로 그 아이를 찾아줄 터였다.

3년 정도는, 그도 기다릴 수 있었다.

한운석은 떠나려다 말고 호기심 조로 물었다.

"노인장, 허공에서 불덩이를 불러내는 기술은 어떻게 익히신 거죠?"

하지만 영감은 들은 체도 하지 않고 선단 화로 안으로 돌아가 버렸다.

한운석은 그 불덩이가 십중팔구 화로와 관계가 있을 것으로 생각하고, 꼬마 미치광이를 데려온 다음에 잘 연구해 보기로 마음먹었다.

이번 출행으로 생근고를 얻었을 뿐 아니라 뜻밖의 계약까지 맺었으니 헛걸음은 아니었다!

돌아가는 길에 한운석의 걸음은 훨씬 가벼워져 있었다. 고북월이 곧 다시 일어설 수 있다는 생각을 하자 몹시 신이 났다!

"고 의원, 당신 다리는 살았어요!"

그녀가 진지하게 고북월에게 말했다.

고북월은 언제나처럼 온화하고 우아하게 웃었지만, 이번에는 특히 눈부셨다.

"감사합니다, 왕비마마. 감사합니다, 진왕 전하!"

"당연한 일인데 감사는 뭘요!"

한운석이 웃으며 말했다.

용비야는 여전히 무표정한 채 화제를 돌렸다.

"그 아이는…… 고칠소가 아니겠느냐?"

"물어보면 알겠지요."

고북월이 대답했다.

사실 한운석은 그 아이가 고칠소가 아니기를 바랐다. 영감의 반응으로 보아 당시 그 아이는 커다란 고초를 겪은 게 분명했다.

"그 이야긴 하지 말아요. 어쨌든 아직 3년이나 남았잖아요. 찾지 못하더라도 우리가 손해 보는 것도 없고요. 어서 돌아가서 치료해요!"

그녀는 한시바삐 고북월이 일어나는 것을 보고 싶었다.

하지만 동굴을 나서자 곧 기분을 잡치게 하는 사람과 마주쳤다. 약왕 노인이었다.

약왕 노인은 이곳에서 오랫동안 기다리고 있었다. 한운석 일행이 약을 가지고 곧바로 나올 줄 알았지, 이렇게 한참 걸릴 줄은 몰랐다.

한운석 일행은 약속이나 한 듯 약왕 노인을 무시한 채 옆으로 지나갔고 고개조차 돌리지 않았다. 하지만 약왕 노인은 한마디로 그들을 멈춰 세웠다.

"한운석, 생근고를 어떻게 쓰는지 아느냐?"

설마 생근고 사용법이 일반 고약과는 다른 걸까?

"하고 싶은 말이 뭐죠?"

한운석이 차갑게 물었다.

"생근고는 반드시 다른 약물과 함께 사용해야 한다. 이 늙은이를 따라오너라."

약왕 노인은 진지하게 말했다.

그도 이번에는 진심으로 도울 생각이었다.

"뭘 보고 당신을 믿어요?"

한운석이 차갑게 물었다.

약왕 노인은 수염을 쓰다듬으며 엄숙한 얼굴로 말했다.

"고얀 것. 네게 줄 약 서적도 있으니 따라오너라."

한운석은 코웃음 쳤다.

"필요 없어요!"

"이……!"

약왕 노인의 표정이 더욱 엄숙해졌다.

"고얀 것 같으니라고. 너는 약성 사람들 앞에서 이 늙은이를 사부로 삼았다. 그래, 약성과 적이 되고 싶으냐?"

한운석이 그 자리에서 약왕 노인과의 사제 관계를 끊지 않은 것도 그 때문이었는데, 뜻밖에도 약왕 노인 역시 그 핑계로 그녀를 위협했다.

약학계의 권위자는 누가 뭐래도 약왕 노인이었다. 구약동의 영감은 바깥세상에서는 요만큼도 영향력이 없었다. 그녀와 용비야가 가까스로 약성을 손에 넣고도 약왕 노인과 사이가 틀어져 약성을 잃어버린다면 세상이 다 비웃을 일이었다.

겉으로는 영광스러워 보이는 일이라도 실제 그 속이 어떤지는 당사자밖에 알지 못했다.

"고칠소는 그 약을 쓸 수 있지 않겠느냐?"

용비야가 나지막이 물었다. 약왕 노인이 고집스레 한운석을 붙잡아 두려 한다면, 약성 하나는 말할 것도 없고 약성 열 개라도 훌훌 던져 버리고 그녀를 데려갈 생각이었다.

용비야가 무슨 뜻으로 하는 말인지 한운석도 알아들었다. 하지만 서부 지역 상황이 아직 안정되지 않은 지금, 그녀는 약성에 또다시 풍파가 이는 것을 원치 않았고 용비야에게 골칫거리를 안겨주는 것은 더욱더 원치 않았다. 그녀가 말했다.

"꼭 그렇다는 보장이 없어요. 알았다면 미리 말했겠죠. 우선 따라가 보기로 해요."

"알았다."

용비야가 고개를 끄덕였다.

그들은 약왕 노인을 따라 약려의 작은 원락으로 갔다. 약왕 노인이 무슨 수작을 부리리라 생각했지만, 뜻밖에도 그는 진지하게 약을 배합해 고북월에게 발라주었을 뿐 다른 말은 하지 않았다.

치료가 끝나자 그는 한운석에게 가루약 두 포를 내주었다.

"파란색은 아침에, 하얀색은 저녁에 쓰거라. 모두 생근고를 섞은 약이다. 반드시 온수와 함께 써야 한다는 걸 잊지 말아라. 그렇게 아침저녁으로 상처에 바르면 약을 다 쓴 후 백 일 동안 푹 쉬면 나을 것이다."

한운석은 의아한 눈으로 고북월을 바라보았고 고북월이 고개를 끄덕이자 그제야 약을 받아들었다.

약왕 노인은 나무 상자 하나를 가져와 한운석에게 열어 보여 주었다. 안에는 오래된 책이 들어 있었는데 제목은 '약'이라는 글자가 전부였다.

"네 천부적인 재능으로 보아 이 사부가 하나하나 가르쳐 줄 필요는 없겠지. 이 약 서적을 가져가서 공부하다가 모르는 게 있으면 서신을 보내 묻도록 해라."

아니…….

그 말인즉 그녀에게 약술을 전수하되 더는 약려에 붙잡아 두지 않겠다는 뜻이었다.

약왕 노인이 달라진 걸까?

구약동의 영감과 계약할 때와는 달리, 이번에는 한운석도 한 치 망설임 없이 책을 받았다.

"좋아요!"

한운석은 뜻밖의 상황에 놀라워했지만, 고북월은 전혀 놀라지 않았다. 한운석은 이런 특별한 대우를 받을 자격이 있기 때문이었다. 누구든 그녀 앞에서는 억지를 부릴 수 없어서 그저 굽히고 들어갈 수밖에 없었다.

그리고 이미 그런 한운석을 얻은 용비야는 마음속으로 약왕 노인을 이렇게 평했다.

'세상 물정을 아는군!'

이렇게 해서 한운석 일행은 만족스럽게 약려를 떠났다. 약왕 노인도 속으로 다행으로 여겼다. 비록 한운석이 살갑게 대하진 않았지만 약 서적을 받아간 이상 사제 관계는 진짜가 되는 것이다.

약려에는 저런 제자가 필요했다. 그를 대신해 약려를 지킬 후계자는 천천히 구하는 수밖에 없었다.

약왕 노인이 한운석에게 준 책은 무척 이해하기 어려운 내용이었다. 앞으로 그녀가 자주자주 서신을 보내면 그 틈에 관계를 호전시킬 생각이었다.

하지만 한운석은 약려를 떠난 지 얼마 되지 않아 사람을 시켜 그 서적을 목령아에게 보냈다.

이런 책은 목령아가 가지는 편이 그녀 자신이 가지고 있는 것보다 더 가치 있다고 생각했기 때문이었다. 지금 목령아는 약귀당의 든든한 기둥이었다.

그들은 요수군에 돌아가는 동안 생근고를 모두 썼다. 고북월이 직접 상처를 몇 번 살펴보았는데 확실히 효과가 있었다. 이제 침상에 누워 백 일간 쉬기만 하면 본래대로 회복될 터였다.

조마조마하던 한운석의 마음도 마침내 가라앉았다.

목령아는 서신을 보내 고칠소의 행방을 물었는데, 한운석 역시 구약동 영감에 관한 일을 묻기 위해 그를 찾고 있었다.

그런데 그녀가 행방을 알아내기도 전에 고칠소가 알아서 부리나케 찾아왔다.

"독누이, 알려 줄 게 있어!"

좋은 소식과 나쁜 소식

고칠소는 한운석에게 전할 아주 좋은 소식을 들고 왔다. 하지만 깜짝 놀란 한운석은 목령아의 서신을 서둘러 감추느라 당황한 나머지 고칠소의 말을 제대로 듣지 못했다.

고칠소가 수상쩍은 얼굴로 그녀의 뒤쪽을 바라보자 한운석은 얼른 그의 주의를 돌렸다.

"드디어 돌아왔구나. 당신에게 알려 줄 아주 중요한 일이 있어!"

고칠소는 그 말에는 신경 쓰지 않고 의심스러운 눈빛으로 물었다.

"독누이, 뒤에 뭘 숨기고 있어?"

"고칠소, 구약동에 연단동練丹洞이 있다는 걸 알아?"

한운석이 다급하게 물었다.

고칠소의 눈동자가 순간 복잡하게 반짝였다. 그는 더 이상 한운석이 뒤에 숨긴 물건에 대해 따지지 않고 웃으며 말했다.

"난 가 본 적도 없는데 어떻게 알겠어?"

한운석은 그의 반응이 좀 이상하다는 생각이 들었지만, 구체적으로 딱 집어 이야기할 수 없었다.

그녀가 또 물었다.

"연단동에 불이 없어도 열을 내는 아주 이상하고 커다란 선단 화로가 있는데, 그것도 알고 있어?"

고칠소는 하마터면 고개를 끄덕일 뻔했지만 다행히 빠르게 대처했다.

"방금 가 본 적이 없다고 했잖아. 내가 어떻게 알아? 너 바보야?"

"아……."

한운석이 또 말했다.

"연단동에 꼬부랑 영감이 사는데 고약한 성미가 너랑 아주 비슷해."

"독누이, 칠 오라버니를 지금 꼬부랑 영감이랑 비교하는 거야?"

고칠소가 성질을 부렸다.

"당신이 약귀곡에서 변장한 모습과 정말 비슷해. 커다란 검은 장포를 입고, 손은 빼빼 말라서 괴상한 웃음소리를 낸다니까."

한운석이 진지하게 말했다.

고칠소의 표정이 이상해지는 것을 본 한운석은 계속 말을 이어갔다.

"그런데 한 가지는 전혀 달라."

"뭔데?"

고칠소가 궁금해하며 물었다.

"그 영감은 아주 불쌍한데, 당신은 불쌍하지 않잖아. 헤헤, 당신은 얄미운 편이지."

한운석이 웃으며 말했다.

고칠소는 얄밉다고 욕한 것에 대해서는 전혀 뭐라 하지 않고 또 질문을 던졌다.

"그 늙은이가 왜 불쌍한데?"

이건…… 관심일까?

그저 추측에 불과했던 한운석의 생각은 이제 확신이 되었다. 고칠소가 바로 초상화 속 그 아이였다. 고칠소는 과거에 알던 사람이거나 중요한 사람이 아니라면, 그에 대해 질문하는 일이 없었기 때문이었다.

이 녀석은 의성에서 쫓겨난 후 약려에 숨었을 것이다.

그 영감은 왜 그를 때렸을까. 그리고 그는 겨우 몇 대 맞았다고 떠나서 다시는 돌아오지 않은 걸까?

상황이야 어찌 됐든, 모두 가슴 아픈 옛일이었다. 한운석은 고칠소가 남들에게 알리고 싶지 않을 수도 있다고 생각했다.

그 계약서는 아주 귀중했지만, 고칠소의 비밀을 지켜 주는 게 더 중요했다.

한운석은 더 묻지 않기로 했다.

"왜냐하면 얄밉거든! 구약동의 삼대 관문은 정말 어려웠어. 하마터면 죽을 뻔했다고."

한운석이 진지하게 말했다.

"이게 불쌍한 것과 무슨 관계가 있어?"

고칠소는 이마를 찌푸렸다.

"맞혀 봐!"

한운석이 웃으며 말했다.

고칠소는 이마를 더 찌푸리며 물었다.

"무슨 관계가 있지?"

"얄미운 사람에게는 반드시 불쌍한 점이 있기 때문이야."

한운석이 소리 내어 웃음을 터뜨렸다.

"바보!"

그러니까, 지금 이 여자는 농담을 하고 있었던 건가?

"시시해……."

고칠소가 그녀를 흘겨보았다.

한운석은 그가 더 이상 추궁하지 않을 것을 알고 속으로 한 숨을 돌렸다.

고칠소는 정말 더는 캐묻지 않았다. 그는 안절부절못하면서 한운석에게 좋은 소식을 말해 주는 것도 잊고, 차를 몇 모금 마신 뒤 바로 나가 버렸다.

한운석이 따라 나갔을 때 고칠소는 이미 담장을 넘어 사라진 뒤였다.

그 모습에 한운석은 더욱 확신을 굳혔다. 구약동 영감이 찾는 사람은 다름 아닌 고칠소였다!

고칠소는 별원을 떠나서 쉬지 않고 하룻길을 달려 약려로 향했다. 그도 무엇 때문에 가는 건지 알 수 없었다. 그는 평생 다시는 연단동에 발도 들이지 않고, 다시는 사부를 만나지 않을 생각이었다.

그는 연단동 뒷산에 높이 솟은 나무 위에 앉아서 비밀 통로

출구를 내려다보며 기다렸다.

3일 밤낮이 흐른 뒤 단왕丹王 노인이 비밀 통로에서 나오자, 그는 바로 고개를 돌렸다. 그리고 정말 눈길 한 번 주지 않고 바로 떠났다.

그는 미친 듯이 달려서 다시 요수군으로 돌아왔다.

말이 걸음을 멈추자 그는 너무 지쳐 버린 나머지 그대로 말 위에서 떨어졌다. 잔디밭 위에 벌러덩 드러누운 그의 얼굴에 살벌한 눈빛이 번뜩였다.

그는 복수하러 가지 않은 것만도 큰 자비를 베푼 것이라 생각했다.

날이 어두워지도록 그는 일어나지 못했다. 그러다가 어느새 잠이 들어 밤새 악몽에 시달렸다.

그의 꿈속 기억은 의성 아니면 연단동이었다.

소칠은 의성을 떠나 약성에 도착했다. 하지만 고 원장의 추적을 피하기 위해서 왔을 뿐, 약학 재주로 먹고살기 위해 온 것은 아니었다.

그는 약성에 있는 어떤 가문도 눈에 차지 않았고, 이곳에 감히 그를 받아 줄 자도 없다는 걸 잘 알았다. 그는 약려가 마음에 들었다. 세상과 단절된 약려라면, 이름을 감추고 숨어 지낼 수 있었다.

아직 나이도 어린 소칠이 어른보다 더 치밀하게 생각하고 움직여야 했으니, 그 여린 마음이 얼마나 지쳤을까?

그는 아주 빈틈없는 방법을 생각해 낸 뒤 약왕 노인과 우연한 만남을 계획했다. 하지만 약재 숲에 몰래 들어가 약려를 찾아냈을 무렵, 그는 완전히 기진맥진한 상태가 되었다. 수중에는 건량 하나 없었다. 다시 약을 먹는 게 너무 싫었지만, 약재를 먹으며 목숨을 부지할 수밖에 없었다. 그는 숨겨진 약초밭을 찾아내 며칠 동안 약초를 훔쳐 먹으며 지냈다.

단약 노인을 만난 후에야 소칠은 따뜻한 음식을 먹을 수 있었다. 그는 자신에게 사부가 생길 줄은, 그것도 친할아버지 같은 사부가 생길 줄은 생각도 못했다. 사부는 매일 소칠에게 음식도 만들어 주고, 약학과 무공도 가르쳐 주었다. 그리고 온갖 방법을 동원해 밖에서 탕호로糖葫蘆도 가져다주었다.

마치 어린 시절 독종 금지 시절로 돌아온 것만 같았다. 아무 걱정 근심도 없고, 그를 사랑해 주고 지켜 주는 사람이 곁에 있었다.

그는 복수심에 불타면서도, 마음 한편에 늘 독종 금지의 행복했던 시절을 기억하고 있었다.

인정하고 싶지 않았지만, 그의 마음속 깊은 곳은 여전히 어린 시절의 기억 속으로 돌아갈 수 있기를 간절히 바랐다.

좋은 사부와 함께 지내는 덕분에 그는 빨리 어른이 될 필요가 없었다. 소칠은 속으로 평생 사부와 함께 지내며 연단동을 떠나지 않겠다고 맹세했다.

하지만 어느 날, 모든 고마움은 증오로 바뀌었다!

그날, 소칠은 평소처럼 선단 화로 옆에서 무공을 연마하다가 실수로 화로를 발부리로 찼다. 그는 너무 아파서 바닥에 주저 앉아 발을 감싸 쥔 채 움직이지도 못했다.

그런데 갑자기 소칠의 등에 불이 붙었고, 곧이어 사부가 날 아와 호되게 꾸짖었다.

"이 못된 놈, 감히 내 보물 화로에게 무례를 범하다니."

불길은 옷까지 태웠지만, 다행히 소칠이 빨리 땅 위로 구른 덕에 불은 금방 꺼졌다.

소칠이 아직 상황 파악도 못한 상황에서 사부가 다시 불덩이 를 불러냈다.

그 모습을 본 소칠이 깜짝 놀라서 외쳤다.

"사부님!"

"못된 녀석, 좋은 마음으로 거둬 주었더니 감히 내 보물 화로 에게 무례를 범해!"

사부는 마치 악마처럼 난폭하게 굴었다.

소칠이 아버지 생각을 하지 않은 지도 오래 되었다. 그런데 지금, 사부의 얼굴에서 아버지의 표정이 보였다. 의성의 어두운 그림자에서 겨우 벗어났는데, 순식간에 그 악몽이 되살아났다.

그는 제자리에 굳은 채 온몸을 바들바들 떨었다.

점점 가까이 다가오는 사부를 바라보면서, 그는 마치 의성의 밀실로 되돌아온 것만 같았다. 도망치고 싶었지만 움직일 수 없 었다.

사부는 가까이 오자마자 소칠의 옷깃을 잡고 끌어낸 뒤, 선 단 화로 앞에 무릎을 꿇게 했다.

"고개 숙여라! 사과해!"

"싫어요!"

소칠은 고집을 부렸다. 아무리 무서워도 고개는 숙이고 싶지 않았다.

"죽고 싶으냐!"

사부는 소칠의 목을 손으로 억세게 누르면서 고개를 숙이게 하려 했다. 하지만 힘이 너무 과했는지, 아예 소칠의 몸을 땅에 엎어뜨리고 말았다.

사부는 그를 전혀 놔주려 하지 않고, 고집스레 화로 앞에 예를 갖추게 하려 했다.

"일어나라, 머리를 조아려!"

소칠은 힘없이 바닥에 엎드려 있었다. 일어날 수 없었고, 그러고 싶지도 않았다.

그런데 사부가 그를 잡아당겼다가 내동댕이쳤다. 온몸이 땅에 부딪힌 소칠은 오장육부가 다 부서지는 것 같았다. 하지만 그는 여전히 머리만은 숙이지 않았다. 안 한다면 안 해!

"못된 놈 같으니, 마지막으로 묻겠다. 절을 할 거냐, 안 할 거냐? 잘못을 인정 안 하겠느냐?"

사부가 노한 목소리로 물었다.

소칠은 도리어 웃으며 말했다.

"사부님, 저도 마지막으로 묻겠습니다. 제자가 중요합니까, 화로가 중요합니까?"

사부는 생각도 하지 않고 말했다.

"당연히 내 보물 화로가 중요하지! 어서 고개를 숙이고 잘못을 인정해라!"

소칠은 분명 웃고 있었지만, 얼굴 위로 눈물이 끊임없이 흘러내렸다. 그는 아무 말도 하지 않고 땅에 엎드린 채 쿵 소리를 내며 고개를 땅에 박아 절했다. 이마에는 피가 흘러넘쳤다.

사부는 그제야 만족하며 말했다.

"못된 놈, 잘 기억해라. 앞으로 내 보물 화로에 감히 무례를 범하면 내 너를 쫓아낼 거다! 네 녀석 따위 전혀 아쉽지 않아!"

그는 말을 마친 뒤 제대로 서 있지 못하고 주춤주춤 뒷걸음쳤다. 단약을 복용했기 때문에 자제할 수 없을 정도로 성질이 난폭해진 것이었으나, 안타깝게도 소칠은 그 사실을 알지 못했다.

그는 화로 위로 날아갔고, 소칠은 땅에 엎드린 채 움직이지 않았다. 소칠의 공허한 두 눈동자는 절망으로 가득했다.

가까스로 절망에서 빠져나와 굳센 의지를 갖고 희망을 품게 되었는데, 갑자기 굳센 의지를 발휘할 이유가 사라져 버렸다.

소칠은 울지 않았다. 그는 웃고 있었다.

그는 스스로를 비웃었다. 어리석었고, 욕심을 부렸고, 너무도 어린아이처럼 굴었다. 친아버지도 의지할 수 없는 마당에, 왜 바보처럼 이 늙은이를 믿으려 했을까?

그날 밤, 사부는 단약 약효 때문에 세상모르게 잠들었고, 소칠은 은자와 약초 종자를 모조리 훔쳐서 비밀 통로를 떠났다.

해가 고칠소의 얼굴을 비추자 고칠소는 눈을 번쩍 떴다. 어젯밤에 무슨 꿈을 꾸었는지, 그는 모두 잊어버렸다.

그는 고개를 들어 햇빛을 바라보며 입가에 햇빛보다 더 찬란한 웃음을 지었다. 그리고는 몸을 돌려 나무에서 내려와 그대로 용비야의 별원을 향해 달려갔다.

어제 한운석에게 좋은 소식을 말해 주는 걸 깜빡했으니, 당연히 빨리 가서 알려 줘야 했다.

한운석은 방금 일어나 정원에서 용비야, 고북월과 함께 차를 마시고 있었다.

그들은 약려에서 돌아온 뒤 계속해서 서부 지역 세 개 세력의 상황을 주시하고 있었다. 설 황후 살해 사건은 영승이 직접 나서서 조율했다. 그는 단목요가 직접 초씨 집안 군대에 가서 조사하도록 청했고, 초씨 집안도 그 말을 따르기로 했다.

한운석과 용비야는 이 일에 대해 이야기하고 있었고, 고북월은 한마디도 하지 않고 곁에서 듣기만 했다.

아직 초천은 오지 않았지만, 그는 자신의 판단을 믿고 있었다.

"아이고, 다들 있었구나! 자, 자, 내가 좋은 소식을 알려 줄게!"

고칠소가 큭큭 웃으며 말했다.

그런데 이때 당리가 갑자기 한쪽에서 달려 나와 당황한 표정으로 말했다.

"진왕, 큰일 났어, 큰일 났다고!"

이게, 무슨 상황이지?

한운석과 두 사람은 고칠소를 봤다가 다시 당리쪽을 봤다.

좋은 소식부터 들어야 할지 나쁜 소식부터 들어야 할지 몰랐다.

하지만 당리가 고칠소보다 먼저 입을 열었다.

"진왕, 아버지가 오셨어, 여 이모도 함께!"

당자진과 여 이모?

지금 이런 시기에 두 사람이 요수군을 왜 찾아온 거지? 직접 와서 당리를 데려가려는 건가?

한운석이 궁금해하고 있는데, 용비야는 별일 아니라는 듯 차가운 목소리로 물었다.

"고칠소, 좋은 소식은 무엇이냐?"

약혼녀는 어떤 사람

용비야가 모처럼 고칠소의 말에 귀 기울여 주었는데, 고칠소는 웃으면서 되레 이렇게 말했다.

"맞혀 봐!"

용비야는 말없이 차가운 눈동자를 부릅뜨며 노려보았다. 눈빛으로 사람을 죽일 수 있다면 고칠소는 이미 세상 사람이 아니었을 것이다.

"당신한테 무슨 좋은 소식이 있겠어."

한운석도 눈을 흘겼다.

"의성을 음해할 기회를 주려는데, 어때?"

고칠소가 목소리를 낮추었다.

그 말에 소란스럽던 당리마저 조용해져서 긴장한 눈길로 고칠소를 쳐다봤다. 아직 이들에게는 의성에 맞설 충분한 힘이 없었다. 약귀당과 고칠찰이 손잡은 것만으로도 이미 의성의 심기를 거슬렀다. 자칫 잘못해서 더 노여움을 사는 것은 분명 긁어 부스럼을 내는 일이었다.

"능 대장로에게 무슨 짓을 한 거야?"

한운석이 수상쩍은 눈빛으로 물었다.

고칠소는 능 대장로를 죽이는 것만으로는 울분이 풀리지 않았다. 고 원장과 능 대장로가 한 모든 짓은 다 명리 때문이었으니, 그들의 명예와 지위를 모두 완전히 무너뜨려서 얼굴에 계란 맞는 치욕을 맛보게 해 주고 싶었다!

고칠소는 음험한 눈빛을 반짝였다가 큭큭 웃으며 말했다.

"아직 아무 짓도 안 했어!"

그는 한쪽 팔을 용비야의 어깨에 올리고 친한 척하며 말했다.

"용비야, 같이 크게 한탕 할래?"

고칠소가 말하자마자 용비야가 슬쩍 몸을 옆으로 기울이며 그의 팔을 피했다. 그 바람에 고칠소의 몸이 아래로 기울어져 하마터면 넘어질 뻔했다.

사람들이 모두 쳐다보자 고칠소는 아주 민망해졌지만, 용비야는 아무 일도 없다는 듯이 말했다.

"어쩔 생각이지? 말해 봐라."

한운석 외에는 남자든 여자든, 적이든 친구든, 용비야를 건드리는 자는 모두 망신당하기 마련이었다.

고칠소는 입을 삐죽였지만 결국 하나부터 열까지 상황을 자세히 설명했다. 그는 천녕국 황궁에서 능 대장로와 연심부인을 오랫동안 감시해 왔다. 연심부인은 여러 번 능 대장로 품에 안기려 했지만 계속 거절당하자, 능 대장로를 원망하며 복수하려는 마음을 먹게 되었다. 고칠소는 약귀 고칠찰의 신분으로 연심부인에게 호의를 보였다.

"우리가 목씨 집안에게 살길을 마련해 주면, 그 여자가 분만 촉진 사건을 폭로할 거야."

고칠소가 말했다.

일단 분만 촉진 사실이 밝혀지면, 큰 파문이 일어나고 의성에 돌이키기 힘든 손실을 안겨 줄 게 분명했다. 어쨌든 당사자인 능 대장로는 처벌을 받고 자리에서 물러나 모든 책임을 져야 했다.

의성을 뒤흔들려면 우선 그 명예와 명성부터 흔들어야 했다. 이건 용비야와 고칠소, 두 사람 모두에게 좋은 소식이었다.

한운석은 생각도 하지 않고 동의했다. 황위를 차지하려고 '분만 촉진' 같은 일을 벌이다니, 사람들의 손가락질을 받아야 마땅했다! 그녀는 연심부인의 조건 쪽에 관심을 보이며 진지하게 물었다.

"목씨 집안에 살길을 마련해 주다니, 어떻게?"

겨우 목씨 집안을 맥도 못 추리게 짓밟아 두었는데, 살짝이라도 풀어 주면 도리어 이쪽을 물고 늘어질 수 있었다.

"흐흐, 연심부인은 이미 궁지에 몰린 쥐야. 희망이 있다는 것만 보여 주면 돼."

고칠소는 이 일에 아주 자신이 있었다.

지난번 시약대회에서 목씨 집안은 장로회 후보 자격을 잃었고, 목영동은 감옥에 갇혔다. 무엇보다 목씨 집안의 모든 비방과 약초밭이 대부분 몰수되었다는 게 가장 심각했다. 목씨 집안은 재기할 수 있는 밑천이 전혀 없었다. 그러니 목씨 집안에 아주 살짝 단맛만 보여 주어도, 연심부인은 아주 만족할 수 있었다.

"령아에게 주는 거라면 오히려 안심이야."

한운석은 목씨 집안에는 정이 가지 않았지만, 사촌 동생인 목령아에게는 혈육의 정을 느꼈다. 목씨 집안은 어쨌든 목령아의 집안이었다. 목씨 집안을 목령아에게 넘겨주면, 약귀당에게는 약성에서 빠져나갈 길이 마련되는 셈이었다.

이번에 약려에 다녀오면서 용비야와 한운석은 약성이 왕씨 집안의 독무대가 되어서는 안 되겠다고 생각했다.

왕씨 집안은 아주 충성스러웠지만, 약려에 대해 흔들리지 않는 경외심도 갖고 있었다. 만약 이쪽에서 정말 약왕 노인과 충돌하여 약성까지 영향을 주면 왕씨 집안은 어쩔 수 없이 한운석과 용비야를 배신하게 될 테고, 그럼 정말 물러날 길이 없어진다.

목령아가 목씨 집안을 관장하여 천천히 자기 세력을 기르는 것도 좋은 방법이었다. 적어도 목령아의 심성을 생각하면, 한운석은 그녀가 영원히 약귀당과 등을 돌리지 않을 거라 굳게 믿었다!

게다가 한운석은 목령아를 진심으로 아꼈다. 아직 어린 나이의 목령아가 가문의 죄인이라는 오명을 쓰게 할 수 없었다.

고칠소는 무시하듯 말했다.

"그 계집애가 무슨 대단한 일을 할 수 있다고?"

"당신이 도와주면 되잖아. 이 일은 당신과 목령아에게 맡겨야겠어!"

한운석은 아주 즐거워하며 결정을 내렸다.

"어쩔 생각이지?"

용비야가 끼어들었다. 목씨 집안을 목령아에게 넘기고 다시 세력을 키우는 데는 그도 동의했다. 하지만 용비야는 의성에게 배후 세력을 숨기고, 연심부인도 배신하지 않게 할 방법에 가장 관심이 있었다.

"흐흐, 그건 너한테 물어봐야지. 령아 그 녀석은 마음이 순수하고 선량해서, 너처럼 음흉하지 않거든."

고칠소가 아주 진지하게 말했다.

이 녀석은 대체 의논을 하러 온 거야, 아니면 작정하고 시비를 걸려고 온 거야?

만약 그가 좋은 소식을 가져온 게 아니었다면, 용비야는 진작 그를 발로 뻥 차 버렸을 것이다.

결국 용비야는 고칠소에게 이렇게 대답했다.

"너와 목령아가 잘 의논해서 본 왕에게 좋은 방법들을 생각해 내라."

고칠소가 거절하려는 순간 용비야가 또 말했다.

"열흘의 시간을 주겠다. 방법을 생각해 내지 못한다면, 이 일은……, 후후, 잠시 멈추면 그만이다!"

의성을 상대하는 일은 언젠가는 해야 할 일이었다. 미리 의성의 명성을 깎아내리고 능 대장로를 처리하는 것은 용비야도 바라는 바였다. 하지만 그는 일부러 고칠소를 애태우고 있었다. 고칠소가 '조급'한 마음에 허락할 수밖에 없다는 걸 잘 알았기 때문이었다.

고칠소는 잠시 침묵했다가 결국 고개를 끄덕였다.

"좋아!"

그는 말을 마치자마자 돌아서 가 버렸다. 약귀당을 오가는 데만도 열흘은 걸리니 직접 목령아를 만나러 갈 생각은 없었다. 하지만 서신 왕래는 반드시 필요했다.

목령아가 좋은 방법을 생각해 내지는 못하더라도, 최소한 목씨 집안일이니 목령아와 상의해야 했다.

고칠소가 떠나자 당리가 결국 참지 못하고 다급하게 물었다.

"진왕, 난 어떡해?"

곧 당자진과 여 이모가 들이닥칠 예정이었다. 일단 붙들리면 진왕이 그들과 크게 싸우지 않는 이상 빠져나갈 수 없었다! 하지만 그가 아는 진왕은 기껏해야 아버지와 가벼운 언쟁 정도만 할 뿐, 얼굴을 붉혀가며 충돌하는 일은 없었다.

용비야는 눈을 들어 그를 바라보며 차갑게 말했다.

"아직도 도망치지 않고 뭘 하느냐?"

당리는 하마터면 고북월 앞에서 용비야에게 무릎 꿇고 울며 형이라고 부를 뻔했다.

도망치라고? 벌써 1년 넘게 도망쳤는데, 계속 도망 다녀야 한다고? 게다가 그 어디에도 진왕 옆처럼 안전한 곳은 없었다!

그는 한운석에게 도와 달라는 눈빛을 보냈다. 한운석은 아주 진지하게 말했다.

"숨어요! 어서 아무 방이나 들어가서 숨어요. 내가 나오라고 할 때까지 절대 함부로 움직이지 말아요!"

그 말이 떨어지자마자 하인이 들어와서 보고했다.

"전하, 밖에 두 분이 뵙기를 청합니다. 당문 사람이라고 합니다.”

숨는 것 말고 당리에게 더 좋은 방법이 있을까? 당연히 없었다!

그는 한운석을 향해 두 손을 맞잡고 읍을 한 뒤 서둘러 뒷문으로 도망쳤다.

“객청으로 모셔라.”

용비야가 담담한 목소리로 분부했다.

“진왕 전하, 왕비마마, 소인은 피곤하여 먼저 돌아가 쉬겠습니다.”

고북월도 물러났다.

한운석은 복잡한 눈빛이 되어 떠보듯이 물었다.

“나는, 당리를 보러 갈까요?”

용비야는 대답 없이 그녀의 손을 잡고 일어나 함께 객청으로 향했다. 순간 한운석의 마음에 기쁨이 넘쳐흘렀다. 드디어 이 인간이 당문 일 앞에서도 그녀를 피하지 않았다.

그녀는 고개를 돌려 슬쩍 그를 바라보며, 문득 용비야의 옆 얼굴이 정말 정말 잘생겼다는 사실을 깨달았다.

그들이 객청에 이르자 당자진과 여 이모도 하인의 안내를 받고 들어왔다. 꽤 오랫동안 여 이모를 보지 못했지만, 여 이모의 드센 기운은 여전했다. 다만 얼굴에서 고생한 기색이 느껴지는 것을 보니, 아마 1년 넘게 당리를 찾아다니느라 동분서주한 것 같았다.

한운석이 당자진을 만난 것은 이번이 처음이었다. 이미 나쁜 인상을 받았기 때문인지, 당자진이 격식 있는 옷차림을 하고 위엄 있는 대가의 풍모를 보여도, 한운석에게는 그저 군자인 척 점잔을 빼는 사람으로만 보였다.

한운석의 마음은 아주 평온했다. 그녀는 듣기만 하러 왔을 뿐, 당문 집안일에는 전혀 끼어들 생각이 없었다.

한운석을 본 순간 여 이모와 당자진의 마음속은 요동쳤다. 여 이모는 한운석이 영족 사람과 관련이 있다는 이야기를 엿들은 이후 지금까지도 진상을 알아내지 못했다. 하지만 관련 있다는 사실만으로도 그녀와 당자진은 한운석을 죽이고 싶었다.

하지만 오늘 온 목적은 당리 때문이었다. 한운석의 일은 천천히 신중하게 의논할 수밖에 없었다.

"두 분께서 이곳까지 무슨 일이십니까?"

용비야는 미적지근한 태도로 말했다.

당자진은 몇 번이나 길게 탄식하면서 말을 하려다가 말았다. 결국 여 이모가 입을 열었다.

"비야, 리아가 여기 있니?"

"좀 전까지 있었지만, 지금쯤 멀리 도망쳤겠군요."

용비야의 말은 아무래도 진짜 같았다.

여 이모와 당자진은 바로 긴장하며 말했다.

"어디로 도망쳤지?"

용비야는 한운석에게 고개를 돌리고 물었다.

"애비愛妃는 아느냐?"

애비라니, 예상치 못한 말이었다. 한운석은 멍하니 용비야를 바라보며 할 말을 찾지 못했다. 그가 뭐라고 물었는지조차 다 잊어버렸다.

용비야는 그녀가 그렇게 바라보게 놔두었다. 입꼬리만 살짝 올라갔을 뿐, 그는 아주 태연자약했다.

진왕 전하, 이런 장소에서 애정을 과시하다니, 정말 괜찮아요?

당자진과 여 이모는 초조해 죽을 것 같았다.

"비야, 당리가 혼인에서 도망친 게 일이 커졌다. 나조차도 수습하기 어려워졌으니, 어서 당리를 넘겨다오."

당자진이 지금 상황을 설명해 주었다.

신부 측에서는 당리를 찾아오지 못하면 당문에게 대가를 치르게 하겠다고 당문을 협박하고 있었다.

"혼약 하나 깨진 일로 당당하신 당문 문주께서 버티지 못하신다는 겁니까?"

용비야가 냉소를 지었다. 이런 어설픈 이유를 들고 와서 그를 속이려 하다니, 당자진은 정말 갈수록 예전 같지 않았다.

"비야, 리아의 약혼녀가 누군지 알고 있니?"

여 이모가 다급하게 물었다.

"관심 없습니다. 본 왕이 있는 곳에서 원하는 결과를 얻으실 수 없을 겁니다. 당리는 방금 떠났으니, 백 리 밖까지 찾아보시면 찾을 수 있을지도 모르겠습니다."

용비야의 말인 즉 나가라는 뜻이었다.

그런데 여 이모가 깜짝 놀랄 소식을 털어놓았다.

"비야, 리아의 약혼녀는 천산 사람이다!"

그 말에 분노한 용비야가 갑자기 탁자를 치며 일어났다.

한운석은 깜짝 놀랐다. 용비야가 이렇게 분노하는 모습은 정말 오랜만이었다.

그녀도 경악하고 있었다. 당자진이 직접 천산 사람과 손을 잡을 줄은 생각도 못 했다. 머리가 어떻게 된 거 아냐? 용비야가 이미 천산검종의 제자인데, 당문은 천산과 사돈을 맺을 필요가 전혀 없었다!

당자진과 여 이모가 당황하는 모습을 보아하니, 신부 측은 천산에서도 보통 여자는 아닌 게 틀림없었다.

"천산의 누구입니까?"

용비야가 차갑게 질문했다!

우연한 만남, 영원한 이별

당리의 약혼자는 천산의 누구란 말인가?

"네 사숙인 창구자의 외동딸, 창효영蒼曉盈이다."

여 이모가 사실대로 대답했다.

창효영?

한운석은 속으로 생각했다. 효영은 무슨? 창구자 딸이니 아예 창팔자라고 불러야 하는 거 아냐?

한운석은 창구자를 만난 적도 없지만, 이 천산검종의 이인자가 아주 미웠다. 지난번 용비야가 단목요에게 속아서 갔을 때 다친 게 다 창구자 때문이었다.

한운석은 천산에 가면 용비야의 사부를 만나는 것 다음으로 중요한 일이 바로 창구자에게 진 빚을 톡톡히 갚아 주는 것이라 생각해 왔다. 그런데 당자진이 그런 창구자와 손을 잡았다고?

당리는 정말 이번 혼인에서 도망쳐야 했다. 그녀는 앞으로 최선을 다해 당리가 도망치게 도와야겠다고 다짐했다!

"창구자의 딸?"

용비야가 차갑게 당자진을 바라보았다.

"당문 능력이 아주 대단하군요!"

당자진은 용비야의 분노를 이해할 수 없었다.

"비야, 천산검종은 우리 관계에 대해 전혀 모른다……."

그는 말을 하다 말고 한운석을 신경 쓰며 더는 이야기하지 않았다.

그와 여 이모는 용비야가 한운석에게 당문에 대해 얼마나 말해 주었는지 몰랐다. 하지만 적어도 하나는 확실했다. 용비야는 절대 동진 황족의 신분은 밝히지 않았을 것이다. 모든 준비가 끝날 때까지 그의 신분은 반드시 깊이 묻어 둬야 했다. 일단 준비만 다 되면, 이 비밀은 마른하늘 천둥소리처럼 터져 나와 천지를 요동시키고 운공대륙을 뒤흔들 것이다!

"검종 노인에게 다 걸기보다는 창구자 쪽에도 빠져나갈 방편을 마련해 두는 게 낫지 않느냐? 게다가 창효영은 천산 이름으로 된 사업을 많이 관장하고 있어 가업을 잘 경영할 수 있는 인물이다."

당자진이 진지하게 말했다.

당자진은 검종 노인의 실제 상황이나 천산검종 내부의 싸움도 잘 몰랐지만, 용비야는 아주 잘 알고 있었다.

검종 제자 신분만으로 천산검종을 제압하기는 어려울 수 있었다. 게다가 검종 노인은 그에게 어떤 보장도 해 줄 수 없는 상황이었다.

창구자는 당문과 진왕부의 관계를 모르니, 당자진으로서는 창구자를 잘 이용할 수 있었다. 객관적으로 보면 당자진의 방법은 아주 치밀하고 신중했다.

하지만 용비야는 당자진이 이렇게 당리의 혼인을 이용하는 걸 용납할 수 없었다! 당리의 혼인 상대가 다른 사람이라면 신경 쓰지 않을 수도 있었다. 하지만 창구자의 딸과 혼인하면 당리는 평생 손발이 묶여 있는 꼴이 되었다. 창구자는 절대 딸이 당문에서 고생하는 꼴을 허락하지 않을 게 뻔했다.

"비야, 당리는 대체 어디로 간 거냐?"

당자진이 초조하게 말했다.

"창구자가 며칠 전에 서신을 보내 당문을 위협했다. 당리를 내주지 않으면 뒷감당은 알아서 하라고!"

용비야는 냉담한 표정으로 한마디도 하지 않았고, 한운석은 불안해졌다. 용비야가 얼마나 지독한 사람인지 그녀는 경험으로 이미 잘 알고 있었다.

아버지인 당자진도 아들의 행복을 희생시키려는 마당에, 용비야는 말할 것도 없었다.

당자진의 이번 한 수는 확실히 용비야를 고려한 선택이기도 했다.

용비야가 말이 없자, 당자진과 여 이모는 한쪽에서 애만 태우고 있었다.

"비야, 당리는?"

여 이모의 말투에 분노가 묻어났다.

"이런 사고를 치고 나서 리아가 잠시는 피할 수 있어도, 평생 숨어 다닐 수는 없다! 만약 지금 같이 돌아가서 잘못을 인정하고 사과하면, 창구자도 용서해 줄 게야. 하지만 계속 시간을 끌다가는 돌이킬 기회도 없어진다! 비야, 지금 넌 그 아이를 보호하는 게 아니라 해를 끼치는 거야!"

용비야는 복잡한 눈빛이 되었지만 여전히 침묵했다.

한운석은 당자진과 여 이모가 이렇게 초조해하는 모습을 보며 한바탕 욕을 퍼부어 주고 싶었다. 이렇게 후회할 거였으면 그때 왜 그런 건데? 솔직히 당리가 이런 사고를 친 것도 다 저들이 자초한 것 아닌가.

용비야와 당리는 약혼녀의 내력에 대해 전혀 관심이 없었고, 저쪽도 지금까지 사실을 숨기며 말해 주지 않았다.

천산이라는 엄청난 일을 벌여 놓고, 말도 안 되는 이유나 들먹이다니, 정말 일이 골치 아프게 되었다!

당자진은 더 이상 기다릴 수 없어 차갑게 말했다.

"말하지 않으면 내가 직접 찾겠다!"

그 말이 떨어지자마자 여 이모가 더 빠르게 움직였다. 그녀는 빨리 움직이면 당리를 찾을 수 있기라도 하듯, 서둘러 옆문을 통해 후원으로 나갔다.

당자진은 하인을 시켜 별원을 뒤지지는 않고, 두 사람이 직접 '찾아' 나섰다.

용비야는 두 사람을 말리지 않고 한운석을 한 번 바라본 뒤 자리에 앉았다.

"골치 아프게 됐네요?"

한운석은 그 마음을 알아챘다.

용비야가 고개를 끄덕였다.

"하필 이런 때 창구자를 건드리다니!"

지난번에 단목요는 창구자를 데려와서 그를 속였고, 이번에는 천산 이름으로 초씨 집안을 건드렸다. 이는 단목요와 창구자의 관계가 심상치 않음을 잘 말해 주고 있으나, 지난번 당리가 천산에 갔을 때는 아무것도 알아내지 못했다.

하지만 그는 반드시 방비해야 했다.

서부 지역 정세가 아직 안정되지 못한 상황에서 천산을 끌어들여 영승과 맞서면 한동안 수수방관할 수 있을 줄 알았다. 그런데 당자진이 바로 골치 아픈 일을 만들어 냈다.

잠깐의 침묵 후, 용비야는 초서풍을 불렀다.

"설 황후 일은 어찌 되었느냐?"

그가 차갑게 물었다.

"단목요가 어제 초씨 집안 군영에 들어가 직접 사건을 조사했습니다. 구체적인 상황은 아직까지 알아내지 못했습니다."

초서풍이 사실대로 대답했다.

"혼자서?"

용비야가 차갑게 물었다.

"아닙니다. 천산 검객을 많이 이끌고 갔는데, 규모가 상당했습니다."

초서풍이 말했다.

두 사람이 몇 마디 나누지도 못했는데 당자진과 여 이모가 돌아왔다. 초서풍은 눈치 빠르게 한쪽에 물러섰다.

한운석이 당자진과 여 이모의 표정을 보니, 두 사람은 아무것도 찾아내지 못한 것 같았다.

당자진이 뭔가 물어보려는 찰나 용비야가 먼저 입을 열었다.

"본 왕이 있는 곳에 없다고 이미 말을 했건만, 믿든지 말든지 마음대로 하십시오. 찾지 못한다 해도 천산 문제는 본 왕이 나설 수 없으니, 당문이 알아서 처리하십시오."

여 이모는 말도 안 된다는 표정이었지만 당자진은 그래도 냉정함을 유지하며 눈빛으로 여 이모를 막았다.

"비야, 이 일은 당문의 안위와 직결된다. 창구자는 당문이 혼인을 파기했다는 이유로 당문과 싸우려 할 수도 있어. 당리를 만나게 되면, 반드시, 반드시 데리고 와다오. 외숙으로서 부탁한다!"

"좋습니다!"

용비야는 흔쾌히 대답했다.

당자진은 용비야를 믿는다는 듯 그의 어깨를 두드리며 몇 마디 안부를 묻고 난 후에야 떠났다. 여 이모는 달갑지 않다는 얼굴로 있다가 떠나기 직전에 한운석 쪽을 바라보았다.

한운석은 그녀의 눈빛을 피하지 않고 똑바로 쳐다보았다. 여 이모는 켕기는 게 있는 것인지, 아니면 민망해서인지 바로 시선을 돌렸다.

그들이 떠난 후 한운석과 초서풍은 다급하게 말했다.

"어쩌죠? 당리와 상의를 할까요?"

"전하, 당 도련님의 혼사는…… 더 시간을 끌기 어렵습니다."

용비야는 바로 좋은 생각이 떠오르지 않았다. 하지만 한 가지만은 확실했다. 절대 당리를 창구자의 사위로 만들 수는 없었다!

"설 황후의 일에 압박을 가해야 할 것 같군."

그는 담담하게 말했다. 잠시나마 시간을 늦출 방법이었다.

단목요가 천산 이름으로 초씨 집안 군영에 들어가 조사할 수 있는 것은 분명 배후에 창구자의 지지가 있기 때문이었다. 지금 창구자의 주의를 돌리려면 이 일에 손대는 수밖에 없었다.

"알겠습니다. 소인이 더 알아보겠습니다."

초서풍이 바로 물러났다.

한운석은 당리를 찾아오려고 했다. 그런데 당리는 별원에 숨지 않고, 정말 용비야의 말대로 도망쳤다.

사실 당리는 정말 숨어 있고 싶었다. 하지만 그는 용비야보다 당자진과 여 이모를 더 잘 알았다. 그는 두 사람이 별원부터 수색한 뒤 찾아내지 못하면 바로 주변 백 리 밖까지 사람을 보내 샅샅이 뒤질 것을 예상했다.

그러니 저들이 이 잡듯이 뒤지기 전에 백 리 밖으로 도망쳐야 안전했다.

이때 당리는 막 당문 사람을 피해서 말도 타지 못하고 길가 풀숲을 따라 달리고 있었다. 초목이 자라는 봄철이었지만 아직 무성하지는 못해서 길가 수풀에 몸을 숨기긴 힘들었다.

사방에 펼쳐진 평지는 더더욱 머물 곳이 못 되었다. 그가 할 수 있는 유일한 일은 숨을 곳을 찾을 때까지 계속 달리는 것이었다. 당리도 추적자들이 언제 나타날지 알 수 없었다. 다만 방향을 잘못 잡은 것만 같아 후회되었다.

경공을 이용해 나는 듯이 도망치던 당리는 얼마 지나지 않아 멀리서 오는 마차 하나를 발견했다.

"살았다!"

당리는 소리친 뒤 몇 번씩 몸을 뒤집어 날아 마차 앞을 막아서며 착지했다.

마차가 황급히 멈춰 섰다. 하얀 옷에 신선 같은 분위기의 당리는 아무리 봐도 길을 막고 약탈하는 도적 같지는 않았다!

"누구냐? 뭘 하려는 거냐?"

마부가 노한 목소리로 물었다.

"소생은 볼일을 보러 하산한 쌍청산雙靑山의 제자인데, 가는 도중 말이 병으로 죽어 버렸습니다. 갈 길은 멀고 인적이 없는 외딴곳이라 반나절 넘게 걷다가 이렇게 마차를 세워 도움을 청하게 되었습니다. 실례를 범했다면 용서해 주십시오. 쌍청산은 멀지 않은 곳에 있어 반나절이면 도착합니다. 제가 차비도 챙겨 드릴 테니 좀 도와주십시오."

당리가 입을 열고도 자기 인상을 망치지 않는 날이 오다니!

하얀 옷에 옥관으로 머리를 단정하게 올려 묶은 당리는 아주 예의 바르고 품위가 넘쳤다. 그가 말을 마치고 고개를 들었을 때, 마침 마차 안에 있던 사람도 가리개를 걷어 신선처럼 멋있고 속세에서 벗어난 듯 초연한 당리의 모습을 발견했다.

당리도 마차 안에 있는 남장 여자의 모습을 볼 수 있었다. 아름다운 머리칼을 한데 묶어 깔끔한 모습에 뚜렷한 이목구비를 가진 가냘픈 여자였다. 남장을 하고 있었지만 단번에 여자임을 알아볼 수 있었는데, 이는 성별을 감추기 위한 남장이 아니었기 때문이었다. 이 여자는 그저 복잡하고 거추장스러운 것을 싫어했고, 간편한 남장을 좋아했다.

나이는 어렸지만 차분한 눈빛을 가진 이 여자는 아주 신중하고 노련해 보였다. 그런데 당리를 바라보는 그녀의 눈빛은 조금 몽롱하니 전에 없던 소녀의 모습이 서려 있었다.

그녀는 남자보다 강인한 여자였지만, 어려서부터 우아한 멋을 풍기는 신선 같은 남자를 가장 좋아했다. 그리고 말 많고 입이 가벼운 부류를 제일 싫어했다.

곧 그녀의 눈동자에서 소녀의 눈빛은 사라졌고, 당리가 입을 열기도 전에 그녀가 먼저 물었다.

"이름이 어떻게 되죠?"

당리는 이렇게 남자처럼 드센 여자를 제일 싫어했다. 그러다 보니 용비야가 왜 한운석 손에 잡혀 사는지 늘 이해가 되지 않았다. 당리는 사랑스럽고 귀여운 여자야말로 진정한 여자라고 생각했다.

하지만 지금 마차에 올라타 몸을 숨기려면 연기를 계속해야 했다. 그는 예의 바르게 대답했다.

"소생 성은 장長이요, 이름은 외자로 리離를 씁니다."

"장리? 장리라고 하면 장별리長別離(영구한 이별이라는 뜻)가 연상되는데……."

여자는 혼잣말로 중얼거리다가 이렇게 말했다.

"좋지 못한 이름이네요. 너무 슬픈 이름이라."

당리는 가볍게 웃었다. 아주 적절한 웃음이었다. 눈부시게 화려하면서도 과하거나 세속적이지 않아 아주 매력적이었다.

여자는 다시 한 번 그에게 홀딱 반해 물었다.

"왜 웃죠?"

"모든 만남에는 이별이 따릅니다. 오늘 우연한 만남을 뒤로 하고 지금 헤어지면, 이생에서 언제 다시 만날지 모르니 이것이 영원한 이별이지요. 낭자, 그럼 전 이만 가 보겠습니다."

당리는 말을 마친 후 일부러 멋있게 읍을 하면서 소탈한 척 연기했다.

당리가 몇 걸음 떼지 않았을 때, 여자가 그를 불러 세웠다.

"잠깐, 마차를 타려고 했잖아요? 타세요! 제가 당신을 태워 드리면, 그건 영원한 이별이 아닐 테니까요!"

당리, 속아 넘어가다

세상에, 먼저 타라고 권하다니?

당리는 속으로 기뻐서 어쩔 줄을 몰랐지만, 겉으로는 전혀 흔들리지 않은 듯 태연한 모습을 유지하려 애썼다.

그는 두 손으로 읍을 하며 담담하게 말했다.

"우연한 만남 역시 인연이니, 그럼 소생 인연을 따르겠습니다."

"타세요."

여자는 아주 친절했다.

하지만 마부는 업신여기는 표정으로 입을 삐죽거렸다. 좀 전까지만 해도 가는 길에 태워 달라던 녀석이 지금은 별안간 인연을 따른다고? 이 녀석은 겉만 번지르르한 사기꾼 같은데! 하지만 마부는 그 말을 입 밖에 낼 수 없었다. 묻는 말에만 대답하고 복종하는 것, 이것이 아가씨가 정한 규율이었다. 그에게는 먼저 나서서 말할 자격이 없었다.

아가씨는 장사하는 사람이라 아주 총명했다. 하지만 품위 있고 우아한 멋을 풍기는 사람, 특히 도를 닦는 수행자를 유독 좋아했다. 이런 부류만 만나면 아무래도 좀 어수룩해지는 면이 있었다.

마부는 어쩔 도리가 없어, 그저 아무 말 않고 길을 재촉하는 수밖에 없었다.

마차 안에 앉고 나니 당리의 안절부절못하던 마음도 조금 진정이 되었다. 혼자 밖에서 도망 다니는 것보다 마차 안에 숨어 있는 게 나았기 때문이었다.

지금 용비야의 별원 쪽을 향해 가고 있으니 그가 도망치던 방향과는 완전히 반대였다. 가장 위험한 곳이 가장 안전하다고 했다. 아버지와 여 이모는 그가 도망쳐 나온 후 이렇게 빨리 되돌아갈 줄은 짐작도 하지 못할 게 분명했다.

당리가 자신의 세계에 빠져 있을 무렵, 여자는 나른하게 기대앉아 한 손으로 머리를 받치고 재미있다는 듯 그를 살펴보고 있었다.

호리호리하고 날씬한 몸에 멋진 분위기를 풍기는 남자였다. 눈처럼 하얀 옷에 새까만 머리카락이 어우러져 마치 눈앞에 수묵화 한 폭이 걸려 있는 듯했고, 흑백의 절묘한 화합이 또 하나의 세상을 만들어 내는 것 같았다.

여자는 비슷한 유형의 남자를 많이 만나 봤지만, 눈앞의 이 남자만큼 한눈에 반해 푹 빠진 적은 없었다. 그녀가 성인이 된 후 오라버니는 계속 혼사를 재촉해 왔다. 혼인을 통해 가문에 도움이 될 세력을 늘리려 했지만 그녀는 각종 핑계를 대며 미뤄 왔다. 이제 오라버니 앞에 골치 아픈 일들이 생기면서 재촉은 더 심해졌다. 만약 이 남자를 데릴사위로 삼을 수 있다면, 그것도 꽤 괜찮은 방법이었다.

쌍청산은 도를 수행하는 곳이었다. 크지는 않아도 꽤 영향력 있는 세력으로, 운공대륙에 있는 쌍청산 신도 수도 상당했다.

"장리 공자, 쌍청산으로 돌아가나요?"

여자가 물었다.

당리는 그제야 정신을 차리고는 아무렇게나 거짓말을 둘러 댔다.

"예. 이 길을 따라서 반나절이면 쌍청산 기슭에 도착합니다."

"장리 공자는 쌍청산 어느 사존師尊의 제자인가요?"

여자가 물었다.

용비야의 별원은 바로 쌍청산 산자락 아래 있었기 때문에 당리도 어느 정도 아는 바가 있었다.

"소생은 쌍청산 청운궁靑雲宮 천현天玄 사존의 대제자입니다."

여자는 아주 기뻤다. 청운궁은 쌍청산의 삼대 사원 중 중심 사원이었고, 천현 사존은 명성과 인망이 가장 높은 분이니, 그 어르신의 대제자라면 대단한 인물이라 할 수 있었다.

그녀는 만족스럽게 고개를 끄덕이며 당리가 그녀의 이름과 신분을 물어보길 기다렸다. 그런데 당리는 아무것도 묻지 않았 다. 눈을 감고 조용히 앉아 단전 위에 두 손을 모으고 있는 모 습이 마치 정좌한 채 기공을 연마하는 것 같았다.

한운석이 이렇게 조용한 당리의 모습을 보았다면, 분명 벙어 리 독에 중독되었나 생각했을 것이다!

여자는 그가 점점 더 마음에 들어서, 속으로 장리 공자와 함 께 산에 가서 직접 천현 사존과 만나 데릴사위에 대해 의논해 야 하는 건 아닐까 고민하고 있었다.

쌍청산이 꽤 유명하기는 해도 실력으로 논하자면 그녀의 가문과는 차원이 달랐다. 그녀는 천현 사존을 제압해 장리 공자를 자신에게 장가오게 할 자신이 있었다.

그녀는 직접 이 혼사를 성사시킨 후에 돌아가서 오라버니에게 알리기로 했다. 엎지른 물이 되어 돌이킬 수 없게 만드는 게 가장 좋았다. 그래야 나중에 오라버니가 아무리 화가 나고 성에 차지 않아도 그녀를 어찌할 수 없을 것이다.

오라버니가 그녀의 혼사를 결정하면 분명 비슷한 실력의 가문을 고를 테고, 그럼 데릴사위는 물 건너가고 그녀가 시집을 가야 했다. 명문 가문에 시집가면 그녀 뜻대로 할 수 없는 일이 많아졌다.

생각이 거기까지 미치자, 여자는 다시금 자기 마음에 쏙 드는 신선 같은 공자를 바라보았다. 여자는 속으로 결심했다. 며칠 안에 내 혼사 문제를 처리해 버려야지!

자신이 좋아하는 남자라면, 결혼 후에 시간을 두고 천천히 그와 감정을 키우는 것도 즐거우리라 생각했다.

계속 달리는 마차 안에서 당리는 정좌하고 있는 것처럼 보였지만 사실은 주변 동정을 살피고 있었다. 당문 사람과 마주치지 않도록 경계해야 했기 때문이었다.

당리는 마차 안에 있는 여자가 보통 신분이 아닌 것도, 마차가 원래 왔던 길로 가지 않고 큰길을 피해 외딴 길로 빠지고 있다는 사실도 몰랐다.

그러다 보니 당문 사람을 다시 마주칠 일도 없었다.

이때, 당문만이 아니라 용비야와 한운석도 당리를 찾고 있었다.

당리도 완전히 바보는 아니라서, 마차에 있는 이 여자의 내력이 범상치 않다는 것은 눈치채고 있었다. 그래서 가는 길 내내 침묵으로 일관했다. 거짓말은 말이 많을수록 실수가 생기기 때문이었다.

반나절은 꽤 긴 시간이었다. 당리가 여자를 훔쳐볼 때마다 그녀는 높은 베개에 나른하게 기대어 쉬고 있었다. 남장을 하고 있었지만 고고한 여왕 같은 분위기를 풍기며 얼굴에는 오만방자함이 가득했다.

당리는 누구든 이 여자에게 장가드는 남자는 정말 재수가 없겠구나 생각했다!

그런데 여자가 갑자기 눈을 뜨더니 옆에 놔둔 짐에서 깨끗한 손수건을 꺼내 들고 당리에게 다가왔다.

남장을 하고 있었지만, 아주 천천히 느긋하게 다가오는 여자의 모습은 아주 고혹적이었다. 당리는 그 모습을 훔쳐보면서도 노승이 선정에 들어간 듯 꼼짝도 하지 않았다.

그런데 여자는 갑자기 한 손으로 당리의 어깨를 잡고 다른 한 손으로는 손수건을 들어 당리의 얼굴을 어루만졌다. 맑은 향기가 희미하게 코를 찌르자 당리는 경계심이 발동해 번쩍 눈을 뜨고 뒤로 물러섰다.

손수건의 향기에 별문제가 없다는 사실을 확인한 후에야 그는 질겁한 척하며 말했다.

"낭자……."

여자는 '픕'하고 웃으며 말했다.

"공자, 뭘 두려워하시는 거죠? 얼굴에 땀이 흐르는데도 계속 기공을 연마하시는 듯하여 제가 대신 땀을 닦아드린 것뿐이랍니다."

그녀가 친절하게 당리의 땀을 닦아 주자, 당리는 얼른 그녀를 저지하며 말했다.

"고……, 고……, 고맙습니다. 낭자, 소생이 직접 하지요."

여자는 억지 부리지 않고 손수건을 당리에게 건넨 후 제자리로 돌아왔다. 당리는 민망한 표정으로 땀을 닦았다. 겉으로 보기엔 아주 어리숙하고 부끄러움이 많은 어린 남자 같았지만, 사실 그는 속으로 아주 그녀를 업신여기고 있었다. 당문의 도련님으로 살아오면서 여자가 부족했던 적은 없었다. 이렇게 여자가 몸을 던져 달려드는 것은 그가 가장 경멸하는 짓이었다.

그는 손수건도 마음에 들지 않아 몇 번 닦고 바로 돌려주었다. 하지만 그는 손수건에 있는 향기가 땀과 섞이면 아주 강렬한 합환약이 되어, 짧은 시간 내 피부를 통해 몸속으로 침투한다는 사실은 몰랐다.

땀을 닦은 후 두 사람은 다시 침묵에 들어갔고, 가는 내내 말이 없었다.

시간이 흘러 마차가 드디어 천천히 멈춰 섰다.

당리와 여자는 거의 동시에 눈을 떴다. 둘 다 자는 척했을 뿐이었다.

"도착했어요."

여자가 웃으며 말했다.

"낭자, 고맙습니다. 소생은 이제 가 보겠습니다. 인연이 된다면…… 다시 만나겠지요."

당리는 말을 마치고 마차에서 내렸고, 여자도 그를 붙잡지 않았다. 그런데 당리는 마차에서 내리자마자 뭔가 이상한 것을 감지했다. 이곳은 쌍청산의 남쪽 기슭이었다!

만약 방금 왔던 길로 돌아갔다면, 분명 쌍청산의 북쪽 기슭에 도착해야 했다!

"길을 돌아서 온 거요?"

그는 마부에게 물었다.

"공자, 청운궁은 이곳에서도 갈 수 있소."

마부는 그와 쓸데없는 말을 하고 싶지 않았다. 그와 아가씨는 비밀리에 요수군을 경유하여 풍림군으로 가는 길이었다. 그들의 신분과 행방을 드러내면 안 되는데 어떻게 계속 큰길로 다닐 수 있겠는가?

당리는 갈수록 두 사람이 뭔가 범상치 않다는 생각이 들었지만, 별로 신경 쓰고 싶지 않았다. 어쨌든 산을 넘으면 용비야의 별원이었고, 그의 아버지와 여 이모는 절대 자신을 찾으러 되돌아올 리 없었다.

여자가 마차에서 내리는 것을 보고 당리는 살짝 웃으며 공손하게 읍을 했다.

"고맙소이다. 소생은 이만."

함께 읍을 하는 여자의 대범한 풍모는 당리 못지않았다.

그렇게 당리는 산으로 갔고, 여자는 마차에 올라타 산을 돌아서 지나갔다. 하지만 얼마 지나지 않아 여자는 마차에서 뛰어내려 몰래 당리를 쫓아 산으로 올라갔다.

석양이 지고 산속에 어둠이 깔리기 시작했다.

기분이 좋아진 당리는 발걸음도 가볍게 산을 누비며 콧노래까지 흥얼거렸다.

그런데 이때, 갑자기 커다란 그물이 그의 머리 위로 덮쳐 왔다. 당리는 깜짝 놀랐지만 발버둥 치지 않았다. 그는 이 그물이 절대 평범한 그물이 아닌 것을 알았다. 바로 당문의 암기였다.

발버둥 치지 않아야 도망칠 가능성이 생기지, 한번 발버둥 치기 시작하면 절대 빠져나갈 수 없었다.

그는 당황하지 않고 아주 침착하게 이상한 동작을 해 가면서 그물을 뚫기 시작했고, 얼마 지나지 않아 그물에서 벗어났다. 그런데 큰 그물 이후에 또 그물이 날아올 줄은 생각도 못 했다.

당리가 반응하기도 전에 갑자기 누군가 한쪽에서 튀어나와 당리를 세차게 밀쳐냈다.

당리가 땅 위로 몇 바퀴 데굴데굴 구른 후에야 멈출 정도로 대단한 힘이었다. 정신을 가다듬고 자세히 보니, 자신을 구한 것은 마차에 있던 바로 그 여자였다.

떠난 게 아니었어? 설마 나를 따라온 거야?

"어서 가요. 당신은 쫓기고 있어요. 저들은 당문 사람인데, 당신을 죽이려는 건가요?"

여자는 물으면서 당리의 팔을 잡아당겼다. 당리의 팔을 부러

뜨릴 수 있을 정도로 강한 힘이었다.

이때, 여러 명의 고수가 수풀에서 튀어나왔다. 모두 검은 옷을 입고 복면을 하고 있었는데, 손에 무기는 없었다. 하지만 당리는 그들이 세상에서 가장 무시무시한 무기를 숨기고 있다는 사실을 알았다. 바로 당문의 암기였다!

젠장! 여기까지 도망쳐 왔는데, 이제 잡혀가게 생겼네!

당리는 이 여자를 방패로 삼고 도망칠 시간을 버는 게 가장 현명한 선택임을 알았다. 이 당문 사람들은 누군가를 죽이거나 다치게 하려고 온 게 아니라, 그를 잡아가려고 왔기 때문이었다.

방패로 삼는다고 해도 이 여자는 기껏해야 부상을 입는 정도에 그칠 것이다.

그 생각을 하고 당리가 나서려는데, 여자가 갑자기 그를 밀쳐냈다.

"조심해요!"

암기 하나가 두 사람 사이를 스치고 지나갔다!

결국 당리는 생각을 바꾸었다. 그는 여자의 손을 잡고 말했다.

"가요!"

등 뒤에서 계속 날아드는 암기를 보고, 당리는 아예 여자를 품 안에 밀어 넣고 꽉 안은 채 그녀를 보호했다. 당리는 온 힘을 다해 도망치면서도 여자가 다치지 않도록 보호했다.

그들이 멈추었을 때는 이미 날이 완전히 어두워진 뒤였다.

당리는 산굴 하나를 찾아내 여자를 내려놓은 뒤 숨을 몰아쉬며 벽에 기대어 휴식을 취했다.

어둠 속에서 남자의 옆얼굴을 바라보는 여자의 눈빛은 놀라움으로 가득했다. 이 신선 같은 공자의 무공이 이렇게 대단할 줄이야, 이렇게 남자다운 모습까지 있을 줄은 생각도 못 했다.

여자는 푹 빠진 눈빛으로 바라보았다. 전과는 달리 지금 그녀의 머릿속에는 어떤 계산도 없었다. 그녀는 그저 그를 보며 웃기만 했다.

이때, 당리는 여자를 신경 쓸 겨를이 없었다. 왜냐하면, 그는 자신의 몸이 뭔가 이상하다는 것을 발견했기 때문이었다.

능욕당한 건 누구

인적이 드문 깊은 밤.

당리와 여자는 동굴 입구에 서 있었다. 달빛 아래 두 사람은 서로의 흐릿한 얼굴만 볼 수 있었다.

당리의 호흡이 점점 더 무거워졌다. 건조하고 뜨거운 기운이 몸에서 요동치며 생각을 어지럽혔다.

한 번도 경험한 적 없음에도 무슨 느낌인지 알 수 있었다!

그는 뭔가 생각난 듯, 갑자기 옆에 있는 여자를 노려보았다. 흐리멍덩한 눈빛으로 그를 바라보던 여자가 깜짝 놀라 자신도 모르게 뒤로 물러섰다.

여자가 놀란 것은 제 발이 저렸기 때문이었다.

자신이 합환약을 썼으니 그가 화를 낼 것도 잘 알고 있었다.

하지만 지금 그녀는 그의 분노가 아니라, 앞으로 일어날 일이 두려웠다.

여자는 가문에 자신의 행복을 모두 쏟았다. 평생 가문에 남아서 일족의 일을 관장할 수 있다면 그걸로 행복했다. 누구에게 시집가든, 누구를 데릴사위로 삼든 별로 중요하지 않았다. 그러니 자신의 몸을 누구에게 주든 그 역시 상관없었다.

하지만 경험이 없는 그녀로서는 겁이 날 수밖에 없었다.

당리는 한참 그녀를 노려보다가 배 아래쪽에서 솟아오르는 뜨거운 기운이 갈수록 선명해지자, 결국 누가 자신에게 약을 썼다고 확신했다!

당문 사람은 아니었다. 그들은 감히 그에게 이런 더러운 수작을 부릴 수 없었다. 그렇다면 남은 건 눈앞에 있는 이 여자뿐이었다!

그 손수건이 문제였던 게 틀림없었다.

"이 비열한!"

당리는 갑자기 그녀의 어깨를 붙잡아 휙 옆으로 내쳤다.

"꺼져라! 내 앞에서 당장 꺼져!"

여자는 몇 걸음 걷지 못하고 바닥에 쓰러졌다. 여자는 하늘을 삼킬 듯이 분노하는 당리를 바라보았다. 후회라도 하는지 복잡한 눈빛이었지만 그녀는 곧 자리에서 일어나 당리를 향해 한 걸음씩 다가왔다.

오라버니를 만나기 전에 반드시 돌이킬 수 없는 상황을 만들어야 했다. 우선 이 남자를 가진 후, 내일 아침 산에 올라가 혼담을 꺼내야지. 그러면 아무도 그녀의 혼사를 좌지우지할 수 없을 것이다.

가까이 다가갈수록 그녀의 눈빛은 더욱 확고해졌다.

이 남자를 반드시 갖고 말겠어!

당리는 그녀가 다가오는 모습에 더욱 화가 치밀어 암기를 쏘아 댔다. 그런데 이 여자는 그의 암기 공격을 모조리 피했다! 이래봬도 당문의 후계자인 그가 쏘는 암기는 결코 평범하지 않았다.

여자의 무공이 당리보다 뛰어나서 그런 게 아니었다. 당리는 지금 약 기운 때문에 자기 자신을 주체할 수 없는 지경이라, 암기를 정확하게 쏠 수 없었다.

"천한 것! 꺼져라! 경고하는데, 한 발짝만 더 오면 본 공자가 너를 뼈도 못 추리게 만들어 주겠다! 너 같은 여자는 정말 구역질난다!"

당리는 욕을 하면서 계속 암기를 쏘았다. 그는 몸 아래쪽의 타는 듯한 뜨거운 열기를 무시하려고 애썼다. 하지만 그 열기는 떠오르는 아침 해처럼 솟아났고, 그는 온몸에 땀을 흘리며 견딜 수 없을 정도로 초조해졌다!

암기를 무수히 쏘아 보아도 명중하는 것은 하나도 없었다. 한 걸음씩 자신을 향해 다가오는 여자를 바라보며 당리는 도리어 그녀에게 달려들고 싶은 충동을 느꼈다!

젠장!

당리의 몸은 정욕에 불타고 있었지만, 여자는 전혀 동요하지 않고 그 앞에 섰다.

"꺼져!"

당리는 그녀에게 일장을 날리고 싶었지만, 지금은 공력을 발산할 수 없는 상태임을 깨달았다. 여자의 어깨에 일장을 날려도 위력이 대단치 못해, 무공을 할 줄 아는 이 여자에게는 아무 소용도 없었다.

그는 기다란 손가락으로 여자의 옷을 움켜쥐며 말했다.

"그렇게 모욕을 당하고 싶어, 그래?"

그는 무시와 조롱이 가득한 말투로 철저하게 상대를 경멸했다.

하지만 여자는 아랑곳하지 않고 고개를 돌려 자신의 옷을 붙든 손을 바라보았다. 그녀의 시선은 아래로 내려가 그의 하복부에 뚜렷하게 나타난 반응에 멈췄다.

"피차일반이에요!"

약이 오른 당리는 옷 대신 그녀의 목을 움켜쥐었다. 진작부터 죽이고 싶었다.

하지만 손이 그녀의 얼음같이 차가운 피부에 닿자 그의 온몸이 전율했다. 뜨거운 열기가 곧바로 몸 아래에서 뚫고 나와 온몸을 불사르는 듯했고, 그렇게 그의 이성도 불태워 버렸다.

그는 계속 움켜쥘 수도, 그렇다고 놓을 수도 없었다. 갑자기 그는 그녀의 하얀 목을 탐하듯이 어루만지기 시작했다. 여자는 처음에는 침착했지만, 당리의 손이 점차 자신의 옷깃으로 향하자 더는 태연할 수 없었다. 두려웠다!

그녀는 자신도 모르게 그의 손을 붙들었다.

그녀의 행동에, 억제할 수 없는 감정에 그대로 빠져들 뻔한 당리가 조금이나마 이성을 찾았다.

당리는 방금 자신이 한 행동에 놀랐고, 이 대담한 여자에게 더욱 분노했다. 그는 서둘러 그녀를 놓아주며 노성을 내질렀다.

"죽고 싶지 않으면 당장 꺼져! 꺼지라고!"

그는 아주 조금 이성을 찾았을 뿐, 자신을 도저히 통제할 수 없었다. 배 아래로 몰려든 힘은 당장이라도 폭발하여 질주하고 싶어 안달이었다!

이 여자가 떠나지 않으면 자신이 무슨 짓을 할지 알 수 없었다.

그런데 이 여자는 가지 않고 도리어 그에게 달려들었다. 여자는 바짝 다가서서 그를 꽉 껴안고 말했다.

"당신을 가져야겠어요!"

당리는 그녀를 밀어내고 싶었지만 주체하지 못하고 그녀를 벽쪽으로 밀쳤다. 그는 절박한 듯 가까이 붙어서 벽과 그의 몸 사이에 그녀를 가두었다.

"당신, 대체 누구야?"

그는 분노한 목소리로 물었다. 이성을 찾은 것처럼 보였지만, 그의 몸은 자신도 모르게 그녀를 압박하며 가까이 옥죄어 갔다. 마치 힘을 분출할 기회를 찾는 것 같았다.

"곧 알게 될 거예요."

태연한 듯 보였지만 사실 여자의 마음은 혼란스러웠다. 지금 그녀는 가까이 다가오는 남자에 대한 두려움을 느꼈다. 뭔가 말로 표현하기 힘든 느낌이었다. 참을 수 없을 것 같은데, 무엇을 참을 수 없는 건지 몰랐다. 뭔가 갈망하는 것 같으나, 그 역시 말로 표현하기 어려웠다.

어쨌든 편치는 않지만 그렇다고 괴롭지도 않았다.

그녀는 늘 자신의 마음을 따라 살았고, 하고 싶은 대로 행동했다. 이 남자를 가지기로 마음먹은 이상, 그녀도 모든 것을 다 걸고 몸의 본능적인 반응을 따르기로 했다. 그녀는 대담하게 그의 허리를 감싸고 살짝 몸을 구부려 그에게 맞춰 주었다.

당리는 이 여자가 이런 행동을 할 줄은 생각도 못 했다.

"너……, 젠장!"

그는 그녀를 떼놓으려 했다. 하지만 그녀의 손을 잡자, 얼음처럼 차가운 감촉이 그가 갈망해 오던 양약처럼 느껴져 더는 자신을 제어할 수 없었다. 그의 손이 넓은 소매 안으로 파고 들어가 그녀를 어루만지며 탐욕스럽게 위로를 찾아 헤맸다.

그녀는 그의 손길에 정신이 아득해져 더욱 가까이 달라붙었다. 그렇게 하늘과 땅이 만났고, 남자와 여자의 욕망이 함께 불타오르기 시작했다. 그는 걸리적거리는 옷을 찢었고, 그녀도 지지 않고 그의 허리띠를 풀었다. 장애물이 사라지자 두 사람은 서로를 갈구했다. 그는 전혀 여자를 아껴 줄 생각 없이 그녀를 바닥에 쓰러뜨렸고, 그녀 역시 전혀 상냥하지 않게 그를 넘어뜨렸다.

경험 없는 두 사람은 가장 원초적인 갈망을 따랐다. 서툴고 어색했지만, 열정적이고 격렬했다. 그녀는 갈구하며 받아 주었고, 그는 질주하며 분출했다. 산속 동굴 안에서 숨 가쁘게 움직이는 그 모습에 달빛조차 부끄러워 구름 속으로 숨어들었다.

이날 밤은 너무도 빠르게 지나갔다.

다음 날 아침, 비춰 들어오는 햇살에 당리가 천천히 눈을 떴다. 그는 자신도, 옆에 엎드려 있는 여자도 실오라기 하나 걸치지 않은 상태인 것을 발견했다.

깜짝 놀란 그의 머릿속에 어젯밤 장면들이 파도처럼 밀려왔다. 그는 합환약에 중독되었지 기억을 잃은 것은 아니었기에, 어젯밤의 모든 순간을 하나하나 다 선명하게 기억하고 있었다.

그는 자신이 여자에게 속아서 약에 중독될 줄은 생각도 못했다! 크나큰 치욕이었다! 이런 치욕을 어떻게 참을 수 있을까? 이 일이 알려지기라도 하면, 당리는 앞으로 어떻게 강호에 발을 붙이고, 무슨 낯으로 살아갈 수 있을까?

빌어먹을!

이 여자를 죽이고 싶었다!

분노에 찬 당리는 여자의 낯짝이라도 한 대 후려갈기려 했다. 그런데 그 순간, 여자의 몸 아래쪽에 깔린 옷 위로 눈에 거슬리는 핏자국이 보였다.

이건…….

그녀는 처음이었다.

당리는 정말 믿을 수 없었다. 이 여자가 왜 이런 짓을 벌인 건지 이해할 수 없었다. 그는 우선 상황을 파악한 뒤에 죽여도 늦지 않다고 스스로에게 말했다.

당리는 옷을 찾아 입은 뒤에 여자를 깨우지 않고, 그녀의 옷을 먼 곳에다가 던져 놓았다. 그 후에 한쪽에 그녀를 등지고 앉아서 여자가 깨어나길 기다렸다.

한참을 기다려도 여자가 깨어나지 않자 당리는 뒤돌아보았다. 그때서야 그는 훤히 드러난 여자의 등이 온통 그가 어젯밤 남긴 흔적으로 가득한 것을 발견했다. 푸릇푸릇하게 멍든 피부는 어젯밤 그가 얼마나 짐승 같았는지를 말해 주었다.

당리의 얼굴에 복잡한 빛이 스쳤다. 그는 고개를 돌려 다른 곳을 바라보다가, 결국 얼마 지나지 않아 다시 그쪽을 바라보았다. 그의 시선은 여자의 아름다운 등을 따라 아래로 쭉 내려갔다. 마치 그녀를 여러 차례 훑어보는 것 같았다.

당리는 이 남장 여자의 아름다움을 인정할 수밖에 없었다. 이미 겪어 보았음에도 더욱 향유하고 싶을 정도였다. 계속 바라보다가 문득 그녀의 앞모습도 보고 싶었다. 그곳에도 그의 각인이 남겨져 있을지 궁금했다.

약에 넘어가긴 했으나, 당리 역시 이 여자가 처음이었다.

이때, 여자가 깨어나려는 듯, 손가락을 움찔했다.

당리는 갑자기 당황했다. 자신도 왜 당황하는 건지 모른 채 그는 얼른 도망쳤다. 하지만 당리는 멀리까지 갔다가 도로 돌아와서, 사방에 던져 놓은 옷을 다 주워 그녀 곁에 놓고는 다시 황급히 도망쳤다.

그녀를 죽이려고 한 게 아니었던가?

왜 도망치는 거지?

아마도 그 이유는 당리 스스로만 알 것이었다.

여자는 곧 잠에서 깨어났다. 일어나려 했지만 움직이는 순간 온몸이 쑤시고 아팠다. 특히나 허리가 너무 아팠다. 분명 그 남자에게 쓴 합환약은 아주 소량이라 약효가 그리 강하지 않았는데, 그는 어째서…… 그렇게도 무시무시했을까?

그녀는 남자가 어젯밤에 그녀를 몇 번이나 원했는지 기억도 할 수 없었다.

분명 약을 쓴 건 자신인데, 도리어 능욕을 당한 것만 같았다. 그런 생각이 들자 그녀의 귀가 불에 탄 듯이 화끈거렸다.

그렇지, 그 남자는?

주변을 둘러봐도 보이지 않자 여자는 황급히 몸을 일으켰다. 그녀는 아픈 것도 잊은 채 서둘러 옷을 주워 입고 주변을 한 바퀴 돌아보았다. 하지만 그 사람은 흔적도 없이 사라졌다.

"개운해졌다고 떠나? 흥, 그럴 수는 없지!"

그녀는 산 정상을 바라보며 차갑게 말했다.

"나 구양영정을 얻은 후 도망치려 들다니, 남 좋은 일 시켜줄 내가 아니다! 장리라고 했지? 넌 이미 내 것이다, 기다려라!"

여자는 그야말로 패기가 넘쳤다. 그녀는 헝클어진 머리를 정리한 뒤 정상에 있는 청운궁으로 향했다. 하지만 청운궁에 장리라는 제자는 없었다. 심지어 청운궁의 천현 사존은 최근 폐관 수련에 들어가 그의 제자 중 누구에게도 하산이 허락되지 않았다.

총명한 여자는 즉각 사태를 파악했다. 그녀는 다급하게 산에서 내려와 동굴에서 어젯밤 당리가 쏘았던 암기를 찾아낸 뒤, 즉각 하인에게 조사를 명했다.

"사기꾼!"

그녀는 분노와 함께 후회가 밀려들었다. 어젯밤 남자에게 혹해서 너무 충동적으로 행동한 게 너무도 후회되었다. 그 남자가 어떤 내력을 가졌는지는 하늘만이 알 일이었다. 감히 그녀를 속이다니, 찾아내기만 하면 제대로 혼내 주리라!

이때 당리는 이미 산을 넘어 용비야의 별원에 도착했다.

꼴이 아주 딱해진 당리는 대문으로 들어갈 엄두가 나지 않았다. 몰래 벽을 넘어 들어가려는데, 하필 용비야와 한운석에게 딱 덜미를 잡혀 버렸다.

한운석은 의심스러운 눈길로 그를 살펴보며 물었다.

"당리, 옷은 왜 찢어진 거예요?"

사실이 탄로나다

옷이 찢어져?

당리는 급하게 옷을 입느라 찢어진 줄도 몰랐다. 이제 보니 정말 옷이 형편없이 찢어져 있었다.

한운석은 반짝이는 눈동자를 굴리며 재미있다는 듯 다가와 그를 살펴보았다.

당리는 괜히 찔려서 찢어진 옷깃을 가리고 담담하게 말했다.

"너무 피곤하네. 먼저 가서 쉴게."

"당리, 그 옷은 다른 사람이 찢은 거죠?"

한운석이 수상하다는 듯 물었다. 도망친 하루 동안 대체 무슨 일이 있었기에 옷이 다 찢어졌지?

"나······, 나는······."

평소 당리는 눈 하나 까딱하지 않고 거짓말을 잘도 했었다. 그런데 이번에는 제 발이 저려서 말을 더듬기까지 했다.

"나······, 나는······, 어휴, 말도 마. 당문 사람한테 붙잡혔는데 아무리 해도 놔주지를 않는 거야. 하마터면 옷을 다 벗어 주고 나올 뻔했다니까! 내가 재빨리 도망쳤기에 망정이지."

"아······."

한운석은 의미심장한 어조로 말꼬리를 늘어뜨리며 답했다.

당리는 한운석이 자신의 말을 믿지 않는다는 걸 알았지만,

굳이 입씨름하기도 귀찮아 서둘러 자리를 뜨려 했다. 그런데 용비야가 차가운 목소리로 입을 열었다.

"신발은?"

헉……. 당리는 황급히 도망쳐 나오느라 맨발인 것도 몰랐다.

"나……, 나는……."

용비야 앞에서 당리는 말을 더 더듬기 시작했다.

"어찌 된 일이냐!"

용비야는 무서운 형님처럼 성난 목소리로 말했다.

당리는 절대 그 일을 입 밖에 꺼낼 수 없었다. 사내의 자존심이 걸린 문제라고! 내 꼴은 또 뭐가 되겠어? 앞으로 어떻게 장가를 간단 말이야?

속에서 분노가 치밀어 오르면서도, 당리는 왜 그 여자를 죽이고 오지 않았는지 자기 자신이 이해되지 않았다.

"그, 그러니까, 신발도 다 벗어 주고 왔어!"

당리는 더듬거리며 말했다. 용비야가 이상한 낌새를 알아챌까 두려워진 당리는 숨이 차서 더는 말하기 어렵다는 식으로 얼버무리며 화제를 바꿨다.

"형……, 아버지가 이번에 진짜 나서시려나 봐. 형, 꼭 나를 구해 줘야 해!"

용비야는 당리의 거짓말을 눈치챘지만, 왜 그런 꼴이 되었는지 추궁하기도 귀찮았다.

그는 차갑게 물었다.

"네 약혼녀가 누구인지 아느냐?"

"그게 누구든지, 나는……."

당리가 말을 맺기도 전에 용비야가 차갑게 말했다.

"창구자의 딸, 창효영이다."

당리는 순간 멍해졌다!

천산 사람은 당문과 용비야의 관계에 대해 몰랐지만, 당리는 용비야 대신 여러 차례 천산에 가서 용비야 심복의 도움을 받아 몰래 검종 노인의 상황을 알아보기도 했었다.

그러니 창구자와 창효영이 누구인지는 그도 잘 알았다.

"아버지가 정신이 나가신 걸까?"

당리는 아주 진지해졌다.

용비야와 한운석은 당자진의 목적을 당리에게 말하지 않았다. 당리는 황망한 나머지 깊이 생각하지도 않고 그저 아버지가 용비야에게 문젯거리만 안겨 주었다고 생각했다.

천산의 단목요만도 이미 충분히 골치 아픈 일인데, 이제는 당문이 또 천산을 건드리다니, 정말 온통 뒤죽박죽이었다.

창구자는 아주 꼼꼼하고 빈틈없는 사람으로 장사꾼보다 더 교활했다. 그런 그가 당문과 손을 잡았다면 분명 목적이 있을 터, 절대 쉽게 당문과의 혼약을 파기할 리 없었다. 혹여나 파기하더라도 반드시 당문에서 이점을 챙겨가지 못하면 순순히 물러서지 않을 자였다.

"어쩐지 혼례식에서 도망칠 때 매복한 자들이 만만치 않더라니!"

당리가 혼잣말로 중얼거렸다.

"창구자의 압박이 심한 것 같다. 지금은 행동거지를 조심하면서, 괜히 네 아버지에게 잡히지 마라."

용비야가 진지하게 말했다.

"알겠어!"

당리도 마찬가지로 아주 진지했다.

하지만 닷새 후, 한 소식이 운공대륙 전체를 뒤흔들며 당리를 광풍 가운데로 몰아넣어 숨어 있을 수 없게 만들었다.

그것은 바로 운공상인협회 집행 회장인 구양영정이 당문 후계자 당리에게 모욕을 당했고, 운공상인협회 사람들이 당문 앞에 몰려와 당리를 내놓으라고 요구하고 있다는 소식이었다.

당리는 운공상인협회의 데릴사위가 되거나 죽거나 둘 중 하나였다!

구양영정은 암기를 통해 당리의 신분을 알아냈다. 그런 암기를 쓰면서 고상한 기개에 하얀 옷을 입은 신선 같은 자라면, 당문에서는 당 도련님밖에 없었다.

한운석은 소식을 듣자마자 당리가 돌아왔을 때 단정치 못했던 옷차림이 떠올라 순식간에 식은땀이 흘렀다. 이 소문은 사실이 틀림없었다.

당리 이 멀쩡한 인간이 어쩌다……, 어쩌다가 이런 어리석은 짓을 벌인 거야! 아무리 풍류를 즐기고 여색을 좋아한다고 해도 구양영정한테 손대면 안 되는 거잖아!

구양영정은 적족 영씨 집안 사람이고, 영승의 친동생이라고!

당리의 말썽을 일으키는 능력은 그의 아버지 못지않았다!

한운석이 얼른 당리의 원락으로 달려가 보니, 용비야가 이미 그곳에서 당리를 심문하고 있었다.

"말 안 할 거냐?"

용비야가 차가운 목소리로 물었다.

당리는 침묵했다.

"좋다. 네가 알아서 처리해라. 당장 당문으로 돌아가!"

용비야가 화난 목소리로 말했다.

영씨 집안이든 천산이든 모두 당문과 용비야의 진짜 관계에 대해서는 몰랐다. 그저 당리가 용비야와 친분이 있다는 정도만 알 뿐이었다. 이 일은 지금으로서는 용비야에게 직접적인 영향을 주지 않았다.

하지만 형으로서 어찌 상관하지 않을까? 어떻게 그럴 수 있겠나?

당리는 불쌍한 모습으로 용비야를 슬쩍 보고 말을 하려다 말았다. 그리고는 한운석을 본 뒤 풀이 죽어 고개를 떨군 채 계속 침묵했다.

"어서 말해라!"

용비야가 화를 내며 소리쳤다. 인내심이 다한 그는 채찍을 꺼내 당리를 혼내려 했다.

그때 한운석이 단숨에 달려와 용비야의 채찍을 뺏었다. 옆에서 이 모습을 본 초서풍은 또 충격에 휩싸였다. 그가 알기로 이 세상에 감히 진왕 전하의 무기를 뺏을 수 있는 자는 없었다. 그것이 채찍이든 검이든 간에.

한운석이 또 이겼다.

"그만해요! 그리 큰일도 아닌걸요."

한운석이 용비야의 채찍을 잡으며 어쩔 수 없다는 듯이 말했다.

"큰일이 아니라고?"

두 사람이 나란히 그녀를 쳐다봤다. 특히 용비야는 거의 사람을 죽일 듯한 눈빛이었다. 한운석이 얼른 해명에 나섰다.

"운공상인협회가 당문을 찾아갔다고 하니 그대로 내버려 둬요. 안 그래도 창구자도 당문을 괴롭히고 있잖아요. 당자진에게 두 가문이 서로 싸우게 한 후에 이기는 쪽에 당리를 주라고 하면 되지요."

한운석은 농담으로 한 말이었지만, 용비야는 진지하게 받아들였다.

"괜찮은 방법이군."

당리가 벌벌 떨며 물었다.

"형, 뭘 하려는 거야?"

"대체 어떻게 된 일이냐?"

용비야의 차가운 목소리에 당리는 거의 얼어붙을 듯했다. 그는 한참 동안 망설이다가 결국 어쩔 수 없이 사건의 경위를 모두 털어놨다.

이야기를 끝까지 다 들은 용비야와 한운석은 안색이 변했다.

"절대 다른 사람한테 말하지 않는다고 맹세해!"

당리는 아주 진지하게 부탁했다.

"이 멍청한 놈!"

용비야의 분노는 거의 하늘을 찌를 듯했으나, 한운석은 참지 못하고 퓹 소리를 내며 웃음을 터뜨렸다.

"당리, 아무래도 손해 본 건 당신이 아닌 거 같은데요. 듣자 하니 구양영정이 그렇게 미인이라던데, 여자 복이 있군요!"

그녀는 할리퀸 로맨스의 전형적인 시작이 떠올랐다. 아쉽지 만 약을 쓴 구양영정의 이야기에는 임신해서 아이를 몰래 낳는 장면은 나오지 않았다.

구양영정의 행동에는 분명 목적이 있었다.

당리가 한운석에게 대꾸할 말을 찾지 못하고 있는데, 한운석 이 다시 말했다.

"이 운공상인협회 집행 회장이 다른 곳에 시집가려고 하지 않는다는 이야기는 들었어요. 알고 보니 당신에게 반해서 데릴 사위로 삼으려고 했던 거군요?"

구양영정은 자기가 이런 일을 벌여 놓고, 당리가 그녀를 능욕했다며 소문을 퍼뜨렸다. 필시 당리와 당문이 체면 때문에 진상을 밝히지 못할 것을 알았기 때문이었다.

정말 지독하고 뻔뻔한 여자였다.

과연 구양영락이 자리에서 물러난 후 단기간에 운공상인협 회를 안정화하고 북려국 황실과 결탁까지 한 여자다웠다.

한운석은 당리를 향해 경멸의 눈빛을 보냈지만, 합환약의 약 효라면 어떤 남자의 의지든 무너뜨릴 수 있다는 사실을 알고 있 었다. 단순히 당리가 방심했기 때문이라고 탓할 수만은 없었다.

한운석은 계책을 생각해 냈다.

"이렇게 된 이상 이 일을 진짜로 만들면 어때요?"

"뭐라고?"

용비야가 물었다.

"당리가 구양영정에게 호감을 보여서 이번 기회에 운공상인협회에 들어가는 거예요. 그럼 운공상인협회와 영씨 집안의 동정도 살필 수 있고, 운공상인협회 힘을 빌려 창구자에게도 맞설 수 있으니 우리는 앉아서 싸움 구경만 하면 되죠. 그리고……."

한운석이 웃으며 말했다.

"당리도 복수는 해야 하잖아요!"

용비야가 당리를 보자 당리도 아주 진지하게 고개를 끄덕이며 한운석을 향해 엄지를 들어 보였다.

"형수는 역시 현명해. 나는 반드시 복수하고 말겠어!"

"영승에게 당문은 꽤 구미가 당기는 상대지."

용비야가 차갑게 말했다.

이 일은 당자진을 재촉해서 성사시켜야 했다. 당리는 지난번 그들과 함께 고북월을 구출했으니, 영승이 믿지 않을 수도 있었다.

만약 가장인 당자진이 나선다면 일은 훨씬 수월해진다. 영승은 당문이 용비야의 부하일 것이라고는 상상도 못 할 것이다.

용비야는 그날 바로 당자진에게 서신을 보내 진상을 알렸다. 사실을 알게 된 당자진은 분노해서 하마터면 요수군으로 달려가 당리를 죽일 뻔했다!

이 못난 놈 때문에 당문의 체면이 완전히 땅에 떨어졌다!

그나마 용비야의 계획을 보고 당자진은 분을 참아 냈다. 그는 바로 여 이모를 불러 의논했다.

"적족 내부에 들어가는 건 창구자의 힘을 얻는 것보다 더 중요하다."

당자진이 진지하게 말했다.

"리아가 동의하던가요?"

여 이모가 다급하게 물었다.

"동의하지 않을 수 있겠느냐?"

당자진의 말투에 노기가 아직 가시지 않았다.

"화를 푸세요. 이런 일로 리아가 진짜 손해를 봐서야 되겠어요? 탓하려면 그 천하고 파렴치한 구양영정을 탓해야죠. 이번 기회에 리아가 치욕을 참고 중임을 맡는다 생각하세요. 운공상인협회에 잠입하면 앞으로 복수할 기회가 없겠어요?"

여 이모의 말이 이어졌다.

"지난번 영족 일이 아직도 별다른 진전이 없으니, 한운석이야 말로 위험한 존재예요. 한운석이 정말 서진 사람이라면, 적족과 결탁해서 비야를 해칠지도 모르잖아요!"

당자진은 그녀의 과한 의심이 탐탁지 않은지 눈을 흘겼다.

"우선 리아 일부터 처리하자."

당자진이 말했다.

다음 날, 당자진은 당문 가장으로서 입장을 발표했다. 당리가 구양영정을 끝까지 책임지되 데릴사위가 아닌 신부로 맞이

하겠다고 하면서, 당리와 창효영의 혼사에 대해 창씨 집안에 유감의 뜻을 표하고 정식으로 파혼을 선언했다. 당리가 이런 일을 벌인 것은 다 그가 제대로 가르치지 못한 탓이니, 창씨 집안의 손해를 전부 배상하겠다고 밝혔다.

이 소식이 알려지자 운공대륙 전체가 떠들썩해졌다.

영정이 멋대로 일을 저지른 것에 화를 내고 있던 영승은 이 소식을 듣고 깜짝 놀랐다. 당문이 천산 쪽과 혼인을 약속했을 줄은 생각도 못 했다.

그는 오랫동안 망설이다가 결국 구양영정에게 말했다.

"이 일로 창구자와 싸워서는 안 된다. 단목요 일도 해결되지 않았는데, 문제를 일으키지 마라!"

구양영정이 코웃음 치며 말했다.

"누이동생의 정절과 혼사가 그리 안 중요한가 봅니다?"

영승이 눈썹을 치켜세우며 말했다.

"영정, 남들은 당리가 너를 모욕했다고 믿어도 본 왕은 믿지 않는다!"

영정은 사람을 보내 당문을 포위하고 소식을 발표한 후에야 그에게 당리에게 능욕당한 사실을 알렸다. 그가 아는 영정이라면, 차라리 당리가 속아넘어갔다는 게 더 믿어졌다!

"오라버니, 믿든 믿지 않으시든 상관없어요. 어쨌든 전 이미 당리의 사람이니까요. 오라버니가 창구자를 건드리지 않으면, 저도 절대 창씨 집안이 내 지아비를 뺏어가게 놔두지 않겠어요!"

형수, 약 있어?

안 그래도 화가 머리끝까지 난 상태에서 영정이 이런 말까지 하자 영승은 그녀의 뺨을 호되게 내리쳤다.

"언제부터 네가 영씨 집안의 일을 결정했느냐?"

당문과 사돈을 맺지 않아도 이 일은 반드시 잘 처리해야 했다. 하룻밤 사이에 일이 이렇게까지 커지다니, 운공상인협회 체면은 거의 바닥에 떨어졌다!

이제는 영정 혼자만의 일이 아니라, 운공상인협회의 일이자 영씨 집안의 일이라고도 할 수 있었다.

영정은 화끈거리는 얼굴을 감쌌다. 너무 아팠지만 그래도 고개를 숙이지 않고, 자신의 오라버니이자 적족과 영씨 집안의 주인을 똑바로 쳐다보았다.

그녀는 어려서부터 오라버니를 가장 무서워했다. 하지만 이 일에 있어서 그녀는 조금도 물러설 수 없었다. 정절도 다 내건 마당에 물러설 곳이 어디 있단 말인가?

"오라버니, 그럼 어쩌시려고요?"

영정이 차분하게 물었다.

영승은 잠시 침묵했다가 그녀에게 다섯 글자로 답했다.

"폭우이화침."

폭우이화침은 당문의 둘째가는 보물로, 폭우이화침 하나의 가치는 최고 고수와 맞먹었다. 그러나 안타깝게도 당리가 이 보물을 다 써 버렸다는 사실을 아는 이는 아무도 없었다.

영승의 뜻은 분명했다. 당문이 사죄의 뜻으로 폭우이화침을 바치기만 하면 이 일을 덮겠다는 의미였다.

그녀의 정절이 고작 암기 하나 가치밖에 안 된단 말인가?

순간 영정의 얼굴에 고통스러운 빛이 스쳤지만, 그녀는 여전히 웃으며 말했다.

"오라버니, 언제부터 그렇게 배포가 작아지셨어요."

영승의 배포는 컸고, 야심은 더욱 컸다. 그도 이번 기회에 당문을 영씨 집안으로 끌어들이는 것을 고려해 보았다. 하지만 우려되는 부분이 많았다.

첫째로는 당리와 용비야가 개인적으로 친분이 깊다는 것이 마음에 걸렸다. 둘째로는 운공상인협회가 당리를 데릴사위로 삼겠다고 고집을 부리면 창구자에게 노여움을 살 게 분명했기 때문이었다.

"오라버니, 초천은이 단목요 문제를 해결할 수 있다고 그렇게 확신하세요? 죽은 사람은 단목요의 친어머니라고요!"

영정은 이번에 상의가 아니라 협상을 하러 왔다. 지금까지 해 온 수많은 사업 협상과 마찬가지로 그녀는 이번에도 만반의 준비를 해 왔다.

"초천은이 설 황후를 죽인 진범을 찾아낸다 한들 어쩌겠어요? 설 황후가 납치되고 암살된 일에 초씨 집안의 책임을 묻지 않을 수 있어요? 단목요가 초씨 집안을 용서할 수 있을까요? 게

다가 단목요는 서주국 황족에서 쫓겨났다고 해도 여전히 서주국 공주예요. 오라버니, 나중에 영씨 집안이 나를 필요치 않게 되는 날이 와도, 난 절대 영씨 집안을 배신하거나 영씨 집안의 적과 손잡지 않아요. 마찬가지예요! 왜 우리가 단목요와 천산 비위를 맞추기 위해서 자세를 낮춰야 하죠?"

영승은 한쪽에 잠자코 앉아 대답하지 않았다. 영정의 말이 이어졌다.

"오라버니, 설 황후의 일은 아예 초씨 집안에게 뒤집어씌워야 해요. 단목요가 영씨 집안이 진짜 자기를 무서워한다고 착각하지 않도록, 영씨 집안도 더 강경하게 나가야 해요. 그러면 단목요도 함부로 하지 못할 거예요."

영승은 생각에 잠긴 듯 고개를 끄덕였다. 그 생각에는 그도 동의했다. 천산에 미움을 사지 않는 것과 비위를 맞추는 것은 다른 일이었다. 천산에 미움을 사고 싶지 않다고 해서, 먼저 나서서 비위를 맞추겠다는 뜻은 아니었다.

영승이 고개를 끄덕이는 모습을 본 영정은 속으로 기뻐하며 얼른 설득을 계속했다.

"오라버니, 단목요가 천산에 있는 한 우리는 절대 천산과 좋은 관계를 맺을 수 없어요. 차라리 이번 기회에 당문을 끌어들이는 게 어때요? 일단 당문 후계자를 운공상인협회 데릴사위로 들이면 엄청난 암기도 손에 넣을 수 있지 않겠어요?"

"당리……."

영승은 고심하면서, 하고 싶은 말이 있어도 꺼내지 못하는 듯했다. 영정은 그의 뜻을 알아채고 말했다.

"오라버니, 제가 조사해 봤어요. 당리와 용비야는 개인적으로 아주 친해서 한운석이 쓰는 암기도 다 당리에게서 나온 거예요. 하지만 개인적인 관계일 뿐이지, 당문과 진왕부는 한 번도 왕래한 적이 없었어요. 당리의 혼사도 당자진이 결정한 거고요."

"고작 며칠 만에 당문과 진왕부의 왕래 여부를 알아냈단 말이냐?"

영승이 차갑게 반문했다.

"만약 당문과 진왕부가 친분이 있고 당리와 용비야가 개인적으로 가까운 사이라면, 당리가 왜 군이 혼인에서 도망쳤겠어요? 그리고 당자진이 온갖 방법을 동원해 창씨 집안과 사돈을 맺어 천산과 친분을 쌓으려 할 필요가 있었을까요? 오라버니, 용비야는 천산검종 노인의 제자라고요!"

영승은 한참 동안 말이 없었다. 영정은 기다릴 수 없어 반문했다.

"오라버니, 당문과 진왕부의 관계는 분명 오라버니도 조사했을 텐데요?"

영정은 이것이 영승의 가장 걱정하는 부분임을 알고 있었다. 사건 발생 후 분명 사람을 시켜 조사했을 테고, 아무 결과도 얻어 내지 못한 게 분명했다. 그렇지 않고서야 이렇게 앉아서 그녀의 쓸데없는 말을 들어줄 리 없었다.

영정은 아직도 얼굴이 화끈거리고 아팠지만, 결연하게 영승

앞으로 걸어가 또박또박 말했다.

"오라버니, 어찌 되었든 당리는 제가 가져야겠어요!"

말을 마치고 돌아서는 그녀의 마음은 불안했다. 하지만 그녀의 걸음걸음은 전혀 망설임이 없었다. 그녀는 이미 최악의 패까지 생각해 두었다. 운공상인협회의 사업을 갖고 위협하는 한이 있어도, 반드시 자신의 혼사는 자신이 결정하려 했다.

그녀가 입구까지 걸어 나갔을 때 영승이 결국 입을 열었다.

"당자진과 약속을 잡아라. 본 왕이 직접 그를 만나겠다."

드디어 희망이 생겼다!

영정은 너무 기뻤지만 겉으로 드러내지 않고 진지하게 말했다.

"좋아요, 당장 가서 처리할게요!"

문을 나선 후에야 그녀는 한숨을 내쉬었다. 오라버니가 당자진과 약속을 잡겠다고 한 것은 속으로 결정을 내렸다는 뜻이었다.

영정은 벌겋게 부어오르기 시작한 뺨도 개의치 않으며 기쁘게 웃었다.

마침내 원하는 대로 혼인이 진행되게 생겼으니 당연히 기쁘지 않겠는가? 그런데 어찌 된 영문인지 웃으면 웃을수록 그녀의 머릿속에 그날 밤, 욕정에 불타서 어쩔 줄 몰라 하던 남자의 얼굴이 떠올랐다.

별일이야, 왜 그 남자 생각이 났지? 흥, 당리, 감히 장리라고 속이다니, 두고 봐!

영승은 직접 당자진을 만나겠다고는 했지만, 그의 특수한 신분 때문에 변장이 필요했다. 표면적으로 당자진을 만나는 건 운공상인협회의 다른 고위층이어야 했다.

곧 당자진에게도 소식이 전해졌다. 운공상인협회에서는 영정 일을 해결하기 위해 사람을 보내겠으니 당자진에게 시간과 장소를 정하라고 했다.

"누구를 보낸대요?"

여 이모가 물었다.

"모른다. 아마도 영승이 나오겠지."

당자진이 진지하게 말했다.

"이 일은 지체할 수 없다. 창구자 쪽 사람도 아마 곧 도착할 거다."

여 이모가 냉소를 금치 못했다.

"오라버니, 창구자는 최근에 별다른 움직임이 없었어요. 제 예상이 맞는다면 아직 사태를 관망하는 중일 거예요."

"그럴 리가 있느냐? 며칠 안에 분명 직접 찾아올 게다."

당자진은 그 말을 믿지 않았다.

"후후, 영정 그 계집은 역시 운공상인협회 집행 회장답다니까요. 그 여자가 무슨 짓을 했는지 맞혀 보세요."

여 이모가 웃으며 말했다.

당자진이 영문을 몰라 하자 여 이모가 말했다.

"안 그래도 당리에게 모욕당한 일로 떠들썩한 상황에서, 그 여자는 큰돈을 뿌려서 이틀 만에 여론을 장악했어요. 지금 운공대륙 전체가 당리를 욕하면서, 당리가 끝까지 책임져야 한다고 난리예요."

그 말을 듣자 당자진도 이해가 되었다. 그는 영정이 정말 싫었지만, 그래도 젊은 아가씨가 이런 수완을 발휘하는 것에 탄복할 수밖에 없었다.

그녀의 행동은 당문만이 아니라 창구자도 압박했다! 천산은 예로부터 지금까지 정의를 대표했고, 도덕적으로 모범을 보여왔다. 그런데 지금 이런 상황에서 창구자가 당리를 놓고 영정과 다투면 사람들의 입에 오르내리게 될 게 뻔했다. 어쩐지 창구자가 갑자기 별 움직임을 보이지 않더라니, 그도 거대한 폭풍 앞에서는 피할 수밖에 없었던 것이다.

"아주 잘 되었다! 그럼 우리는 어디서 만나는 게 좋을 것 같으냐?"

당자진이 묻자 여 이모가 웃으며 답했다.

"당연히 당문 저택이지요. 비야도 한참 동안 오지 않았으니, 이번에 오면 꼭 며칠 묵으면서 어머니 산소에 인사도 드리라고 해야겠어요."

여 이모는 용비야가 반드시 올 거라고 예상했다. 당리의 혼사에 형으로서 관심을 가질 게 분명했기 때문이었다. 물론 여 이모는 용비야와 함께 올 한운석에게 더 신경 쓰고 있었다.

드디어 한운석을 당문에 불러들일 기회가 생겼다!

"좋다. 네가 알아서 처리하거라."

당자진은 이 일을 여 이모에게 맡겼고, 여 이모는 닷새 후 당문 저택에서 만나자며 운공상인협회에 회신을 보냈다.

용비야는 소식을 받자마자 당리에게 서신을 건네며 차갑게 말했다.

"너는 가 봐야겠다."

"나랑 같이 안 갈 거야?"

당리가 겁이 난 목소리로 물었다.

아버지는 이미 용비야의 말대로 영씨 집안을 상대하겠다고 약속했지만, 그는 확신했다. 만약 용비야가 함께 가지 않으면, 자신은 아버지에게 흠씬 두들겨 맞을 게 분명했다.

"먼저 돌아가라. 나와 네 형수는 곧 따라가겠다."

용비야는 담담하게 말했다. 요 며칠 누가 계속 진왕부와 당문의 관계를 조사하고 있었다. 이대로 당리와 함께 나선다면, 의심은 짙어지게 된다.

당리도 곧 상황을 파악하고는 결국 마지못해 고개를 끄덕였다.

"……알겠어!"

가기 직전 그는 용비야에게 물었다.

"형, 정말 데릴사위로 들어가야 해? 그게…….."

그게 다 속임수라는 걸 알면서도 당리는 뭔가 걸리는 게 있었다.

"형, 그래도 영정이 시집을 와야 하는 거잖아! 영정, 그 여자……, 그 여자는…….."

이때, 한운석이 들어와 웃으며 물었다.

"그 여자가 뭐요?"

"어쨌든 이 일의 진상이 무엇인지는 저쪽에서 잘 알 거 아냐. 제 발 저린 건 우리가 아니라 저들이라고. 우리가 영정에게 당문으로 시집오라고 고집부리면, 뭘 어쩌겠어?"

당리가 진지하게 물었다.

"영정이 당문으로 시집을?"

한운석이 믿을 수 없다는 듯 말했다.

"혹시 독에 당해서 머리가 어떻게 된 건 아니죠?"

이 인간이 지금 운공상인협회에 첩자로 가야 한다는 사실을 아는 거야, 모르는 거야!

"내 말은 당문에 먼저 시집온 뒤에 나중에 다른 곳으로 가는 건 상관없단 말이야. 어쨌든 내가 아니라 그 여자가 나한테 시집와야 한다고!"

당리는 강조하며 말했다.

영정이 시집오면, 남편이 집안의 주인이 되니, 당리는 그녀를 마음대로 부리고 괴롭히며 복수할 수 있었다. 하지만 일단 그가 데릴사위로 들어가면, 부인이 집안의 주인이 되는 셈이니 그가 어떻게 그녀를 제압할 수 있겠는가?

"가서 네 아버지와 상의하거라."

용비야가 성가셔하며 말했다.

당리는 조용히 나가는 것 말고는 아무것도 할 수 없었다. 그의 평생에 가장 생각지 못했던 일은 자신이 여자에게 속아 약에 중독되는 게 아니라, 용비야가 아버지와 같은 입장이 되는 일이었다.

생각이 여기까지 미치자 당리는 그 비열한 영정이 더 미워졌다!

당리는 별원 대문 앞까지 나섰다가 되돌아와 한운석 앞에 서서 아주 엄숙한 얼굴로 말했다.

"형수."

그의 표정을 보자 한운석의 등이 서늘해졌다.

"왜요?"

"약 있어?"

당리가 진지하게 물었다.

"어디…… 아파요?"

한운석이 의심스럽게 물었다.

당리는 아주 기분 나쁜 얼굴로 물었다.

"합환약! 있어? 나한테 한 병만 줘."

한운석은 입술을 떨며 대답할 말을 찾지 못했다.

당리는 계속 재촉했다.

"합환약이 꼭 아니어도 돼. 비슷한 거라도 괜찮으니까 있는 대로 좀 줘!"

한운석은 당리는 전혀 신경 쓰지 않고 천천히 고개를 돌려 탁자 쪽을 바라보았다.

과연, 용비야의 시선은 이미 그들 쪽을 향하고 있었다.

부부의 전문적인 토론

용비야가 한운석과 당리의 화제에 관심을 보이자 한운석은 진짜 그런 약이 있어도 절대 꺼낼 수 없었다!

평소 그런 약을 갖고 다니는 여자라니, 용비야가 절대 좋게 봐줄 리 없었다.

한운석은 고개를 저으며 대답했다.

"무슨 말인지 모르겠어요."

"형수!"

그녀의 옷자락을 붙드는 당리의 모습은 언제든 무릎 꿇고 간청할 준비가 되어 있는 듯했다.

한운석은 그의 손을 떼며 작은 목소리로 말했다.

"어서 가요! 원하는 그 물건은 돈만 있으면 살 수 있다고요."

"남들은 형수만큼 대단하지 않잖아. 좀 도와줘. 해약이 없는 걸로 하나만 만들어 줘!"

당리가 진지하게 말했다.

한운석은 얼른 비켜서며 생판 남인 것처럼 굴었다.

"난 할 줄 몰라요!"

"형수, 아닌 척하지 마. 형수한테 이 정도는 별것도 아니잖아?"

당리가 진지하게 말했다.

한운석은 등 뒤에서 느껴지는 얼음장처럼 차가운 눈빛 때문에 몸이 얼어붙을 것만 같았다. 그녀는 당리에게 벙어리 독을 쓰고 싶은 마음이 간절했다.

"합환약은 독인 듯하나 독이 아니고, 약인 듯하나 약이 아니라서 난 정말 몰라요! 게다가 난 그런 물건은 연구할 생각도 없어요."

이런 일은 반드시 당당하게 해명해야 했다.

당리는 단념하지 않고 계속 부탁하려 들었다. 하지만 한운석의 옷자락을 다시 잡아당기는 순간, 뒤에서 찻잔이 날아들었다. 다행히 당리가 빨리 손을 빼서 망정이지, 하마터면 맞아서 다칠 뻔했다.

당리가 돌아보니 용비야가 무표정한 얼굴로 그를 향해 다가오고 있었다. 당리는 심상치 않은 상황을 감지하고, 아무래도 서둘러 떠나는 편이 낫겠다고 생각했다.

하지만 그가 움직이기도 전에 용비야가 그를 힘껏 발로 차서 문밖으로 날려 버렸다.

얼마나 멀리까지 날려 보냈는지는 몰라도 하나는 분명했다. 당리가 다시 돌아올 일은 없었다.

용비야는 한운석을 힐끗 바라본 뒤 아무 말도 하지 않고 앉아서 계속 차를 우려냈다.

한운석은 당리 저 인간이 진짜 합환약을 사러 갈까 궁금했지만, 감히 물어볼 용기는 없었다.

"마시겠느냐?"

용비야가 물었다.

"예."

한운석은 자리로 돌아왔다. 두 사람 사이에는 차 탁자가 놓여 있었고, 용비야는 평소처럼 그녀에게 차를 따라 준 후 아무말 없이 차만 음미했다.

하지만 한운석은 분위기가 뭔가 이상하다는 느낌이 들었다.

망할 당리 녀석, 가려면 그냥 가지, 되돌아와서 그런 이상한물건에 대해 묻기는 뭘 물어봐! 영정한테 당해도 싼 녀석!

강인한 심성의 소유자인 한운석이었지만, 용비야는 그녀의천적이었다. 그는 말없이도 그녀를 안절부절못하며 노심초사하게 만들 수 있었다.

한참 앉아 있어도 용비야가 말이 없자, 한운석은 결국 불안한 마음을 내려놓았다.

"용비야, 우리는 언제 출발해요?"

그녀가 물었다. 당문이라면 그녀도 정말 가고 싶은 곳이었다.

"내일 출발하자. 이곳에서 당문은 그리 멀지 않다."

용비야가 대답했다.

"좋아요. 그럼 난 고 의원을 보러 갈게요. 간 김에 짐도 좀 챙기고요."

한운석은 가려고 몸을 일으켰다. 아무래도 괜한 생각이었나봐. 이 인간은 당리 말을 전혀 신경 쓰지 않은 것 같은데.

그런데 그녀가 입구에 이르기도 전에 용비야가 물었다.

"한운석, 독인 듯하나 독이 아니고, 약인 듯하나 약이 아니라는 건 무슨 뜻이냐?"

역시, 그녀의 직감은 틀리지 않았다!

그녀는 되돌아오면서 스스로에게 다짐했다. 환자를 대하듯 용비야를 대해야 해, 전문가로서 학술적인 문제를 설명하는 거야.

그녀는 진지하게 대답했다.

"합환약은 세 종류가 있어요. 약, 독, 그리고 약과 독 사이에 있는 것. 그래서 약인 듯하나 약이 아니고 독인 듯하나 독이 아니라고 하는 거예요."

"세 종류는 무슨 차이가 있지?"

용비야는 허심탄회하게 물었다.

"약성과 양이 다른데, 주로 약성의 세기가 달라요. 약은 병을 치료하는 데 쓰고, 독은 남을 해치는 데 써요. 그리고 약과 독 사이에 있는 것은 병을 치료할 수도 있고 사람을 해칠 수도 있어요."

한운석은 이 질문에 답한 후, 더 이상 용비야의 눈을 똑바로 볼 수 없었다.

머릿속에 이상한 생각이 들지 않았다면 거짓말이었다!

용비야는 고개를 끄덕이면서 재미있다는 표정으로 차를 음미할 뿐 더 묻지 않았다. 궁금한 건 다 물어본 것 같았다. 한운석은 눈을 내리깔고 무의식적으로 차를 마시며 생각했다. 이 인간의 질문도 여기까지겠지.

그렇게 많이 알고 있어 봤자 소용없었다. 어쨌든 그는……
쓸 수 없으니까!

그런데 잠깐의 침묵 뒤에 용비야가 갑자기 질문을 던졌다.

"그럼 흥분 효과가 있는 것은 무엇이냐?"

품!

한운석은 마시던 차를 용비야의 얼굴에 뿜어 버렸다. 거의 침과 다를 바가 없었으나 용비야는 불쾌해하지 않고 태연하게 손수건을 꺼내 얼굴을 닦았다.

그녀의 얼굴은 이미 사과처럼 새빨개졌다. 하지만 그는 전혀 민망해하지 않고, 마치 아무 일도 없었다는 듯이 물었다.

"사레든 게 아니냐?"

"……아니에요."

이제야 한운석도 알 것 같았다. 이 인간은 지금 새로운 방법으로 그녀를 놀리고 있었다!

얄미워라!

한운석은 화가 났다.

용비야는 얼굴을 닦은 후 느긋하게 차 탁자를 닦기 시작했다. 더 질문하지 않을 것 같은 분위기였으나, 한운석은 그의 입꼬리가 올라가는 것을 분명히 볼 수 있었다.

그녀는 화가 나서 말했다.

"전하, 이 세 가지 약은 모두 흥분 효과가 있고 큰 차이는 없어요. 일반적인 상황에서는 구별해서 쓸 필요가 없어요."

용비야는 놀란 듯이 계속 물었다.

"구별해서 써야 하는 건 어떤 상황이냐?"

"그건, 나도 잘 몰라요."

한운석이 대답했다.

"그럼 네가 아는 것은 무엇이냐?"

용비야가 계속 물었다.

이 인간이 끝까지 포기를 안 하네!

한운석은 모질게 마음먹고 반문했다.

"전하, 이렇게 자세히 물어서 뭐 하시려고요?"

"쓸 데가 있다."

용비야가 대답했다.

"어디에 쓰는데요?"

한운석은 그와 끝까지 해볼 생각이었다.

용비야가 웃으며 야릇하게 물었다.

"네 생각은 어떠냐?"

한운석은 다시 얼굴을 붉히며 대답할 말을 찾지 못했다. 이 남자와 이런 이야기를 나누다니, 자신이 미친 게 틀림없다고 생각했다.

좋아, 여기까지만 하자.

"가 보겠어요!"

그녀는 도망치려 했다.

그러자 용비야가 그녀의 손을 잡아당겨 품 안에 끌어안고 진지하게 물었다. 이번에는 좀 다른 질문이었다.

"한운석, 누가 너에게 그런 것을 가르쳐 주었느냐?"

아니……, 세상에……! 그렇게 많이 물어보더니, 진짜 목적은 이거였구나!

한운석은 정말 울고 싶어졌다. 속으로는 이 화제를 꺼낸 당리를 향해 온갖 욕을 퍼붓고 있었다.

"대답해라!"

운이 나게 깔끔한 용비야의 턱이 그녀의 이마를 살짝 스쳤다. 아주 다정하고 친밀해 보이는 모습이었으나 그의 목소리는 아주 무거웠다.

"책에서 봤어요!"

한운석은 사실대로 대답했다.

"정말이냐?"

용비야의 말투에 위협적인 기운이 풍겨 나왔다.

한운석은 정말 맹세할 수 있었다. 그녀 평생에 이렇게 질투 많고, 속 좁고, 뒤끝 있는 사람은 본 적이 없었다!

그녀는 그를 밀쳐낸 후 진지하게 그의 눈동자를 바라보며 물었다.

"거짓일 수 있겠어요?"

용비야는 다시 그녀를 살짝 안으며 가볍게 탄식하는 듯하더니 한참 후에야 대답했다.

"거짓은 허락할 수 없다."

한운석은 그의 목소리가 뭔가 다르다는 사실을 깨달았다. 상냥함 속에 애석함이 섞여 있었고, 탄식하는 듯했으나 경고 같기도 했다. 또 어째서인지 그녀의 마음이 갑자기 평온해졌다. 그렇게 그의 품에 안긴 채, 그가 커다란 손으로 그녀의 등을 토닥이게 내버려 두었다.

용비야, 왜 탄식하는 거죠?

용비야, 왜 애석해하는 거죠?

운석은 얌전하게 말도 잘 듣고, 당신을 난처하게 만든 적이 없는데, 그렇지 않은가요?

다음 날, 한운석과 용비야는 당문으로 출발할 준비를 마쳤다. 용비야는 처리할 일들을 부하들에게 잘 당부한 뒤 한운석과 함께 고북월에게 인사를 하러 갔다.

고북월의 다리 부상은 천천히 회복 중이었다. 처음에는 한운석이 매일 그에게 침을 놔 주러 왔지만, 사흘이 지나자 그는 자신이 직접 하겠다며 사양했다.

한운석은 허락하지 않았으나, 그는 한운석의 침술이 정확하지 않다는 이유로 거절했다. 한운석은 어쩔 도리 없이 그의 뜻을 따를 수밖에 없었다.

약려에서 돌아온 이후 고북월은 계속 요양 중이었다. 가끔 바퀴 달린 의자를 끌고 정원에 나와 바람을 쐬는 것 외에는 대부분 시간을 방 안에서 보냈다.

한운석은 그가 무료할까 걱정했지만, 나중에 보니 고북월은 의서 한 권으로 하루를 보낼 수 있다는 사실을 알게 되었다.

그의 다리는 요양만 잘하면 되어서 침술이 아닌 다른 과도한 치료는 필요치 않았다. 백 일간의 요양이 끝나면 그는 완치될 수 있었다.

고북월이 당리의 일에 대해 아는지 몰랐지만, 이들은 고북월에게 당문에 간다고 말해 줄 수 없었다. 어쨌든 용비야의 신분은 비밀에 부쳐야 했다.

한운석은 고북월이 남 같지 않아서 그에게 아무것도 숨기고 싶지 않았다. 하지만 이것은 용비야의 비밀이니, 사실을 아는 사람은 적을수록 좋았다.

자칫 잘못해서 밖으로 새어 나가기라도 하면, 천녕국 황족은 이를 크게 문제 삼을 게 뻔했고, 중남도독부에도 반역자가 생길 수 있었다.

이 세계에서 혈통의 영향력은 아주 컸다.

두 사람은 고북월에게 멀리 여행을 떠난다고 말했다.

"오래 가 계십니까?"

고북월이 진지하게 물었다.

한운석이 답하기 전에 용비야가 물었다.

"볼일이 있느냐?"

고북월은 관심 표현을 한 것뿐인데, 용비야는 왜 이렇게 상처 주는 말을 하는지!

듣는 한운석은 마음이 편치 않은데, 고북월은 진지하게 대답했다.

"전하와 왕비마마께서 소인의 다리를 구해 주셨으니, 일어날 수 있다면 두 분께 큰절을 올려야 마땅합니다. 백 일 후에도 두 분이 돌아오지 않으시면 소인은 약귀당에 돌아갈 날짜를 늦추려고 했습니다."

한운석은 고북월이 이렇게 격식을 차리며 인사하는 게 마음에 들지 않았지만, 그의 말을 듣자 마음이 따뜻해졌다.

"백 일은 넘지 않을 거예요. 나도 당신이 일어서는 모습을 직접 보고 싶어요."

그녀가 진지하게 말했다.

용비야는 아무 말도 하지 않았다. 이들은 잠시 앉아 있다가 곧 자리를 떴다.

두 사람이 밖으로 나가려는데, 맞은편에서 고칠소가 다가왔다.

고북월을 보면 마음이 평온해졌고, 고칠소를 보면 정신이 번쩍 들었다. 한운석은 서둘러 손을 흔들었다.

"약귀 노인네, 일은 어떻게 되어가고 있어?"

용비야는 그에게 연심부인의 일을 처리하라고 열흘의 시간을 주었다. 이제 기한이 거의 다 되었다.

풀이 죽어 있던 고칠소는 한운석을 보자 정신을 차렸다. 그는 두 사람을 살펴본 후 웃으며 물었다.

"어디……가?"

"여행."

용비야가 대답했다.

고칠소는 그를 흘겨보았다. '너한테 물어본 게 아니야'라는 눈빛이었다.

"독누이, 어디로 놀러 가?"

그가 웃으며 물었다.

한운석은 대답을 피하며 진지하게 물었다.

"연심부인 일은 잘됐어?"

"아직……."

고칠소는 순식간에 안색이 어두워졌다.

"어찌 된 일이냐?"

용비야도 진지하게 물었다.

"목령아랑 이야기가 잘 안 돼서, 아직 연심부인 쪽에 손을 써 보지도 못했어."

고칠소가 담담하게 말했다.

"대체 어떻게 된 일이냐?"

용비야는 이 일에 꽤 관심을 보였다.

그런데 고칠소는 아주 약한 목소리로 대답했다.

"그 계집애가 직접 올 테니 만나서 이야기하자고 하네."

그는 말하면서 한운석을 향해 진지하게 물었다.

"독누이, 너…… 뭔가 알려 준 건 아니겠지?"

운석, 당문에 오다

한운석이 뭘 알려 줬냐고?

그녀는 진작에 알려 줬다. 그것도 빠짐없이 모조리 다 말해 주었다.

"아니, 날 의심하는 거야?"

한운석은 아주 정색을 했다.

그녀가 기분 나빠할 것 같은 모습에 고칠소는 바로 손을 내 저었다.

"아니, 아니! 그냥……, 나는 그냥……, 그 계집애는 갑자기 와서 뭘 하려는 걸까?"

"당신에게 약학에 대한 가르침을 받고 싶은가 보지. 내가 고대 약서를 하나 주었거든. 아마 잘 모르는 부분이 있나 봐."

한운석이 추측했다.

"고대 약서?"

고칠소는 이해가 되지 않았다.

"약왕에게 받아 왔어. 아주 오래된 책인데, 나도 잘 모르는 글자가 많더라고!"

한운석은 화제를 더 먼 곳으로 돌렸다.

고칠소는 바보가 아니었지만, 인간관계, 특히나 남녀 사이에 는 늘 한 수 아래 접히는 사람이 있기 마련이었다.

한운석 앞에서 고칠소는 늘 그렇게 즐거웠고, 늘 그렇게 바보처럼 굴었다.

"아."

그는 그렇게 믿어 버렸다.

한운석은 의미심장한 어조로 말했다.

"약귀 노인네, 령아는 내 동생이고, 약귀당의 대들보 같은 존재야. 그리고 목씨 집안의 마지막 희망이기도 하지. 잘 가르쳐야 해, 알았지?"

고칠소는 생각도 하지 않고 고개를 끄덕였다.

"걱정 마!"

"연심부인 일은 그 아이가 오면 둘이서 잘 이야기해 봐."

한운석이 또 당부했고, 고칠소는 역시 고개를 끄덕였다.

"그럼 우린 이만 갈게."

한운석이 말하자 고칠소는 계속 고개를 끄덕였다. 하지만 한운석과 용비야가 올라탄 마차가 점차 멀어져 가자, 그는 그제야 퍼뜩 정신을 차리고 뒤쫓아갔다.

"어이, 대체 어디로 가는데? 언제 돌아올 거야?"

그녀가 어디로 가는지 모르는데 어떻게 안심할 수 있을까?

이번에 대답한 사람은 용비야였다.

"봄꽃 구경을 가는 것이다!"

고칠소는 길 한중간에 멈춰서서 한 발짝도 움직이지 않았다. 그렇게 한참 있다가 그는 어깨를 으쓱하며 고개를 돌렸다. 여전히 매혹적이고 아름다운 미소가 찬란하게 빛나고 있었다. 그는 고개를 들어 푸른 하늘을 바라보며 문득 어느새 봄이 되었고, 봄날 중에도 지금이 가장 좋은 시절임을 깨달았다.

봄꽃 구경이라……. 그는 자신도 모르게 산과 들의 향기를 추억했다. 돌아가지 않은 지도 오래되었구나.

용비야와 한운석은 여 이모가 운공상인협회와 약속을 잡은 날 하루 전에 당문에 도착했다.

당문은 와룡산맥 전체를 아우를 정도로 넓었다. 와룡산맥은 천룡산天龍山, 지룡산地龍山, 신룡산神龍山 세 봉우리와 산간분지 두 개, 계곡 하나로 이루어져 있었다.

그 중 신룡산은 와룡산맥에서 가장 높은 봉우리로 문주의 거처였고, 천룡산, 지룡산과 두 개의 산간분지에는 제자들이 머물렀다.

당문의 정문은 와룡산맥 산자락 아래에 있었는데, 이미 운공상인협회 사람들에게 둘러싸여 있었다.

용비야는 한운석을 데리고 산 뒤쪽으로 들어가서는 깊은 산속 계곡을 지나 바로 신룡산으로 향했다. 용비야가 당문에 대해 얼마나 속속들이 잘 알고 있던지, 이들은 가는 내내 누구에게도 발각되지 않았다.

신룡산의 깎아지른 산세는 화산華山만큼 험준했다. 올라가는 길은 오직 하나뿐이었는데, 이 길 대부분은 거의 산과 평행을 이루어, 두 발로 서서는 도저히 갈 수 없고 손발로 기어 올라가야 했다.

높이 차이가 너무 심해서 안전장치를 제대로 갖추지 못한 경우 고수만 오를 수 있었다.

한운석은 산을 바라보며 고수라고 해도 이 산에 오르기는 쉽지 않겠다고 생각했다. 산 위쪽에서 누가 공격이라도 하면 결과는 상상도 하기 힘들었다.

그러나 용비야는 그녀를 데리고 가면서 그리 힘도 들이지 않았고, 경공도 필요하지 않았다. 두 사람이 잔도棧道(험한 벼랑 같은 곳에 낸 길)를 밟자, 잔도 아래 숨겨진 기관이 바로 발동했다.

발을 디딘 곳이 사라지면서 이들은 순식간에 아래로 떨어졌다. 한운석은 용비야를 꽉 끌어안고 놀란 목소리로 물었다.

"함정인가요?"

이곳까지 왔으니 그녀는 여 이모를 경계할 수밖에 없었다.

"아니다. 겁내지 마라."

용비야는 그녀를 단단히 안고 스치듯 날아 지하 굴 중심에 도착했다. 한운석의 눈에 엘리베이터 같은 것이 보였다. 엘리베이터와 아주 비슷한 장치였지만 이 '엘리베이터'는 전기가 아닌 사람의 힘으로 움직였다.

이야, 이런 물건을 만들어 내다니, 당문은 역시 당문이구나. 밖에 있는 잔도는 아마 적을 현혹시키기 위한 장치로 보였다.

한운석은 이 산속에 분명 절세의 기관과 암기가 많이 숨겨져 있을 거라 생각했다. 조용하고 비밀스러운 당문은 과연 보기 드문 세력이었다!

'엘리베이터'를 통해 쉽게 산 정상에 이르자 여 이모가 그들을 맞으러 나왔다.

당문 땅에 들어온 이상, 이들의 행적은 모두 여 이모의 통제 하에 있었다.

"비야, 드디어 돌아왔구나!"

여 이모는 웃으며 아주 친절하게 맞이했다. 처음 만났을 때와 마찬가지로 그녀는 한운석을 전혀 안중에 두지 않았다.

한운석을 안중에 두지 않는 사람을 용비야가 거들떠볼 리 없었다. 그는 한마디도 하지 않은 채 한운석을 데리고 바로 당 문주의 원락으로 향했다.

"비야, 많이 컸구나. 이렇게 무례하게 굴다니!"

여 이모가 꾸짖었다.

하지만 용비야는 여전히 그 말을 묵살했다. 여 이모가 뭘 어쩔 수 있겠는가? 그녀는 손윗사람이었지만, 진짜 신분을 따지고 들면 당문 전체는 물론 심지어 당자진마저 그를 깍듯이 대접해야 했다.

두 사람이 멀리 가 버린 뒤에도 여 이모는 여전히 그들을 바라보며 입가에 묘한 미소를 지었다. 뭔가 음모를 꾸미고 있는 듯했다.

용비야와 함께 있을 때면 한운석은 여 이모에 대해 잊게 되었다. 가는 동안 그녀는 산 정상의 모든 것을 자세히 살펴보았다.

신룡산에서 가장 큰 건물은 한가운데 있는 신룡전이었는데, 당문의 주전主殿인 것 같았다. 하지만 그곳의 정문은 굳게 닫혀 있었고, 옆문도 잠겨 있어 아무도 살지 않는 듯했다.

한운석은 별다른 생각 없이 그저 '사당처럼 제사 지내는 곳이겠구나'하고 짐작했다.

신룡전 주변으로 5, 6백 미터 정도 떨어진 곳에 크고 작은 원락이 모여 있었는데, 그중 하나가 당리의 처소였다.

당문 후계자는 과연 달랐다. 그의 처소는 작지만 아주 화려하고 웅장했다. 붉은 담장, 녹색 기와에 흰 벽돌로 꾸며진 건물하며, 방 안에는 금칠한 가구들로 가득했다!

이렇게 사치스러운 원락이 도성 안에 있었다면 아주 잘 어울렸겠지만, 아름다운 산천 속에 있으니 마치 환경을 파괴하는 것 같았다.

상스럽기도 하지!

하얀 옷에 신선 같은 분위기를 한 당리가 입구에 섰을 때 어떤 모습일지 상상도 되지 않았다.

어쨌든 한운석으로서는 견디기 힘든 풍경이었다.

안에 있던 시종들은 용비야와 한운석을 보자마자 모두 깜짝 놀라 무릎을 꿇고 인사를 올렸다.

"진왕 전하를 뵙습니다!"

"이분은 왕비마마시다."

용비야가 쌀쌀맞게 소개했다.

시종들은 뜻밖의 상황에 놀란 듯했으나 모두 공손하게 한운석에게 인사를 올렸다.

"왕비마마를 뵙습니다."

"너희 도련님은?"

용비야가 차갑게 물었다.

"도련님……, 도련님은…… 침상에 누워서 하루 종일 일어나지 못하고 계십니다."

시종이 조심스럽게 말했다.

"어찌 된 일이냐?"

한운석은 초조하게 물었지만, 용비야는 짐작 가는 바가 있는 듯, 그녀를 데리고 침소로 향했다.

안에 들어서니 침상에 엎드린 당리가 의기소침한 어조로 말했다.

"아버지, 절 때려죽이신다고 해도 데릴사위로는 못 가요!"

"엉덩이를 때린다고 죽지는 않는다."

용비야가 차갑게 말했다.

당리는 바로 고개를 돌렸다. 용비야와 한운석을 보자마자 그는 얼른 일어나려고 했다. 하지만 움직이는 순간 엉덩이 상처가 다 벌어져 고통스러운 나머지 계속 엎드려 있을 수밖에 없었다.

"형, 살려 줘……."

그는 애절하게 말했다.

그 모습을 보며 한운석은 문득 가서 당리의 엉덩이를 툭툭 때려 주고 싶다는 충동이 일었다. 물론, 그저 속으로 상상만 할 뿐이었다.

그런데 용비야는 성큼 다가가서 '퍽' 소리를 내며 당리의 엉덩이를 때렸다. 당리는 바로 돼지 멱따는 듯한 비명을 질렀다.

"으아, 아악⋯⋯."

한운석은 그 모습을 보며 고개를 내저었다. 이 녀석은 천성이 자라지 못한 어린아이 같은데, 영정은 어쩌다가 이런 녀석에게 반했을까?

영정처럼 단호하고 신속하게 일을 처리하는 여장부라면, 아무래도 패기 있고 성숙한 남자를 찾는 게 어울렸다.

용비야가 입을 막은 뒤에야 당리는 조용해졌다.

"창구자 쪽은 어떠냐?"

용비야가 물었다.

"그 녀석에게 묻는 거냐? 허허, 이 몹쓸 놈이 말썽 일으키는 것 말고 뭘 알겠느냐?"

문밖에서 당자진의 목소리가 들려왔다.

당리는 눈을 부라린 뒤 고개를 숙이고는 죽은 척했다.

아버지의 마음속에 그는 그저 도구에 불과했다. 그가 알고 모르고가 무슨 차이가 있을까?

당자진은 여 이모와 달리, 들어오면서 한운석을 보자 고개를 끄덕이며 인사했다.

누군가 예의를 갖춰 대하면, 한운석도 당연히 답례를 했다. 그녀도 고개를 끄덕이며 인사했다.

"비야, 다실茶室로 가자. 내일 운공상인협회에서 사람이 올 텐데, 상의해야 할 일들이 있다."

당자진이 진지하게 말했다.

"여기서 하시지요. 당리도 함께 듣고 말입니다."

270

용비야는 당자진의 동의 여부와 상관없이 당리 곁에 앉았고, 한운석도 바로 그를 따라 앉았다.

당리는 고개를 숙이고 있었지만, 입을 벌리며 웃고 있었다. 형이 함께라면 그는 안전했다. 어려서부터 지금까지 늘 그랬다.

"운공상인협회 쪽에서 누구를 보냈습니까?"

용비야가 물었다.

"아직 잘 모른다. 아마도 영승일 가능성이 높아."

당자진이 진지하게 말했다.

창구자와 당문 중 영승은 누구에게 미움을 사고, 누구와 친분을 쌓을까? 당리와 용비야가 개인적으로 친분이 있다는 사실을 영승은 또 어떻게 생각할까? 용비야는 생각에 잠겼다.

"비야, 이놈을 좀 설득해 봐라. 저 녀석이 데릴사위로 들어가지 않고 영씨 집안 여자를 시집오게 하겠다고 고집이다. 이건……, 허허, 나는 정말이지……."

당자진의 말이 끝나기도 전에 날카로운 여자 목소리가 그의 말을 끊었다.

"데릴사위로 들어가지 않는 게 어때서요? 그게 잘못인가요? 당자진, 지금 당신이 뭘 하고 있는지 알아요? 당신 아들보고 데릴사위로 들어가라고 강요하고 있잖아요, 이게 말이 돼요? 당자진, 경고하는데 또 우리 리아를 다그치면, 목숨 걸고 당신과 싸우겠어요!"

우아한 부인 하나가 빠른 걸음으로 들어왔다. 그녀는 비단 손수건으로 얼굴을 가린 채 흐느끼고 있었다. 그녀는 방에 누가 있든 전혀 개의치 않고 당리를 보자마자 달려들어 울기 시작했다.

"우리 리아, 어쩌면 이리도 가혹한 운명을 타고났니! 어쩜 이렇게 모진 아버지가 있을 수 있어! 흑흑……, 내 팔자야, 어쩜 이렇게 인간 같지도 않은 지아비를 만났을까? 아들아, 더 이상 못 살겠다 싶으면 우리 같이 신룡산에서 뛰어내리자. 다음 생에도 어머니와 아들로 만나자꾸나. 무정한 네 아버지는 필요 없어!"

한운석은 깜짝 놀라서 그쪽을 바라보았다. 당리의 어머니가 아들을 아낀다는 이야기는 익히 들었지만, 이런 분일 줄은 몰랐다.

입심 한번 대단한데!

옆에서 듣던 당자진의 수염이 다 곤두설 정도였다. 그는 부인을 두려워하는 것 같았으나, 이 일에 있어서는 전혀 양보하지 않았다.

그는 노한 목소리로 말했다.

"아녀자가 뭘 안다고 그러는 거요? 여기서 울고불고하지 마시오. 웃음거리만 되니까! 여봐라, 부인을 모시고 가라."

"어머니, 살려 주세요! 어머니!"

당리가 소리쳤다.

"당자진, 경고하는데, 오늘 내가 이 문을 나가면, 바로……, 바로……, 흥, 후회하지 말아요!"

당 부인은 말과 함께 시종을 밀쳐내고는 밖으로 나가 버렸다!

당리는 깜짝 놀라 아픈 것도 잊고는 재빨리 어머니를 쫓아갔다. 당자진도 놀랐는지 서둘러 따라나섰다.

방 안에서 한운석은 너무 정신이 없었지만, 용비야에게는 아주 익숙한 일인 듯했다. 그는 곰곰이 생각하며 물었다.

"운공상인협회에서 누굴 보낼 것 같으냐?"

내일 만남은 결국 협상의 자리였다. 누가 오느냐에 따라 얼마나 어려운 협상이 될지 알 수 있었다.

둘이 함께라면 백전백승

　운공상인협회에서 협상에 누구를 보낼지 용비야가 생각하는
동안, 한운석은 방금 나간 세 명에게 주의를 기울이며 의심스
러운 눈초리로 물었다.

　"용비야, 우리…… 나가 봐야 하는 거 아니에요? 당 부인이
너무 속상해서 무슨 일이라도 벌이는 건 아니겠죠?"

　"별일 아니다."

　용비야는 이미 저 일가족에게 익숙해진 지 오래였다.

　사실 당리의 진정한 구세주는 용비야가 아니라 당 부인이었
다. 용비야는 대체로 나서지 않지만, 당 부인은 아들이 조그만
벌을 받는 것도 용납하지 못했기 때문이었다.

　용비야의 말에 한운석도 안심이었다.

　"구양영정과 구양영락은 모두 오지 않을 테니, 구양영승이
올 거예요."

　한운석이 진지하게 말했다.

　'구양' 성씨는 운공상인협회 사람이라는 뜻이었지만, 영씨 집
안임을 드러내기도 했다. 아직은 영씨 집안이 적족이라는 비밀
과 운공상인협회 배후의 주인이 구양영승이라는 사실 모두 밝
혀지지 않은 상황이었다.

　한운석 쪽은 초천은이 제공한 단서를 근거로, 초씨 집안과

영씨 집안이 결탁하는 것을 보고서 이 사실을 유추해 냈다. 아마도 영승은 아직까지도 기고만장한 채, 초천은에게 이미 배신당했다는 사실을 모르고 있는 게 분명했다.

"진짜 데릴사위로 보내면, 의심을 살지도 몰라요."

한운석이 진지하게 말했다.

공적으로든 사적으로든, 그녀는 당리가 운공상인협회에 데릴사위로 가기를 바라지 않았다.

아무리 그래도 당리는 당문 후계자이고, 당자진의 하나뿐인 아들이자 앞으로 당문의 주인이 될 자였다. 정말 당리가 운공상인협회의 데릴사위로 들어가게 허락한다면, 영승처럼 영리한 사람은 물론이고 평범한 사람들도 당문의 동기가 불순하다고 느낄 것이다!

용비야는 생각에 잠긴 듯이 고개를 끄덕였다. 데릴사위로 들어가지 않으면 운공상인협회에 깊이 잠입할 수 없으니, 서둘러 혼사를 성사시키는 의미가 없었다. 하지만 데릴사위로 들어가면 당문의 체면은 땅에 떨어지고 동기가 아주 불순해 보일 수 있었다.

확실히 풀기 힘든 난제였다.

방금 당리의 모습을 보니, 당자진에게는 별다른 방법이 없는 것 같았다.

한운석과 용비야가 생각에 잠겨 있는 이때, 당 부인이 당리를 부축해서 안으로 들어왔다. 옆에 따라오는 당자진의 안색은 아주 좋지 못했다. 아무래도 이 모자 앞에서는 그도 별도리가 없는 듯했다.

"비야, 데릴사위로 들어가지 않을 방법이 있느냐?"

당자진이 진지하게 물었다.

"어렵습니다."

용비야가 사실대로 말했다.

한운석은 잠시 생각하다가 웃으며 말했다.

"저에게 방법이 있어요."

그녀는 모두 가까이 다가오라고 손짓한 뒤, 목소리를 낮추고 자기 생각을 말해 주었다. 다들 말도 안 된다는 표정이었지만, 그녀의 생각이 최고의 방법이자 유일한 방법이라는 것을 부인할 수 없었다.

다만 당리의 안색은 전혀 좋지 않았다.

그는 한운석에게 손가락 두 개를 들어 보이며 말도 안 된다는 듯이 물었다.

"둘?"

"맞아요, 바로 둘."

한운석은 아주 진지했다.

그들이 말한 '둘'이 무슨 의미인지는 자리한 사람들만 알고 있었다.

"영정이 절대 동의하지 않을 거야."

당리가 확신에 차서 말했다.

"어머, 아직 시집도 오기 전에 신부에 대해 그렇게 잘 아는 거예요?"

한운석이 놀리며 말했다.

당리는 어쩔 도리가 없었다. 예전 같았으면 그렇게 가만히 놀림당하고 있을 당리가 아니었지만, 지금은 큰 사고를 쳤으니 그저 한운석이 놀리는 대로 놔둘 수밖에 없었다.

"어쨌든 그런 성격에 절대 동의할 리 없어! 아무래도 내일 협상은 이뤄지지 않을 거야."

당리가 진지하게 말했다.

한운석이 입을 열기도 전에 당자진이 화내며 꾸짖었다.

"저쪽에서 시집올 리 없고 너는 데릴사위로도 안 들어가겠다니, 그럼 뭘 어쩌자는 거냐? 그렇게 잘났으면 이런 큰 사고를 치지 말았어야지! 잘 들어라, 이건 다 비야 얼굴을 봐서 허락한 거다. 안 그랬으면 운공상인협회에게 미움을 사는 한이 있어도, 영씨 집안 여자를 우리 당문에 들였을 성싶으냐!"

그 말은 당리가 반드시 영정과 혼인해야 한다는 뜻이었다.

당리는 입만 삐죽일 뿐, 아버지와 언쟁하려 들지 않았다.

당자진은 화가 머리끝까지 치밀어 올라 또 화내며 말했다.

"다른 좋은 방법이 있으면 어디 말해 봐라!"

당리는 골이 난 채 입을 다물었다. 방법이 있었으면, 용비야와 한운석이 오기만을 기다렸을까?

하지만 아무리 생각해도 한운석의 방법은 미덥지 못했다!

"다른 방법이 없으면 그냥 이렇게 해라! 저쪽에서 동의하지 않으면……."

당자진은 탄식하며 말했다.

"동의하지 않으면, 며칠을 끌어서라도 다시 논의해야지!"

당자진이 화내는 모습을 보며 한운석은 속으로 당리를 '아버지 뒷목 잡게 하는 아들' 부류에 포함시켰다.

다음 날, 운공상인협회 사람이 약속대로 도착했다. 그런데 도착한 사람은 한운석과 용비야 모두 생각지 못했던 상대였다. 바로 그들과 협상을 했다가 아주 처참하게 패배하고 말았던 구양영락이었다.

구양영락은 시녀 둘과 시위 셋을 데리고 나타났다. 불꽃 튀는 설전의 자리에 혼자서 적진에 뛰어든 셈이었다.

당문에서 협상에 참여하는 사람은 당자진, 당 부인, 그리고 여 이모 세 사람이었다. 한운석과 용비야, 당리는 객청 뒤에 숨었는데, 나무 벽 하나만 사이에 두고 있어서 객청에서 하는 말이 아주 잘 들렸다.

구양영락이 자리에 앉자 당자진이 사람을 시켜 차를 대접했고, 뒤에 있던 한운석 일행도 조용히 이야기를 시작했다.

"형수, 이겼어! 구양영락 저 녀석의 실력은 형수 발끝에도 못 미치잖아!"

당리가 가장 기뻐했다.

"아부가 많이 늘었어요."

한운석이 웃으며 말했다.

"형수, 내가 구양영정에게 장가가면, 구양영락 저 녀석은 처남이 되는 거지?"

당리가 웃으며 물었다.

한운석은 그를 위아래로 훑어보며 아주 무시하는 눈빛을 보냈다.

"기분이 아주 좋은가 봐요, 엉덩이는 이제 안 아파요?"

당리는 무의식적으로 엉덩이를 만졌다가 고개를 푹 숙였다.

이때, 당자진은 이미 구양영락과 의례적인 인사를 마치고 본격적인 협상에 들어갔다.

"문주 어른, 오늘은 외부인도 없으니, 알 만한 사람들끼리 솔직하게 터놓고 이야기하시지요."

구양영락은 아주 시원스럽게 말했지만, 그가 가장 시원스럽지 못한 성격이라는 걸 모두 잘 알았다.

당자진은 수염을 쓰다듬으며 목소리를 내리깔고 말했다.

"좋소."

"이미 엎지른 물이요, 돌이킬 수 없는 일이 되었습니다. 귀댁 공자를 더 탓해 봤자 별 도움도 안 되고요. 바로 데릴사위에 대해 의논합시다."

시원스럽기는 무슨, 이건 아주 대놓고 사람을 업신여기는 태도였다! 일을 처리할 방법에 대해 논하러 온 자리에서 아예 일을 해결해 버리려 들다니?

당자진은 원래 쉽게 감정이 상하는 사람은 아니었다. 하지만 지금은 구양영락 때문에 화가 단단히 나서 차가운 목소리로 말했다.

"물이 왜 엎질러졌는지는 그쪽에서 잘 알고 있을 텐데 말이오!"

구양영락은 멍한 표정으로 답했다.

"문주 대인, 그게 무슨 뜻입니까? 전혀 못 알아듣겠습니다!"

"못 알아듣겠단 말이오? 허허, 어디 함께 의성에 가서 당리 몸에 남아 있는 약물이 무엇인지 알아보겠소?"

당자진이 노한 목소리로 말했다.

그 말에 용비야와 당리는 모두 깜짝 놀랐다. 합환약 같은 것도 사용 후에 밝혀낼 수 있단 말이야?

"아버지가 이런 것도 아셔?"

당리가 혼잣말하듯 중얼거렸다.

하지만 용비야는 한운석 쪽을 바라보았고, 한운석은 고개를 숙인 채 묵인했다. 당연히 이 일은 그녀가 당자진에게 알려 준 것이었다.

곧 당리도 상황을 파악하고 목소리를 낮춰서 물었다.

"형수, 진짜 밝혀낼 수 있어? 어떻게?"

한운석은 못 들은 척 대답해 주지 않았다. 당리는 더 묻고 싶었지만 아무리 입을 벌려도 소리를 낼 수 없었다.

또 벙어리 상태가 되어 버렸다.

한참이 지나도 용비야가 아무 말이 없자, 한운석이 먼저 나서서 해명했다.

"그냥 구양영락을 위협하려는 계략일 뿐이에요. 저도 밝힐 수 있는지 없는지는 몰라요."

그랬군…….

그 말을 들은 용비야는 여전히 아무 말이 없었고, 너무 말하고 싶은 당기는 소리를 낼 수 없었다.

과연 그 협박은 구양영락에게 먹혀들었다.

그 말에 놀라서가 아니라, 진실을 알고 있어서 제 발이 저렸기 때문이었다. 사실 그 역시 합환약에 대해서는 잘 몰랐다.

구양영락은 놀라긴 했지만 바로 물러서지 않았다. 그는 조용히 당자진을 바라보며 대치하고 있었다.

"어쩌시겠소?"

한번 우위를 점한 당자진은 점점 더 상대를 압박해 들어갔다.

구양영락은 제 발 저리기는 했지만 금방 냉정함을 되찾고 웃으며 말했다.

"문주 어른, 이건 또 무슨 말입니까? 저는 도저히 알아듣지 못하겠습니다."

"모르겠다? 좋소. 그럼 함께 의성에 갔다 온 뒤에 다시 의논합시다!"

당자진이 말하면서 자리에서 일어섰다.

한운석은 속으로 탄복하고 있었다. 과연 당자진은 당문 문주답게 아주 박력이 넘쳤다.

하지만 구양영락도 만만한 사람은 아니었다. 그도 자리에서 일어나 고상하고 겸손하게 읍을 하며 말했다.

"소인이 미욱하여 문주 어른의 뜻이 무엇인지 정말 모르겠습니다. 의성에 가서 답을 찾을 수 있다면, 저도 함께 가겠습니다."

진짜 끝까지 가 보겠다는 거다!

"허허, 여봐라, 마차를 준비해라!"

당자진은 아주 과감하게 나섰다.

구양영락은 그를 막지 않고 천천히 말했다.

"문주 어른, 귀댁의 공자가 약에 당했다고 의심하시는 겁니까? 하지만 약이 밝혀진다고 해도, 이 약을 누가 썼는지는 알 수 없을 텐데요!"

그는 나서서 막지 않았으나, 말 한마디로 당자진의 판을 깨뜨리는 데 성공했다. 그 말인즉, 당리가 약에 당했다는 사실이 밝혀져도, 구양영정이 인정하지 않으면 누구도 그녀에게 뭐라 할 수 없다는 뜻이었다.

당자진은 당리가 제구실 못하는 모습에 화를 냈지만, 그래도 아들을 아주 아끼고 사랑했다. 그는 차가운 목소리로 말했다.

"적어도 내 아들의 결백은 밝혀지겠지!"

그 말에 당리는 아주 감동해서 연신 고개를 끄덕였다.

구양영락도 고개를 끄덕이며 뭔가 생각하는 듯하더니 잠시 후 속을 뒤집어 놓는 말을 내뱉었다.

"합환약은 본디 흥분제 효과도 있지요."

완곡하게 돌려 말하고 있었지만, 사실 아주 대놓고 상대를 모욕하는 말이었다!

그의 말인즉슨 당리가 흥분하려고 스스로 약을 썼을 수도 있다는 뜻이었다.

당자진은 분노로 수염이 다 일어서는 듯했다. 뒤에 숨어 있던 당리도 구양영락과 싸우러 뛰쳐나갈 뻔했지만 다행히 용비야가 막아 냈다.

구양영락 같은 비열한 자는 용비야와 한운석이 나서야 했다.

말도 하지 못할 정도로 화가 난 당자진에게 갑자기 용비야가 전음傳音(떨어진 상대에게 몰래 목소리를 전달하는 기술)으로 전하는 말이 들려왔다. 그 말을 다 듣고 나니 당자진의 안색이 좀 나아졌다.

그는 용비야가 전한 말 그대로 구양영락에게 대꾸했다.

"의성에 다녀온 뒤 나머지 일은 세인들의 평가에 맡기면 되오."

그 말에 구양영락의 안색이 어두워졌다.

지금 여론은 모두 구양영정 편이라 다들 그녀를 동정하고 당문을 비난했다. 그런데 의성에 갔다가 당리의 몸에서 합환약의 흔적이 발견되고, 이 사실이 세상에 알려지기라도 하면 말들이 많아질 게 분명했다.

누군가는 당리가 흥분제로 사용했다고 생각할 수 있지만, 당리가 약에 당했다고 여기는 사람도 생길 것이고, 자연스레 구양영정도 의심받을 수 있었다.

일부만 구양영정을 의심해도, 아직 시집도 가지 않은 구양영정의 명성은 완전히 땅에 떨어지고 만다!

결국 의성에 가는 것은 여론에서 우세였던 구양영정이 완전히 손해 보는 일이었다. 당자진을 바라보는 구양영락의 눈동자에 차가운 눈빛이 스쳤다.

운공상인협회를 오랫동안 관장해 오면서 여러 차례 협상해 왔지만, 그가 패배한 상대는 오직 용비야와 한운석뿐이었다. 이번에 당자진 앞에서도 패배할 거라 믿지 않았다!

협상 결과

구양영락은 의성에 가는 문제는 당자진에게 한 발 정도 양보해도 괜찮겠다 싶어, 문제를 피하기로 했다.

"문주 어른, 제가 먼 길을 마다하지 않고 온 건 문제를 해결하기 위해섭니다. 원만하게 수습하려고 노력해야 할 판에 괜히 의성에 갔다가 일이 커지면, 운공상인협회와 당문 둘 다 좋을 게 없지 않습니까?"

— 물러서면 안 됩니다!

용비야가 당자진에게 전음으로 말하자, 당자진은 패기 있게 말했다.

"의성에 가는 건 진상을 밝히기 위함인데, 어째서 일이 커진다는 거요. 구양 공자는 뭐 아는 거라도 있소?"

구양영락은 뜻밖이었다. 자신이 이 정도로 양보했는데 당자진이 더 압박할 줄 몰랐다.

협상하러 오기 전, 구양영락도 미리 당문에 대해 알아보았다. 당문은 항상 은밀하게 움직였고 당자진도 쉽게 말썽을 일으키는 사람은 아니었다.

하지만 지금은 여러 생각할 시간이 없었다. 어떻게 해서든 당자진을 막아야 했다.

진짜 의성에 가게 되면 그 결과가 어떠하든 돌아가서 영승에게 호되게 혼날 게 분명했다.

방금 그렇게 양보했는데도 당자진은 자신의 체면을 세워주지 않았다. 이제 어떻게 양보해야 당자진을 막을 수 있을까?

구양영락이 고심하는 사이 당자진에게 또 용비야의 목소리가 들렸다.

— 안 가십니까?

당자진은 그 말을 해석한 후 말했다.

"구양 공자, 마차가 준비되었으니 갑시다."

구양영락은 이미 호랑이 등에 올라타 내릴 수 없는 지경이 되었다. 그는 당자진에게 크게 양보하며 말했다.

"문주 어른, 이미 너무 시끄러워진 사건이라 의성이 개입하지 않을 수도 있습니다. 다른 생각은 없으십니까? 좀 더 자세히 이야기 나누는 게 어떨까요?"

그제야 만족해진 당자진이 입을 떼려는데, 용비야가 또 말을 걸었다. 당자진은 용비야의 말을 잘 듣고 전할 수밖에 없었다.

"무례를 범한 건 못된 아들놈이니 다른 생각이랄 게 있겠소? 운공상인협회 생각은 어떤지 다 말해 보시오."

당자진은 전하면서도 용비야답지 않은 말투라 생각했지만, 많은 생각을 해 봤자 소용없었다. 지금 그는 말을 전하는 통로에 불과했다.

구양영락은 당자진의 말하는 모습이 뭔가 낯익다는 생각이 들었지만, 왜 그런지는 금방 알아채지 못했다. 그는 앉아서 차를 마시는 척하며 생각할 시간을 벌고 있었다.

먼저 위협하던 당자진이 이번에는 주도권을 그에게 넘겼다. 참으로 간교하구나!

가격 흥정과 비슷한 논리였다. 당자진은 자기 패를 내보이지 않고 계속 상대의 한계선을 떠보고 있었다.

차 한 잔 다 마시지 못했는데 당자진이 재촉했다. 사실 재촉하는 사람은 배후에서 조종하는 사람이었다.

"구양 공자, 오늘은 외부인도 없고 우리끼리 있으니, 솔직하게 터놓고 이야기해 봅시다. 원하는 게 있다면 말해 보시오."

어딘가 익숙한 말이었다. 바로 구양영락이 처음에 했던 말 아닌가? 구양영락은 제 말에 뺨을 맞은 느낌이었다. 너무 아팠다!

그는 당리가 데릴사위로 들어오라는 뜻을 고수하고 싶었다. 하지만 지금 상황을 보아하니, '데릴사위'라는 말 한마디 꺼냈다간 당자진이 바로 의성으로 갈 것 같았다!

데릴사위가 안 된다면 영정을 당문에 시집보내야 한단 말인가?

구양영락은 사실 영정을 당문으로 시집보내고 싶었다. 그럼 자신이 운공상인협회를 다시 관리할 수 있고, 영정의 능력이면 당문에서 뭐라도 해낼 테니 말이다.

그러나…… 영정은 죽어도 시집가려 하지 않을 것이다. 그 성깔에 고집부리기 시작하면 영승도 못 말리는데, 그의 말은 오죽할까?

구양영락은 진퇴양난의 지경에 처했다.

"구양 공자?"

당자진이 또 재촉했다.

구양영락은 일부러 태연한 척 그를 보더니, 한참 있다가 입을 열었다.

"문주 어른, 구양영정이 운공상인협회 집행 회장이라는 걸 잘 아실 겁니다. 운공상인협회는 영정과 뗄 수 없는 관계입니다!"

그 말은 구양영정이 다른 곳에 시집가지 않는 이유가 운공상인협회를 관리하고 있기 때문이고, 운공상인협회를 남의 손에 넘길 수 없다는 뜻이었다.

이때, 당자진에게 또 전음으로 말이 전해졌다.

— 둘!

이 '둘'은 어제 한운석이 말했던 '둘'이었다. 당자진은 그제야 전음을 쓰는 사람은 용비야지만, 방도를 생각해 내는 사람은 한운석임을 깨달았다.

여 이모가 경거망동하지 않은 게 천만다행이었다. 이 여자의 심계는 아주 깊어 헤아리기 어려울 정도였다.

당자진은 얼른 정신을 차리고 구양영락을 향해 웃으며 말했다.

"구양 공자의 뜻은 잘 알겠소! 하지만 당리는 우리 당문의 계승자요. 당문의 장래도 당리와 떼놓고 생각할 수 없소!"

"그건……."

구양영락은 아주 난처해졌다.

당자진은 일부러 한참 동안 생각에 잠긴 척하다가 말했다.

"내게 계책이 하나 있기는 한데, 구양 공자 생각은 어떨지 모르겠소."

"문주 어른, 말씀하십시오."

구양영락이 정중하게 말했다.

"여자는 자라서 시집가기 마련이니, 영정을 당문에 시집보내시오. 그리고 운공상인협회와 당문 사이에 계약을 맺읍시다. 두 사람 사이에 태어난 아이 중 장남은 당문 자손이 되어 문주 자리를 계승하고, 차남은 운공상인협회 소속으로 이사 자리를 계승하는 거요. 어떻소?"

"그럼 두 사람이……."

구양영락이 떠보듯 말했다.

"아들만 둘 낳는다면, 나도 둘 사이를 간섭하지 않겠소……."

당자진은 어쩔 수 없다는 듯 말했다.

구양영락은 곰곰이 생각하면 할수록, 좋은 방법이다 싶었다!

시아버지인 당자진이 괴롭히거나 간섭하지 않으면, 영정이 시집가나 당리가 데릴사위로 들어오나 별 차이가 없을 듯싶었다. 영정은 계속 운공상인협회에 남을 수 있고, 그녀의 능력이라면 충분히 당리를 쥐고 흔들 수 있었다. 나중에 아이가 생기면, 그 아이를 이용해 당문을 장악할 수도 있지 않을까?

지금 당장은 영정이 크게 손해 보는 일도 아니요, 장기적으로 보면 이득도 적지 않았다!

구양영락은 한참 생각하다가 결국 의연한 태도로 당자진의 말에 동의하기로 했다. 영정은 아이 낳는 일에 아주 질색하겠지만, 이 방법이면 영승도 만족할 것 같았다.

사고를 친 건 영정이니, 손해를 좀 보게 해야 행동을 삼가 겠지!

"안 될 것도 없지요!"

구양영락이 웃으며 말했다.

당자진은 속으로 신이 났다. 이렇게 되면 당문의 체면도 잃지 않고, 당리도 운공상인협회에 갈 기회를 얻게 된다.

"여봐라, 붓과 먹을 가져와라!"

당자진은 구양영락이 마음을 바꿀까 두려워 얼른 결단을 내렸다.

곧 혼전계약서가 작성되자 당자진은 당문의 인장을, 구양영락은 운공상인협회의 인장을 찍었다.

양측은 계약서를 하나씩 나누어 가졌고, 이렇게 당리와 구양영정의 운명이 결정되었다.

당리는 보지는 못해도 아버지가 종이를 마는 소리는 들을 수 있었다. 분명 이건 가짜로 벌이는 연극이었다. 진짜 구양영정을 부인으로 맞을 리도 없었고, 아이를 낳을 일은 더더욱 없을 텐데, 왜인지 기분이 이상한 것이 말로 표현하기 어려운 느낌이었다.

"축하해요! 큭큭!"

한운석이 몰래 웃었다.

당리가 입을 벌리며 그녀에게 벙어리 독을 풀어 달라고 부탁하자, 한운석은 천진난만하게 웃으며 말했다.

"이 독의 해약은 바로 시간이에요. 반 시진 후면 자동으로 풀

린답니다."

당리는 울 기운도 없었다. 문득 자신의 상대가 한운석이 아니라 영정이라는 사실이 다행스럽게 느껴졌다. 그는 의심스러운 눈길로 옆에 있는 용비야를 쳐다봤다. 전에는 한운석이 용비야를 어떻게 제압하는지 이해하지 못했는데, 이제는 용비야가 이 여자를 어떻게 데리고 사는지 알 수 없었다.

당자진과 구양영락은 계약서를 잘 챙긴 후, 새로운 협상에 들어갔다.

혼사도 정해진 마당에 할 이야기라는 게 무엇일까?

당연히 예물과 혼수였다!

"문주 어른, 혼례가 늦어지면 안 됩니다. 밖에서 도는 말이 많으니 계속 시간을 끌다가는 귀댁 공자의 명성에 해가 됩니다."

구양영락이 말했다.

한운석이 용비야를 통해 전음으로 말을 전하려는데, 당 부인이 갑자기 입을 열었다.

"그럼 구양영정의 생년월일시를 보내 주세요. 본 부인이 길일을 잡아 혼담을 넣겠습니다."

"좋습니다!"

구양영락은 시원스럽게 답한 후 말을 이었다.

"구양영정은 우리 운공상인협회의 집행 회장입니다. 그 지위와 권세가 대단한 만큼, 혼사도 허투루 할 수 없습니다. 운공상인협회는 혼담이 들어온 날부터 혼삿날까지 계속 큰 연회를 베풀겠습니다."

어떻게 연회를 베풀지는 신부 쪽 일이니 구양영락이 그들에게 알려 줄 필요는 없었다. 그런데도 이 이야기를 꺼낸 것은 당자진에게 보내는 명백한 암시였다. 운공상인협회는 크게 격식을 차릴 테니, 혼담을 넣을 때 예물이 절대 초라해서는 안 되며, 초라한 예물은 당문의 체면을 깎아내릴 것이라는 뜻이었다.

존귀한 문주 부인인 당 부인은 그 말을 알아들었다. 그녀는 나른하게 한쪽으로 몸을 기울이며 하녀에게 물었다.

"폭우이화침은 도련님에게 있느냐?"

"계속 도련님이 갖고 계십니다."

하녀가 사실대로 대답했다.

당 부인은 별다른 말없이 그저 '음'하고 한마디만 했다.

구양영락은 속으로 기뻐하고 있었다. 그가 이곳에 오기 전, 영승이 다른 것은 몰라도 폭우이화침은 절대 빼놓지 말라고 당부했었다.

뒤에 숨어 있던 한운석과 당리는 하마터면 웃음을 터뜨릴 뻔했다. 폭우이화침은 정말 당리가 갖고 있었다. 하지만 이미 혼인에서 도망치던 길에 다 써 버렸다!

이 일은 당자진은 모를 수 있어도, 당 부인은 가장 잘 알고 있었다.

안 그래도 당 부인을 좋게 보고 있던 한운석은 이제 그녀가 더 좋아졌다.

"당리, 진짜 좋은 어머니를 두었어요."

당리는 말은 못 했지만 아주 자랑스러운 표정을 지었다.

곁에서 그 모습을 보던 용비야는 무슨 생각을 하는지, 그의 입가에 희미한 슬픔이 묻어났다.

구양영락은 당 부인이 혼수 이야기를 꺼내길 기다렸지만, 당 부인은 늑장을 부리며 입을 열지 않았다. 구양영락은 아예 그녀가 말하지 않기를 바랐다.

그는 몸을 일으키며 말했다.

"다른 잡다한 일은 매파에게 맡기지요. 시간이 늦었으니 전 이만 가 보겠습니다."

당자진이 탄식하며 말했다.

"이런, 당리는 원래 천산의 창씨 집안과 혼약이 있었는데 이런 일이 벌어지다니, 당문에서 창씨 집안을 저버릴 수밖에 없게 됐소."

구양영락도 함께 탄식하며 동정을 표했으나, 어떤 의견도 내지 않았다. 이 일은 당문이 알아서 창구자와 처리할 일이었다. 운공상인협회는 창구자에게 미움을 살 생각이 전혀 없었다!

"그럼 이만……."

구양영락이 서둘러 떠나려는데, 갑자기 당 부인이 그를 불러 세웠다.

"잠깐!"

구양영락은 당문에서 천산 사람도 불렀을까 두려워 안절부절못했다. 그런데 당 부인은 이렇게 말했다.

"구양 공자, 운공상인협회는 구양영정을 위해 따로 혼수를 준비하지 마세요. 우리 당문은 그 아이를 데리고 살 만큼 여유가 있으니, 따로 뭘 챙겨올 필요 없어요. 혼삿날에 아름답게 꾸미기만 하면 됩니다. 알겠지요?"

한운석과 당리는 둘 다 손으로 입을 틀어막았다. 안 그러면 진짜 웃음소리가 터져 나올 것 같았다.

정말 대단한 당 부인이었다. 저런 패기 넘치는 말을 들으면, 구양영정 성격에 도리어 혼수를 가득 준비해서 시어머니에게 본때를 보이려 하지 않겠는가?

한운석은 머릿속으로 '좋은 어머니라고 해서 다 좋은 시어머니는 아니다!'라는 말이 떠올랐다.

구양영락의 마음은 아주 무거워졌다. 그는 이번 협상에서 자신이 또 패배했다는 사실을 깨달았다. 그는 소기의 목적을 하나도 이루지 못했다.

이제는 자신의 협상 능력이 의심스러울 정도였다. 오랫동안 협상을 안 해서 실력이 퇴보해 버린 걸까?

협상 결과를 들은 영승이 어떤 반응을 보일지는 몰라도, 어쨌든 객청 뒤에서 나오는 한운석 일행의 기분은 아주 좋았다.

이 정도면 잘된 셈이었다!

한운석이 당 부인과 이야기를 나누려고 하는 이때, 내내 말이 없던 여 이모가 입을 열었는데…….

너만 책임진다

모두 즐거워하는 가운데 여 이모는 뜨뜻미지근한 어조로 말했다.

"비야, 리아 일도 일단락되었으니, 오랜만에 어머니 산소에 인사드리러 가야 하지 않겠니?"

그 한마디는 순식간에 모든 사람을 침묵에 빠뜨렸다.

한운석은 용비야의 친부모가 모두 당문 사람인 것만 알았다. 그것도 전에 독종 금지에 있을 때 그가 말해 줘서 안 것이지, 다른 사실에 대해서는 전혀 아는 바가 없었다.

여 이모의 말은 자리한 모든 이의 마음을 건드렸고, 다들 제각각의 표정으로 각기 다른 생각에 잠겼다.

당자진이 복잡한 눈빛이 되어 입을 떼려는데, 용비야가 차갑게 반문했다.

"당리 일이 끝났다고 누가 그랬습니까?"

"그게 무슨 말투냐? 그래, 이제 다 컸다 이거구나. 이제 이모가 뭐라고 간섭하거나 말 한마디 못 하겠구나. 그런 게냐?"

여 이모가 화난 말투로 물었다.

한운석 이 여자가 나타나기 전까지 용비야는 그녀와 당자진에게 아주 공손했다. 한 번도 버릇없게 군 적이 없었다.

여 이모는 용비야에게 화내는 것처럼 보였지만, 눈빛은 계속 한운석에게 향하고 있었다.

한운석에게는 익숙한 일이었다. 독종 금지에서 처음 만났을 때부터 이미 여 이모가 어떤 사람인지 대충 짐작했다. 한마디로 '자신이 아주 대단한 줄 아는 사람'이었다!

용비야는 아랑곳하지 않고 당리를 향해 차갑게 말했다.

"창구자가 누구를 보냈는지 알아보고, 직접 가서 사과해라. 그리고 당장 너와 구양영정의 혼사를 발표해라. 빠르면 빠를수록 좋다!"

용비야의 냉담함이야 여 이모도 익숙했다. 그녀는 속으로 냉소를 지으며, 방금 던진 그 질문이 한운석의 호기심을 충분히 자극했을 거라 믿었다.

용비야의 친부모에 대해서는 말할 수 없는 비밀이 너무너무 많았다. 용비야가 아무리 이 여자를 총애해도, 자기 부모에 대해 함부로 털어놓지는 못할 것이다.

여자는 질투와 의심에 쉽게 사로잡히는 존재였다.

모르는 것일수록 더욱더 의심스럽다. 말할 수 없는 비밀을 의심하기 시작하면, 오해는 커지기 마련이었다.

비야 성격에 끝까지 캐묻고 치근덕거리는 여자는 질색할 게 분명했다.

여 이모는 자기가 한 말이 불러올 결과를 생각하며 아주 만족스러워했다.

"그렇지, 운공상인협회가 마음 바꾸기 전에 빨리 혼사를 발표해라."

지금 당자진의 머리는 당리 일로 가득했다.

구양영락은 속이기 쉬워도, 그 배후에 있는 영승과 영정은 만만한 인물이 아니었다. 만일 계약서를 갖고 갔다가 영승이 마음을 바꾸고 직접 협상하러 온다면, 오늘의 노력은 다 헛고생이 되고 상황은 더욱 성가셔질 게 틀림없었다. 쇠뿔도 단김에 빼라고, 산 아래 운공상인협회 무리가 철수하자마자 바로 혼사를 널리 알려 이 일을 확실하게 해야 했다.

"이건 당 문주가 나서서 발표해야 합니다. 우선 자신을 반성한 뒤 아들을 호되게 꾸짖으면서 대중의 분노를 가라앉히는 게 가장 좋아요."

한운석이 담담하게 말했다.

당자진은 계속 고개를 끄덕였다.

"그렇지. 왕비의 생각이 참으로 현명하군."

여 이모의 눈동자에 걱정의 빛이 스쳤다. 당자진이 한운석에게 혹한 것 같은 느낌이 들었다.

"당 문주, 두 가지 순서가 바뀌어서는 안 됩니다. 먼저 천하에 혼사를 알리고, 그 뒤에 당리가 잘못을 인정하고 용서를 빌게 하세요. 그렇게 하면 당리도 운공상인협회라는 뒷배가 하나 늘어난 셈이니, 어쩌면 창구자가 사정을 봐줄지도 몰라요."

한운석이 진지하게 말했다.

당자진에게 잘 보이려는 게 아니라, 진심으로 당리가 이 난관을 잘 헤쳐가길 바라서였다.

한운석에 대한 당자진의 우호적인 태도는 거짓이었다. 하지만 이번 일을 겪으면서 그는 이 여자에 대한 생각이 좀 바뀌었다. 당자진은 한운석이 영족 사람과 아무 관련이 없다면 얼마나 좋을까 생각했다!

그날, 당자진은 당문 문주로서 공고문을 발표했다. 우선 아비로서 아들을 잘못 가르쳤음을 인정하며 비통한 마음으로 당리를 호되게 꾸짖었고, 당리가 이런 어리석은 일을 벌인 건 구양영정을 너무 좋아하고 연모한 나머지 생긴 일이라고 해명했다. 또 당리가 천산의 창씨 집안과 혼인을 약조한 몸으로 이런 일을 벌였으니, 창씨 집안에게 가장 부끄럽다고 논리정연하게 설명하며, 창씨 집안이 내리는 어떤 벌도 달게 받겠으나, 구양영정은 반드시 끝까지 책임지겠다고 밝혔다!

구양영락이 운공상인협회에 도착하기도 전에 이 공고문이 발표되었고, 하루 만에 운공대륙 전체에 소문이 퍼졌다.

영승은 서경성 조례 중에 이 소식을 들었다. 그 냉엄한 얼굴이 단번에 시커메져서, 모든 문무대신이 무서워 벌벌 떨 정도였다. 존귀한 대불大佛 같은 분이 왜 저러는 걸까.

조례가 끝나자 영승이 차갑게 명령했다.

"영락에게 운공상인협회로 가지 말고 바로 이곳으로 오라고 하라! 본인이 직접 영정에게 해명하게 해!"

명령이 떨어지자마자 영정이 노발대발하며 뛰어들어 왔다. 그녀는 탁자 위로 서신을 내던지며 말했다.

"큰오라버니, 아이를 낳겠다고 한 당사자가 직접 낳아 주라고 하세요, 전 못 낳습니다!"

그녀는 당리를 데릴사위로 들여서 연금시킬 계획이었다. 그런데 영락은 데릴사위 일은 성사시키지 못하고, 도리어 그녀가 아이를 낳게 했다! 영락, 이 나가 죽을 녀석 같으니!

영락이 앞에 있었다면, 뺨을 몇 차례고 후려갈겼을 거다! 그 녀석, 너무 오래 일을 쉬어서 머리가 어떻게 돼 버린 게 아닐까! 이런 조건에 동의했다고?

"당문에서 이미 소식을 다 퍼뜨렸는데, 뭘 어쩌겠느냐?"

영승이 냉랭하게 말했다.

그도 영락이 한 계약에 아주 불만이었지만, 한 가지는 만족스러웠다. 바로 당자진이 데릴사위를 거절한 것이었다.

당자진이 데릴사위에 동의했다면 도리어 의심스러웠을 것이다. 지금 상황을 보니, 당자진과 용비야는 그들이 조사한 대로 친분이 없는 게 분명했다.

"퍼뜨린 게 뭐 어때서요?"

영정이 눈을 반짝이며 말했다.

"큰오라버니, 당리를 죽여서 창씨 집안에 덮어씌우면 어때요? 나중에 이 누이동생의 혼사는 오라버니가 정해 주세요."

반드시 아이를 낳아야 한다면, 차라리 이 기회를 포기하고 당리를 죽이고 싶었다.

누이동생을 바라보는 영승의 입가에 차가운 미소가 어렸다. 영정의 독한 마음이 아주 마음에 들었다. 하지만 일이 이렇게 된 이상, 이제는 당문이라는 큼직한 고깃덩이를 포기할 생각은 없었다.

그는 폭우이화침을 기대하고 있었다!

"네가 창구자를 너무 과소평가하는 것 같구나."

영승은 말하면서 손을 내저어 영정에게 물러가라는 표시를 했다.

그는 나른하게 의자에 기대어 책상 위로 두 다리를 쭉 뻗었다. 아주 패기 넘치고 느긋한 모습이었다.

"큰오라버니!"

영정은 분한 나머지 발을 동동 굴렀다.

영승은 그녀를 보지도 않고 말했다.

"나가라."

"큰오라버니, 어쨌든 상관없어요. 이 일은……."

영정의 말이 다 끝나기도 전에 영승이 차갑게 경고했다.

"오늘 이후, 당리가 조금이라도 자취를 감추면 다 네게 책임을 묻겠다! 가문의 규율에 따라 처리하마!"

가문의 규율…….

적족의 가문 규율은 단 하나, 족장의 말을 어기는 자는 적족에서 추방당한다는 것이었다.

영정이 이런 일을 벌인 건 평생 적족에 남아서 충성을 다하기 위해서가 아니었던가? 적족에서 쫓겨난다면, 사는 게 무슨 의미가 있을까?

영정은 더 이상 한마디도 하지 않고 한참 서 있다가 결국 뒤도 돌아보지 않고 나갔다. 좋아, 계약을 받아 주지. 하지만 아들을 낳을 수 있느냐 없느냐는 당리 능력에 달렸어!

영정이 나가자 영승은 동곳에서 금침 하나를 뽑아 들고는 흥미롭다는 듯 만지작거렸다. 한운석의 금침이 분명했다. 이 금침이 어디서 난 건지는 영승 자신만 알 뿐이었다.

당문과 운공상인협회의 혼사가 발표된 다음 날, 당자진은 창구자가 천산에서 내려오지 않았다는 사실을 알게 되었다.

산에서 내려오는 일은 오르기보다야 쉬웠다. 하지만 작년 겨울에 내린 대설로 길이 많이 막혔고 아직도 눈이 다 녹지 않아서 창구자는 위험을 감수하면서까지 하산하지 않았다. 그는 하산한 단목요에게 혼사 일을 맡기면서, 단목요가 창씨 집안 대신 결정을 내린다고 밝혔다.

"비야, 창구자와 단목요가 이렇게 공공연히 손을 잡다니, 설마 네게 시위하는 건 아니겠지?"

당자진이 진지하게 물었다.

이력, 무공, 명성, 그 어느 것이든 창구자는 검종 노인에게 훨씬 못 미쳤다. 하지만 그는 오랫동안 검종 종주 자리를 노려 왔고, 단목요는 검종 노인이 가장 아끼는 제자였다. 일단 창구자와 단목요가 손을 잡으면 천산 상황은 대부분 두 사람 뜻대로 결정될 테고, 용비야도 이들과 맞서기는 힘들어진다.

다들 당리 혼사에 대해 시끄럽게 떠들어 대는 상황에서, 창구자가 공개적으로 단목요에게 이 일을 맡긴 것은 용비야에게 그와 단목요의 관계가 각별하다는 것을 일부러 알려 주려는 속셈이었다.

시위가 아니면, 설마 자랑하려는 걸까?

용비야는 고개를 끄덕이며 곁에 있던 당리에게 물었다.

"단목요가 만 열여덟이 되었느냐?"

"됐지, 진작 됐어!"

당리는 진지하게 물었다.

"형……, 무슨 생각을 하는 거야?"

곁에 앉아 있던 한운석이 귀를 쫑긋 세웠다. 하지만 용비야는 그 대답은 하지 않고 담담하게 말했다.

"용서를 빌러 가거라. 조심해야 한다. 창구자는 시위가 아니라 남의 손을 빌려 앙갚음하려는 속셈이다."

당문이 그런 발표까지 했는데 창구자가 당리를 엄중히 처벌하면, 남들에게 속 좁고 대범하지 못하다고 욕먹을 게 분명했다. 하지만 단목요에게 맡긴다면, 단목요가 당리를 불구로 만들어도 창구자는 책임을 모조리 떠넘길 수 있었다.

"나도 함께 가겠다!"

당자진이 긴장했다.

당 부인도 일어섰다.

"창구자, 이 음험한 영감탱이 같으니. 나도 가겠어요!"

"나만 가도 충분하오. 당신은 무공도 할 줄 모르는데 가서 뭘 하겠소?"

당자진이 언짢아하며 물었다.

"난 암기를 할 줄 알잖아요!"

당 부인이 떳떳하게 말했다.

"당문 최고의 암기를 갖고 가면, 천산 사람이 아무리 많이 몰려와도 두렵지 않아요!"

당자진이 그래도 말리려고 하는데, 당 부인은 도리어 여 이모를 붙들었다.

"의여意茹도 같이 가요. 저들이 우리 당문에 사람이 없는 줄 알고 괴롭히려는 거잖아요!"

여 이모는 당 부인이 두려운 듯 그저 '좋아요'라고 답했다. 당자진은 내키지 않았지만 더는 막지 못했다. 한운석은 당 부인이 일부러 여 이모를 데려가려는 것을 알아챘다. 하지만 당 부인이 왜 그러는지는 알지 못했다.

결정이 내려지자 당리는 웃통을 벗고 가시덤불을 등에 짊어지고는 걸어서 산을 내려가 단목요가 묵고 있는 현성의 객잔으로 향했다.

세 어르신이 동행한다니 용비야와 한운석도 당리에 대해 마음을 놓을 수 있었다.

멀어져 가는 당리 일행을 바라보다가 한운석이 용비야의 손을 잡고 물었다.

"단목요가 만 열여덟이 되었으니, 그 여자의 안위는 이제 당신과 아무 관계없는 거죠?"

"음."

용비야가 긍정적인 답을 내주었다.

한운석은 아주 기뻐하며 그의 두 손을 끌어당겨 자신을 보게 했다.

"용비야, 이제부터……."

그 말이 다 끝나기도 전에 용비야가 말했다.

"본 왕은 너만 책임진다!"

그는 말하면서도 한운석이 믿지 못할까 염려하는 듯 허리를 굽혀 한운석의 입술에 진한 입맞춤을 남겼다.

한운석은 입을 모으고 좀 더 엄숙하고 패기 있게 요구하고 싶었으나, 결국 나온 말이란 이러했다.

"도장 다시 찍어요."

"뭐?"

용비야는 그녀의 말을 이해할 수 없었다.

운석의 못된 짓

다시 도장을 찍어?

용비야가 그녀와 종이에 글자를 써서 약조한 것도 아닌데, 어떻게 도장을 찍자는 걸까? 아니면 굳이 종이에 써서 다시 도장을 찍자는 건가?

"본 왕을 믿지 못하느냐?"

용비야가 진지하게 물었다.

한운석은 고개를 저으며 말했다.

"다시 도장을 찍으면 믿을게요."

용비야는 아주 실망하며 차갑게 말했다.

"믿지 못한다면 종이에 글을 써 놓아도 소용없다."

한운석은 그가 오해하고 있음을 알아채고는 말없이 웃으며 그를 바라보았다.

용비야는 기분이 상해서 이 화제를 이어갈 생각이 없었다. 그가 뒤돌아 가려는데, 한운석은 그를 잡지 않고 도리어 멀어져 가는 모습을 보면서 말했다.

"용비야, 진짜 도장 안 찍을 거죠? 그럼 책임질 다른 사람을 찾으러 갈게요."

위협이었다. 그것도 아주 노골적인 위협!

그는 바로 되돌아와서 두 눈을 가늘게 뜨고 위험한 눈빛으로 그녀를 바라보았다. 한바탕 폭풍우가 몰아칠 것 같은 얼굴이었다. 각종 경고가 목까지 차올랐지만 정작 그의 선택은 타협이었다.

"붓과 먹을 대령해라."

언제부터인지 그녀 앞에만 서면 그는 성질을 부릴 수 없었다.

한운석은 결국 참지 못하고 '풉'하고 웃음을 터뜨리며 즐거워했다.

"왜 웃지?"

용비야는 바보가 된 느낌이었다.

한운석은 손가락을 까딱이며 가까이 오라고 손짓했고, 그는 순순히 허리를 굽혀 그녀에게 가까이 다가갔다. 그런데 그녀가 발끝을 세우고 두 손으로 그의 목을 끌어안는 게 아닌가.

이런 적이 많지는 않았지만 용비야에게는 아주 익숙한 동작이었다. 이 여자가 이러는 이유를 모르면서도, 그는 과감하고 격렬하게 한운석의 허리를 감싸 안았다. 후회도 도망치는 것도 허락할 수 없었다.

한 사람은 고개를 들고, 한 사람은 고개를 숙이면서 두 사람의 코끝이 닿을 듯 가까워졌다. 그는 그녀의 아름다운 난향을, 그녀는 그의 뜨겁고 거친 호흡을 느낄 수 있었다.

"왜 웃지?"

그는 질문하며 고개를 숙였다. 그의 코가 그녀의 코에 살짝 닿으면서 무심결에 입술도 스쳐 지나갔다. 가까워진 듯하다가 멀어지며 사악한 유혹이 이어졌다.

그가 뭘 하고 싶은지, 그녀는 알고 있었다.

"바보 같아요."

그녀는 참지 못하고 또 웃었다.

이 세상에서 그를 바보 같다고 욕한 여자는 그녀가 처음이었다!

그는 갑자기 그녀의 턱을 치켜들었다.

"후후, 본 왕이 왜 바보 같지?"

그녀는 불쑥 그의 손을 밀어내고 발끝을 높이 세워 그의 입술에 진한 입맞춤을 남겼다.

"도장 찍었어요! 날 속이기만 해요, 평생 후회하게 해 줄 테니!"

도장을…… 이렇게 찍을 수도 있단 말인가?

어째서 이 여자에게 이런 '못된' 모습이 있다는 걸 몰랐을까. 그는 웃었다. 하하 소리를 내며 크게 웃었다.

"부족하다!"

그녀도 함께 웃었다. 그가 부족하다고 느낄 줄 알았다.

용비야, 당신에게 입맞춤 한 지 너무 오래됐어. 그리울 정도라고.

용비야가 입을 맞추려는 순간, 한운석이 먼저 나섰다. 그녀는 그의 차가운 입술을 부드럽게 감싸며 따뜻하게 해 주고 싶었다.

용비야는 놀라면서도 기뻤다. 그는 여자가 적극적으로 나서는 걸 싫어했지만, 그녀가 나서는 건 좋았다. 그는 가만히 있으면서 모처럼 그녀의 열정을 느낄 생각이었다. 하지만 그것도 잠시, 그는 더는 버티지 못하고 그녀의 작은 입술 속으로 자신의 혀를 놀리며 더 깊은 입맞춤으로 대응했다. 한운석도 지지 않고 그의 입술 안으로 파고들었다. 입술이 부딪치고 그 안에서 얽혀 격렬한 입맞춤이 이어졌다. 그와 그녀 두 사람 다 아무리 서로를 주고받아도 만족할 수 없었다. 영원히 채워지지 않는 뭔가가 있는 것 같았다.

용비아는 한운석의 허리를 바짝 끌어당겨 그녀의 몸을 자신에게 밀착시켰다. 이 산에서 이 여인을 소유하고 싶은 마음이 간절했다! 하지만 결국 먼저 손을 놓은 것은, 역시 그였다.

그가 손을 놓는 순간, 한운석의 눈동자에 서운한 기색이 스쳤지만 그녀는 표현하지 않았다.

그녀의 얼굴은 아직도 붉게 달아올라 귀까지 빨개져 있었다. 하지만 그녀는 더 이상 2, 3년 전 그의 가벼운 입맞춤에도 어쩔 줄 몰라 머릿속이 하얗게 변했던 풋풋한 아가씨가 아니었다. 이제는 원하는 대로 솔직한 마음을 드러내며 입 맞출 수 있었다.

그는 그녀의 지아비니, 이 모든 게 지당했다!

그녀는 묻지 않을 때가 많았지만, 그렇다고 알고 싶지 않다는 뜻은 아니었다. 개의치 않음은 더더욱 아니었다. 그저 그녀의 성정이 그러했다. 당연히 자신의 소유인 것에 대해서는 영원히 부탁하지 않을 생각이었다. 부탁해서 얻는 게 무슨 의미가 있을까? 차라리 안 갖고 말지!

용비야, 왜 어머니를 모비라고 해요? 당신 아버지는 당문의 누구고, 어느 나라에서 어떤 지위를 가진 사람이었어요?

용비야, 천산에는 얼마나 많은 비밀이 숨겨져 있죠?

충분한 시간을 줄 테니, 절대 날 속이면 안 돼요. 단 한마디도 안 돼요, 알겠죠?

바람이 불기 시작했다.

용비야는 한운석을 뒤에서 안으며 자신의 바람막이로 그녀를 단단히 감쌌다. 두 사람은 저 멀리 있는 산들을 바라보며 깊은 생각에 잠겼다.

한운석이 얼마나 영민하고 마음 깊은 사람인지, 용비야는 잘 알고 있었다. 그도 최근 2, 3년 동안 자신에 대한 그녀의 변화를 느낄 수 있었다.

철들 무렵부터 그는 여자들이 밝히는 눈빛으로 자신을 바라보는 것을 혐오했다. 하지만 때로는 한운석이 늘 처음 모습 그대로였으면 했다. 멍하니 그를 바라보며, 그 앞에서는 긴장하고, 두려워하고, 바보처럼 굴었던 그때처럼 말이다.

하지만 고칠소 때문에 크게 싸운 이후, 그녀의 그런 모습은 극히 드물어졌다.

그녀의 변화는 그에게 통제할 수 없는 것 같은 느낌을 주었다. 그녀가 점점 손에 잡히지 않게 멀어질까 봐 두려웠다.

운석이 예전만큼 그를 사랑하지 않을까, 두려웠다.

저렇게 똑똑한 여자가 왜 지금껏 그에게 천산에 대해, 당문에 대해 묻고 의심하지 않는 걸까? 그는 한도 끝도 없이 이것저

것 의심하는 여자는 딱 질색이었다. 하지만 그녀는 그에게 영원히 예외였다.

그는 그녀의 모든 것을 통제하고 알고 싶은데, 그녀는 지금까지 한 번도 묻지 않았다. 묻지 않는 것은 관심이 없다는 뜻은 아닐까?

바람이 소리를 내며 불어오자, 그는 그녀를 더 꽉 껴안았다.

여 이모는 한운석을 몰라도 너무 몰랐다. 그녀가 도발한 그 한마디에도 한운석은 지금까지 용비야에게 아무것도 묻지 않았다. 여 이모는 용비야가 한운석에게만은 예외를 둔다는 걸 몰랐다. 대답할 수 없다고 해도, 용비야는 여전히 한운석이 그의 모든 것에 관심을 가지길 바랐다!

여 이모가 도발하지 않아도, 두 사람 사이에는 보이지 않는 깊은 심연이 놓여 있었다. 어쩌면 이것이 두 사람 사이의 백 걸음 중 마지막으로 남은 한 걸음일지도 몰랐다.

아직도 입술에 서로의 기운이 남은 채 침묵이 이어지다가, 한운석이 불현듯 몸을 돌려 용비야의 품속으로 파고들었다.

"왜 그러느냐?"

그가 물었다.

"좀 피곤해서요."

한운석이 담담하게 말했다.

용비야는 두말하지 않고 그녀를 번쩍 안고 쉬러 들어갔다. 하지만 그가 침상 옆에 앉아 있는데, 그녀가 어떻게 잠을 잘 수 있을까?

쓸데없는 생각을 하기보다 원하는 대로 행동하기 좋아하는 그녀였지만, 오늘은 까닭 없이 마음이 무거웠다. 그녀는 눈을 감고 아예 독 저장 공간에 들어가서 수련을 시작했다.

독 저장 공간의 첫 번째 단계는 저독으로, 자신의 독은 물론 세상에 있는 극독도 자유롭게 넣고 뺄 수 있었다. 첫 번째 단계를 다 마치고 이제 두 번째 단계를 시작할 때가 되었다. 두 번째 단계는 항적으로, 일단 수련을 마치면 자신에게 위협을 가하는 독을 자유롭게 거둬들일 수 있었다.

한운석은 한참 까마득한 세 번째 단계는 생각하지도 않았다. 우선 두 번째 단계의 난이도만 해도 첫 번째 단계의 열 배였다. 두 번째 단계 수련을 마치기도 쉽지 않은데, 세 번째 단계는 어떻겠는가?

세 번째 단계는 쟁략으로, 천하 모든 독을 자유롭게 받아들일 수 있게 된다. 한운석은 그 단계가 싫었고, 별로 필요하지도 않았다.

그래서 지금 그녀의 유일한 바람은 두 번째 단계 수련을 마치는 것이었다.

한운석은 독 저장 공간에 들어가면 진짜 잠든 것처럼 보였다. 용비야는 그녀의 잠자리를 잘 여미어 준 후 조용히 자리를 떴다.

여 이모가 없을 때 모비의 산소에 인사드리러 가야 했다.

당 부인이 일부러 여 이모를 데려간 것도 다 그에게 가 보라는 뜻이었다.

모비의 산소에 몇 년이나 인사드리러 가지 않았는지, 그 자신도 기억나지 않았다. 그의 기억은 계속 모비가 자살했던 그해에 머물러 있는 듯했다.

당문은 일곱 귀족 중 하나가 아닌 동진 황족의 비밀 시위로, 아무도 그 신분을 몰랐다. 제대로 따지고 들어가면 당문의 신분은 백리 가문보다 훨씬 아래였다.

하지만 모비가 부황의 총애를 입어 그를 낳았기 때문에 그의 앞에서는 당문의 발언 영향력이 백리 집안보다 훨씬 컸다.

당문은 암기로 가장 유명했으나, 남모르게 독술도 보유하고 있었다. 백독문과 마찬가지로 당문의 독술 기원은 독종으로 거슬러 올라갔다. 하지만 중책을 맡을 사람이 없었기 때문에, 독종이 멸망한 후 당문의 독파도 점차 몰락했다.

모비는 당문의 독파를 관장했기 때문에 미접몽을 얻는 자가 천하를 얻는다는 사실을 알게 되었다. 그녀는 평생 미접몽을 찾으려고 애쓰며, 부황의 동진 제국 재건을 도우려 했다. 하지만 그녀가 미접몽을 손에 넣기 전에 부황이 병으로 세상을 떠나고 말았다.

그녀는 모든 기대를 용비야에게 걸었다. 부황의 야심, 그녀의 숙원, 황족의 복수, 심지어 당문이 귀족이 되는 꿈까지 모조리 그의 어깨에 지웠다.

그녀는 그에게 동진 황자의 신분을 주었고, 천산에서 무예를 배우게 했으며, 미인혈을 길러 모든 준비를 다 해 놨다. 그리고 그렇게 말했다. 부황이 보고 싶다고. 모든 것을 그에게 맡긴다고. 그녀와 부황을 대신해서 살라고. 두 사람의 목숨을 등에 업고 살아가라고. 두 사람이 이루지 못한 사명을 완수하라고.

그렇게 말한 후, 그녀는 그가 보는 앞에서 비수로 자신의 목숨을 끊었다.

그는 그때까지 사랑을 몰랐다.

하지만 그 순간, 그는 처음으로 깨달았다. 사랑이란 이렇게 이기적이구나!

용비야는 말없이 산림 속을 걸어갔다. 정처 없이 가는 듯하더니 곧 신룡산 산그늘에 이르렀다.

당의완은 산허리 어느 낭떠러지 속 움푹 들어간 동굴 속에 묻혔다.

사실 이곳은 합장묘였다. 그의 부황이 먼저 이곳에 묻혔으나, 신분을 숨기기 위해 묘비도 세우지 않았다. 지금 무덤에는 모비의 묘비만 세워져 있었다.

용비야는 낭떠러지 위에서 날아와 뒷짐을 진 채 무덤 앞에 섰다.

그는 슬픔도, 고통도 없는 무표정한 얼굴로 한참을 서 있었다. 그의 어깨는 이제 그들이 얹어 준 모든 것을 짊어질 수 있게 되었고, 자신의 꿈도 감당할 수 있게 되었다. 그들 앞에서 그는 더 이상 분노하지 않았다.

그의 차가운 눈동자는 유독 무정했다. 그는 과거를 추억하는 게 싫었고, 지난날에 연연하지도 않았다. 입을 다물고 서서 그는 과거가 아닌 미래만 생각했다.

한참을 그렇게 있다가 그는 삼배를 올리며 담담하게 말했다.

"부황, 모비, 서진 공주를 제 곁에 두기로 했습니다! 그녀의 이름은 한운석입니다."

그는 잠시 멈추었다가 다시 말했다.

"올여름에 그녀를 데리고 천산에 가겠습니다."

그는 말을 마친 뒤 더는 머무르지 않고 바로 자리를 떠났다.

한 달 뒤면 여름이었다.

용비야가 돌아왔을 때 한운석은 아직 자고 있었다. 그는 아무 일도 없었던 것처럼 침상 옆에 앉아 그녀를 지켰다.

하지만 한운석이 다음 날까지 계속 잠들어 있을 줄은 몰랐다. 그녀가 깨어났을 때, 용비야는 옆에 기댄 채 잠들어 있었다.

자세히 보니 아주 피곤한 얼굴이었다. 그 모습에 마음이 아파져 온 한운석은 까끌까끌해진 그의 턱을 가볍게 어루만졌다. 그런데 이때, 문밖에서 초서풍의 다급한 목소리가 들려왔다.

"전하, 큰일 났습니다. 여 이모에게 큰일이 났습니다!"

단목요, 불구 되다

여 이모에게 큰일이?

한운석은 손을 뗐지만, 용비야는 여전히 자고 있는 듯 눈을 감고 있었다.

한운석은 소리 없이 웃었다. 그가 저 소식에 신경 쓰지 않고 있음을, 방금도 자는 척하고 있었다는 걸 알았기 때문이었다.

초서풍이 밖에서 소리를 치든 말든 그녀도 신경 쓰지 않고 용비야 품속에 기대어 그를 올려다보았다. 하룻밤 사이에 깔끔하던 그의 턱 위로 수염이 올라와 남자다운 매력을 물씬 풍겼다. 그녀의 각도에서 올려다본 그는 아주 육감적이었다.

수염이 손을 찔러도 전혀 아프지 않았다. 그녀는 재미있어하며 수염을 부드럽게 어루만졌다. 처음에는 꿈쩍도 하지 않던 그였으나 결국에는 목젖이 오르내리는 모습을 보였다. 참고 있는 게 분명했다.

"간지럽죠!"

한운석이 '풉'하고 웃음을 터뜨렸다.

용비야가 뭐라 할 수 있을까? 이 여자는 갈수록 더 대담해졌다. 예전처럼 소심하거나 부끄러워하지는 않았지만, 여전히 섬세하고 부드러웠다!

그녀는 자신이 지금 얼마나 위험한 불장난을 하고 있는지 몰랐다!

언제부터였는지 그는 그녀의 모든 동작에 아주 민감해졌다.

죽을 것만 같은데 헤어 나올 방법이 없었다…….

초서풍은 아직도 문밖에서 소리치고 있었다.

"전하, 왕비마마, 안에 계십니까? 여 이모 쪽에 일이 터졌습니다! 아주 큰일입니다!"

"……."

"전하, 안에 계시면 한마디만 해 주십시오!"

초서풍은 분명 전하가 방에 돌아오는 걸 보았고, 지금까지 문 앞에서 한 발짝도 떼지 않고 자리를 지켰다. 전하와 왕비마마는 분명 안에 계실 텐데, 이렇게 큰 소리를 쳐도 왜 아무 반응이 없으신 걸까?

예전에 방에 계실 때는 그가 문밖에서 한 번만 외쳐도 대답이 있었다.

초서풍은 자신과 조 할멈이 두 주인의 좋은 일을 몇 번이나 망쳤다는 사실을 몰랐다. 두 주인은 이제 예전과 달리 더는 그들의 영향을 받지 않는다는 사실은 더더욱 몰랐다.

"설마 무슨 일이 생긴 걸까?"

초서풍은 생각할수록 이상한 느낌이 들어 문을 부수고 들어갈 뻔했다.

다행히도 문을 부수려는 순간, 강남매해에서 발로 호되게 차인 기억이 떠올랐다. 초서풍은 조용히 뒤로 물러나, 진왕 전하가 계시니 큰일은 없을 거라고 자신에게 이야기했다.

그리고 묵묵히 자리를 지키면서 속으로 궁금해하기 시작했다. 이 벌건 대낮에 두 주인은 방에서 뭘 하고 계신 거지? 뭘 하시기에 잠시 멈추지도 못하시는 걸까?

초서풍은 실실거리며 아주 애매한 웃음을 지었다가, 곧 정신을 차렸다.

여 이모에게 일이 생겼는데 아직 보고하지 않았다!

"여 이모가 단목요를 불구로 만들었답니다! 전하, 왕비마마, 들으셨습니까?"

"······."

"전하, 여 이모가 단목요를 불구로 만들었답니다! 불구요!"

부드러운 여색에 깊이 빠져 있던 용비야는 그 말에 눈을 번쩍 떴다. 한운석도 깜짝 놀라 말했다.

"어떻게 그럴 수가?"

단목요가 맞아서 불구가 되었다니, 한운석으로서는 경축할 일이었다. 하지만 그녀는 이성적으로 판단했다.

"큰일이군요!"

당리가 사과하러 간 자리에서 여 이모가 이런 사고를 쳐? 사람을 불구로 만들었다고? 당자진의 발표가 헛되게 생겼다.

"어찌된 일이냐?"

용비야가 차갑게 물었다.

"소인도 확실한 것은 모르나, 방금 비합전서로 소식을 받았습니다. 당리 일행은 지금 돌아오는 길이라고 합니다."

초서풍이 사실대로 보고했다.

한운석과 용비야는 세수하고 몸단장을 한 후 밖으로 나왔다. 문을 열자마자 한운석이 물었다.

"불구가 되었다는 게 무슨 뜻이지?"

초서풍은 여전히 고개를 저으며 말했다.

"서신에는 불구로 만들었다는 말뿐이었습니다."

"당장 물어봐라!"

용비야가 언짢아하며 명령했다.

초서풍이 떠난 직후, 한운석은 용비야의 엄숙한 표정을 보고 일부러 질투하는 듯한 말투로 물었다.

"그렇게 긴장돼요?"

용비야는 바로 진지하게 대답했다.

"당리가 곤란해질 거다!"

"그리고요?"

한운석은 또 시샘하듯 물었다.

이 인간, 자기는 잘도 질투하면서 다른 사람이 질투하는 건 싫은가 보네.

그녀는 이런 일로 질투할 만큼 유치하지 않았다. 다만 단목요와 관련된 일 앞에서는 유치해졌고, 제멋대로 굴게 되었다. 그리고 냉정하고 말을 아끼는 이 남자가 조급하게 해명하고 설명하는 모습을 보는 게 좋았다.

아아, 용비야, 왜 나는 단목요보다 먼저 당신을 만나지 못했을까? 그녀보다 먼저 당신을 만났다면, 절대 그런 사매를 두도록 허락하지 않았을 텐데!

"단목요는 사전에 준비하고 온 걸지도 모른다."

용비야는 여전히 진지했다.

이번에는 한운석도 문제의 심각성을 깨달았다.

"그럼…… 일부러 다쳤다는 말이에요?"

용비야는 고개를 끄덕였다. 창구자가 단목요를 보낸 것은 단목요의 손을 빌려 당리를 호되게 벌주고 싶어서였을 것이다. 하지만 단목요도 바보는 아니었다. 당리를 혼내 주고 운공상인 협회의 미움을 사느니, 차라리 연극을 벌여 자신이 당문 사람에게 중상을 입는 편이 나았다.

그렇게 되면 당문은 또 사람들의 입에 오르내리게 되고, 창구자에게는 당문을 질책할 이유가 생긴다. 그리고 단목요는 이 일과 무관한 사람이 되어 책임질 필요가 없었다.

"정말 음흉하군요."

한운석은 의심스러운 말투로 물었다.

"여 이모가 암기를 썼을까요? 불구가 된 건 손일까요, 발일까요?"

어떤 암기가 사람을 불구로 만들 수 있을까?

암기로 독을 쓰거나 급소를 명중시킬 수는 있었다. 하지만 암기로 사람을 불구로 만들다니, 한운석은 아무리 생각해도 상상이 되지 않았다.

용비야는 단목요가 어떻게 불구가 되었는지는 전혀 관심이 없었다. 그는 생각에 잠긴 듯 말했다.

"여 이모는 그렇게까지 경솔하지 않다."

한운석 앞에서 여 이모가 공연히 트집 잡는 것은 그저 연기일 뿐, 그녀가 얼마나 빈틈없는 사람인지 용비야는 잘 알고 있었다.

단목요가 사전에 준비하고 왔다고 해도, 여 이모가 술수에 넘어갈 리 없었다.

말하는 사이, 초서풍이 정확한 소식을 듣고 나타났다.

"전하, 단목요는 단전을 다쳤습니다. 여 이모의 침이 단전혈에 명중하여…… 사태가 아주 심각하답니다. 구체적인 상황은 문주 일행이 돌아와야 정확하게 알 수 있을 것 같습니다. 지금 오는 길이랍니다."

용비야와 한운석은 어리둥절하여 서로의 얼굴을 마주 보았다.

한운석은 무예는 잘 몰라도, 단전은 기가 모인 곳으로 내공 수련과 직결된다는 사실은 알고 있었다. 내공이 없는 무공은 겉만 번지르르한 보여 주기 식 무술일 뿐이었다.

부상이 어느 정도인지는 모르나, 심각할 경우 단목요는 정말…… 불구가 된다!

서주국 공주의 신분도 잃은 마당에 무공까지 잃어버리면, 천산에 어떻게 발을 붙일 수 있을까?

하지만 용비야의 생각은 한운석과 달랐다. 그는 단목요의 앞날에는 전혀 관심이 없었고, 오직 사부 쪽만 걱정이 되었다.

단목요는 무공이 전폐되어도 전처럼 사부와 잘 지낼 수 있었다.

창구자가 단목요와 손을 잡으려 한 것도, 사부가 얼마나 단목요를 중요하게 생각하는지 알기 때문이었다. 단목요의 부상이 심각하다면, 사부가 이 일에 관여할 수도 있었다.

천산에 가기도 전에, 천산에 문제가 생겼다!

당문과 연관된 일이라 당문이 제일 골치 아프게 된 상황만 아니었다면, 용비야는 여 이모가 일부러 그런 게 아닌지 의심할 뻔했다! 단목요가 겨우 이런 일로 치명적인 단전 부상을 감행할 리 없었기 때문이었다.

대체 어쩌다 일이 이렇게 된 건지는 당자진 일행이 돌아와야 알 수 있었다.

그날 밤, 당자진 일행이 돌아왔다.

이야기를 듣고 난 후 한운석과 용비야도 상황을 파악했다. 당리가 가시나무를 지고 사죄하러 갔을 때 단목요가 괴롭히면서 양측에서 말다툼이 벌어진 것이다.

단목요가 아주 독한 말을 퍼부으며 차마 듣기 힘들 정도로 당리를 욕하자, 듣다 못한 당 부인이 먼저 공격에 나서면서 싸움이 시작되었다.

여 이모는 이미 오는 길에 당자진에게 욕을 먹었는지, 뚱한 표정으로 한마디도 하지 않았다.

한운석은 괜히 나서서 스스로 무덤을 팔 정도로 어리석지 않았으나, 용비야는 대놓고 따지고 들었다.

"다른 곳도 아니고 왜 단전을 공격했습니까? 사부가 그녀를 제자로 들인 것은 단목요가 아직 어린 나이에 단전에 정신을 집중할 줄 알고, 기경팔맥이 상통했기 때문이었습니다."

사실 검종 노인이 단목요를 아끼는 데는 다른 이유가 있었지만, 단목요의 타고난 자질도 빼놓을 수 없었다.

"검으로 내 얼굴을 찌르려 하는데, 그럼 공격하지 않고 가만히 죽기를 기다리란 말이냐?"

여 이모가 언짢아하며 대답했다.

그녀가 말을 마치자 모든 사람이 침묵했다. 용비야도 반박하지 않았다.

한참 동안 침묵이 이어지는 가운데 여 이모도 냉정함을 찾은 듯했다. 그녀는 당자진을 보았다가 다시 당리를 본 뒤 담담하게 말했다.

"사고를 쳤으니 내가 책임질게요. 검종 노인이 책임을 물으러 오면 내가 감당하겠습니다."

검종 노인은 창구자와 마찬가지로 당문과 용비야의 관계를 모르고 있기 때문에 용비야도 나서서 이야기해 줄 수 없었다.

"네가 감당하겠다고? 어떻게 말이냐? 아예 단목요를 죽여서 목숨으로 갚지 그랬느냐? 단전을 상하게 했으니, 단전으로 갚을 셈이냐?"

당자진은 화가 치밀어 죽을 것 같았다.

그는 말하면서 차가운 눈빛으로 당리를 노려보는 것을 잊지 않았다. 할 수 있다면 눈빛으로 이 불초자식을 죽여서 모든 문제를 해결하고 싶은 마음이 간절했다. 처음부터 말만 잘 들었어도, 이런 골치 아픈 일 때문에 머리 싸매고 있을 필요 없이, 지금쯤 손자를 안고 있었을지도 몰랐다.

천산과 운공상인협회, 둘 중 어느 쪽도 만만한 상대가 아니었다.

당자진의 사나운 태도에 여 이모는 아무 대답도 하지 못했다.

"됐어요! 이렇게 된 마당에 의여에게 사납게 구는 게 무슨 소용이에요? 그 비천한 계집은 그런 꼴을 당할 만했어요. 그러게 누가 당리 욕을 하랬나요? 아직 나이도 어린 게 어쩜 그리 말을 지독하게 하던지, 천벌이 두렵지도 않은가 봐요?"

당 부인이 여 이모와 같은 입장에 서는 것은 정말 드문 일이었다. 그녀는 또 용비야에게 말했다.

"비야, 그때 화친을 승낙하지 않은 게 천만다행이었다. 아니면 네 어머니가 분노한 나머지 무덤에서 벌떡 일어났을 게다!"

"그만! 대체 뭘 안다고 이러시오? 머리만 길고 생각은 자라지 않는 거요!"

당자진은 미칠 것 같았다. 방 안에 있는 여자는 그 누구도 신경 쓰고 싶지 않았다. 그는 진지하게 용비야를 보며 물었다.

"비야, 이 일을 어쩌면 좋겠느냐?"

"부상은 어떻습니까? 뭐라고 하던가요?"

용비야가 물었다.

"다 확실하지 않다. 의여가 유성표流星鏢를 사용했는데, 단목요는 그 자리에서 선혈을 몇 번이나 쏟았다. 그녀 말이…… 이일은 끝장을 보겠다더구나. 해명하려 했는데, 그 몹쓸 계집이 너무 빨리 가 버렸어. 아마 상처를 치료하러 간 것 같다."

당자진이 대답했다.

"유성표……."

용비야는 혼잣말처럼 중얼거리다가 다시 물었다.

"거리는 어느 정도였습니까?"

유성표는 속도가 빨라 발생하는 힘도 엄청났다. 근거리에서 공격하면 그 결과는 상상할 수 없을 정도였다.

당자진은 용비야보다 유성표에 대해 더 잘 알고 있었다. 하지만 당시 현장은 아주 혼란스러웠고 일이 갑작스럽게 벌어지는 바람에, 그가 제대로 살펴볼 틈도 없이 단목요는 떠나 버렸다.

"열 걸음 정도였다."

여 이모가 작은 목소리로 끼어들었다.

용비야와 당자진은 서로 마주 보았다. 열 걸음, 그 정도 거리라면 단목요의 부상은 정말 가볍지 않을 것이다.

용비야는 잠시 침묵했다가 담담하게 말했다.

"천산에 대한 준비를 해 두십시오. 그리고 당장 이 일을 운공상인협회에 알리십시오. 단목요가 불손한 말로 영정을 모욕해서, 당문 사람이 실수로 단목요를 다치게 했다고 하십시오."

우선 운공상인협회의 지지를 얻는 수밖에 없었다. 단목요 측에서 어떻게 비난하며 나올지, 그 역시 기다리는 수밖에 없었다.

여 이모도 고의로 그런 것 같지 않았고, 단목요도 이렇게 엄청난 위험을 감수하면서까지 당문을 곤란하게 만들지는 않을 것 같았다. 한운석은 여 이모를 보면서 생각에 잠겼다. 이 일은 정말 뜻밖의 사고일까?

이 일은 과연 뜻밖의 사고일까, 아닐까?

의외의 상황

단목요 사건은 음모일까, 아니면 뜻밖에 일어난 사고일까? 단목요가 당문을 어떻게 비난할지 봐야 알 수 있었다.

당리가 가시나무를 짊어지고 사죄하러 간 이야기는 이미 이리저리 부풀려 퍼져 나갔다. 전에는 쓸모없는 놈이라고 욕만 먹던 당리가 이제는 조금씩 동정과 용서를 얻기 시작했다. 심지어 어떤 사람은 책임질 줄 아는 인물이라고 칭찬하기까지 했다.

하인들로부터 그런 반응을 전해들은 한운석은 정말 만감이 교차했다. 대체 세상이 어떻게 돌아가는 거야!

당리가 정말 그렇게 남을 능욕했다면, 그녀는 절대 그를 친구로 생각하지 않았을 것이다. 세간 사람들은 대체 무슨 생각인건지, 선동 한 번에 당리를 용서하는 사람까지 생기다니.

방 안에 모인 사람들은 여전히 자리에 앉은 채였다.

더 이상 여 이모를 나무라는 사람은 없었다. 그저 다들 단목요 쪽 소식을 기다리고 있었다.

그녀의 부상이 가볍다면, 돌이킬 여지가 있을지도 몰랐다. 하지만 부상이 심각하다면, 당문은 창구자가 아닌 검종 노인에게 미움을 사게 될 것이다.

기다리는 시간은 참 길었다.

하룻밤이 지나도록 아무 소식도 들려오지 않았다.

당 부인은 기지개를 켜며 말했다.

"다들 가서 쉬어요. 복이면 다행인 거고, 화라면 피할 수 없을 테니까."

그녀가 말을 마치자마자, 초서풍이 뛰어 들어왔다.

"전하, 검종 노인의 서신입니다!"

당자진은 두려움에 떨었다.

"이렇게 빨리!"

"분명 단목요가 고자질한 거예요!"

당 부인이 분개하며 말했다.

그런데 초서풍의 대답은 의외였다.

"당문이 아니라 전하께 보낸 서신입니다."

검종 노인이 용비야에게 서신을 보내?

이런 우연이?

검종 노인이 용비야와 당문의 관계를 알게 된 건가? 어떻게 알았지?

순간 긴장감이 맴돌았다. 다들 초서풍 손에 들린 서신을 바라보며 전전긍긍할 뿐, 누구도 여 이모의 눈동자에 스치는 만족스러운 웃음을 알아채지 못했다.

용비야는 여전히 침착함을 유지하며 서신을 천천히 열어 보았다. 다른 사람은 감히 가까이 다가오지도 못하는 와중에 한운석은 그의 옆에 서서 함께 서신을 읽었다.

서신을 보던 그녀의 표정은 어두워졌다.

"대체 무슨 일이냐?"

당자진이 참지 못하고 입을 열었다.

그는 원래 용비야를 위해 천산에 빠져나갈 길을 더 마련해 둘 생각이었다. 그런데 재주를 부리려다 도리어 일을 망쳐서 용비야를 해치게 된다면, 죽은 누이동생을 볼 낯이 없었다.

한운석은 조용히 자리로 돌아가 아무 말도 하지 않았다. 그녀를 흘끗 쳐다보는 용비야의 입가에 어쩔 수 없다는 듯한 웃음이 스쳤다. 그는 조용히 서신을 당자진에게 건넸다.

당자진이 서신을 받아들자 모두 그쪽을 에워쌌다. 여 이모는 그중에서도 가장 늦게 다가갔는데, 이미 서신 내용을 아는 듯 그저 보는 시늉만 했다.

하지만 안타깝게도 용비야는 한운석에게 모든 신경을 쏟느라 여 이모에게 주의를 기울이지 못했다.

당자진과 사람들은 앞 내용만 보았다.

"다행이다, 다행이야. 부상도 심각하지 않고 무사하구나."

당자진은 서신을 보면서 감격했다.

당리는 크게 한숨을 내쉬며 말했다.

"여 이모, 가볍게 공격해서 천만다행이에요. 열 걸음이면 유성표에 아주 호되게 당했을 텐데."

당 부인도 한숨 돌리며 말했다.

"단목요는 치료하느라 바쁜가 봐요. 자진, 우리가 그 여자보다 먼저 상황을 알려야 해요."

"어머니, 구양영정과 먼저 이야기를 한 다음 그쪽에서 단목요를 성토하게 만들어요. 그 뒤에 우리가 나서서 사과하고 중재

326

하는 겁니다."

당리가 다급하게 말했다.

이번 일을 겪으면서 다들 대외관계의 고수가 되었다.

이때, 당자진이 서신을 끝까지 다 읽은 후 말했다.

"단목요의 치료를 도와줄 사람이 필요하다는군."

그 말에 당리와 다른 사람들이 얼른 서신을 보러 달려들었다. 나머지 부분까지 다 읽은 후, 초서풍이 가장 먼저 용비야를 바라보았고, 나머지 사람들의 눈길도 그쪽을 따라갔다.

검종 노인은 서신에서 단목요가 내상을 입었기 때문에 강력한 내공을 가진 사람이 치료를 도와줘야 한다며, 용비야에게 당장 단목요를 찾으라고 언급했다. 반드시 그녀의 치료를 돕고 잘 보살펴 주고, 반드시 그녀를 다치게 한 사람을 찾아 원수를 갚아야 하며, 눈이 녹으면 반드시 가장 먼저 그녀를 천산에 데리고 와서 요양시키라고 했다.

글자일 뿐이지만, 세 번이나 등장하는 '반드시'라는 단어에서 서신을 본 사람들은 검종 노인의 명령하는 말투를 느낄 수 있었다. 검종 노인이 단목요를 얼마나 아끼는지도 분명하게 느껴졌다.

용비야가 단목요에게 빚진 것도 없는데? 검종 노인의 편애가 너무 심해 보였다!

차 탁자 쪽에서 한운석은 엄숙한 표정으로 앉아 있고, 용비야는 그녀 앞에 서 있었다. 분명 위풍당당한 뒷모습인데, 어째 볼수록 잘못한 사람이 취조를 기다리는 것처럼 보였다.

초서풍은 침을 꿀꺽 삼켰다. 그의 경험상 왕비마마 기분이 진짜 나빠지면 문제가 아주 심각해졌다.

당자진 일가 세 명은 아주 복잡한 표정으로 서로의 얼굴을 마주 보았다.

여 이모는 곁에 서서 차가운 표정으로 한운석을 바라보았다. 그녀의 눈빛은 무시와 혐오로 가득했다.

그녀는 이해가 안 됐다. 이 여자는 대체 뭘 믿고 용비야에게 성질을 부리는 거지? 단목요는 검종 노인의 사랑을 받고 있고, 창구자와 결탁할 능력도 있었다. 앞으로 천산은 거의 그녀의 천하였다. 한운석은 그녀와 비교도 안 되는데, 무슨 자격으로 질투를 하는 걸까?

고요한 방 안에서 용비야의 표정은 보이지 않았다. 한운석의 차갑고 엄숙한 얼굴만 보이는 가운데 사람들은 모두 안절부절 못했다.

당자진이 먼저 이 침묵을 깨고 감격한 말투로 말했다.

"참으로 다행이다. 보아하니 검종 노인은 사정을 모르는 것 같구나. 단목요가 다쳤다는 말만 하고, 어떻게 다쳤는지는 말을 안 한 게야."

여 이모가 재빨리 말했다.

"단목요는 이번에 창구자를 도우러 왔잖아요. 검종 노인에게 다 밝힐 만큼 어리석진 않겠죠. 어쨌든 천산 그 두 노인네 사이에 어느 정도 갈등이 있으니까요."

당자진은 이마를 탁 치며 말했다.

"그래, 맞아! 괜히 놀랐구나, 괜히! 검종 노인은 1년 내내 폐관 수련을 하고 안에 틀어박혀 좀처럼 나오질 않지. 누가 쓸데없이 고자질만 하지 않으면, 알 리가 없어."

방금 왜 그 생각을 못 했을까? 검종 노인의 미움만 사지 않는다면, 그렇게 걱정스럽지도 않았다.

"단목요가 막는데 누가 감히 고자질하겠어요? 다들 너무 쓸데없이 걱정한 것 같아요."

억울하게 책망을 받았다는 듯한 여 이모의 모습에 당 부인이 웃으며 말했다.

"이럴 줄 알았으면 의여가 표창을 더 날릴 걸 그랬어요."

당 부인은 다치게 한 사람이 자신이길 바랄 정도로 단목요가 너무 싫었다. 이때, 용비야가 천천히 고개를 돌려 그녀를 바라보자 그제야 입을 닫았다.

"비야, 괜히 지체하다가 문제가 생기지 않게 서둘러 다녀오너라. 만일 단목요 부상이 악화되어 사정을 숨길 수 없게 되면, 당문이 정말 곤란해진다."

여 이모가 진지하게 권했다.

용비야는 못 들은 척 당자진에게 차갑게 말했다.

"사부까지 개입되지 않은 걸 보니, 심각한 문제는 아닙니다. 요수 쪽에 일이 많아서, 저는 이만 가 보겠습니다."

간다고?

"정말 단목요를 안 구할 셈이냐?"

당자진이 놀란 목소리로 물었다.

"상관하실 일이 아닙니다. 우선 당문 문제부터 빨리 처리하십시오!"

용비야는 명령처럼 차갑게 말했다. 한운석을 제외한 나머지 사람들은 용비야가 동진 태자 신분으로 당자진에게 말하고 있음을 알아챘다.

당문을 잘 관리하는 것은 당자진이 문주로서 맡은 책임이자, 동진 황족의 비밀 시위 우두머리로서 해야 할 소임이었다.

그는 얼굴에서 모든 감정을 지우고 담담하게 용비야에게 대답했다.

"안심해라."

곁에 선 여 이모는 폭풍우가 휘몰아칠 것 같은 표정이 되었다. 하지만 당자진도 말을 꺼내지 못하는 판에 그녀라고 별수 있을까?

그러나 그녀는 단목요의 성격상 이 일이 그리 쉽게 끝나지 않을 것을 알았다.

용비야는 한운석을 바라보며 아무 말 없이 손을 내밀었다.

한운석은 기분이 고스란히 드러난 얼굴로 그의 손을 잡고 일어섰다.

이렇게 두 사람은 손에 깍지를 끼고 문밖으로 나섰다. 초서풍은 멍하니 있다가 곧 정신을 차리고 뒤따라갔다.

"저 아이가…… 이럴 순 없습니다!"

여 이모는 당자진에게 낮은 목소리로 말했다.

"어떻게든 설득하셔야 해요. 단목요가 얼마나 다쳤는지 보고만 와도 우리 쪽에 문제가 없어요."

"어휴, 안 가면 안 가는 거죠! 비야가 하는 일에 무슨 걱정이에요. 다 대책이 있으니까 안 가는 거겠죠."

당문에 큰 위기가 없다는 사실을 확인하자 당 부인의 마음은 가벼워졌다.

"그리고 간다고 해도 며칠은 시간을 끌어야 단목요가 좀 고생을 하죠."

당리는 혼잣말처럼 중얼거렸다.

"형수가 있는 한, 형은 가고 싶어도 못 갈걸요."

"네 일이나 잘 하거라!"

당자진이 엄하게 야단쳤다.

당리가 당 부인에게 눈짓을 보내자 두 모자는 곧 자리를 빠져나갔다.

주변에 사람이 없는 것을 확인한 여 이모가 목소리를 낮게 깔고 말했다.

"이번에 아무것도 안 하고 한운석을 놔줄 생각이세요?"

"서부 국면이 아직 혼란스러운 상황에서 비야를 더 번거롭게 하지 마라! 아랫사람 말로는 비야가 천산에 갈 계획이 있다고 하니, 그때 다시 상황을 보자."

당자진은 여전히 신중한 태도를 유지하면서 여 이모에게 경고하는 것을 잊지 않았다.

"경거망동하지 말아라. 비야 성미는 너도 알겠지. 맞설수록 더 네 말을 듣지 않을 거다. 두 사람이 혼인한 지 벌써 몇 년이냐. 그런데 아직도 한운석에게 회임 소식이 없는 걸 보면, 비야도 그녀를 자기 사람으로 보지 않는 게야."

남성 중심적 사고의 당자진은 남자가 정말 여자를 좋아하면, 반드시 자신의 아이를 낳아 주기를 바랄 거라 생각했다.

그러나 여 이모의 입장에서 볼 때는 그렇지 않았다.

"한운석에게만은 예외가 많아요. 비야가 변한 것 같지 않으세요?"

여 이모는 남자가 정말 여자를 좋아하면, 그녀를 위해 변화도 감수한다고 생각했다.

"이 일은 다음에 상의하자! 영정에게 사람을 보내서 이 일을 어떻게 처리하면 좋을지 상의하도록 해!"

당자진은 단목요가 천산에 상황을 알리지 못한다면, 그가 반격에 나서야 한다고 생각했다!

그렇지 않으면 창구자가 정말 당문을 아주 만만하게 생각할지도 몰랐다.

"알겠어요. 영정 그 여자라면 이런 일에 분명 묘수가 있을 거예요."

여 이모가 웃으며 말했다.

"이 일에 너는 개입하지 말고, 혼례 준비를 도와라."

당자진은 담담하게 말했다.

"영승을 속이기 위해 진왕부에도 청첩장을 보내야 한다."

이때, 한운석과 용비야는 이미 산 아래로 내려온 뒤였다. 두 사람을 맞으러 온 마부는 이들을 보자마자 뭔가 이상한 낌새를 눈치챘다.

마부는 곁에 서서 공손하게 인사했다. 마차 높이가 아주 높았지만, 따로 발판을 준비하지 않았다. 이 마차는 진왕 전하 전용으로, 여자는 왕비마마 한 명만 탈 수 있었다. 진왕 전하는 매번 그녀를 안고 탔기 때문에 발판이 필요치 않았다.

늘 그랬듯이 진왕 전하가 왕비마마를 안고 마차에 오른 뒤에 마부가 올라탔다.

하지만 한참을 기다려도 진왕 전하가 목적지를 말해 주지 않자, 마부는 결국 참지 못하고 물었다.

"전하, 요수로 돌아갈까요, 아니면……."

마차 안에서 차가운 목소리가 들렸다.

"멀리서 기다려라."

만약 두 주인의 안색이 나쁘지 않았다면, '멀리서 기다려라'라는 말에 마부는 틀림없이 오해했을 것이다.

어찌 된 일인지 궁금하긴 했지만, 마부는 명령에 따라 먼 곳에 가 있었다.

마차 안에서는…….

대체 뭘 믿고

조용한 산속에 마차 한 대가 서 있었다. 잘 모르는 사람이 보면 널찍한 마차 정도로만 생각했겠지만, 전문가가 보면 단번에 보통 마차가 아님을 알 수 있었다.

이 마차는 사두마차, 즉 말 네 마리가 끄는 마차였다. 사두마차는 제왕이 타는 마차로, 절대 일반인이 탈 수 있는 수준이 아니었다.

이 마차의 차체는 진귀한 금사남목金絲楠木으로 만들어졌는데, 매력적인 금빛은 부유한 분위기를 풍겼다. 애호가들이 소장한 금사남목 장식품도 이토록 균일한 재질로 만들기 어려운데, 이 마차는 그걸 실현해 냈다.

마차에는 뛰어난 기교를 자랑하는 화려한 장식도, 주인의 신분을 드러내는 표식도 없었다. 막대 모양 조각으로만 장식해 진부하지 않고 풍격이 있어 보였다.

네 개의 창문 위로 드리워진 아름다운 황금빛 비단은 마차 안을 빈틈없이 가려 신비로운 기운을 뿜어냈고, 보는 이로 하여금 그 안을 훔쳐보고 싶은 충동을 불러일으켰다.

마차의 네 바퀴는 모두 크고 튼튼해 충격 흡수에 뛰어났다. 마차의 차체는 또 얼마나 큰지, 네다섯 명이 동시에 들어가도 전혀 비좁다는 느낌을 주지 않았다.

마차 내부 장식은 바깥처럼 간결하긴 하나, 풍격은 완전히 달랐다. 내부는 남들이 손가락질할 정도로 아주 사치스러웠다!

마차 안에 놓인 널찍하고 따뜻한 침상 위에는 아주 희귀한 자색 여우 가죽이 깔려 있었다. 앉고, 기대고, 누울 수도 있는 침상이었다. 침상 좌우 양 끝에는 금사金絲로 된 높은 베개가 놓여 있었는데, 그 위에 눕거나 기댈 수 있었다. 중간에 있는 작은 금사남목 사각 탁자 위에는 여요汝窯 다구가 놓여 있었다.

침상 앞 아래쪽에는 난방용 청동화로가 있었다. 정교하고 아름다운 이 화로는 탈 때 연기도 나지 않고 재도 남지 않았다. 바닥에 깔린 호피 양탄자는 극도의 화려함을 자랑했다!

이것이 바로 진왕 전하의 전용 마차였다. 수많은 여자가 자나 깨나 갈망하는 장소로, 타는 것은 고사하고 내부를 한 번 볼 수만 있다면 여한이 없겠다는 여자들이 수두룩했다.

하지만 지금 한운석은 이 마차 안에서…… 화를 끓이고 있었다!

그녀는 침상 오른쪽에 앉아 높은 베개에 기댄 채, 눈을 내리 깔고 자신의 두 발을 보고 있었다. 얼굴에는 불쾌한 기분이 고스란히 드러나, 아무도 귀찮게 하지 말라는 듯했다.

용비야는 왼쪽에 단정하게 앉아서 말없이 그녀를 바라보고 있었다. 미간을 살짝 찌푸린 채, 칠흑같이 어둡고 깊은 눈동자에는 난감해하면서도 사랑스럽다는 감정이, 웃음과 번민이 뒤섞여 있었다. 어쨌든 그는 이 여자를 어찌해야 좋을지 몰랐다.

이 세상에 그를 쩔쩔매게 하는˙일은 없었다. 당장 해결하지 못하는 문제라도 그의 마음속에 다 계획이 있고 생각이 있었다. 하지만 이 여자에 대해서는 그도 어찌할 바를 몰랐다.

그는 그녀가 우는 것보다 말도 없이 울적하게 화내는 게 더 무서웠다.

과연 한운석은 정말 화가 났다.

그에게 정말 구하러 갈 거냐고 묻고 싶지도 않았다. 그녀만 책임지겠다고 약속한 게 바로 어제였다. 그런데 오늘 감히 다른 사람을 구하러 가겠다는 말을 한마디라도 하면, 독을 써서 사지에 힘을 다 **뺀** 다음, 식초 단지 속에 3일 밤낮을 빠뜨려 놓아도 시원찮을 것 같았다!

진짜 질투가 어떤 맛인지 제대로 보여 주겠어!

다행히 용비야는 그런 말은 입 밖에도 내지 않고 다른 말을 했다.

"우리, 요수로 가야 하지 않겠느냐?"

"대체 사부에게 뭐라고 설명할 거예요?"

한운석이 냉정하게 물었다.

……그건 좀 큰 문제였다.

"우선 돌아간 뒤에 다시 이야기하자."

단목요에 대해서는 용비야는 생각할 필요도 없었다. 하지만 그를 아들처럼 아껴 주었던 사부에 대해서는 반드시 숙고해야 했다.

"서신은요?"

한운석이 물었다.

용비야는 순순히 검종 노인의 서신을 그녀에게 건넸다. 한운석은 서신을 잘 정리한 후 초서풍을 불러 차갑게 말했다.

"받을 사람을 찾지 못했으니, 돌려보내게! 다시 서신이 와도 받지 말고!"

이 말을 들은 초서풍은 웃음을 터뜨릴 뻔했다. 역시 왕비마마야, 이런 생각을 해내다니! 매에 서신을 묶어 보내면 확실히 받을 사람을 찾지 못하는 경우가 생겼다. 매는 말을 할 줄 모르니, 그대로 돌려보낸들 누가 진실을 알 수 있을까? 대부분 수신인을 찾지 못했다고 생각할 것이다.

어쨌든 최근 몇 년 동안 검종 노인도 전하에게 연락하는 일이 드물었으니, 서너 차례 매를 보냈음에도 수신인을 찾지 못하는 일은 전혀 이상하지 않았다.

마차 안에서 용비야의 입꼬리는 일찌감치 보기 좋은 호를 그렸다. 그는 한운석을 바라보며 그녀의 아름다운 앞머리를 어루만지고 싶어 견딜 수 없었다.

그는 그녀의 지혜로움도 좋아했지만, 그녀의 잔꾀 역시 아꼈다.

그가 손을 내밀자 한운석은 그 손을 탁 쳐내며 아무 말도 하지 않았다. 그저 마차 밖에 있는 초서풍에게만 차갑게 말했다.

"안 가고 뭘 하는가?"

초서풍은 이미 서신을 받아 챙겼으나, 전하의 지시를 기다려야 했다.

다른 일이야 왕비마마 뜻대로 할 수 있지만, 천산 일은 아주 특수해서 반드시 전하의 명령을 기준으로 삼아야 했다.

"멍하니 서서 뭘 하고 있느냐?"

곧이어 용비야가 말했다.

초서풍은 두 번이나 혼이 났지만 기꺼이 명을 받들었다.

"예, 당장 처리하겠습니다!"

초서풍은 오랫동안 진왕 전하를 모셔 왔기 때문에 단목요가 어떤 사람인지 가장 잘 알았다. 예전부터 전하가 그런 여자와 관계 끊기를 바라 마지않았다.

초서풍이 떠나자 두 사람은 다시 침묵에 들어갔다. 용비야는 계속 한운석을 바라보며 뭔가를 기다리는 듯했다. 하지만 한참 후, 한운석은 아무것도 추궁하지 않고 담담하게 말했다.

"돌아가요."

용비야는 살짝 놀랐다. 그녀를 바라보며 뭔가를 말하려다 주저하더니 한참 동안 침묵했다. 한운석이 그에게 물을 뜻이 없어 보이자, 그는 담담하게 '음'하고 대답한 뒤, 마부를 불러 마차를 출발시켰다.

그러자 한운석이 바로 그를 돌아보았다. 그는 굳은 표정으로 창밖을 보고 있었다.

한운석은 내 천川자가 그려질 정도로 미간을 찌푸리며 뭔가를 말하려다가 결국에는 고개를 홱 돌려 자신도 창밖을 바라보았다.

한참 후 용비야가 힐끗 그녀를 보았다. 꿈쩍도 하지 않는 그녀의 모습에 잘생긴 그의 이마가 찌푸려졌다. 그는 눈을 아래

338

로 깔고 오로지 차만 우려내며 아무 소리도 내지 않았다.

보통 첫 잔은 그녀에게 건넸으나 이번에는 혼자 따라서 마셨다.

마차 바퀴 움직이는 소리가 산속 적막함을 깨뜨렸으나, 마차 안의 고요함은 더욱 두드러졌다.

용비야는 침상 중간에 놓인 작은 차 탁자 앞에서 무표정한 얼굴로 차만 마셨고, 한운석은 가장자리에 기대어 멀리 떨어져 앉아 있었다.

이렇게, 두 사람은 가는 길 내내 침묵으로 일관하며 오전을 보냈다.

마차 안의 숨 막힐 것 같은 분위기는 밖에 앉아 있는 마부도 느낄 수 있을 정도로 강력했다. 마부는 자칫 잘못했다가 진왕 전하의 화풀이 대상이 될까 두려워 조심스럽게 마차를 몰았다.

정오가 지난 후 마차는 현성에 도착했다.

시끌벅적한 바깥 분위기 때문에 마차 안은 더 고요하게 느껴졌다. 아주 불편하고 거북한 분위기였다.

마부는 결국 참지 못하고 낮은 목소리로 말했다.

"전하, 점심 식사를 준비할까요?"

진왕 전하는 왕비마마가 배고픈 것을 못 견디는 분이었다. 먼 곳으로 행차하실 때도 왕비마마가 굶게 두신 적이 없었다. 대체 얼마나 큰일이 벌어졌기에 전하가 식사처럼 중요한 일도 잊으셨을까?

"뭘 먹겠느냐?"

용비야가 담담하게 물었다.

"아무거나요."

한운석이 답했다.

용비야도 더는 묻지 않고 마부에게 분부했다.

"깨끗한 곳을 찾아봐라."

이후 두 사람은 다시 침묵에 들어갔다.

얼마 지나지 않아 마부는 현성에서 가장 비싼 주루의 별실을 빌렸다.

"전하, 준비해 두었습니다. 이층 오른쪽 첫 번째 방입니다. 점원이 그곳에서 기다리고 있습니다."

용비야가 내리려고 일어서자 드디어 한운석의 시선이 그에게로 향했다. 일부러 그를 괴롭히려는 게 분명했다. 그가 마차에서 내리자 그녀가 부드럽게 말했다.

"용비야."

평소 같았으면 그는 '음'하고 대답하며, 가리개를 걷고 그녀를 안아 내렸을 것이다.

하지만 이번에 그는 그저 무심한 말투로 묻기만 했다.

"왜 그러느냐?"

이 상황을 본 마부는 시중들러 가야 하나 말아야 하나 고민이 되었다. 평소에는 그가 해야 할 일을 진왕 전하가 먼저 나서서 해 버렸지만, 지금은 진왕 전하가 시중을 들지 않으니 서둘러 발판을 준비해야 하는 게 아닐까?

마부가 망설이고 있는 이때, 한운석이 갑자기 화난 목소리로 말했다.

"나한테 해명 안 할 거예요? 당신, 마차에 타요!"

마부는 놀란 나머지 얼굴이 새파랗게 질렸다. 왕비마마의 갑작스러운 분노에 놀란 게 아니었다. 감히 진왕 전하에게 이렇게 사납게 굴 수 있는 사람이 있을 줄은 상상도 못 했기 때문이었다.

아니, 아니지. 그냥 사나운 정도가 아니라, 사납게 명령하고 있잖아!

그런데 마부의 눈에 진왕 전하가 마차 밖에 서서 웃고 있는 모습이 보였다. 좀 전까지 천 년이 지나도 녹지 않을 것 같은 얼음장 얼굴을 하고 있었는데, 지금은 입을 오므리고 소리 없이…… 몰래 웃고 있었다!

마부는 얼른 서쪽으로 고개를 돌렸다. 해가 서쪽에서 뜬 것도 아닌데, 진왕 전하에게 대체 무슨 일이 일어난 거지. 아무리 총애하는 여자라지만, 야단을 맞으면서도 웃을 정도란 말인가.

진왕 전하가 얼른 마차에 오르는 것을 본 마부는 고개를 설레설레 저었다. 전하와 왕비마마의 세상을 다른 사람은 도무지 이해할 수 없었다.

마부는 알아서 '먼 곳에서 기다리러' 갔다.

용비야는 입가에 맴돌던 웃음기를 싹 지우고 마차에 올라 담담하게 물었다.

"무엇을 해명하란 말이냐?"

아무 말도 안 하는 게 나았을 텐데. 그의 이 한마디에 오전 내내 누르고 있던 한운석의 분노가 순식간에 폭발했다.

"뭘 해명하느냐고요?"

그녀는 믿을 수 없다는 듯이 물었다.

"그러니까 해명할 필요를 전혀 못 느낀다는 거예요?"

그렇게 오래 화를 내고 있었는데, 기분 나쁘다고 얼굴에 다 써서 보여 주었는데도 그는 그녀에게 한마디도 해명하지 않았다. 그녀가 묻지 않으면 전처럼 아무 말도 안 해 줄 생각이었나?

꼭 그녀가 묻고 따지고 다그쳐야 겨우 말하는 걸까?

"뭘 믿고?"

한운석은 기가 막힐 정도로 화가 났다.

이번에 용비야는 정말 알아듣지 못했다.

"뭐……, 뭘 믿고?"

"당신 사부는 대체 뭘 믿고 당신보고 돌봐 주라는 거예요? 그 여자가 뭔데! 열여덟이 됐잖아요? 당신 사부가 그걸 모르고 있는 건 아니겠죠?"

한운석은 구구절절 질문을 쏟아냈다.

"대체 뭘 믿고 당신을 이렇게 부리냐고요. 그 여자한테 빚이라도 졌어요? 당신이 그 여자 아버지예요, 오라버니이길 해요, 아니면 지아비라도 돼요?"

용비야는 그 말이 마음에 들지 않았지만 해명도, 반박할 기회도 없었다. 한운석은 씩씩거리며 계속 질문을 던졌다.

"아니면, 예전에 늘 이렇게 그 여자를 돌봐 줬어요? 그래서 익숙해졌어요?"

한운석은 화를 내는 정도가 아니라 거의 분노하고 있었다! 격한 분노!

그녀는 단목요를 질투하는 게 아니었다. 검종 노인이 용비야에게 단목요를 돌봐 주라고 시키는 걸 받아들일 수 없었다!

대체 뭘 믿고!

'반드시'를 세 번이나 쓰면서 무조건 명령이라니! 대체 뭐 하는 거야?

자존심 강하고 높은 지위의 용비야를 대체 뭐로 생각하는 거지?

용비야는 그녀가 화난 건 알았지만, 이 정도로 화가 났을 줄은 몰랐다. 게다가 사부에게 화가 났을 줄이야.

그는 한운석을 자세히 바라보았다. 이 여인은 진지할 때보다 화낼 때 더 아름답구나.

"대답해요!"

한운석이 성난 목소리로 말했다.

"한운석, 난 네가 이대로 넘어가는 줄 알았다."

그가 웃으며 말했다.

"누가 넘어가요! 어림도 없는 소리!"

한운석은 머리끝까지 화가 나서 용비야가 기뻐하는 것도 알아채지 못했다. 그녀가 신경 쓰는지 여부가 그에게는 정말 신경 쓰이는 일이었다.

"대답해요!"

그녀가 아주 사납게 말했다.

"당신 사부는 왜 이러는 거예요?"

"그분은 본 왕에게 네가 있다는 걸 모르신다. 나중에 산에 가면 너를 그분께 데리고 갈 거다."

용비야가 담담하게 말했다.

한운석은 그의 손을 밀어내며 말했다.

"그러니까 그분은 당신과 단목요를 맺어 주고 싶어서, 예전에도 이렇게 당신을 부렸다는 거예요?"

사부도 불쌍한 사람

예전…….

용비야는 이렇게 대답했다.

"나는 천산에서 오래 있지 않았다. 열여덟 살 전에는 매년 한 번씩 갔지만, 나중에는 잘 가지 않았지. 지금은 안 간 지 벌써 3, 4년이 되었다."

한운석은 말없이 눈을 가늘게 뜨고 그를 바라봤다. 용비야는 자신이 핵심을 말하지 않았다는 걸 알았다.

다른 여자를 달래는 일이 어려운지는 잘 모르지만, 눈앞에 있는 이 여자를 달랠 때는 대충 넘길 수 없다는 걸 알고 있었다.

묻지 않았다면 모를까, 일단 묻기 시작한 이상 그녀는 끝까지 캐물을 게 분명했다.

"산에 올라갈 때마다 사부의 지도를 받으며 폐관 수련을 했다. 수련이 끝나면 바로 산에서 내려왔지."

용비야가 다시 말했다.

"둘이 같이 산에 올랐다가 함께 하산해서 서주국 황성까지 바래다준 적 있잖아요?"

한운석이 심술궂게 물었다.

그녀는 속 좁은 사람이 아닌데도, 용비야의 앞에서는 유달리 속 좁고 옹졸한 사람이 되었다. 단 하나의 오점도 받아들일 수 없었다.

이 남자는 온전히 그녀의 것이어야 했다! 예전이든 앞으로든, 누구와도 나누고 싶지 않았다.

용비야는 대답 없이 그녀를 바라보며 난감하다는 듯 웃었다.

"왜 웃어요!"

한운석은 난생처음으로 화가 나서 죽을 것 같았다.

용비야는 그녀를 상관하지 않고 큰 소리로 밖에 있는 마부에게 분부했다.

"먼저 가서 산류백채酸溜白菜(새콤한 배추요리)를 주문해 놓아라."

한운석은 부끄럽고 분한 마음에 화가 나서 발로 걷어차며 말했다.

"용비야, 나 농담 아니에요!"

"단목백엽의 말을 아직도 마음에 두고 있느냐?"

용비야는 웃어야 할지 울어야 할지 몰랐다. 전에 서주국에서 단목백엽이 한 도발에 대해 이미 다 해명하지 않았던가? 이여자가 지난 일까지 들출 줄은 몰랐다.

"그, 그럼 당신 사부는 예전에도 자주 당신한테 그 여자를 돌봐 주라고 명령했어요? 그래서 당신은 갔고요?"

이게 바로 한운석이 가장 신경 쓰는 부분이었다.

지난번 단목요가 검종 노인의 명령으로 용비야를 찾았을 때, 그는 두말하지 않고 그녀를 따라갔다. 그가 검종 노인을 얼마나 중요하게 생각하는지 알 수 있는 모습이었다.

이번에 검종 노인의 서신을 보니, 용비야에게 이런 명령을 내린 게 분명 처음은 아니었다. 전에 얼마나 많이 명령했을지는 하늘만이 알겠지.

용비야는 복잡한 눈빛으로 그녀를 바라보며 대답하지 않았다.

한운석도 그를 바라보며 기다렸다. 하지만 아무리 기다려도 그는 말이 없었다. 그녀는 이제 화난 건 신경도 쓰이지 않았다. 가슴은 콩닥콩닥 뛰었고, 눈썹이 찌푸려지면서 아주 긴장되었다.

"대답해요!"

그녀는 긴장할수록 더 사나워졌다.

"예전에……."

용비야가 막 입을 떼려는데, 갑자기 한운석이 그의 입을 틀어막고 딱 잘라 말했다.

"됐어요! 지난 일은 그냥 넘어가요. 나 배고파요. 밥 먹어요."

여자 마음은 바닷속에 떨어진 바늘 찾기처럼 알 수 없다더니, 말 떨어지기 무섭게 변하는 모습이 변덕스러운 유월 날씨 같았다!

그녀가 몸을 일으켜 마차에서 내리려는데 용비야가 불쑥 뒤에서 그녀의 허리를 감싸고 자신의 품 안으로 끌어당겼다.

"후후, 화가 풀렸느냐?"

한운석은 고개를 가로저었다.

"어째서지?"

용비야가 흥미로운 듯 물었다.

그런데 한운석의 대답은 의외였다.

"용비야, 난 두려워요!"

그녀는 돌아서서 진지하게 그를 보며 말했다.

"용비야, 난 두려워요. 아무리 애써도 당신의 과거를 지울 수 없고, 당신의 유일한 사람이 되지 못한다는 게 두려워요. 어쩌면 좋죠?"

그녀는 하늘도 세상도 믿지 않고, 오로지 자신만 믿는 사람이었다. 아무리 힘든 일이 있어도 그녀가 원하면 반드시 해낼 수 있었다!

하지만 그의 과거는 그녀가 어쩔 수 없는 부분이었다.

그가 이미 겪은 일에는 관여할 수 없었고, 다른 사람을 사랑한 과거를 막을 수 없었다.

어떻게 해도 방법이 없었다!

용비야의 마음이 떨려 왔다. 그는 한운석과 한몸이 아닌 게 한스러운 듯, 그녀를 더욱 꽉 껴안았다.

그녀의 말은 그가 들은 것 중 가장 감동적인 고백이었다.

그의 품에 안긴 채 그녀는 솔직하게 고백했다.

"나는 신경 쓰여요……, 아주 많이. 용비야, 우리 어쩌면 좋죠?"

다른 사람이었다면, 이 정도는 그냥 넘어가 줄 수 있었다. 그녀는 그렇게 소탈한 사람이었으니까. 그렇지만 용비야, 그에 대해서는 무시하고 넘기며 잊을 수 없었다.

생각하니 괴롭고 울적하기 그지없었다.

그는 가볍게 그녀의 등을 두드리며 담담하게 말했다.

"이렇게 욕심이 많았느냐?"

한운석은 슬프게 답했다.

"그래요. 하지만……, 욕심을 부릴 수 없네요."

용비야는 웃고 싶으면서도 마음이 아팠다. 이렇게 얼이 빠진 듯한 이 여자의 모습은 처음이었다. 그는 마치 귀를 깨물기라도 할 듯이 그녀의 귓가에 얼굴을 바짝 붙이고 한 글자 한 글자 진지하게 말했다.

"한운석, 기억해라. 본 왕 평생에 여자는 너뿐이다. 너만 돌봐 주겠다. 과거에도 장래에도, 너뿐이다. 다른 사람은 없다."

그는 말하면서 뒤로 물러서는가 싶더니 다시 가까이 다가와 패기 있게 그녀의 얼굴을 감싼 후 진한 입맞춤을 남겼다. 그들만의 도장 찍는 방식이었다.

한운석의 세상이 환하게 밝아 왔다. 그녀는 더 이상 조심스러워하지 않았다. 순식간에 힘이 솟기라도 한 듯, 자유롭고 거침없던 원래 모습으로 돌아왔다.

그녀는 두 손으로 용비야의 얼굴을 세게 붙잡고는 자세한 사정을 캐묻기 시작했다.

"전에 당신 사부가 당신한테 무슨 명령을 내렸죠?"

"기억나지 않는다."

정말이었다. 이런 일을 왜 기억하겠는가?

"생각해 봐요."

한운석은 안달이 났다. 제대로 답을 듣지 못하면 잠이 오지 않을 것 같았다.

"그 서신 내용과 비슷할 거다."

용비야는 정말 생각하고 싶지 않았다. 그가 진짜로 잊은 것을 확인하자, 한운석은 아주 만족스러워했다.

"잊었다니 됐어요."

그 말을 듣자 용비야는 그제야 이 여자의 함정이었다는 사실을 깨달았다. 방금 정말 뭔가를 생각해 냈다면, 심각한 결과를 초래했을 것이 분명했다.

"그럼 당신은 어떻게 거절했어요?"

한운석이 계속 물었다.

"겉으로 순종하는 척하고 실제로는 따르지 않았다."

그는 사부 앞에서는 명령을 거스른 적이 없었지만, 뒤에서는 보통 명령을 따르지 않았다. 단목요가 열여덟 살이 될 때까지 돌보라고 했을 때, 그저 죽지 않게 지키는 정도로만 돌본 것처럼 말이다.

"단목요가 고자질하지 않았어요?"

한운석이 궁금해했다.

용비야가 고개를 가로젓자 한운석이 다시 물었다.

"왜죠?"

"모른다."

용비야는 좀 짜증이 난 듯했다.

한운석은 이제 멈출 때가 된 것 같아 더는 따지지 않았다. 그녀는 다른 일에 더 관심이 있었다.

"검종 노인은 왜 그렇게 단목요를 아끼는 건가요? 타고난 재능 때문만은 아니죠?"

타고난 재능과 무공 수준으로 따지면 단목요보다 용비야가 훨씬 뛰어났다. 그럼 검종 노인은 용비야를 더 아껴야 마땅한데, 왜 단목요를 돌봐 주라고 시켰을까?

분명 뭔가 숨겨진 내막이 있었다.

용비야는 많은 일에 대해 천산에 가서 한운석에게 천천히 말해 주려 했었다. 하지만 그녀가 지금 질문을 던졌으니, 더 숨길 생각은 없었다.

그녀를 데리고 천산에 가기로 결심한 이상, 숨길 것은 없었다.

"단목요의 타고난 재능은 돌아가신 사모와 아주 비슷했다. 사모도…… 사부의 제자였지."

용비야가 탄식하며 말했다.

"그분이야말로 사부의 첫 번째 제자였지만 이 일을 아는 사람은 없다. 사부가 그해에 제자를 받지 않은 것도 사모 때문이었다. 나와 단목요는 함께 천산에 갔는데, 그날 검종 노인은 단목요 때문에 기분이 좋아져서 나까지 함께 제자로 받아 주셨다."

너무 의외였다. 세간에서는 줄곧 용비야와 단목요의 타고난 재능이 출중하여 검종 노인이 파격적으로 이들을 제자로 받아 주었다고 했는데, 진실이 이럴 줄은 생각도 못 했다.

그럼 용비야가 그해 천산검종에 들어갈 수 있었던 것도 다 단목요 덕분이었다.

"이 일은 사부가 내게만 알려 주셔서 단목요도 모른다. 그분의 명성과 직결되는 일이라……."

용비야의 설명이 끝나기도 전에 한운석이 말했다.

"걱정 말아요, 반드시 비밀을 지킬게요!"

운공대륙의 풍조가 개화되었다고는 하나, 사제 간의 관계는 아직 용납되지 못했다. 검종 노인처럼 덕성과 명망이 높은 사람에게는 더욱 이렇게 풍속을 문란케 하는 일이 허락되지 않았다.

이 일이 일단 퍼지면, 검종 노인은 물론 천산 전체의 명예가 땅에 떨어질 수 있었다. 그럼 누구도 아이를 천산 제자로 입문시키려 들지 않을 것이다.

"사모는…… 진기의 역행으로 주화입마에 빠져 돌아가셨다."

용비야가 담담하게 말했다.

"사모가 세상을 떠난 후, 사부는 하룻밤 사이에 머리가 하얗게 세었고, 실심풍失心風에 걸리셨다. 몇 년 전에는 그래도 제어하실 수 있었는데, 최근에는 상태가 들쑥날쑥하시지. 병이 발작하면 나도 못 알아보시고 오직 단목요만 알아보신다."

한운석은 깜짝 놀랐다. 천산에 관해 용비야가 뭔가를 숨기고 있다는 건 알았지만, 그게 이런 일일 줄은 생각도 못 했다.

30여 년 전 검종 노인이 하루아침에 백발이 된 건 무술 연마 때문인 줄 알았지, 사랑의 상처로 이렇게 비참한 상황을 맞은 줄은 전혀 몰랐다.

하룻밤 사이에 검은 머리가 하얗게 셀 정도면, 마음의 상처가 얼마나 깊었던 것일까!

한운석은 순식간에 검종 노인에 대한 모든 분노와 원망이 사라졌다. 용비야가 따로 설명할 필요도 없이, 검종 노인이 왜 그렇게 단목요에게 잘해 주는지 이해할 수 있었다.

"이 일을 창구자도 아니요?"

한운석이 진지하게 물었다.

"사부가 단목요에게 잘해 주셔서 의심은 했지만, 진상은 모른다."

용비야가 담담하게 말했다.

"이 일은 당자진과 당리도 제대로 알지 못한다. 오직 너와 나, 그리고 단목요만 알고 있다. 천산에 가더라도 잠시 모르는 척해라."

검종 노인은 완전히 미친 것은 아니었고, 가끔 병이 발작할 뿐이었다. 그는 예전에 용비야와 단목요에게 이 일을 누구에게도 발설하지 말라고 경고했었다.

용비야는 전에 여러 차례 당리에게 천산에 가서 소식을 알아오라고 시켰지만, 가져온 것은 일반적인 내용뿐이었다. 검종 노인 곁에 있는 사람들은 입이 아주 무거웠기 때문에 이 일은 알아낼 수 없었다.

단목요도 검종 노인이 실심풍을 얻었다는 것만 알 뿐, 왜 그렇게 되었는지 진실은 알지 못했다.

한운석에게 말해준 건 아주 파격적인 일이었다.

최근 몇 년간 창구자와 천산 다른 사람들의 동정은 둘째 치고, 무림의 움직임이 심상찮았다. 소요성, 여아성이 불안한 움직임을 보이면서, 각 세력이 운공대륙 무림의 통치권을 쟁탈하려 하고 있었다. 이러한 때에 천산의 진정한 버팀목인 검종 노인에게 무슨 일이라도 생기면 무림에 큰 혼란을 야기할 수 있었다!

무림의 혼란은 나라와 나라 간의 전쟁만큼 심각한 결과를 초래했다.

상황을 이해한 한운석이 진지하게 말했다.

"그럼 우리가 이번에 천산에 가면, 창구자와 제대로 맞서야겠군요!"

무림 세력이 꿈틀거리는 상황에서, 천산 내부가 먼저 혼란에 휩싸여서는 안 되었다.

용비야는 그녀의 코를 어루만지며 웃었다.

"걱정할 필요 없다. 그때가 되면 그저 언행을 삼가서 사부를 노하게 만들지 말아라."

"안심해요. 내가 양보할 거니까!"

한운석이 약속했다.

그녀는 그때가 되면 단목요를 만날 수밖에 없다는 걸 알았다. 단목요가 심하게 굴지만 않으면, 그녀도 심하게 따지고 들 생각은 없었다.

한운석은 단목요가 아니라 검종 노인의 총애 능력을 과소평가했다. 그때가 되면 아마도 후회하게 될 것 같았다.

용비야는 이런 일들은 별로 염두에 두지 않았다. 그의 눈동자가 순간 복잡해졌다. 이번 여름 천산에 가면 창구자와 맞서는 것은 부차적인 일이었다. 정말 중요한 것은 바로 그의 몸속 봉인을 해제하는 일이었다.

이 일을 한운석에게 말해 줘야 할까?

문 앞에서 만난 건 누구

봉인에 대해서는 말하자면 길었고, 연관된 것도 많았다.

용비야는 구약동의 심연에서 어쩔 수 없이 스스로 봉인을 해제했다. 고북월은 구했으나 내상을 입었고, 최근에야 회복되었다.

한운석은 이 일에 대해 전혀 몰랐다. 고북월이 눈치챘는지 여부는 확실하지 않았다. 하지만 고북월은 영민한 자니 알아채고도 묻지 않을 수 있었다.

용비야 몸에 있는 이 봉인의 이름은 서정인噬情印. 그가 검종 노인의 제자로 입문한 지 2년 후에 걸린 봉인이었다.

천산검종의 검법 종류는 무수히 많았으나, 내공법은 범천심법梵天心法 단 하나였다. 천산 검법을 수행하는 자는 반드시 범천심법을 수련해야 했고, 범천심법을 수련하는 자는 반드시 봉인을 받아들여야 했다. 수행에 불리한 몸속 나쁜 기운을 영구 봉인하기 위해서였다.

용비야가 입문한 해에 검종 노인은 그에게 봉인을 걸어 몸속 나쁜 기운을 막고 내공 수련을 가르치기 시작했다.

타고난 재능에 노력까지 더해져, 용비야는 1년 만에 내공 수련을 절반이나 완성하면서 천산검종의 기록을 경신했다. 하지만 어느 날, 검종 노인에게서 검법을 배우던 중 그의 몸속 봉인이 갑자기 깨졌고, 1년간 수련했던 내공이 다 빠져나와 모조리 사라졌다.

검종 노인은 깜짝 놀라 계속 용비야에게 봉인을 걸었지만 소용없었다. 1년 후, 봉인은 다시 깨졌고, 용비야의 1년 수련은 또 헛고생이 되었다.

검종 노인도 이유를 알 수 없었으나, 용비야가 범천심법을 훈련하기에 부적합하다는 것만은 확실했다.

범천심법을 훈련할 수 없으면, 검법도 익힐 수 없었다. 다시 말해 용비야는 천산검종에 남아 있을 필요가 없었다.

힘들게 검종 노인의 제자가 되었는데, 그것도 천산검종의 마지막 제자인데 당의완이 어떻게 이 기회를 놓칠 수 있겠는가? 그녀는 아들이 언젠가 천산검종의 계승자가 되어 무림까지 장악하기를 기대했다!

당의완은 검종 노인에게 용비야의 내력을 고한 뒤 동진 황족이 한 번도 사용한 적 없는 '서정인'을 내놓으며, 검종 노인에게 서정인으로 용비야를 봉인해 주길 간청했다.

서정인은 동진 황족의 진귀한 보물로, 엄청난 내공의 소유자가 아니면 가동할 수 없었다. 이 봉인에 걸린 자는 기를 모아 힘으로 바꿀 수 있었는데, 몸속 진기 외에 모든 나쁜 기운을 모아 만들어 내는 이 강력한 힘을 '서정력噬情力'이라고 했다!

서정력은 사악한 힘이었다. 제대로 통제하지 못할 경우, 가볍게는 주화입마에 빠지고, 심각해지면 어떻게 되는지 아는 이가 없었다.

그러나 이 힘은 계속 서정인에 의해 봉인되므로 봉인을 해제하지 않는 이상 영원히 이 힘을 사용할 수 없었다.

검종 노인은 그해 용비야의 몸에 이 봉인을 걸었고, 고심 끝에 그에게 스스로 봉인 해제할 수 있는 세 번의 기회를 남겨 주었다. 그것도 잠시만 해제될 뿐이었다.

스스로 해제할 경우 반드시 대가를 치르게 되며, 그 대가는 갈수록 더 심각해졌다.

구약동에서 용비야는 처음 스스로 봉인을 해제했고, 그 대가는 과연 가볍지 않았다.

봉인을 해제하려면 봉인을 건 사람이 필요했다.

이 세상에 검종 노인만이 용비야의 서정인을 풀 수 있었다. 검종 노인은 용비야가 서정력을 완벽하게 통제하지 못한다면 영원히 봉인을 해제하지 않겠다고 했다.

서정인에는 금기가 있었다. 봉인에 걸린 자는 동정을 유지해야 하며, 금기가 깨지면 서정인은 스스로 파괴되고, 서정력도 사흘 안에 모두 사라지게 되어 있었다.

지난번 창구자에게 부상을 입은 뒤, 용비야의 내공은 회복되었을 뿐 아니라 날마다 더욱 정진하고 있었다. 그는 자신이 충분히 서정력을 통제할 수 있다고 믿었다.

이번 천산행은 한운석과의 약속을 지키기 위한 단순한 걸음이 아니었다.

그는 서부 국면을 안정시킨 후 바로 천산에 갈 계획이었다. 올해 검종 노인은 자주 폐관 수련에 들어갔고, 창구자는 천산검종을 난장판으로 만들고 있었다. 창구자가 올해 들어 여러 차례 사람을 보내 검종 노인 근황을 조사하는 게 뭔가 의심하는 듯했다.

용비야도 이제 천산 내부 분쟁에 끼어들 때가 되었다. 창구자와 그 패거리에게 맞서기 위해서는 서정력이 필요했다!

이 일을 한운석에게 어떻게, 어디까지 설명해야 할까?

용비야가 망설이는 사이, 갑자기 밖에서 마부의 목소리가 들려왔다.

"전하, 왕비마마, 올라가서 식사하시지요."

마부는 맡은 일을 성실하게 수행하는 하인이었다. 그는 두 주인의 배가 걱정이었다. 이대로 꾸물대다가는 바로 저녁 식사를 하게 생겼다.

"내리자."

용비야는 더 망설이지 않았다. 언젠가 이 여자를 부황과 모비 앞에 인사시키는 날, 그때 그녀에게 동진에 대한 모든 것을, 그녀가 함께하지 못했던 과거에 대해 다 말해 줄 생각이었다.

다른 부부는 침대 머리맡에서 싸우다가도 침대 끝에서 화해한다던데, 용비야와 한운석은 마차에서 싸우고 마차에서 화해했다.

한운석은 이층 별실에 차려진 색과 향, 맛이 조화를 이루는 산류백채를 보고 웃음이 나올 뻔했다. 용비야는 도리어 아주 침착하게, 차가운 눈빛으로 마부를 한 번 쳐다보았을 뿐, 아무 말도 하지 않았다.

마부는 자신이 뭘 잘못했는지 전혀 알 수 없었다. 그는 진왕 전하에게 더 물어볼 용기는 없어서 조심스레 한운석에게 물었다.

"왕비마마, 요리를 주문하시겠습니까?"

한운석이 말했다.

"그럴 필요 없네. 쌀밥만 있으면 되겠어. 그리고 차를 내오도록 하게."

마부는 더더욱 영문을 알 수 없어 살그머니 진왕 전하 쪽을 보았다. 전하가 아무 말이 없자 그는 왕비의 분부대로 따랐다.

이렇게 한운석과 용비야는 이 현성에서 가장 비싼 주루의 가장 비싼 별실에서 흰 쌀밥과 산류백채를 반찬 삼아 한 끼 식사를 마쳤다. 마부는 도저히 이해가 되지 않아 밖에서 몰래 안을 들여다보았다. 진왕 전하는 전혀 젓가락질을 하지 않는 게 신맛을 싫어하시는 듯했다. 그런데 왕비마마는 굳이 먹으라고 권하며 몇 번이고 그 입에 음식을 넣어 주었고, 전하는 순순히 그걸 받아먹었다.

이 장면을 보고 있자니, 마부는 정말 진왕 전하가 완전히 다른 사람 같았다.

운공대륙에서 가장 차가운 진왕이 이렇게 부인을 애지중지할 줄 누가 생각이나 할까. 아주 그녀 맘대로 '좌지우지'되는 것 같았다!

산류백채 한 끼에 한운석은 모든 불쾌함을 잊었다. 요수로 돌아오는 길에 그녀는 마음 편히 용비야의 품에 안겨 자면서, 독 저장 공간의 두 번째 단계를 수련했다.

며칠 후 요수 별원에 도착했을 때, 두 사람은 단목요가 혼자 별원 대문 앞 계단에 앉아 있는 것을 보고 깜짝 놀랐다. 마치 그곳에서 두 사람이 오기를 기다리는 것 같았다.

이곳을 어떻게 찾아왔지? 뭘 하러 왔을까?

단목요는 속세에 전혀 물들지 않은 것 같은 하얀 비단으로 된 긴 치마에 작은 다홍색 조끼를 입어 선녀 같은 분위기를 물씬 풍겼다. 두 무릎을 감싸 안고 앉아 있는 자태는 누군가의 마음을 설레게 할 듯도 했고, 애처롭고 가련해 보이기도 했다. 누구나 한 번쯤 걸음을 멈추고 쳐다볼 것 같은 모습이었다.

용비야는 짜증스러운 눈길로 그 모습을 힐끔 쳐다보았고, 한운석의 표정은 또 나빠졌다. 그녀는 화난 눈초리로 용비야를 보며 말했다.

"저 여자도 이 별원을 알아요?"

용비야의 별원은 천하 곳곳에 두루 퍼져 있었지만, 모든 사람이 다 알지는 못했다.

"누가 정보를 흘린 게 분명하군. 돌아가서 초서풍에게 알아보게 해야겠다."

용비야가 차갑게 말했다.

그 말에 한운석은 진지해졌다.

"설마…… 첩자가 있는 걸까요?"

요수 별원의 위치를 알고, 이 소식을 단목요에게 흘릴 수 있는 사람이라면 누구일까?

"북쪽 교외로 가고, 사람을 보내 고북월을 데려오자."

용비야가 차갑게 말했다.

용비야는 북쪽 교외에도 저택이 있었다. 한운석은 단목요 혼자 이곳에서 기다리게 할 생각이었다.

마부가 방향을 돌리는 순간, 갑자기 뒤에서 누군가가 소리쳤다.

"한운석, 한운석, 마차 안에 있어? 아저씨, 왕비마마가 마차 안에 계세요?"

이 목소리는…… 아주 익숙한 목소리였다!

한운석은 보지 않고도 목령아라는 것을 알아챘다. 어쩜 이런 우연이!

이 아이는 다른 때도 아니고 왜 하필 지금 나타났을까. 한운석의 기억이 틀리지 않다면, 목령아가 그녀 일을 망친 게 이번이 처음이 아니었다.

목령아가 한운석의 사촌 동생이 아니었다면, 어떤 결말을 맞았을까? 어휴…….

한운석이 창틈으로 보니, 별원 문 앞에 있던 단목요도 일어나 이쪽으로 오고 있었다.

혼자 말을 타고 달려온 목령아도 사실 이제 막 도착한 참이었다. 그녀는 용비야의 마차를 발견하고 이쪽에 신경을 다 쏟은 나머지, 대문 앞에 단목요가 있다는 걸 모르고 있었다.

한운석과 용비야는 아무 소리도 내지 않았고, 마부는 웃으며 대답했다.

"령아 아가씨, 전하와 왕비마마는 마차에 안 계십니다. 외출하셔서 아직 돌아오지 않으셨습니다."

"그럼 고······."

목령아는 하마터면 '고칠소'라는 이름을 입 밖에 낼 뻔했다. 다행히 그녀는 바로 말을 바꾸었다.

"그럼 고북월은? 있는가?"

마부의 대답을 기다리지 못하고 그녀는 또 질문을 던졌다.

"그리고 약귀 대인도 있겠지?"

마부는 주인이 성가신 일에 휘말리지 않게 도우려는 생각에 다급해져 고개를 연신 끄덕였다.

"다 계십니다, 다 계세요. 어서 안으로 들어가 보세요. 소인은 일이 있어서 얼른 가 봐야 합니다."

목령아는 밤낮으로 그리워하던 칠 오라버니를 찾아갈 생각에 조급해졌다. 그런데 돌아보니 그곳에는 단목요가 서 있었다.

단목요의 그림자가 휙 스치더니 바로 마차 앞에 나타났다. 그녀가 웃으며 말했다.

"고 씨, 우리 사형을 모시러 가는 건가?"

"단목 아가씨, 어떻게 여기에 계십니까?"

가장 먼저 단목요를 발견했으면서도 마부는 놀란 척했다. 그는 오랜 세월 진왕 전하를 모시면서 전하와 함께 각지를 돌아다녔기 때문에 진왕 전하의 이 사매를 알고 있었다.

"급한 일로 사형을 찾고 있네. 모시러 가는 거면 함께 가세."

단목요는 말하면서 마차에 올라타려 했다.

고 씨는 얼른 그녀를 막았다.

"아니, 아닙니다! 전하와 왕비마마는 외출하셔서 요수에 계시지 않습니다. 소인은 지금 빨리…… 수의에게 가야 합니다. 말 네 마리가 다 병이 나서 말입니다."

목령아야 속이기 쉬운 상대지만 단목요는 그리 만만하지 않았다. 그녀가 보니 말 네 마리는 모두 아무 문제가 없었다. 그녀는 고 씨가 마중 나가는 게 틀림없다고 확신했다.

사형이 마차를 사용하려는 게 아니면, 고 씨가 멋대로 마차를 끌고 나올 리 없었다. 이 마차는 사형이 가장 좋아하는 탈것으로 지금껏 누구도 함부로 건드리지 못하게 했다.

그녀조차도, 그렇게 오랜 세월 그의 사매였던 그녀도 마찬가지였다. 그와 함께 마차를 여러 번 탔고, 진왕부 전용 마차도 타 보았지만, 이 마차는 타 본 적이 없었다.

사실 그녀는 고 씨를 난처하게 만들 필요가 없었다. 몰래 고 씨를 따라가기만 해도 사형을 찾아낼 수 있었다. 하지만 그녀는 오늘 이 기회를 놓치고 싶지 않았다.

이 마차에 한번 타 보고 싶었다. 그가 자주 기대는 높은 베개에도 기대 보고, 그가 매일 마시는 홍차도 맛보며 그의 숨결을 느끼고 싶었다.

그를 못 본 지도 너무 오래되었다. 그의 모습, 그의 목소리, 모든 것이 그리워 미칠 것 같았다.

"수의는 어디 있지?"

단목요가 진지하게 물었다.

"서……, 성 남쪽에 있습니다."

고 씨는 아무렇게나 둘러댔다.

"마침 나도 성 남쪽에 가야 하니, 가는 길에 태워 주게."

단목요가 막 마차에 올라타려 하자, 마부가 다급하게 막아섰다. 하지만 단목요는 깔끔하게 그의 손을 밀어냈다. 이를 본 목령아도 그녀를 막으려 했으나, 단목요는 단숨에 마차에 뛰어올라 마차 가리개를 걷어 냈다.

그런데 그 순간, 그녀는 얼이 빠져 버렸다. 그건 바로 마차 안에서⋯⋯.

누가 더 나쁘지

마차의 가리개를 걷은 순간, 단목요는 너무 놀라 말도 나오지 않았다. 그녀는 입이 떡하니 벌어져 말하고 싶어도 소리가 나오지 않았다.

그녀는 보고 싶지 않았지만, 도저히 눈을 뗄 수 없었다.

단목요는 돌이라도 된 것처럼 마차 앞에서 꼼짝도 하지 않고 선 채, 손으로 가리개를 꽉 쥐고 있었다.

마부 고 씨는 마차 안쪽을 보자마자 곧바로 고개를 돌려 버렸다. 아주 깜짝 놀란 표정이었다! 전에 들어는 봤지만 직접 눈으로 본 건 처음이었다.

과연 직접 듣는 것과 직접 보는 것의 차이는 엄청났다!

단목요를 끌어 내리려던 목령아는 그 모습에 호기심이 일어 가까이 다가갔다. 그녀 역시 보자마자 고 씨처럼 즉각 뒤돌아섰다. 순간 얼굴이 붉게 달아올라 귀까지 빨개져 어찌할 바를 몰랐다.

세상에, 한운석과 용비야가 마차 안에 있었다!

세상에, 두 사람이…… 입을 맞추고 있었다!

세상에, 단목요가 가리개를 걷었는데도 저렇게 격렬하게, 무아지경으로 입을 맞추고 있다니!

용비야는 태평하게 높은 베개에 기대어 있고 한운석이 그 위로 덮친 모습이었다. 그녀의 두 손은 그의 목을 감쌌고, 그의 두 손은 그녀의 허리를 감은 채, 두 사람은 아주 바짝 붙어 있었다.

입맞춤이 이어지는 와중에 용비야는 발을 들어 한운석의 다리를 감싸며 그녀를 자신에게서 벗어나지 못하게 했다.

직접 이 모습을 본 단목요의 마음은 저 바닥으로 굴러떨어져 산산조각 나는 소리까지 들릴 정도였다.

어떻게!

어떻게 이럴 수 있지?

이 장면을 어떻게 잊으라고! 평생 떨쳐내지 못할 것이다!

한운석의 표정은 보이지 않았지만, 눈을 내리깔고 있는 용비야의 얼굴은 볼 수 있었다. 그는 넋이 나간 듯이 탐욕스럽고 격렬하게 한운석의 입술을 탐하며 그 속에 심취한 채 벗어나지 못했다.

각진 얼굴, 세상 누구보다 잘생긴 이목구비, 타고난 패기, 넋이 나간 듯한 와중에도 발산되는 남성적인 야성미, 이 모든 것을 누리는 건 어떤 느낌일지, 상상하기도 어려웠다.

그런데 지금, 한운석이 그 모든 것을 누리고 있지 않은가? 그의 패기와 그의 야성을!

그의 입맞춤이 얼마나 격렬했는지 한운석의 입에서 신음이 흘러나왔다. 반항하는 것 같으면서도 만족하는 듯한 소리였다.

그녀의 이런 소리를 좋아하는 그는 더욱 깊이 입을 맞추었다.

그러나 이 야릇한 소리는 단목요의 귀에 너무나도 거슬렸다!

그녀의 손이, 마음이, 몸 전체가 떨려 왔다. 더 이상 볼 수 없었다. 계속 보다간 미쳐 버릴 게 분명했다. 하지만 그런데도 그녀는 눈을 뗄 수 없었다. 한운석이 용비야에게 얼마나 사랑받는지, 어떤 사랑을 받는지 그 모습을 놓칠까 두려웠다.

왜, 왜 한운석은 받을 수 있지? 대체 한운석이 뭐가 그리 대단해? 용비야는 한운석의 어디가 좋은 거지? 내가 배우면, 따라 하면 되잖아?

그럼 내게도 기회가 올까?

단목요는 질투가 나서 미칠 것 같았다!

한운석의 신음소리가 점점 커지자, 용비야는 자신의 긴 다리를 풀어 준 후 그녀의 앵두 같은 입술도 놓아주었다.

그는 말없이 눈을 내리뜨고 한운석만 바라볼 뿐, 옆에 서 있는 단목요는 완전히 무시했다.

단목요가 마차로 다가오기 전, 평소 이런 골치 아픈 일에 신경 쓰기 싫어하던 그는 단목요를 보자마자 떠나려고 했다. 그런데 한운석이 물었다.

"왜 숨어요? 뭐가 무서워서?"

본래는 마차에서 내릴 생각이었다. 그런데 단목요가 먼저 가리개를 걷는 바람에 한운석은 바로 몸을 돌려 그의 몸에 엎어져 입을 맞추었다. 그런데 한번 시작하고 나니 그가 입맞춤을 멈추려 하지 않았다!

한운석은 정말 입맞춤하다가 숨 막혀 죽는 줄 알았다. 그녀는 용비야의 가슴에 기대어 크게 숨을 몰아쉬었다.

옆에 서 있던 단목요가 눈물을 뚝뚝 흘리며 입을 떼려는데, 갑자기 용비야가 몸을 홱 돌려 한운석을 아래로 눕혔다.

그의 한 손은 침상을 짚고, 다른 손은 그녀의 허리를 따라 음미하듯 아래로 내려갔다. 늘씬하고 탄탄한 몸이 그녀 위에 있었고, 긴 다리와 건장한 허리는 끝없는 상상을 펼치게 했다.

"안 돼요……."

한운석이 자기도 모르게 소리를 냈다.

"아…… 안 돼! 사형……."

단목요가 결국 울음을 터뜨리며 뛰어들려는 순간, 용비야가 노한 표정으로 손을 내저으며 말했다.

"꺼져라!"

용비야가 방해받는 걸 얼마나 싫어하는지는 하늘만이 알 것이다. 그는 이미 주변에 사람이 있다는 사실도 잊고 완전히 심취해 있었다. 그가 손을 한 번 휘두르자 단목요는 바로 마차 아래로 내쳐져 한쪽으로 넘어졌다.

가리개를 내리자 한운석은 결국 '풉'하고 웃음을 터뜨렸다. 단목요와 여러 번 겨뤄 봤지만, 이번이 가장 통쾌했다. 직접 나서서 공격하거나 머리를 쓸 필요도 없었다.

그녀의 남자를 욕심내다니, 어림도 없지!

한운석이 자신의 사악한 '간계'가 목적을 달성해 기뻐하고 있는 이때, 용비야는 전혀 웃지 않고 계속 그녀를 내려다보고 있었다.

그의 손이 그녀의 허벅지 끝을 스쳤다. 옷을 사이에 두고 어루만지는 색다른 느낌에 한운석은 흠칫 몸을 떨었다. 순식간에 온몸이 팽팽하게 긴장되었다.

뭘 하려는 거지?

그녀는 연극을 벌인 것뿐이었는데, 그는 아주 진지한 태도로 침묵했다. 그의 눈동자는 끝을 알 수 없을 정도로 짙어졌다.

그의 하복부가 단단해지는 게 느껴지자, 한운석은 그제야 깨달았다. 내가 잘못해서 불을 붙여 버렸어. 불이 커져 버렸구나!

그녀는 그를 거절하고 싶지 않았다. 도리어 은근히 기대도 했다. 자신의 지아비가 아닌가. 이런 일은 대범하게 허락할 수 있었다.

하지만, 장소가 틀렸다!

장소만 잘못된 게 아니었다. 밖에 사람들이 지키고 있는데!

용비야의 손이 파고들려 하자, 한운석은 얼른 그 손을 붙잡았다. 그를 붙들지 않으면 자신도 이성을 잃을까 두려웠다.

"용비야!"

그녀가 애교스럽게 삐죽이며 말했다.

"왜 그러느냐?"

그의 거친 목소리에 불만이 섞여 있었다.

"다…… 당신……."

그녀는 뭐라 할 말을 찾지 못하다가 결국 그의 귀에 대고 작게 말했다.

"싫어요."

"뭐가 싫지?"

그는 깊이 가라앉은 목소리로 캐물었다.

"당신! 이 나쁜 사람!"

한운석이 불쑥 그의 손을 잡아당기자 용비야도 정신을 차린 듯했다. 그는 나머지 한 손도 침상 위에 놓으며 그녀를 자신의 두 팔 안에 가둔 후, 눈살을 찌푸리며 그녀를 바라보았다.

"나쁜 사람이 누구냐? 확실하게 말해라!"

이제 그녀는 정말 부끄러웠다.

"당신! 당신이에요!"

그녀가 얼굴을 가리며 옆으로 몸을 비켰다. 그는 천천히 그녀에게 다가와 얼굴과 목에 부드럽게 입을 맞추다가 그녀를 간지럽히기 시작했다. 그녀는 전혀 무서울 게 없었지만, 결국에는 견디지 못하고 온몸을 부들부들 떨었다.

"그만! 그만해요!"

처음에는 목소리가 작았다. 그런데 그의 입맞춤이 팔을 따라 그녀의 몸 앞 부드러운 곳으로 향하자 그녀도 더는 버티지 못하고 크게 소리쳤다.

"그만, 그만! 용비야, 그만해요! 싫어!"

"……."

"용비야, 됐어요! 싫어! 싫어요!"

"……."

"저리, 저리 가요. 용비야, 제발……."

"……."

"용비야, 나쁜 사람! 당신 나빠요!"

마차 밖에서 고 씨는 이미 알아서 '먼 곳에서 기다리고' 있었다. 세상 물정 모르는 목령아는 얼굴이 원숭이 엉덩이만큼 벌게져 있었다. 그녀는 마차를 등진 채 귀를 틀어막고서도 자꾸만 엿듣게 되었다.

마차 옆에 털썩 주저앉은 단목요는 아주 낙심하여 눈물범벅이 되었다. 그녀는 고개를 들어 가리개로 단단히 가려진 마차를 바라보고, 한운석이 가쁜 숨을 몰아쉬며 웃는 소리를 듣고 있었다. 거의 죽은 사람처럼 창백한 얼굴이었다.

한운석 그리고 오늘 이 모든 상황이 뼈에 사무치게 원망스러웠다. 한편으로는 너무도 알고 싶었다. 그가 얼마나 나쁜지! 대체 얼마나 나쁘게 구는지!

그녀는 어려서부터 사형을 사모해 왔다. 엄숙하고 말을 아끼는 사형이 어떻게 나쁠 수 있지? 어떻게?

"흑흑……."

단목요는 이제 소리를 죽여 흐느끼기 시작했다. 이보다 더 큰 충격이 있을까?

왜, 왜 지금이야. 그녀 자신조차도 스스로가 보잘것없는 실패자 같고 불쌍해 보였다.

용비야, 나한테 왜 이러는 거야?

왜!

마차 안의 장난 소리와 웃음소리는 끊이지 않았다. 나중에는 용비야의 웃음소리까지 들렸다.

단목요는 정신이 나간 것처럼 바닥에 꿈쩍도 못 하고 앉아 있었다. 모르는 사람이 보면 미쳤다고 생각했을 것이다.

한참 후에야 한운석에 대한 용비야의 벌이 끝났다.

사실 두 사람은 아무것도 하지 않고 장난만 쳤다. 용비야는 한운석의 몸을 위아래로 다 간지럽히며 깊은 교훈을 주었다!

그녀는 숨을 몰아쉬며 누워 있었고, 용비야는 그녀 위에 엎드려 있었다.

"일어나요."

그녀가 재촉했다. 그의 몸은 가볍지 않았다. 몸에 무게를 싣지 않았지만, 그럼에도 그녀가 버티기에는 좀 버거웠다.

"잠시 이대로 있자."

용비야의 부드러운 목소리는 좀 전에 맹수처럼 덤비던 모습 같지 않았다.

한운석은 그에게만은 이렇게 마음이 약했다. 그녀는 가볍게 그의 등을 어루만지다가 등이 땀으로 흠뻑 젖은 것을 발견했다.

그녀는 결국 참지 못하고 풉 웃어 버렸다.

"왜 웃지?"

그가 물었다.

"이 정도에 땀을 흘려요?"

그녀가 솔직하게 말했다.

그 말의 속뜻은…….

용비야는 몸을 일으켜 미간을 잔뜩 찌푸리고는 진지하게 그녀를 바라보았다.

"대체 얼마나 못되게 굴 셈이냐?"

한운석은 억울했다. 자연스럽게 그런 생각이 든 것뿐인데, 그녀 탓이 아니었다. 한운석이 반문했다.

"못되게 굴다니요? 또 무슨 생각을 한 거예요?"

그런데 용비야가 고개를 숙여 그녀의 귓가를 살짝 물며 낮은 목소리로 말했다.

"본 왕이 한가해지면, 네가…… 얼마나 못되게 굴었는지 알게 될 거다."

결국 한운석은 귀뿌리부터 달아오르기 시작하더니 곧 귀는 물론 얼굴 전체가 빨개졌다!

당연히 그의 말뜻을 알아들었다……. 그도 같은 생각을 하고 있었구나.

한운석과 용비야가 주변을 정리하고 앉으니 어느새 향이 반 개 탈 시간이 지나 있었다.

두 사람은 마차에서 내리지 않았고, 단목요도 신경 쓰지 않았다. 용비야는 차갑게 말했다.

"고 씨, 가지 않고 뭐 하는 거냐?"

고 씨는 얼른 마차로 달려왔다. 그제야 단목요도 슬픔과 절망 속에서 정신을 차릴 수 있었다. 그녀는 벌떡 일어나 두 팔을 벌리며 마차 앞을 막아섰다.

그녀가 가지지 못하면, 한운석도 가질 수 없었다! 손에 넣었다 해도 잃게 만들어 주리라!

"사형, 사부님이 사형을 찾아가라고 하셨어요. 서신을 받았나요?"

단목요가 큰 목소리로 물었다.

"소용없다. 본 왕은 시간이 없으니 꺼져라."

용비야가 짜증을 내며 말했다. 전에는 겉으로라도 동문의 의리를 봐서 대했으나, 단목요가 군역사와 결탁한 이후에는 더이상 그녀에게 예의를 차리지 않았다.

"사형, 사부의 서신을 가져왔어요."

단목요가 서신을 꺼내 들었다. 검종 노인이 직접 쓴 서신이 분명했다. 그녀는 사부가 사형과 연락이 닿지 않는다는 것을 알고, 그녀가 사형을 찾을 수 있다며 사부에게서 서신을 받아 왔다.

사부는 사형을 아들처럼 대하며 태산 같은 은혜를 베풀었고, 사형은 어려서부터 지금까지 사부의 명령을 어긴 적이 없었다. 그녀는 사형이 여자 하나 때문에 사부의 명을 어길 거라고 믿지 않았다!

"고 씨!"

용비야가 냉랭하게 말했다.

고 씨가 다급하게 서신을 받으려 했지만 단목요는 줄 생각이 없었다.

"사부님이 내가 직접 사형에게 전달하고, 그 자리에서 확인하게 하라고 하셨어요!"

단목요의 두꺼운 낯짝에 한운석도 두 손 두 발 다 들 정도였다!

짐작할 것도 없이 단목요가 손에 든 저 서신은 분명 검종 노인이 '반드시'를 세 번이나 언급한 그 서신일 것이다.

용비야가 입을 떼려는데 순간, 그녀가 그를 막으며 마차에서
내렸다…….

재주 있으면 뺏어 보시지

용비야는 쓸데없는 말도 싫어했지만, 중요하지도 않은 사람과 시간 낭비하는 건 더 싫어했다.

검종 노인은 단목요를 중요하게 생각했고, 창구자 쪽에도 그녀의 영향력을 무시할 수 없으나 용비야는 여전히 그녀를 안중에 두지 않았다.

그가 천산 일에 개입할 때 단목요의 눈치를 봐야 하는 것도 아니었고 그녀의 도움도 필요 없었다. 그녀의 방해 역시 두렵지 않았다.

원래는 사람을 시켜 서신을 뺏은 뒤 바로 떠날 생각이었다. 하지만 한운석이 마차에서 내리는 것을 보고도 그는 뭐라 하지 않았다. 그는 가만히 마차 안에서 차를 마시며 《칠귀족지》를 읽어 내려갔다.

한운석은 장난을 좋아하니 그녀 뜻대로 해 주기로 했다. 장난이 지나치다 싶으면, 그가 알아서 그녀 대신 수습하면 됐다.

한운석이 마차에서 내리자마자 고 씨는 바로 뒤로 물러섰다.

용비야가 마차에서 내릴 거라 생각했던 단목요는 한운석 혼자 내리는 것을 보자 크게 낙담했다. 그녀는 얼른 눈물을 닦아 냈다. 한운석에게 자신의 낭패한 모습을 보이고 싶지 않았다.

하지만 눈물은 닦일지언정, 낙담하고 곤경에 처한 모습은 섭게 사라지지 않았다.

마차 안에서 뛰어내린 한운석은 마차 문틀에 나른하게 기대 앉아 무심한 표정으로 말채찍을 갖고 놀기 시작했다.

그리고 정면으로 단목요를 '보는' 게 아니라, 곁눈질로 '관찰' 했다.

한운석의 시선은 단목요의 발밑에서부터 시작해 천천히 위로 올라갔다. 그리고 다시 그녀의 얼굴에서 천천히 아래로 내려왔다. 사람을 아주 얕보는 동작이었다. 무시와 경멸로 가득한 그 태도가 단목요의 눈에 아주 거슬렸다.

안 그래도 켕기는 게 있었던 단목요는 한운석이 그런 식으로 훑어보자 부끄러운 나머지 성을 냈다.

"한운석, 뭘 보는 거지?"

"죽기 살기로 매달리는 사람이 어떻게 생겼나 보는 거야."

한운석은 말하면서 다시금 위아래로 단목요를 훑고는 말했다.

"이제야 제대로 봤네."

"감히!"

단목요는 기가 막혀서 손찌검할 뻔했으나, 겨우 참아냈다.

한운석, 마차에서 내리다니, 반드시 후회하게 만들어 줄 테다!

사부는 창구자와 당문의 혼사에 대해서는 몰랐지만, 그녀가 부상을 입어 사형에게 치료받으러 온 사실은 알고 있었다. 무슨 일이 있어도 그녀는 공격할 수 없었다. 사소한 언행 하나도 어긋나서는 안 되었고, 어떤 약점도 잡힐 수 없었다.

한운석이 도리에 어긋나게 굴도록 만들어야 고자질할 수 있었다.

한운석이 사형의 정비인 게 뭐 어때서, 일단 사부에게 나쁜 인상을 주면 희망은 없었다!

사부는 한번 싫은 사람은 끝까지 싫어하는 성격이라, 마음을 바꿀 가능성은 전혀 없었다.

단목요는 한운석을 모욕하는 것은 물론 그녀의 존재 자체를 무시하며 큰 소리로 말했다.

"사형, 설마 사부님의 명령을 거역하는 건가요? 서신을 보지 않겠다면 저는 가면 그만이에요! 돌아가서 이 서신을 사부님께 돌려 드릴게요."

용비야는 이 말을 들은 건지 못 들은 건지, 높은 베개에 나른하게 기댄 채 《칠귀족지》를 집중해서 읽고 있었다.

화가 난 건 한운석이었다. 그녀는 천천히 두 눈을 가늘게 뜨고 단목요를 노려보았다. 이 여자가 지금 검종 노인을 갖고 용비야를 위협하고 있잖아!

"용비야가 서신을 안 봤다고 누가 그래? 당신이 안 준 거잖아! 단목 낭자, 대낮부터 거짓말이라니, 벼락 맞는 게 두렵지 않아?"

한운석이 차갑게 물었다.

또 욕을 하다니!

단목요는 오장육부가 들끓을 정도로 분노가 치밀어 올랐다. 심하게 욕을 퍼부어 주고 싶은 마음이야 굴뚝같았지만, 그녀는 고자질을 위해, 어떤 약점도 남기지 않기 위해서 꾹 참았다.

그녀는 조용히 심호흡한 뒤 물었다.

"한운석, 여자가 되어서 말을 좀 예쁘게 할 수 없어? 꼭 욕을 해야겠어?"

한운석이 웃으며 옆에 있는 마부에게 물었다.

"본 왕비가 욕을 했는가?"

고 씨는 바로 고개를 저었다. 한운석은 이번에 목령아를 바라보았다. 그녀가 입을 떼기도 전에 목령아가 그녀 곁으로 쪼르르 달려와 반문했다.

"한운석, 네가 욕한 게 사람이야?"

한운석은 아주 만족스러워하며 고 씨에게 말했다.

"앞으로 령아 낭자에게 많이 배워야겠네."

마차 안에서 책에 집중하던 용비야의 입가에 소리 없이 호가 그려졌다. 역시 그는 그녀의 말과 행동 하나하나를 주시하고 있었다.

단목요는 기가 막혀 거의 울음이 터질 지경이었다. 그녀는 더는 참지 못하고 욕을 퍼부었다.

"한운석, 너야말로 사람도 아니지! 어쩜 그리도 사람을 업신여기는 거야! 나와 우리 사형 사이의 일에 끼어들지 마라. 본 공주 앞에서 당장 사라져!"

본 공주?

하지만 지금 단목요의 말하는 기세며 오만한 표정은 전혀 대국의 공주답지 않았다. 오히려 작은 나라에서 오냐오냐 기른 응석받이 꼬마 공주 같았다.

대국의 공주든 꼬마 공주든 간에 그녀는 이미 존귀한 신분을 잃은 지 오래였다.

"본 왕비의 기억이 맞는다면 당신은 이미 서주국 황족에서
쫓겨났을 텐데. 서주국 적국의 친왕과 결탁했으니 나라를 배반
한 죄인인 셈이지. 단목요, 당신은 사람으로서의 기본 원칙도
없고, 자식으로서 기본 책임도 지지 않으면서 '공주'라는 말을
입에 담다니, 낯부끄럽지도 않아?"

한운석은 정색하고 야단쳤다.

"존귀한 신분은 영예로우면서도 책임이 뒤따르는 법이야. 뽐
내려고 있는 게 아니라, 혼신의 힘을 다해 보호할 때 사용하는
거라고! 단목요, 당신이 사람이면, 어서 모후의 장례부터 치르
도록 해."

한운석이 단목요를 '사람도 아니'라고 욕하는 데는 다 이유가
있었다!

그녀는 이런 저속하고 상스러운 말을 함부로 사용하는 법이
없었다.

인질로 납치된 설 황후는 결국 초씨 집안에 붙잡혀 있다가
암살당했다. 암살이라는 말을 믿을 수 없었던 단목요는 천산
세력을 등에 업고 초씨 집안과 영승을 압박하며, 조사하겠다고
고집부렸다. 그래서 설 황후의 시신은 아직도 초씨 집안 군대
병영에 방치된 채, 장례를 치르지 못하고 있었다.

암살은 용비야가 사람을 시켜서 한 짓이었다. 용비야 입장에
서 보면 별일도 아니었다. 천하를 놓고 싸울 때, 한 장군의 공
훈 아래에는 수많은 병졸의 죽음이 있기 마련이었다. 무릇 전

쟁과 권모술수에는 응당 희생과 유혈이 따르는 법이었다.

하지만 단목요는 설 황후의 친딸이었다. 그녀 입장에서 보면 설 황후의 죽음은 너무나 비참한 일이었다. 누구보다 빨리 진상을 밝히고 싶고, 어머니를 편히 눈감게 해 드리고 싶어 해야 하는 게 당연했다.

그런데 그녀는 지금 한가롭게 창구자와 당문의 일에 개입했을 뿐 아니라, 여기서 용비야의 마차를 가로막고 질투로 싸움을 벌이고 있었다!

한운석이 그녀를 사람도 아니라고 욕한 것은 모욕이라고 할 수도 없었다.

아픈 곳을 정확하게 찌르는 한운석의 말에 단목요의 마음은 심하게 걷어차인 듯이 고통스러웠다.

그녀는 가장 자랑스러워하던 공주 신분을 잃었고, 가장 사랑하는 어머니를 잃었다. 그런 그녀에게 이제는 사형까지 잃으라고?

그녀도 바보는 아니라서, 사형의 야심을 잘 알고 있었다. 천산은 언젠가 사형의 차지가 될 테고, 사부도 이제 나이가 들었으니 결국 자리에서 물러날 것이다.

사형마저 잃으면, 그녀에게는 정말 아무것도 남지 않았다.

"우리 서주국 황실 일에 대해서 왈가왈부하지 마라! 한운석, 네가 뭐라도 되는 줄 아느냐? 내가 공주 신분을 잃은 게 뭐 어때서? 그래봤자 너보다는 내가 낫지. 고작 평범한 가문의 적출 소생인 주제에, 무슨 자격으로 내 출신을 비난해?"

단목요가 노한 목소리로 퍼부었다.

나중에 한운석의 신분이 밝혀지면, 단목요는 어떤 느낌이 들까?

한운석이야말로 단목요의 신분에 대해 논하고 싶지 않았다. 그녀는 차갑게 웃으며 말했다.

"단목요, 본 왕비는 당신 일에 아무 관심도 없어. 본 왕비는 그저 이 말만 해 주고 싶을 뿐이야……. 착한 개는 사람 다니는 길을 막지 않는 법이거든! 좀 꺼져!"

정말이지 한마디도 빠짐없이 그녀를 욕하고 있었다!

"한운석, 개는 바로 너야!"

단목요는 분노를 억누를 수 없었다.

"안 꺼지시겠다?"

한운석이 성가셔하며 말했다.

"사형, 정말 이 서신을 안 받을 거예요? 사형, 저 다쳤어요. 사부님이 사형에게 제 부상 치료를 도우라고 했어요."

단목요는 아예 서신 내용을 다 말해 버렸다. 그녀는 한운석이 용비야 대신 대답하길 기다렸다. 한운석이 '안 받겠다'라고 한마디만 하면, 그녀는 바로 떠날 생각이었다. 그리고 곧장 서신을 써서 다 일러바칠 테다. 한운석이 사형을 막았다고, 한운석이 그녀를 사지로 몰아넣었다고!

한운석은 그렇게 쉽게 술수에 넘어갈 리 없었다. 그녀는 마차에서 뛰어내려 단목요 앞으로 다가가 말했다.

"당연히 받아야지. 내놔!"

"사부님은 반드시 사형에게 직접 주라고 하셨어. 한운석, 너는 우리 사부님 서신을 받을 자격이 없어!"

단목요가 냉랭하게 말했다.

"난 용비야의 정비인데, 내가 자격이 없으면, 설마 당신한테 자격이 있겠어? 안 내놔?"

한운석은 아주 음침한 목소리로 최후의 통첩을 날렸다.

"안 줘!"

단목요는 나오는 대로 말을 뱉었다.

한운석의 눈동자에 교활한 빛이 스치더니, 곧 명령을 내렸다.

"단목요가 사사로이 검종 노인의 서신을 빼가는구나. 여봐라, 뺏어 와라!"

단목요는 순간 멍해졌다. 한운석을 함정에 빠뜨리려 했는데, 어쩌다가 이런 엄청난 죄명을 덮어쓴 거지?

단목요가 반박도 하기 전에 초서풍이 무리를 데리고 주변을 포위했다. 경험이 풍부한 초서풍은 쓸데없는 말 한마디 하지 않고 바로 공격에 들어갔다!

초서풍 혼자서는 단목요를 당해낼 수 없었다. 하지만 그는 전하를 곁에서 지키는 열 명의 비밀 시위를 함께 데리고 왔다. 단목요를 이기지 못해도, 그녀가 들고 있는 물건을 뺏는 것은 가능했다!

초서풍을 포함한 열한 명의 비밀 시위가 함께 공격하자, 단목요는 공격할 생각이 없어도 방어는 해야 했다! 그녀는 곧 난투에 뛰어들었다.

한운석은 마차로 돌아가 앉았다. 그녀는 침을 쏴서 단목요를 제대로 곯려 줄 수도 있었지만, 그러지 않았다. 단목요가 검종 노인에게 고자질할 수도 있으니 조심해야 했다.

검종 노인에게 잘 보이려고 노력하지는 않아도, 미움을 살 수는 없었다. 더군다나 단목요에게 약점을 잡힐 수는 없는 일이었다. 검종 노인은 어쨌든 용비야의 사부였고, 그녀는 용비야가 난처해하는 모습을 보는 게 싫었다.

한운석은 싸움을 구경하는 한편, 눈을 가늘게 뜨고 뭔가 생각에 잠겼다. 이때, 갑자기 마차 안에서 차 한 잔이 쑥 나왔다.

마차 안에 있는 사람은 말이 없었다. 한운석도 말없이 그저 소리 없는 웃음만 지으며 차를 받아들고 천천히 음미했다.

진왕 전하가 직접 우려낸 차는 역시 맛이 좋았다.

단목요는 겨우 틈을 내어 이쪽으로 시선을 돌리다가 하필 이 장면을 목도하고 말았다. 순간 그녀는 저항하는 것도 잊고, 검을 휘두르는 것도 멈춘 채 멍하니 바라보기만 했다.

그 모습을 본 초서풍은 재빠르게 뛰어들어 서신을 뺏으려 했다. 순간 깜짝 놀란 단목요는 서신을 자신의 가슴 속에 집어넣었다. 이제 그녀는 모든 것을 다 걸었다. 단목요는 원망 가득한 눈빛으로 한운석을 바라보며 말했다.

"안 줘! 한운석, 재주 있으면 뺏어 보시지!"

그 모습에 초서풍은 눈이 휘둥그레졌다! 저기에 넣어 버리면, 대체…… 어떻게 빼앗는단 말인가!

단목요는 초서풍 일행이 함부로 자신을 건드리지 못할 것을 확신했다. 그녀를 건드릴 수 있는 사람은 한운석뿐이었다.

단목요는 지난 10여 년 동안 검술을 허투루 배우지 않았다. 비록 동시에 열한 명의 비밀 시위를 상대하고 있지만 그래도 한운석이 쉽게 다가올 수는 없었다!

초서풍이 난처한 얼굴로 한운석을 바라보았다. 대체 어찌해야 할지 몰랐다.

한운석은 태연하게 차를 다 마신 후, 웃으며 말했다.

"령아, 가라!"

그녀의 웃음은 참으로 의미심장했다. 하지만 목령아가 그 뜻을 알아챘을까…….

이렇게 나온다면 가만있지 않아

목령아가 한운석 눈동자의 그 '의미심장'의 의미를 알아챘는지는 몰라도, 그녀는 한운석의 교활한 웃음에 화답하듯 바로 초서풍 일행에 합류하며 큰 소리로 말했다.

"날 엄호해요!"

"목령아, 이 일은 너와 상관없다. 저리 비켜라!"

단목요가 다급하게 말했다. 목령아도 있다는 걸 왜 깜빡했을까?

"한운석은 우리 약귀당 주인이니까, 곧 내 일이기도 하지!"

목령아는 아주 당당했다. 심지어 좀 전에 단목요가 보여 준 오만한 태도를 따라 하며 말했다.

"단목요, 본 소저가 너에게 기회를 주지. 순순히 그 서신을 내놔, 안 그러면……."

그녀는 더는 말을 잇지 못하고 큭큭 웃었다. 한운석의 웃음과 마찬가지로 아주 의미심장했다. 한운석은 그 모습을 보고 안심했다. 목령아가 알아들었구나!

"쓸데없이 끼어들다니, 죽고 싶구나!"

단목요는 목령아를 향해 장검을 들고 아름다운 초식을 선보였다. 전혀 두려워하지 않는 듯 보였지만, 사실 속으로 아주 긴장하고 있었다.

고수인 열한 명의 비밀 시위와 맞서면서 한운석까지 상대하는 건 여유로웠지만, 목령아를 상대하는 건 자신 없었다.

"초서풍, 안 나오고 뭐 해요!"

목령아의 말이 떨어지자, 초서풍과 열 명의 비밀 시위가 모두 앞으로 나와 단목요를 포위했다.

단목요는 공격을 막으면서 비난했다.

"대단한 사내들이군, 열한 명이 한꺼번에 여자 하나를 괴롭히는 거냐?"

"순순히 물건을 내놓기만 하면, 아무도 널 괴롭히지 않아!"

목령아는 무시하듯 웃었다. 그녀는 공격하지 않고 한쪽에 서서 기회를 노리고 있었다.

단목요는 목령아가 기회를 엿보고 있다는 걸 알았기 때문에 목령아까지 경계해야 했다. 하지만 집중력이 분산되면 바로 초서풍 무리가 다가와서, 다시 그쪽으로 전력을 쏟을 수밖에 없었다.

몇 번의 전투 끝에 단목요와 열한 명의 초서풍 무리 간 전세가 대등해졌다. 초서풍 무리는 우위를 점하지 못했고, 단목요도 벗어날 수 없었다.

단목요는 점점 더 목령아의 공격이 걱정스러워졌다. 그녀는 힘을 다해 초서풍의 검을 막은 후, 몸을 돌리면서 검날을 한 바퀴 휘둘렀다. 그러자 검망이 비밀 시위를 뒤쪽으로 몰아내어 겨우 말할 여유가 생겼다.

그녀가 큰 소리로 외쳤다.

"사형, 전 심각한 내상을 입었어요. 치료를 도와줄 수 있나요? 사부님께서……."

그녀는 서신 내용을 다 말하려 했다. 그러면 사형이 서신을 받지 않아도 본 것이나 마찬가지였다. 우선은 이 곤란한 상황에서 벗어나고 싶었다.

그러나 그녀의 말이 다 끝나기도 전에 갑자기 목령아가 아주 빠른 속도로 날아왔다.

단목요가 깜짝 놀라며 막으려 하자, 초서풍과 비밀 시위들이 좌우에서 협공을 가했다. 긴급한 상황이었다. 초서풍과 비밀 시위의 공격은 목령아보다 더 위험했다. 단목요는 무인으로서 경계심이 발동했고, 본능적으로 목령아보다 초서풍과 비밀 시위를 막는 것을 선택했다.

그런데, 가까이 다가온 목령아는 무력을 사용하지 않았다. 그녀는 단목요의 옷깃을 단단히 붙잡고 망설임 없이 아래로 쫙 찢어 버렸다.

찌이이이익!

갑작스러운 소리에 모든 사람의 동작이 일순간 멈추었다. 단목요마저도.

그녀의……, 그녀의 붉은 조끼 아래 흰 비단으로 된 긴 치마가 길게 찢어지면서 가슴에 숨겼던 서신이 땅에 떨어졌다. 그리고 가슴을 가렸던 담황색 천이 모습을 드러냈다.

모두 얼이 빠진 가운데 한운석과 목령아만 웃고 있었다. 한운석은 나른하고 편안한 웃음을, 목령아는 악의 없이 달콤한 웃음을 지었다.

이 자매는 역시 말없이도 잘 통했다.

"아악……!"

정신이 들자 단목요는 비명을 질렀다. 그녀는 두 손으로 가슴을 가린 채 어쩔 줄 몰라 했다. 조끼를 채워도 상체만 가릴 수 있을 뿐, 아래로 찢어진 곳은 가릴 수 없었다.

주변은 온통 남자뿐이었고, 그들은 모두 그녀를 주시하고 있었다!

"너희들, 대체 뭘 보는 거냐! 뭘 보냐고!"

그녀는 부끄럽고 분한 나머지 성을 내면서 미친 사람처럼 울부짖었다.

"보지 마! 모두 본 공주에게서 뒤돌아서라! 안 들리느냐!"

두 손으로도 부끄러움은 가릴 수 없었다. 그녀는 더는 버틸 낯이 없었다!

마차 쪽을 바라보니 한운석이 무시하는 눈빛으로 그녀를 바라보고 있었다. 마차 안의 가리개는 여전히 굳게 닫힌 채, 그 안에 있는 사람은 지금까지 꿈쩍도 하지 않았다.

억울함과 슬픔, 달갑지 않음과 절망이 모두 눈물이 되어 솟구쳐 올라 단목요의 눈시울을 가득 채웠다.

"사형, 사형이 이렇게 나오면 나도 가만있지 않아요! 한운석, 목령아, 오늘 이 빚은 나 단목요가 반드시 배로 갚아 주겠다!"

그녀는 흐느끼듯 소리친 뒤, 칼집에 장검을 집어넣고는 허겁지겁 떠났다.

목령아는 단목요의 경고 따위는 전혀 신경 쓰지 않았다. 오늘 단목요의 뻔뻔스러웠던 언사들만 기억할 뿐이었다. 그녀는 서신을 주워 한운석에게 건넸다.

"자! 나는……."

목령아는 하마터면 또 말실수할 뻔했다. 그녀는 혀를 쏙 내밀고는 웃으며 말했다.

"나는 약귀 대인을 찾으러 갈게!"

한운석은 서신을 열어 보았다. 과연 그녀의 생각대로 검종 노인의 서신에는 여전히 세 번의 '반드시'가 쓰여 있었다.

그녀가 가리개를 젖히자, 용비야는 한가롭게 차를 마시며 책을 읽고 있었다. 《칠귀족지》는 어느새 풍족에 대한 소개가 적힌 마지막 부분에 이르렀다.

그녀가 밖에서 있는 힘을 다해 그의 여자 문제를 처리해 주고 있을 때, 그는 마차 안에서 한가롭게 차를 마시며 책을 읽고 있었다니.

하지만 한운석은 이런 모습조차…… 너무 좋았다!

그녀는 서신을 건네며 말했다.

"어쩌죠?"

단목요는 쉽게 내쫓을 수 있어도, 검종 노인은 만만치 않았다. 서신을 눈앞까지 대령했는데 또 받지 않는 건 말이 되지 않았다.

단목요는 말을 다 전했으니 다시 오지 않겠지만, 분명 계속 검종 노인을 통해 용비야에게 압박을 가할 테니, 용비야가 모르는 척하는 것은 이제 불가능했다.

어쩌지?

그녀는 정말 검종 노인의 미움을 사고 싶지 않았지만, 방법이 없었다.

용비야는 서신을 건드리는 것조차 싫은 듯, 흘끗 보기만 하고 담담하게 말했다.

"필요 없는 물건을 버리지 않고 뭐 하느냐?"

"방법이 있어요?"

한운석이 크게 기뻐하며 말했다.

"버려라!"

그는 신경질을 내며 말했다.

단목요가 이 서신을 가슴에 넣었던 것이 생각나자, 한운석도 혐오스러운 마음에 서신을 얼른 내던졌다.

"곧 사부에게 구약동에서 약을 구하는 중이고, 내상이 다 낫지 못해 돕고 싶어도 그럴 수 없다고 서신을 보낼 거다."

용비야가 담담하게 말했다.

"검종 노인이 믿을까요?"

한운석은 의심스러웠다. 그녀는 검종 노인이 단목요만 제자로 여기고, 용비야는 전혀 신경 쓰지 않는 것 같았다.

"그러실 거다. 이 일은 여기서 끝내자."

용비야가 사부에게 내상을 입었다고만 말하면 사부는 믿지 않을 수도 있었다. 하지만 사부에게 서정인의 봉인을 깨뜨려 중상을 입었다고 한다면, 사부는 분명 믿을 것이다.

이 일과 단목요의 일 중 어느 것이 더 중한지, 실성하지 않은 상태에서 사부는 충분히 분별할 수 있었다.

단목요는 잠시 천산에 가지 못하겠지만, 사부의 무림 인맥을 통해 단목요의 상처 치료를 도울 수 있는 사람을 찾기란 어렵지 않았다. 꼭 그여야만 하는 것도 아니었다!

용비야의 말에 한운석은 안심했다. 별원으로 들어오기 전에 용비야는 초서풍에게 첩자를 조사하라고 조용히 분부했다.

"전하, 첩자가 있다면 당문 쪽 사람일 듯합니다."

초서풍이 진지하게 말했다.

이들은 약귀당도, 왕부도 아닌 요수 별원에 묵었다. 이곳에서 시중드는 사람은 모두 비밀 시위였고, 적은 수의 하녀들도 모두 까다롭게 엄선하여 절대적으로 믿을 만한 자들이었다.

초서풍은 자신들 쪽에서 문제가 발생했을 리 없다고 확신했다. 당문 사람 중에도 요수 별원의 위치를 아는 사람은 꽤 많았다. 아마 그쪽에서 이곳 위치를 단목요에게 흘렸을 가능성이 높았다.

"어느 쪽이든, 본 왕은 답을 원한다!"

용비야가 차갑게 말했다.

"소인, 명을 받들겠습니다!"

초서풍은 명령을 받고 바로 떠났다.

한운석과 용비야가 원락에 돌아왔을 때, 목령아는 곳곳을 다니며 사람을 찾고 있었다.

한운석은 어쩔 수 없다는 듯 고개를 저었다. 목령아, 이 아이는 어쩜 이리 바보 같은지! 그녀가 고칠소를 찾지 않아도, 고칠소가 먼저 그녀를 찾아와 이야기해야 하는데, 뭘 저리 초조해 한담?

하지만 누군가를 좋아하면 이성적으로 생각하기 어려운 것 같았다.

"약귀 대인은? 여기 있다고 하지 않았어?"

목령아가 다급하게 물었다.

"아마도…… 외출했겠지. 어쨌든 돌아올 테니까. 우선…… 좀 쉬지 그래?"

한운석은 더는 다른 정보를 말해 줄 수 없었다. 지난번에 고칠소는 그녀조차 의심했다. 자칫 잘못해서 고칠소가 사실을 알게 되면, 그녀 자신은 몰라도 목령아는 끝장날 수 있었다.

목령아가 고칠소를 속이긴 했지만, 사랑하는 마음은 죄가 없으니 속이게 두자! 그녀도 자기 자신을 속이지 않았던가?

때로는 계속 속이다 보면, 결국 그게 진실이 되어 평생 이어질 수도 있었다.

목령아를 보면서 한운석은 속으로 감탄하고 있었다. 평생 약귀 대인과 함께 지내면서 고칠소의 신분을 밝히지 않는다고 해도, 목령아는 동의하고 해낼 것이다.

목령아는 더 질문하려다가 한운석의 눈짓에서 그녀가 꺼리는 것을 알아채고 담담하게 말했다.

"좋아, 난 그분이 돌아오길 기다릴게."

고칠소가 의성 능 대장로에게 맞서는 일에 대해 용비야는 별로 조급해하지 않았다. 아직은 의성에 손댈 생각은 없었다. 지금 그의 관심은 영승 쪽 움직임에 있었다.

본래 요수 별원에서 치료와 요양을 하면서 초천은이 투항하길 기다릴 생각이었다. 당리의 혼사는 그저 의외의 사건이었을 뿐이었다.

용비야는 한운석과 함께 고북월을 방문한 후에 다시 혼자서 고북월을 찾았다.

고북월은 차를 우리면서 그를 기다리고 있었다.

"초천은 쪽에서는 소식이 있느냐?"

용비야는 단도직입적으로 물었다.

고북월은 작은 쪽지를 하나 꺼냈다.

"사흘 전에 보내온 것입니다. 설 황후의 일에 대해 물었습니다."

용비야는 쓱 훑어본 후 차갑게 물었다.

"왜, 본 왕을 의심하더냐?"

"그저 떠보는 것일 뿐, 초천은은 이미 항복할 뜻이 있습니다. 이달 안에 설 황후 암살 사건을……."

고북월은 말을 하면서 목소리를 낮추었다.

"영승에게 덮어씌울 겁니다."

"어떻게 그리 확신하지?"

용비야가 흥미를 느끼며 말했다.

그는 본래 설 황후 사건을 이용해 단목요와 초씨 집안을 대적하게 만들 계획이었다. 천산의 힘으로 영승을 견제하려 한

셈이었다. 만약 초천은이 영승을 모함할 뜻이 있다면, 그보다 더 좋을 수는 없었다.

고북월이 담담하게 웃었다.

"그야, 소인이 그에게 내놓은 계책이니까요."

용비야는 의외의 사실에 놀랐다가, 다시 당연한 일이라 생각했다. 고북월이 적이 아니라 다행이었다. 그렇지 않았다면 이 병약한 녀석이 그의 가장 강력한 적수가 되었을지도 몰랐다.

"혹 사실을 밝혔……."

용비야의 말이 끝나기도 전에 고북월이 다시 말했다.

"전하, 안심하십시오. 전하께서 제가 영족인 것을 알고 있다는 사실은 초천은에게 말하지 않았습니다. 그는…… 영원히 알 수 없을 겁니다."

고북월의 말이라면 용비야는 믿을 수 있었다.

"좋다. 설 황후 사건만 처리되면, 본 왕은 그의 항복을 받아 주겠다!"

용비야가 차갑게 말했다.

용비야가 영승을 함정에 빠뜨리려는 이때, 영승도 설 황후 사건을 어떻게 이용해야 천산 세력을 피하고 용비야에게 한 방 먹일 수 있을까 고심하고 있었다.

서경성 황궁 속 가장 높은 누각에서 그는 나른하게 난간에 기댄 채 입에 가느다란 금침을 물고 있었다. 대체 무슨 생각을 하는 것인지, 늘 날카롭던 눈빛이 다소 아득했다.

초청가의 계책

높은 누각에서는 서경성 전체를 내려다볼 수 있었다. 하지만 영승은 난간에 나른하게 기댄 채 발아래 번화한 도시의 반짝이는 야경에는 전혀 관심이 없었다.

입에 금침을 물고 있는 그의 눈빛은 어딘지 아득해서 넋 놓고 깊은 생각에 빠져 있는 듯했다. 지금 그의 모습은 운공상인 협회나 조정에서처럼 차갑고 노련한 모습이 아니었다. 냉혹하고 준엄한 이목구비에서 건들거리는 기운이 풍겨 나와 해이해 보이기도 했다.

대체 무슨 생각을 하고 있는 건지, 그의 입가에 천천히 냉소가 지어졌다. 재미있어 하면서도 무시하는 듯, 아주 복잡한 의미를 담고 있었다.

대체 무엇을, 아니 누구를 생각하기에 재미있어 하면서도 업신여기는 걸까?

답은 그 자신만 알 것이었다.

"영왕, 여기 있었군. 본 궁이 한참 찾았다."

갑자기 초청가가 나타났다.

영승은 그녀를 흘끗 쳐다보고는 상대해 주지 않았다. 그리고 고개를 돌려 차가운 눈빛으로 황성을 내려다보았다.

"영왕, 본 궁의 오라버니가 찾아왔느냐? 단목요가 떠난 지

396

며칠이 지났는데 아직도 돌아오지 않았다더군."

초청가가 다시 물었다. 원래 단목요는 초씨 집안 군대 병영에서 설 황후의 죽음에 대해 조사하고 있었다. 그런데 얼마 전무슨 연유에선지 갑작스레 떠났다가 지금까지도 돌아오지 않아 설 황후의 일도 지연되고 있었다.

초청가는 계속 이 일을 주시하며, 여러 차례 초천은을 만나려 했다. 그에게 계책을 내주고 싶었으나 초천은은 그녀를 만나려 하지 않았다. 초천은의 눈에 그녀는 배신자였다. 그녀도 굳이 해명하거나 논쟁하고 싶지 않았다. 초씨 집안에게 미안한 일을 벌였다고 생각했다. 하지만, 자신에게 먼저 미안한 짓을한 건 초씨 집안이 아니었던가?

초천은이 상대해 주지 않아도 영승이 있었다! 영승의 허락만얻으면 초천은도 순순히 복종해야 했다. 초씨 집안의 두 노인네가 아직 옥에 갇힌 상태니, 효자 중에 효자인 초천은이 어찌 감히 영승을 거스르겠는가?

"아니, 언제부터 초씨 집안 군대에 관심을 가지기 시작했지?"

영승은 계속 아래쪽을 내려다보며 입가에 비웃음을 머금고말했다.

초청가는 그를 볼 때마다 용비야 소식 아니면 한운석의 일에대해 물었다. 아주 지긋지긋할 정도였다. 방금 정신을 빼놓고있느라 발걸음 소리를 놓치지 않았다면, 진작 자리를 피했을 것이다.

"초씨 집안 군대?"

초청가는 나른하게 난간에 기대앉았다. 황금빛이 번쩍이는 화려한 태후의 복장도 그녀의 타고난 도도함을 가리지 못했다. 지금까지도 이 여자의 마음은 고고함을 유지하고 있었기 때문이었다.

"본 궁은 영왕에게만 관심이 있다. 어쨌든…… 본 궁과 영왕은 영광도 패배도 함께 누리는 한 운명이니까. 초씨 집안 군대는…… 오라버니의 일이지."

초청가는 나른하게 몸을 일으키며 영승 쪽으로 한 걸음 다가가 자조하듯 말했다.

"시집간 딸은 엎어진 물이니 돌이킬 수 없거든."

예전이었다면 영승은 초청가를 보며 한운석과 비교해 보았을 것이다. 두 사람 다 용비야를 좋아하는 여자이니 별 차이가 없을 거라 생각했었다.

지피지기면 백전백승이라고, 용비야에 대해서는 잘 모르지만, 아쉬운 대로 어떤 여자가 그를 좋아하는지 알아보려 했었다. 그런데 지금 영승은 초청가를 다시 보는 것도 귀찮았고, 가까이 다가오는 것조차 싫었다.

그는 여자에 대해서 고민한 적은 없었지만, 정말 이해가 되지 않았다. 나이도 엇비슷한 두 여인이 어쩌면 이렇게 다를 수 있을까?

"영왕?"

초청가가 부르는 소리에 영승은 정신을 차렸다. 또 정신이 나가 있었다.

젠장!

조금 짜증이 나긴 했으나 그는 여전히 얼음장 같은 얼굴을 하고 초청가와 더 거리를 두며 물었다.

"쓸데없는 말은 마라. 무슨 일로 본 왕을 찾았느냐?"

초청가는 바로 이 말을 기다리고 있었다. 그녀는 단도직입적으로 말했다.

"오라버니가 단목요를 상대하지 못한다면, 내가 나서는 게 어떨까 해서."

"당신이?"

영승은 아주 뜻밖이었다.

"그래!"

초청가는 아주 자신 있게 고개를 끄덕였다.

"난 단목요와 함께 자라 왔다. 함께 무예를 연마하고 공부했기 때문에 그녀의 성격을 누구보다도 잘 알지."

초청가가 말하지 않았다면, 영승은 정말 이 부분을 간과할 뻔했다.

여자를 가장 잘 아는 것은 여자니까, 여자를 처리하려면 남자보다 여자가 나서는 게 훨씬 수월했다.

"어떤 계책이냐?"

영승이 물었다.

초청가는 웃으며 영승에게 가까이 오라고 손짓했다. 하지만 영승은 단박에 거절하며 말했다.

"이곳에는 아무도 없으니 그냥 말해라."

초청가는 입가에 자조적인 미소를 지으며 생각했다. 얼마나 그 남자가 그리웠으면, 영승에게서 그의 향기를 찾고 싶어 할까.

"설 황후의 암살 사건을 한운석에게 덮어씌우면, 단목요는 분명 그대로 믿고, 끝까지 추궁할 것이다!"

초청가가 말했다.

그녀가 한운석을 원망하는 만큼, 단목요도 한운석을 미워했다. 그 증오는 많으면 더 많았지 적지 않았다! 게다가 무엇보다도 단목요는 이 일을 검종 노인에게 고자질할 수 있었다.

그러면 아무리 용비야가 한운석 편을 들어도 입장이 난처해질 게 분명했다. 전에 단목요는 용비야가 검종 노인을 아주 존경하여, 명을 거역한 적이 없다고 했었다.

친구 사이의 대화 중 혼사 이야기가 나오면, 단목요는 득의양양해져서 사부가 그녀 대신 혼사를 결정해 줄 거라고 했었다. 즉 검종 노인에게 두 사형 사매를 맺어 줄 생각이 있다는 뜻이었다.

"영왕이 오라버니와 손발을 잘 맞춰서 증거를 내놓으면, 단목요는 분명 믿을 것이다."

영승이 대답하지 않자, 초청가가 말을 덧붙였다.

"믿는 것에 그치지 않고, 덧붙이고 과장해서 한운석의 죄목을 진짜로 만들겠지. 단목요는 한운석과 싸우게 하고, 영왕과 초천은은 앉아서 구경만 하면 돼."

"그렇게 확신하느냐?"

영승은 흥미가 생겼다.

그도 설 황후 일을 계속 주시하고 있었다. 용비야가 지금까지 아무 움직임을 보이지 않고 있지만, 그는 진작부터 설 황후 암살 사건이 분명 용비야와 관련 있을 거라고 의심해 왔다.

초씨 집안과 영씨 집안을 적으로 돌릴 세력이라면, 서주국 아니면 용비야였다. 용천묵 쪽은 아예 신경도 쓰지 않았다.

서주국 황족은 황후를 죽여 초씨 집안과 천산 관계를 이간질 할 정도로 지독하지는 못했다. 그렇다면 가장 의심스러운 쪽은 용비야뿐이었다.

초천은은 단목요를 도와 조사하고 있었고, 영승도 사람을 보내 암암리에 알아보고 있었지만, 지금까지 어떤 증거도 나오지 않았다.

"영왕, 아니면…… 나와 내기하겠느냐?"

초청가는 웃으며 말했지만, 속으로는 영승이 허락하지 않을까 걱정하고 있었다.

그런데 영승이 아주 흔쾌히 고개를 끄덕이며 말했다.

"좋다. 그렇게 하지!"

그가 바로 초천은을 불러오라 명하자, 초청가는 속으로 기뻐하며 말했다.

"그럼 본 궁은 두 사람을 방해하지 않겠다."

돌아서자마자 초청가의 얼굴에 잔인한 표정이 서렸다.

전에 영승은 그녀가 초씨 집안을 배반하기만 하면, 그녀가 한운석과 맞서는 것을 돕겠다고 약속했었다. 하지만 영승이 대충 얼버무린 게 벌써 여러 차례, 심지어 어떻게 한운석과 맞서고, 어떻게 한운석을 납치할지 계획조차 없었다.

이제야 그녀는 영승이 환심을 사려 했던 것뿐임을 알 것 같았다. 영승이 나서길 기다리느니, 차라리 그녀가 먼저 계책을 내는 편이 나았다. 영승은 협조만 해 주면 되었다.

겉으로 보면 그녀가 초씨 집안과 영씨 집안을 도와 문제를 해결하는 것 같겠지만, 실은 한운석을 사지로 몰아넣으려는 속셈이었다.

그녀는 단목요가 일단 한운석이 설 황후를 죽인 범인임을 알게 된다면, 반드시 이 일을 검종 노인에게 알릴 거라 믿었다. 검종 노인이 얼마나 단목요를 아끼는지 생각하면, 용비야도 한운석을 지키기 어려웠다!

초청가는 한 걸음씩 층계를 내려가면서, 지난 1, 2년 동안 응어리진 마음이 그나마 좀 풀리는 것 같았다. 그녀는 지금 기다리고 있었다. 힘들게 천녕국 태후 자리에 오른 것은 단순히 한운석의 목숨을 뺏기 위해서만은 아니었다.

용비야, 언젠가는 나 초청가가 당신과 어깨를 나란히 할 자격을 갖게 될 거야!

초청가가 나간 지 얼마 되지 않아 초천은이 도착했다.

대등한 지위의 초청가와 달리, 초천은은 오자마자 한쪽 무릎을 꿇고 말했다.

"영왕 전하를 뵙습니다."

아버지와 큰아버지가 모두 영승 손아귀에 있었고, 초씨 집안 군대도 그에게 항복했다. 초천은은 영승에게 구출된 이후, 목숨 걸고 충성하는 모습을 보여 왔다.

영승은 여전히 난간에 기대앉아 곁눈질로 바라보며, 일어나라는 말도 하지 않았다.

"요 며칠 군대에서 얼굴이 보이지 않던데, 어디에 갔었느냐?"

"요수 변경 쪽을 둘러보고 용비야의 주둔군이 3천 정도 된다는 걸 확인했습니다."

초천은이 사실대로 말했다.

"다른 병력은?"

영승이 진지하게 나오기 시작했다.

"모두 요수 이남에 있습니다. 하지만 삼천 명의 주둔군만으로도 충분합니다. 그는 요수군을 서주국에 돌려주지 않을 겁니다."

초천은이 말했다.

영승은 냉소로 답했다.

"허튼소리!"

초천은은 눈동자 깊은 곳에 분노를 숨긴 채, 고개를 숙이고 아무 말도 하지 않았다.

"단목요는 돌아왔느냐?"

영승이 다시 물었다.

"아직 소식이 없습니다. 설 황후의 사인이 수상쩍습니다. 몸에 상처나 병증도 보이지 않고, 그렇다고 중독 흔적도 없어 암살이라고 믿게 하기에는 어려울 것 같습니다."

초천은이 또 말했다.

"이 일은 네가 나서지 않아도 된다."

영승의 이 말은 명령이지 상의가 아니었다. 그는 초천은에게 어떤 여지도 남겨 주지 않고 곧바로 이어서 말했다.

"벌써 여러 날이 지났는데, 영족의 행방은 좀 알아냈느냐."

"영왕 전하, 설 황후의 일에 대해 무슨 생각이 있으십니까?"

초천은이 떠보며 물었다.

그러나 영승은 바로 무시하며 말했다.

"본 왕의 질문에 답하라."

영족이라. 영족은 고북월뿐이었고, 고북월은 그에게 유일한 희망이었다! 초천은이 어떻게 고북월을 팔아넘길 수 있을까?

그는 고북월을 통해 용비야의 힘을 빌려서, 영승에게 죄를 덮어씌우기를 기대하고 있었다!

그가 아는 영승은 앞으로도 영원히 아버지와 큰아버지를 놔주지 않을 것이다. 초씨 집안 군대는 영씨 집안 군대 아래, 유족 역시 적족 아래 있어야 할 것이다.

절대, 그렇게 놔둘 수 없었다!

초청가의 혼인으로 천녕국과 화친한 후, 그는 용비야와 죽기 살기로 싸웠다. 온갖 방법을 다 동원해 천휘황제를 속이며, 초청가를 위해 모든 길을 마련해 주었다. 아버지와 큰아버지는 심지어 의성의 능 대장로까지 불러 분만 촉진이라는 패륜적인 일까지 저질렀다. 이토록 애쓰고 시간을 들여가며 많은 대가를 치른 것은, 서주국 황족에게서 벗어나 운공대륙에 설 자리를 마련하기 위해서였다. 천녕국을 거점으로, 서진 제국의 광복이라는 명목을 내세워, 천하 호걸을 불러 모아 천하 대권을 도모하려 했었다.

그러나 이들의 노력은 다 영승을 위한 것이 되어 버렸다. 즉, 영승은 초씨 집안 어전술 궁수의 시체를 밟고 섭정왕 자리에 올랐다.

인정할 수도, 받아들일 수도 없었다!

그는 지금 초씨 집안 힘으로는 뭔가를 쟁탈하기에 역부족이라는 사실을 잘 알았다. 그는 오로지 복수만 생각했다!

과거 적이었던 용비야와 손을 잡는 한이 있어도, 영승을 왕좌에서 끌어내려 짓밟아야 했다.

아버지와 큰아버지는 영씨 집안이 과거 적족이라는 것을 알고도 이 사실을 고북월에게 알리지 않았고, 고북월의 신분도 영승에게 알리지 않았다.

용비야의 혹독한 고문에도 고북월을 팔아넘기지 않았던 그가 지금 여기서 영승에게 고북월에 대해 말해 줄 리 없었다.

그는 영승의 눈을 바라보며 진지하게 대답했다.

"영족 사람은 이미 죽어 대가 끊어졌습니다."

순간 영승의 눈동자에 비통함이 스쳐 갔지만, 그는 홀가분한 척하며 웃었다.

"참으로 안타깝군. 서진 황족의 후예에 대해서는 무슨 단서가 있느냐?"

사부의 경고

유족 초씨 집안이 가진 유일한 단서는 바로 봉황 깃 모양의 모반이었다.

전에 한운석을 의심한 적도 있었지만, 소소옥이 조사한 결과 이 단서와 맞지 않았다.

초천은은 이미 서진 황족에 대한 마음을 접었지만 봉황 깃 모반에 대해서는 누구에게도, 특히 영승에게는 더욱 알려 주지 않을 생각이었다.

초씨 집안이 갖지 못했으니, 영승은 더더욱 얻을 생각도 하지 말아야 했다! 이전에 서로 협력관계였을 때 영승은 여러 차례 서진 황족에 대한 충성심을 드러냈었다. 그러나 초천은의 눈에 그는 위선자일 뿐이었다!

그는 초씨 집안처럼 천자를 끼고 제후를 호령하려는 속셈이 분명했다! 지금도 천녕국의 섭정왕이 되어 말 그대로 천자를 끼고 제후를 호령하고 있지 않은가?

원수 같은 초청가와 그 아기 황제 모두 영승의 통제 하에 있으니, 영승은 이미 천녕국의 진정한 주인이었다.

"없습니다. 있었다면 초씨 집안이 오늘 이렇게 몰락하지 않았을 겁니다."

초천은은 일부러 자조하듯 말했다.

영승은 내려다보며 그를 관찰했다. 방금까지 두 사람은 많은 이야기를 나누었다. 영승은 그중에서 얼마나 믿고 얼마나 의심할까? 그 자신만 알 수 있는 일이었다.

영승은 초천은을 한참 동안 자세히 쳐다보다가 담담하게 말했다.

"물러가라."

"설 황후의 일은……."

초천은은 말을 하려다가 멈추었다. 영승이 왜 갑자기 그에게 이 일에 개입하지 말라는 건지 이해할 수 없었다. 설마, 영승이 그를 의심하는 걸까?

"설 황후의 일은 네가 상관할 필요 없다."

"저희 초씨 집안 군대와 관련된 일인데, 어찌 상관하지 않을 수 있습니까?"

초천은이 다급하게 말했다.

"안심해라. 본 왕은 초씨 집안이 손해 보게 하지 않는다."

영승은 말하면서 손을 흔들어 초천은을 물러가게 했다.

초천은의 의심은 더욱 깊어졌지만, 더는 말하지 못하고 물러날 수밖에 없었다.

초천은이 가자마자, 영락이 방에서 나왔다. 북쪽 지역은 이른 봄추위에 날이 아주 쌀쌀했으나, 그는 쥘부채를 가볍게 흔들며 고상한 귀공자 같은 모습으로 나타났다.

사실 그는 지금 아주 난감했다. 영정이 그를 가만두지 않을 거라고 큰소리치며 사방팔방 찾아다니고 있기 때문이었다. 그는 서경성에 도착한 후 계속 누각에 숨어 지내며, 모습을 드러낼 엄두도 내지 못 했다.

"큰형, 단목요가 뭘 하러 갔는지 맞춰 보세요."

영락이 비밀스럽게 말했다.

"말해라!"

영승은 짜증내며 말했다. 친형제지간에도 그는 늘 이렇게 고고하고 오만하게 대했다.

큰형은 아버지와 다름없는데, 심지어 그는 일족의 수장이었다. 그는 영락, 영정, 그리고 영 귀비 영안을 대할 때도 일족 다른 형제에게 하듯 똑같이 대했고 누구도 차별하지 않았다.

"단목요가 창구자를 도와서 당문 일을 처리하러 갔다가, 당문 사람에게 큰 부상을 입었어요."

여기까지 말한 후, 영락은 하하 소리를 내며 웃기 시작했다. 그러나 차가운 표정의 영승은 무거운 목소리로 말했다.

"말을 좀 끝까지 할 수 없겠느냐?"

영락은 더는 뜸들이지 못하고 서둘러 당리가 가시나무를 등에 업고 용서를 구하러 간 일, 여 이모가 실수로 단목요를 크게 다치게 한 일을 상세히 보고했다.

영승은 의심스러워하며 말했다.

"단목요가 그렇게 쉽게 부상을 입을 수 있단 말이냐?"

"그건 알 수 없어요. 당자진 말이, 단목요가 영정을 욕해서 여 이모가 공격했다고 합니다."

영락의 설명이 이어졌다.

"우리와 연합해서 단목요에게 반격하려는 거예요. 그럼 창구 자를 압박할 수 있으니까요."

"지금 이 상황에서 단목요까지 건드리겠다는 거냐?"

영승은 뭔가 생각에 잠긴 듯이 물었다. 당문과 천산의 상황이 아주 이상해서, 속으로 이 일에 용비야가 연관된 건 아닌지 고민하고 있었다.

"큰형의 뜻은, 거절인가요?"

사실 영락이 결정을 내릴 수도 있었지만, 큰형의 의견을 물으러 와야 했다. 안 그러면 영정이 물었을 때 또 자신이 책임을 져야 했다.

영승은 잠시 망설이다가 진지하게 말했다.

"음. 속히 혼인 날짜를 정해라. 그리고 영정에게는 적어도 1년 동안 당문에 있다가 오지 않으면, 영원히 운공상인협회로 돌아오지 말라고 해라!"

영락은 이 명령을 들은 영정의 반응을 충분히 상상할 수 있었다.

"예! 지금 사람을 보내 알리겠습니다!"

영승이 설 황후의 일을 갖고 계략을 짜고 있을 때, 용비야와 고북월 쪽도 이 일에 대해 궁리 중이었다.

고북월은 초천은의 비밀 서신을 받자마자 즉각 용비야에게 알렸다.

"영승이 초천은의 개입을 막았습니다. 초천은을 의심하는 걸까요?"

고북월이 진지하게 물었다.

"동작이 너무 느렸다."

용비야가 차갑게 말했다.

초천은은 가짜 증거를 만들어 영승이 설 황후를 죽인 범인이라고 모함할 생각이었다. 훌륭한 방법이기는 하나, 시작이 늦었다.

"아니면 영승에게 단목요를 상대할 다른 방법이 있는 걸까요?"

고북월은 진지하게 생각에 잠겼다.

용비야는 가는 손가락으로 무심하게 탁자 위를 두드리며 한참 동안 침묵하다가 갑자기 냉소를 지었다.

"초천은에게 원래 계획대로 진행하라고 말해라. 불변의 대책으로 변화에 대응한다."

고북월은 이해되지 않았다.

"전하, 그러면 초천은이 못 쓰는 패가 될 수 있습니다."

영승이 초천은에게 이 일에 관여하지 말라고 한 상황에서, 초천은이 증거를 조작해 영승에게 죄를 덮어씌우면, 영승에게 대놓고 자신이 배신자라고 알려 주는 셈 아닌가?

"방법은 알아서 생각하라고 해라. 본 왕은 그가 이 일을 해내면 과거 악감정은 다 잊고 초씨 집안 두 노인을 모두 구해 줄 것이다. 능력이 안 되는 자라면……, 본 왕도 쓸모없는 인물을 들이고 싶지 않다."

용비야가 차갑게 말했다.

고북월은 속으로 개탄하고 있었다. 진왕 전하는 정말 독한 사람이구나! 그는 초천은에게 단 한 번의 기회만 주었다. 승패와 생사가 모두 이 일에 달렸다.

"좋습니다! 오늘 밤 매를 이용해 그에게 서신을 보내겠습니다."

고북월이 대답했다.

영승은 이미 준비를 마쳤는데 용비야는 원래 계획대로 진행하려 했다. 두 사람 중 누가 선수를 치고, 누가 한발 앞서게 될까. 며칠 후면 결과가 나올 것이다.

고요하던 운공대륙 서부 지역으로 어둠의 파도가 밀려들고 있었다. 이번에는 세 개의 세력이 아닌, 용비야와 영승의 대결이 될 것이다!

용비야는 고북월의 원락을 나서자마자 맞은편에서 걸어오는 한운석, 목령아와 마주쳤다.

"당신이…… 왜 여기에?"

한운석은 바로 불안해지기 시작했다. 그녀와 함께 고북월의 부상을 보러 오는 게 아니면 용비야는 혼자 이곳에 온 적이 없었다. 왜 왔지? 설마 고북월을 괴롭힌 건 아니겠지?

목령아도 궁금해서 불쑥 질문을 던졌다.

"진왕 전하, 설마 아파서 진찰을 받으러 왔나요?"

그 말에 한운석은 더 긴장했다. 그녀는 얼른 앞으로 나와 용비야의 손을 잡고 맥을 짚었다.

"어디 불편해요?"

목령아가 이곳에 온 지 며칠이 지났지만, 그녀는 고칠소 그림자도 보지 못했다. 한운석은 오늘 특별히 목령아를 데리고 나가 기분 전환을 시켜준 뒤 이제 막 돌아오는 길이었다. 용비야가 보이지 않아 우선 고북월의 부상 상태를 보려고 이곳에 들른 것이었다.

용비야의 입가가 조금 실룩거렸다.

"괜찮다. 본 왕은 고칠찰이 여기 있는가 하여 그를 찾아다녔다."

"있어요?"

목령아가 다급하게 물었다.

용비야는 그녀를 상대하기 귀찮아 한운석에게 말했다.

"들어가겠느냐? 여기서 기다리마."

한운석은 용비야를 봤다가, 다시 원락 쪽을 바라보았다. 설명하기는 힘들지만, 뭔가 느낌이 이상했다.

"다시 들어가서 차 한 잔 해요!"

그녀가 용비야의 손을 잡아끌자, 용비야는 어쩔 수 없이 따라 들어갈 수밖에 없었다. 고북월은 여전히 원락에 있으면서 그들의 대화를 똑똑히 듣고 있었다. 용비야가 한운석에게 끌려 들어오는 모습을 보자, 그의 눈동자에 따스하고 사랑이 넘치는 웃음기가 스쳐갔다.

누군가를 사랑하고, 그 사람이 다른 사람에게 사랑받는 모습을 바라보는 것, 그는 그것만으로도 만족했다.

두 사람의 사랑은 이기적일지 모르나, 혼자만의 사랑은 숭고

했다. 고북월의 사랑이 그랬다.

"진왕 전하, 왕비마마, 령아 낭자."

그는 바퀴 달린 의자에 앉아서도 예의를 잃지 않았다.

용비야는 한쪽에 앉아 전처럼 차만 우리며 한마디도 하지 않았다. 목령아는 고칠소가 보이지 않자 힘이 쭉 빠져 돌 탁자 위에 엎어졌다. 이런 모습에 익숙한 한운석은 진지하게 고북월의 상태를 묻고 부상을 살폈다. 고북월이 의원인데도 그녀는 마음이 놓이지 않아 꼭 시간에 맞춰 살펴보러 왔다.

"뼈나 힘줄이 상하면 백 일이 지나야 완쾌돼요. 생근고生筋膏가 있어도 꼭 하루하루 날짜를 계산해야 해요!"

한운석이 한숨 쉬며 말했다.

"여름이 되면 회복될 겁니다."

늘 태연한 고북월도 조금은 흥분한 듯했다. 일어서지 못한 지도 너무 오래 되었다.

"진왕 전하, 왕비마마, 소인이 일어나게 되면, 가장 먼저 두 분에게 감사의 절을 올리겠습니다."

용비야는 듣고 있는 건지 아닌지 아무 말이 없었고, 한운석은 웃으며 말했다.

"뭘 그렇게 예의를 차려요. 당신은 지난 번 진왕 전하의 목숨을 구해 주었는데, 그럼 우리는 어떻게 감사해야 할까요?"

고북월이 대답하지 못하고 민망해하자, 한운석은 좀 귀엽다는 생각이 들었다. 이때 용비야의 시선이 그쪽을 향했다. 그는 고북월의 이 모습이 아주 못마땅했다.

고북월, 이 사기꾼 같으니. 고북월이 한운석을 속이게 허락한 자신이 제정신이 아니었던 게 틀림없었다!

용비야의 시선을 느낀 고북월은 도리어 그에게 눈치를 주었다. 용비야는 바로 차가운 표정이 되어 다른 쪽을 바라보았다.

다행히 한운석은 이 모습을 알아채지 못했다. 지금 그녀는 다른 일을 생각하고 있었다.

그녀와 용비야는 곧 천산에 갈 텐데, 고북월이 일어서는 때에 맞춰 돌아올 수 있을지 알 수 없었다.

사실 그녀는 고북월을 데리고 함께 천산에 가고 싶었다. 어쩌면 고북월이 검종 노인의 실심풍을 고칠 수 있을지도 몰랐다!

그러면 단목요도 감히 오만방자하게 굴지 못할 것이다.

고북월의 원락을 나오자 목령아는 또 이곳저곳으로 칠 오라버니를 찾아 나섰다.

한운석은 낮은 목소리로 말했다.

"용비야, 고북월은 믿을 만한 사람이에요."

"그래서?"

용비야는 단번에 한운석이 그에게 할 말이 있다는 걸 알아챘다.

"어쩌면, 당신 사부의 실심풍을 고칠 수 있을지도 모르잖아요?"

한운석이 진지하게 말했다.

"사부님께서 원하지 않을 거다."

용비야가 담담하게 말했다. 그는 전에도 의성의 명의를 청해

414

사부를 치료하고 싶었으나, 모두 거절당했다.

한운석은 어쩔 수 없다는 듯 고개를 끄덕였다.

"알았어요……. 단목요의 부상을 치료하라고 또 당신을 괴롭히진 않았죠?"

한운석은 내내 그 일을 마음에 두고 있었다.

"이미 지난 일이다. 안심해라."

용비야는 안 그래도 단목요의 그런 수완을 아주 혐오했기 때문에 이 화제를 더 언급하고 싶지 않았다.

"네, 말하지 않을게요!"

한운석은 말은 그렇게 했지만 속으로는 염려되었다. 단목요가 검종 노인에게 고자질하는 게 두렵진 않았다. 도리어 그녀는 단목요와 한 판 붙고 싶었다. 검종 노인이 잘잘못은 가리겠지?

그런데 사흘 후, 한운석이 정말 단목요와 다시 붙어야 하는 일이 발생했다. 검종 노인이 다시 용비야에게 서신을 보냈기 때문이었다. 용비야에게 뭘 명령하는 건 아니었다. 그는 한운석이 단목요의 어머니인 설 황후를 살해하는 흉악한 일을 저지르게 가만히 놔둔 용비야를 호되게 질책했다!

또 용비야에게 만약 단목요가 복수를 위해 한운석을 찾아가면 절대 개입하지 말고, 두 사람이 해결하게 두라고 경고했다. 만약 용비야가 개입하면, 다시는 용비야를 제자로 인정하지 않겠다고도 했다.

서신을 다 읽은 한운석은 눈이 휘둥그레졌다. 울고 싶은데 눈물조차 나오지 않았다.

"전하, 설 황후를 죽인 건…… 당신이잖아요!"

용비야의 눈동자에 복잡한 빛이 스쳐갔다.

"영승이 생각한 수가 바로 이거였군! 비열한 녀석!"

반드시 본 왕에게 돌려다오

사람을 써서 설 황후를 암살한 건 바로 용비야인데 한운석이 억울한 누명을 쓰고 말았다.

진왕비가 되고부터 억울한 일을 한두 번 당한 게 아니라서 그런 일에는 아주 이골이 났다. 하지만 이번에는 용비야를 보며 실없는 웃음만 지을 뿐, 정말 어찌할 바를 몰랐다.

영승이 그녀를 어떻게 모함하든 두렵지 않았다. 설 황후의 시신이 있는 한 진상도 밝힐 수 있었다. 그녀는 검시관은 아니지만, 설 황후의 진짜 사인을 밝힐 방법은 많았다. 진상만 밝혀지면 그녀도 누명을 깨끗이 벗을 수 있었다.

하지만 지금은 도저히 진실을 밝힐 수 없었다! 진범이 바로 그녀의 지아비인, 용비야이기 때문이었다.

한운석은 차 탁자에 엎어져서 짐짓 심각하게 용비야를 노려보았다. 아무 말도 하지 않았지만, 용비야에게 경고하는 기색이 역력했다.

용비야, 이 일은 당신이 알아서 해요!

용비야가 다가와 한운석의 앞머리를 어루만지며 물었다.

"두려우냐?"

자극 요법!

한운석은 그를 노려보며 대답하지 않았다.

용비야는 쾌활하게 웃기 시작했다.

"이 일은 본 왕이 인정하면 그만이다."

한운석은 바로 그의 손을 뿌리쳤다.

"증거가 없는데 뭘 인정해요. 난 인정 안 할 거니까, 당신도 인정하면 안 돼요! 죽어도 안 돼!"

용비야가 바라던 게 바로 그녀의 이 한마디가 아니었던가? 그가 차갑게 말했다.

"여봐라, 붓과 먹을 대령해라!"

용비야가 검종 노인에게 답신을 쓰려 하자 한운석이 얼른 가까이 다가와 구경했다.

말 한마디를 천금같이 아끼는 과묵한 용비야가 이번에는 몇 줄씩 서신을 써내려 갔다.

대략 요약하자면, 단목요가 아무 근거도 없이 이렇게 중상모략해서는 안 된다, 단목요가 설 황후를 해친 범인이 한운석이라고 증명한다면 두 사람의 싸움에 개입하지 않겠다, 하지만 단목요가 증거를 내놓지 못하면 무고한 사람에게 죄를 덮어씌운 잘못을 끝까지 추궁하겠으니, 검종 노인은 그때 이 일에 개입하지 말아 주시기를 부탁드린다는 내용이었다.

용비야가 붓을 내려놓자 한운석이 물었다.

"이대로 해요?"

"음."

용비야는 봉투를 봉한 뒤, 그 위에 그의 인장까지 찍어 남이 몰래 보지 못하게 했다.

"그러니까 일단 당신 사부가 허락하면, 진범이 당신이라는
게 밝혀져도 사부가 개입할 수 없는 거군요?"

한운석이 재미있다는 듯 물었다.

허점이 분명했다!

그러나 용비야가 자신의 정체를 드러낼 정도로 멍청할 리 있
을까? 그는 다만 사부의 심기를 건드리고 싶지 않았고, 아직 서
주국 황실에게 미움을 사고 싶지 않았다.

지난 반년 동안 북려국에서 아무 움직임을 보이지 않았지만,
그는 내내 경계를 늦추지 않았다. 서주국은 북려국과 맞서는
데 결코 무시할 수 없는 세력이었다.

사람을 시켜 서신을 보낸 후, 한운석과 용비야는 경거망동하
지 않고 참을성을 발휘했다.

어쨌든 단목요는 검종 노인에게 일러바치기만 했을 뿐, 진짜
소동이 일어난 건 아니었다. 두 사람이 먼저 행동에 나서는 것
은 너무 어리석은 일이었다.

이때, 단목요는 용비야와 한운석의 반응을 기다리고 있었다.

그녀는 요수군과 풍림군 접경에 머무르고 있었다. 이미 초씨
집안 군대 병영에서 설 황후의 시신을 갖고 나왔고, 한운석이
모후를 죽였다는 증거도 확보했다. 지금은 한운석에게 치명적
인 일격을 날리기 위해 사부 소식을 기다리고 있었다!

그 여자는 청매죽마인 사형을 뺏어갔을 뿐 아니라, 가장 사
랑하는 모후까지 죽였다. 이런 일을 어찌 참는단 말인가?

이번에는 어떤 대가를 치르든지, 반드시 한운석의 신세를 완전히 망치고, 피로써 피값을 받아 내겠다!

"공주님, 천산에서 서신이 왔습니다!"

몸종 시녀가 서신을 들고 들어왔다. 검종 노인의 서신이 아니라, 단목요가 검종 노인 주변에 심어 둔 사람에게서 온 서신이었다.

서신을 다 본 단목요는 눈살을 찌푸리며 말했다.

"실심풍이 또 도졌어?"

사부는 이미 진왕의 회신을 받았지만, 실심풍이 도지는 바람에 서신을 보지 못했고, 다른 누구도 열어보지 못하게 했다. 그래서 사형이 뭐라고 회신을 보냈는지 아무도 몰랐다.

"공주님, 진왕은 검종 노인의 뜻을 거스르지 못할 겁니다. 모든 것을 계획대로 하심이 어떨는지요. 속전속결이라고, 속히 황후마마의 원수를 갚아 편히 눈 감게 해드려야지요."

시녀가 낮은 목소리로 권했다.

단목요가 차갑게 말했다.

"본 공주도 사부님께 말씀드린 것뿐이다. 초청가가 확실한 증거를 주었으니, 사형이 그 천한 계집 편을 들고 싶어도, 사람들이 떠들어 대는 소리까지 막지는 못할 거야. 사형이 그 여자 하나 때문에 온 천하에게 미움을 살 리 없어!"

단목요는 생각할수록 화가 치밀어, 그 자리에서 한운석이 설황후를 살해한 사실을 공포하라고 명했다. 공고문에서 그녀는 사흘 후 결투를 위해 직접 찾아가겠으니 피로써 죗값을 갚으라고 밝힘과 동시에 진왕에게 왜 서주국과 협력하면서 뒤에서는 한운석이 천하에 용납 못 할 짓을 저지르게 내버려 두었냐고 따졌다.

소식이 전해지자, 한동안 평온했던 서부 지역은 다시 시끌벅 적해지기 시작했고, 각 세력이 이 일을 주시했다.

초청가는 소식을 듣자마자 뱃속 가득 울화가 치밀어 올라 터 질 것 같았고, 옆에 아랫사람이 있는 것도 상관하지 않고 욕을 퍼부었다.

"머리에 든 것 없는 못난 계집 같으니! 그런 머리로 진왕의 사랑을 얻길 바라다니, 정말 허황된 꿈을 꾸었군!"

한운석을 모함하는 증거는 초청가가 주었지만, 그건 단목요 더러 한운석을 골치 아프게 만들라고 준 것이었다. 단목요가 진왕 전하까지 한꺼번에 끌어들일 거라고 생각이나 했겠는가!

"감히 용비야에게 따져? 그가 뭐 하러 해명하겠어!"

지금 이런 지경이 되고도, 초청가의 모든 미움은 여전히 한 운석만을 향했다. 용비야는 털끝만큼도 밉지 않았고, 그를 조 금이라도 다치게 하는 일은 참을 수 없었다.

갑자기 방 안에서 갓난아기의 울음소리가 터져 나오자, 초청 가는 그제야 진정할 수 있었다.

주변 아랫사람들은 태후마마가 왜 흥분했는지 영문을 알 수 없었으나, 물어볼 엄두를 내지 못했다.

요 며칠 능 대장로와 연심부인이 산에 약초를 캐러 가서, 초 청가가 직접 아기를 돌보고 있었다. 이 아기에 대해서는 온통 원망하는 마음뿐이었지만, 울음소리를 들으니 그녀도 다급해졌다.

그녀가 방 안에 들어가려는데 영승이 왔다.

섭정왕인 그는 천녕국 후궁에 자유롭게 드나들 수 있었다. 거리낄 것 하나 없었고, 감히 막을 자도 없었다.

황금빛이 번쩍이는 궁중 복장을 한 그의 모습에서는 존귀함이 흘러 넘쳤다. 들어서자마자 그의 오만한 자태가 방 안에 있는 사람들을 짓눌렀다.

"영왕 전하를 뵙습니다. 홍복을 누리소서!"

방 안에 있는 자들이 모두 무릎을 꿇었다. 몇몇 어린 시녀들은 몰래 그를 보려고 고개를 들었다가, 그 모습에 놀라 고개를 숙였다. 두려움과 동시에 흠모함이 솟구쳤다.

이 남자는 평범한 여자의 환상에 등장할 상대가 아니었다. 그런데도 방 안에 있는 여자들은 모두 환상에 젖어 있었다.

초청가는 돌아보았다가, 하마터면 영승을 용비야로 착각할 뻔했다. 눈앞에 있는 사람이 그녀의 마음에 품은 사람이 아닌 걸 알면서도 멍하니 바라보았다.

영승은 초청가의 그런 눈빛이 무슨 뜻인지 이해할 수 없었다. 마음에 들지 않았지만, 신경 쓰기도 귀찮아 성큼성큼 다가갔다.

섭정왕의 권세가 아무리 대단해도, 태후에게 예를 갖춰야 마땅했다. 그러나 그가 서경성에 온 이후, 궁중에서 그런 규율은 사라졌다.

"어머, 오늘은 대체 무슨 바람이 불어서 영왕 전하가 여기까지 행차하셨을까!"

초청가가 웃으며 말했다.

영승이 목소리를 깔고 말했다.

"그 금침을 사용한 후 본 왕에게 돌려주는 것을 잊지 마라."

그는 할 말을 다하고 바로 돌아서려 했다.

"겨우 그뿐이야?"

영승이 특별히 그녀가 있는 곳까지 걸음을 한 게 고작 그런 사소한 일 때문이라니. 초청가는 믿을 수 없었다.

그녀가 단목요에게 준 증거는 바로 한운석이 사용한 금침으로, 영승이 준 것이었다.

그녀는 영승이 한운석을 모함하기 위해 특별히 그 금침을 찾아낸 것이라 생각했는데, 지금 보니 그렇지도 않은 듯했다.

"만에 하나 잃어버리기라도 하면, 책임을 묻겠다!"

영승은 고개도 돌리지 않고 걸어 나가면서 경고했다.

"그 금침이 더 쓸모가 있나? 뭘 하려는 거지?"

초청가가 캐물었다. 한운석과 관련된 일이라면, 그녀는 단 하나도 놓치고 싶지 않았다.

"맡은 일이나 잘 처리해라. 무슨 쓸데없는 참견이냐?"

영승이 차갑게 꾸짖었다.

"안심해. 이 일은 절대 실망시키지 않을 테니!"

초청가는 자신과 단목요에 대한 확신에 차 있었다. 하지만 영승이 보기에 이 두 여자는 모두 같은 부류로 미련하기 짝이 없었다!

둘 다 한운석을 모해하려 했지만, 이 일이 한운석보다 용비야에게 더 큰 영향을 준다는 사실을 모르고 있었다.

용비야의 정비인 한운석이 한 일을 용비야가 모를 수 있을까?

생각이 있는 자라면 한운석이 설 황후를 죽였다고 믿을 리 없었다. 오히려 용비야가 저지른 일이거나 용비야가 한운석에게 시켰다고 의심할 것이다!

"여자가 무슨 정사에 개입을 해? 용비야, 어디 당해 봐라!"

영승은 무시하듯 코웃음을 날리며 뒷짐을 지고 걸어가며, 천천히 궁 깊숙한 곳으로 사라졌다.

과연 영승의 말대로였다. 소식이 퍼져나간 후, 단목요는 한운석에게 도전장을 내밀었지만 각 세력은 모두 용비야를 의심하기 시작했다.

서주국 강성황제는 도저히 가만있을 수 없었다. 그는 직접 길고 긴 서신을 써서 용비야에게 반드시 설명하라고 요구했다. 그렇지 않으면 서주국과 중남도독부의 연맹관계는 영원히 끝이라고 했다!

천안국의 용천묵과 목청무조차 용비야를 의심하기 시작했다.

"아무 상관도 없는 진왕비가 왜 설 황후를 죽이겠습니까! 사실이라 해도, 분명 진왕이 시켰을 겁니다!"

목청무는 속으로 한운석이 억울하다고 느끼고 있었다.

"내 생각에도 이 일은 참으로 수상하네. 진왕이 정말 공격하려 했다면 진왕비가 나서게 했을 리 없는데."

용천묵이 중얼거렸다.

목 대장군은 이 일에 별로 관심이 없는 듯 다른 일을 물었다.

"청무, 최근 북려국 마장에 대한 소식은 없느냐?"

"있습니다. 남도 마장에서 마구잡이로 유목민의 망아지를 사들이고 있답니다. 다른 두 마장에서는 별다른 소식이 없습니다."

목청무가 사실대로 답했다.

목 대장군은 언짢아하며 말했다.

"누구나 다 아는 일을 너한테까지 들어야겠느냐? 망아지를 키우는 것은 핑곗거리일 뿐이다. 그걸 진짜라고 생각한 거냐?"

망아지가 전쟁에 나갈 군마가 되기까지는 최소 3년 정도의 시간이 필요했다. 작년 남도 마장에서 손실을 본 건 세 살부터 열다섯 살 정도 되는 다 자란 군마들이었다. 망아지를 데려다 키우기만 한다고 이 부족함을 쉽게 메울 수 있는 것은 아니었다!

3년에서 5년 정도 되는 군마가 없는 상황에서 북려국이 운공대륙에서 살아남을 수 있을까?

목청무는 고개를 숙이고 한마디도 하지 못했다.

"북려국에 말이 준비되지 못하면, 서부 지역 혼란에 개입할 수 없을 거다. 북려국이 서부 지역에 개입하지 못하면, 서부 지역은 진왕과 영승의 천하가 될 게야. 둘 사이에 볼거리가 많을 테니, 어디 두고 보자!"

목 대장군은 한마디를 덧붙였다.

"설 황후의 일은 단목요가 영승에게 이용당한 것 같습니다."

그 말에 용천묵과 목청무는 탄복하지 않을 수 없었다. 과연 구관이 명관이었다!

용천묵은 자신이 영승의 상대가 되지 못함을 알고 있었다. 지금은 그저 한쪽에서 힘을 기르는 수밖에 없었다…….

북려국은 잠시 서부 지역 혼란에 개입하지 않으나, 북려국 황제는 군역사에게 서부 지역의 작은 변화도 놓치지 말라고 당부했다.

군역사는 황족에서 쫓겨났지만, 여전히 북려국 황제를 곁에서 돕는 유능한 인재였다.

서부 지역의 혼란스러운 국면 앞에서, 그는 단목요와 다시 손을 잡고 싶어서 손이 근질근질했다. 하지만 사부의 경고 때문에, 지켜만 볼 뿐 행동에 나설 수 없었다.

이때, 그는 사부 백언청과 바둑을 두다가 결국 참지 못하고 물었다.

"사부님, 단목요가 이번에 이길 수 있을까요?"

당신도 날 좋아해서 다행이야

단목요가 이길 수 있을까?

백언청은 군역사의 질문을 듣지 못한 듯, 한 손에는 바둑알을 들고 다른 한 손으로 수염을 어루만지며 진지하게 기국을 살피고 있었다.

군역사는 아주 안하무인에 제멋대로인 인물이었다! 하지만 그런 그도 사부 앞에서는 언제나 고분고분 말 잘 듣는 다 큰 사내아이 같았다.

사부가 대답이 없자, 그는 궁금하면서도 더 묻지 못했다. 그저 가만히 사부 차례를 기다렸다.

옆에서 군역사를 보던 사매 백옥교의 마음에 이유 모를 연민이 생겨났다. 그녀가 보기에 군역사는 사부에게 절대적으로 복종했고, 사부를 절대적으로 신뢰했다. 하지만, 사부는 사형에게 숨기는 게 아주 많았다.

백옥교는 사부가 왜 사형에게 그 많은 일을 숨겨야 하는지 몰랐다. 내심 사형에게 불공평하다고 생각했으나, 사실을 밝힐 엄두는 낼 수 없었다.

사부를 배반하는 일이 얼마나 무서운 일인지, 그녀는 사형보다 더 잘 알고 있었다.

한참 후, 백언청은 돌은 두지 않고 담담하게 말했다.

"이기고 지는 일은 무엇을 어떻게 겨루는지 봐야 한다."

군역사는 기뻐하며 얼른 답했다.

"이번에는 설 황후에 대한 일입니다!"

"승패는 그런 사소한 일이 아니라 마지막에 결정되는 법이다. 기다려라. 단목요가 이길 것이다."

백언청이 태연하게 말했다.

"마지막이요? 설마, 사부님……, 미리 준비를 해 두신 겁니까?"

군역사가 목소리를 낮추고 물었다.

이제 보니 사부가 한운석과 용비야 일에 개입하지 말라고 하신 것은 그가 말썽을 일으킬까 걱정한 게 아니라, 사부에게 따로 계획이 있었기 때문인 듯했다.

백언청은 아무것도 말해 주지 않고 질문을 던졌다.

"기다려라. 남도 마장에 부족한 부분은 언제 다 채울 수 있을 것 같으냐?"

군역사는 답답했다. 사부는 늘 이런 식이었다. 반쯤 말하다가 중간에 화제를 돌려, 늘 속을 근질거리게 만들었다.

군역사의 대답이 늦어지자 백언청은 언짢은 눈길로 그를 노려봤다. 그러자 그가 순순히 보고했다.

"1년 반은 걸릴 것 같습니다. 운공상인협회의 말 상인과 교섭을 마쳤습니다. 거래가 성사되면, 부족한 부분은 그리 심각하지 않을 겁니다."

군역사가 사실대로 답했다.

"설산의 약초 재배는 시작됐느냐?"

백언청이 다시 물었다.

"자세한 내용은 아직 상의 중입니다. 흐흐, 영정 이 여자……, 아주 상대하기 어렵습니다! 최근에는 혼사를 준비하고 있어 설산 일이 지체되었습니다."

군역사도 그동안 아주 바쁜 시간을 보냈다. 백언청은 고개만 끄덕일 뿐, 말없이 계속 바둑만 두었다.

며칠 만에 설 황후의 일은 점점 널리 퍼졌지만, 한운석과 용비아는 꿈쩍도 하지 않았다. 입장을 밝히지도 않았고, 공개적으로 어떤 의견도 발표하지 않았다.

그러자 사람들은 사건의 진상에 대해 더 궁금해했다.

단목요와의 대결까지 이틀 남았을 때, 한운석은 정원에 앉아 탁자 가득 놓인 서신들을 보며 바보처럼 웃고 있었다.

모두 그녀에게 온 서신들이었다.

천안성 목 장군부, 중남도독부, 약귀당, 의성, 약성, 심지어 암시장에서 온 것도 있었다.

하나같이 그녀를 걱정하는 편지들이었다. 모두 단목요를 조심하라며, 절대 단목요와 맞대결하지 말라고 권했다.

의성에서 온 서신은 삼장로가 보낸 것이었다. 그는 서신에서, 만약 한운석이 원한다면 운공대륙에서 가장 평판이 좋은 검시관을 추천해 줄 수 있고, 직접 와서 검시를 도울 수도 있다고 했다.

약성에서 온 서신은 약왕 노인이 직접 쓴 것인데, 세상사에 관심 없는 그 노인네도 이 일을 알고 있었다. 그는 서신에서 한운석이 원한다면 설 황후의 시체를 약려로 가져와 직접 검시를 도울 수도 있다고 했다.

심지어 구약동의 그 영감까지 그녀의 안부를 물었다.

한운석은 지금껏 자신이 인복이 없다고 생각했다. 특별한 이유 없이 사람들에게 미움과 원망을 샀고, 복수를 불러 왔다.

그런데 이렇게 쌓인 서신들을 보니, 문득 자신에게 친구가 많다는 사실을 깨달았다. 그녀는 웃으며 용비야에게 말했다.

"내가 인복이…… 꽤 있나 봐요. 천하에 친구가 두루 있다고 볼 수 있겠죠?"

"인맥이라고 하는 것이다."

용비야는 담담하게 말하면서도 인정할 수밖에 없었다. 최근 몇 년간 한운석이 운공대륙에서 쌓아온 인맥은 결코 무시할 수 없는 수준이었다.

"왕비마마는 원래 인복이 많으시지요……."

고북월의 말이 채 끝나기도 전에, 검은 그림자 하나가 갑자기 스치듯 날아들었다. 바로 고칠소였다!

그는 온몸을 새카만 장포로 가린 채, 세상을 우습게 보는 듯한 요사스러운 눈동자만 내놓고 있었다. 정확하게 말하자면 지금 그는 고칠찰이라 해야 했다.

고칠찰은 땅에 발을 디디자마자 한운석 앞으로 달려들었다. 그러나 가까이 가기도 전에 용비야가 발을 내밀어 하마터면 넘어질 뻔했다. 하지만 다행히 바로 뒤로 물러섰다.

그는 다급한 나머지 용비야와 다툴 겨를도 없이 물었다.

"독누이, 단목요가 진짜 결투를 신청했어?"

한운석은 말없이 천천히 고개를 돌려 방 안을 바라보았다. 고북월은 미소만 지었고, 용비야는 차를 마시고 있었다. 그는 고칠찰이 한운석에게 멀리 떨어져 있기만 하면, 쓸데없이 참견할 생각은 없었다.

"독누……."

고칠찰이 더 질문을 하려는데, 목령아가 갑자기 방 안에서 뛰쳐나와 깜짝 놀라며 소리쳤다.

"약귀 대인!"

환상을 품고 있는 목령아와 달리, 자리한 다른 사람들은 고칠찰이 며칠 동안 원락에 없었던 이유가 목령아를 피하기 위해서였음을 알고 있었다! 다들 태연한 얼굴로 고칠찰이 도망치기를 기다렸다.

그런데 고칠찰은 목령아는 거들떠보지도 않았고, 서둘러 떠나지도 않았다. 도리어 한운석을 걱정하며 물었다.

"독누이, 그게 사실이야?"

그 모습에 목령아는 다급하게 달려오던 걸음을 멈추었고, 기뻐하던 표정도 사라졌다. 애태우는 고칠찰의 모습을 보고 그녀는 멍해졌다.

드디어 모습을 드러내서 기뻐해야 하는데, 그녀를 보고도 바로 떠나지 않음을 기뻐해야 하는데, 그런데…… 왜 그녀의 마음이 이토록 아픈 것일까?

"사실이에요!"

한운석은 대답 후 몸을 일으켜 목령아를 고칠찰에게 데리고 왔다.

"이 아이가 벌써 며칠이나 당신을 기다렸어요. 약귀 노인네, 거 참 비싸게 구네요!"

고칠찰은 두 사람은 상관하지 않고 용비야 쪽으로 눈길을 돌렸다.

"진왕, 정말 독누이를 단목요 그 천한 계집과 일대일로 대결하게 할 거야?"

용비야는 대답할 가치가 없다고 생각했다. 고칠찰이 걱정할 필요가 없는 일이었다.

"그 여자가 오면 다시 이야기해요. 아직 오지도 않았잖아요. 무슨 증거를 갖고 올지 누가 알겠어요! 하지만 내가 인정하지 않을 텐데, 날 뭐 어쩌겠어요?"

한운석은 설명을 마치고는 화제를 바꾸며 진지하게 말했다.

"령아가 목씨 집안일을 의논하려고 당신을 찾았다고요! 너무 오래 질질 끌었으니 이제 연심부인 쪽에 답을 줄 때가 됐잖아요? 두 사람이 잘 이야기해 봐요! 그리고 약왕이 보낸 약서는 령아에게 주었어요. 령아가 모르는 부분을 잘 가르쳐 줘요. 앞으로 약귀당에서 두 사람의 역할이 아주 중요해요!"

고칠찰은 그제야 목령아 쪽을 바라보았다. 목령아는 마음이 먹먹했지만, 겉으로 드러내지 않았다. 그녀는 아주 존경하는 상대를 만난 척하며 고칠찰에게 알랑거리는 웃음을 지어 보였다.

"약귀 노선배, 지난번 약귀당에서는 실례했어요. 왕비마마와 전하의 얼굴을 봐서라도, 제 잘못을 용서해 주세요!"

지난번 약귀당 개업 날 이 아이가 그에게 도전한 일에 대해 고칠찰은 잊은 지 오래였다. 그는 말없이 고개만 끄덕이며, 바로 고북월 곁에 가서 앉았다.

목령아는 바로 다가와 공손하게 차를 따르며 말했다.

"노선배님, 뜨거우니 조심하세요."

고칠찰은 눈썹을 치키고 흘끔 본 후, 괴상한 목소리로 말했다.

"노선배라니, 늙다리 취급을 받는군."

"그럼, 사부님이라고 부를까요?"

목령아가 재빨리 물었다.

제자가 되겠다는 뜻이 분명했다. 고칠찰은 찻잔을 검은 장포 안에서 넣어 마시면서 못 들은 척했다.

목령아는 한술 더 떠서 바로 무릎을 꿇고 머리가 땅에 닿도록 큰절을 하며 말했다.

"사부님만 괜찮으시면, 제자의 절을 받아 주세요!"

고칠찰은 방금 입에 넣은 차를 다 뿜을 뻔했다.

"이 몸은 허락한 적 없다. 일어나!"

목령아는 커다란 눈동자를 깜빡거리며 억울하다는 표정으로 말했다.

"하지만, 전 벌써 절을 했는데요, 어쩌죠?"

이런 제자를 받아 주면 어찌 자유롭게 다닐 수 있을까? 나중에 그녀에게 진실을 들킬 지도 몰랐다.

고칠찰은 정말 놀란 나머지 진지하게 말했다.

"이 몸이 네게 다시 절을 돌려주면 어떻겠느냐?"

목령아는 눈가가 젖어들었지만, 도리어 하하 크게 웃었다.

"선배님, 정말 농담도 잘 하시네요. 선배님이 원하지 않으시면 관두셔도 괜찮아요."

다른 사람은 몰라도 한운석은 목령아의 눈물을 알아챘다.

고집스러운 이 아이를 보면서 한운석의 마음은 유달리 아파왔다.

어쩌면 자신의 과거 모습을 보는 듯해서일까, 아니면 물보다 진한 혈육의 정 때문일지도, 어쩌면 서로 마음이 잘 맞는 사이라서 그런 걸지도 몰랐다.

다만 한운석은 자신이 도울 수 있는 게 여기까지임을 잘 알았다. 더 나섰다가는 오히려 일을 망칠 수 있었다.

사람의 감정은 서로가 서로를 원해야 했다. 감내하려는 목령아의 마음은 감동스러웠지만, 고칠찰에게 그 마음을 강요하며 속일 수는 없었다.

용비야가 건네는 차 한 잔에 한운석은 생각을 멈추었다.

그녀는 그를 바라보았다. 그는 차를 우려내느라 바빠 그녀에게 주의를 기울이지 못했다. 이 각도에서 바라보는 그의 옆얼굴은 차가운 얼음장 같았고, 사람을 천 리 밖까지 밀어내는 듯한 냉담함과 거만함이 풍겨 나왔다.

3년이 지났지만, 그는 여전히 3년 전 그 모습 그대로, 달라진

게 없었다.

한운석은 속으로 감개가 무량해졌다.

'용비야, 당신도 날 좋아해서 다행이야.'

목령아가 이렇게까지 말하는데 고칠찰이 어찌 계속 고집을 부릴까? 그는 아주 괴이하게 웃으며 말했다.

"그래, 관두자, 관둬!"

"그럼 약왕의 고대 약서는 선배님께서 조금 가르쳐 주실 수 있나요?"

목령아는 단념하지 않고, 계속 애를 썼다.

한운석은 마음이 아프면서도 웃음이 나왔다. 고칠찰의 안색은 어두워졌지만, 다행히 복면으로 가려져 보이지 않았다.

"알았다, 알았어. 모르는 게 있으면 물으면 될 것을, 뭘 그리 예의를 차려?"

고칠찰이 허락해도, 목령아가 계속 그를 찾아내 가르침을 청할 수 있을지는 모를 일이었다.

"감사합니다, 선배님!"

목령아는 기뻐하며 그 자리에서 바로 약서와 함께 두꺼운 공책을 꺼내 들었다.

"선배님, 이 책들은 벌써 다 보았고, 모르는 부분을 기록해 두었어요. 첫 권부터 모르는 게 백 가지는 되더라고요. 오늘은 우선 이것부터 여쭤 볼게요."

목령아가 진지하게 말했다.

고칠찰이 입을 열기도 전에 고북월이 담담하게 말했다.

"저는 피곤해서 먼저 물러가겠습니다. 이야기들 나누십시오."

고북월이 가자마자 용비야도 일어났다. 한운석도 바로 뒤따르면서 웃으며 말했다.

"우리는 일이 있어서, 두 사람 천천히 이야기해요."

고칠찰은 뭔가를 말하려다 완전히 침묵해 버렸다.

이렇게 이틀 동안, 목령아는 고칠찰에게 매달려 아주 겸손하게 가르침을 듣고 기록했다.

이틀을 함께 지내면서 고칠찰은 전에 했던 의심을 접었다. 목령아는 약서에 대한 것 외에는 그를 전혀 괴롭히지 않았기 때문이었다.

어쩌면 쓸데없는 생각이었던 듯싶었다. 목령아는 열심히 배우려는 마음일 뿐, 그의 비밀을 알아채지 못한 것이리라.

이 아이를 가르치는 것도 나쁠 건 없었다. 어쨌든 약귀당 일은 앞으로 이 아이가 다 맡아서 할 테니까. 자신은 절대 가만히 약귀당을 지키고 있지만은 않을 것이다!

이틀 후 새벽, 단목요가 정말 결투를 하러 찾아왔다.

단 일 초招에 패배

꼭두새벽부터 단목요는 용비야의 요수 별원 대문 앞에 서 있었다. 대문 주변에는 구경꾼으로 가득했다.

용비야의 이 별원은 현성 번화가에 위치했지만, 골목 깊숙한 곳에 있어 시끌벅적한 거리에서도 고요함을 누릴 수 있는 아주 조용한 곳이었다. 원락 외벽도 은밀하여 이목을 끌지 않던 곳이었는데, 오늘 이렇게 많은 사람이 몰려든 건 다 단목요 때문이었다.

단목요는 이 저택 위치를 노출시켰을 뿐 아니라 자기 사람을 구경꾼 무리 속에 심어 두었다. 소문을 내기 위해 데려온 자들이었다. 오늘 한운석이 말 한마디라도 잘못하면, 거기에 과장된 말을 덧붙여 소문을 내고, 운공대륙 전체에 퍼뜨릴 생각이었다. 단목요는 특별히 천산에 소식을 전할 사람도 따로 준비해 두었다.

검종 사부와 천산 모든 사람이 한운석을 싫어하게 만들 속셈이었다! 그래서 한운석이 천산에 가지 못하게 만들려고 했다!

어머니를 죽인 원수라는 사실을 알기 전에도 온갖 방법을 동원해 한운석을 모함하려 했던 단목요였으니, 이제는 정말 수단 방법을 가리지 않았다.

이때 한운석 일행은 별원 가장 높은 누각에 서 있었다. 그곳에서 단목요의 모습은 보이지 않아도, 구경꾼이 몰려든 모습은 볼 수 있었다.

용비야와 한운석은 중간에 서 있었다. 흑의 경장을 한 사람은 냉혹한 표정에 뛰어난 기상을 드러냈고, 연보라색 비단 치마를 입은 사람은 재기가 넘쳤고 따라잡을 수 없는 기개를 뽐냈다. 용비야 왼쪽에 있는 고북월은 바퀴 달린 의자에 앉아 있었지만 여전히 소탈하고 운치 있는 분위기에 수려한 외모가 돋보였다. 한운석 오른쪽에 선 고칠찰은 온몸을 새카만 장포로 덮고 있어 아주 신비로웠다. 고칠찰 곁에 선 목령아는 아름다운 붉은 치마를 입고 총기가 빼어난 모습이었다. 초서풍은 용비야 뒤로 서너 걸음 떨어져 서서, 패검을 움켜쥔 채 아주 공손한 태도를 유지했다.

노대에 서 있는 이 모습은 마치 멋진 풍경 같았고, 정원 가득한 봄빛보다 더 아름다웠다. 다만 이들의 안색은 하나같이 좋지 못했고, 그 중에서도 용비야가 가장 심했다. 고요함을 좋아하는 그는 대문 앞의 저런 소란스러움을 가장 혐오했다.

한운석은 주변 지붕과 누각에는 아무도 없음을 확인했지만, 구경꾼이 결코 적지 않을 것을 알았다. 어쨌든 일이 이렇게까지 커졌고, 그녀와 단목요의 무공은 현저하게 차이가 나니, 대부분 그녀가 웃음거리가 되는 모습을 보기 위해 왔을 것이다.

고칠찰은 난간에 서서 그윽한 눈빛으로 말했다.

"독누이, 이 몸이 먼저 가서 저 여자의 손발 힘줄을 다 끊어 놓을 테니, 그 다음에 가서 싸워!"

438

고칠찰은 농담하러 온 것일까?

하지만 목령아 외에는 아무도 웃지 않았다. 이제 향 반 개가 탈 시간이 지나면, 단목요와의 대결 시간이었다.

고칠찰이 돌아보며 말했다.

"독누이, 대답 없으면 허락한 줄 안다?"

"나보고 죄를 인정하라는 거예요?"

한운석이 눈을 흘겼다.

"너희가 죽이긴 했잖아. 인정하면 인정하는 거지 뭐. 진왕 전하가 설마 서주국 황실을 무서워하겠어?"

고칠찰이 반문했다.

고칠찰은 매를 벌기 위해 온 것일까?

언제부터인지 용비야의 눈빛은 아주 차가워졌다. 그는 직접 공격하거나 입을 떼지 않고, 차가운 눈동자로 고칠찰 옆에 서 있는 목령아를 바라보았다.

고칠찰은 알아서 눈치채고 입을 닫았다. 그는 용비야의 눈빛 위협이 무서웠다. 하지만 그는 용비야와 한운석이 죄를 인정하면 서주국 황실에게 미움을 사는 정도로 끝나지 않는다는 것을 몰랐다.

고칠찰은 천산의 일과 단목요의 뒷배에 대해 잘 알지 못했다.

용비야와 한운석은 지금까지 이 일을 언급한 적이 없었다. 고칠찰뿐 아니라 고북월조차도 그들이 어떻게 대응할 생각인지 몰랐다.

시간이 다 되었다.

용비야가 한운석을 데리고 나가자, 고칠찰과 목령아도 따라 갔다. 고북월은 함께 가지는 못하고 진지하게 말했다.

"왕비마마, 저는 거동이 불편해 나가지 않겠습니다. 만사에 조심하십시오."

"걱정 말아요. 사소한 일인걸요."

한운석이 웃으며 말했다.

가기 직전, 용비야가 분부를 내렸다.

"초서풍, 고 의원이 휴식을 취하게 방에 모셔다 드려라."

고칠찰은 의심이 솟았다. 저건 고북월답지 않은 모습인데? 용비야는 또 언제부터 이렇게 인정 많은 사람이 됐지? 자신이 없는 며칠 동안, 용비야와 고북월에게 무슨 일이라도 생겼나? 하지만 서둘러 나가느라 고칠찰은 더 깊은 생각을 하지 못했다.

용비야에게 인정은 무슨, 그는 평생 정인情人만 챙길 자였다.

초서풍에게 고북월을 데려다주라고 한 건, 고북월과 초천은 사이의 연락을 초서풍이 도와야 했기 때문이었다. 이번에 그는 앞에서 한운석을 돕지 못해도, 뒤에서 적잖이 애쓰고 있었다.

대결 시간이 되자, 문 앞은 더 시끄러워졌다.

그러나 이번에 한운석은 누구에게도 비방할 기회를 주지 않고, 정확한 시간에 별원 대문을 열었다!

막 소란을 일으키려던 구경꾼들은 갑자기 찬물을 맞기라도 한 듯 순식간에 조용해졌다.

단목요는 한운석이 나오는 모습을 보자, 분노에 가득 차서 그녀를 향해 검을 뽑아 들었다.

"한운석, 내 모후와 무슨 원한이 있어서 암살까지 한 거냐? 오늘 내가 너를 죽이지 않으면, 모후께서 어찌 편히 눈을 감으실까?"

그녀는 한운석 뒤에 나타난 용비야를 신경 쓸 겨를도 없이 검을 들고 한운석을 공격하려 했다.

"천한 계집, 목숨을 내놓아라!"

눈앞에 위험이 닥쳐오는 순간에도 한운석의 표정은 차분했고 전혀 동요함이 없었다. 앞으로 팔짱을 끼고 대범하게 서 있는 모습은 아주 기개가 넘쳤다. 사람들은 단목요의 검은 잊은 채, 이 여자에게서 여왕의 풍모 같은 것이 느껴진다고 생각했다. 숨길 수 없는 우아함, 가릴 수 없는 존귀함이었다.

한운석이 피하지 않자 단목요의 눈빛이 독하게 반짝였다. 그녀는 발끝으로 살짝 땅을 구르더니 그 힘으로 검과 함께 달려들었다. 검은 날아가는 화살 같아서, 사람과 검 모두 형체를 알아볼 수 없었다. 손 쓸 틈이 없을 정도로 빨랐다!

사람들은 단목요가 검종 노인에게 직접 전수받은 검술이 아주 뛰어나다는 것을 알고는 있었지만, 이토록 강력할 줄은 몰랐다.

날카로운 칼날이 전광석화처럼 빠르게 한운석의 가슴으로 날아들었다.

끝장이다!

그 순간 사람들의 머릿속은 새하얘졌다. 너무 뜻밖이었다. 다들 용비야가 막을 줄 알았는데, 눈앞에 벌어진 상황을 보니 용비야도 막기에 늦은 것 같았다!

그런데, 돌연 기적이 일어났다.

용비야가 나서지도 않았는데, 단목요가 스스로 물러섰다! 분명 한운석을 죽일 수 있었는데 뒤로 물러서다니. 눈 깜짝할 사이에 그녀는 한운석으로부터 열 걸음 정도 떨어졌다. 심지어 똑바로 서 있지도 못하고 땅 위에 털썩 주저앉아 검은 피를 토했다.

이……, 이게 무슨 상황이지?

사람들은 어안이 벙벙해졌다. 고칠찰과 목령아도 깜짝 놀라 눈이 휘둥그레졌다. 용비야는 분명 나서지 않았는데, 한운석이 무슨 짓을 한 거지? 언제 이렇게 강해졌지?

자세히 보니 한운석은 입에 금침 하나를 물고 있었다. 평소에 사용하는 의료용 금침과는 다르게 독에 담금질한 암기인 듯한 금침이 은은한 광택을 발하고 있었다.

전문가라면 단번에 알 수 있는 상황이었다.

한운석은 참으로 간사했고, 진짜 용감했다. 그녀는 단목요가 가까이 오게 놔두었다가 독침으로 단목요를 위협했던 것이다. 이런 상황에서 단목요는 두 가지 선택만 가능했다. 두 사람 다 다쳐서 함께 죽거나, 아니면 바로 후퇴하는 것이었다.

단목요가 물러서지 않았다면, 가까운 거리에 있던 한운석의 입속 독침이 단목요의 목숨을 빼앗았을 게 분명했다. 하지만 단목요가 물러서는 바람에 폭발하듯 터져 나오던 검기가 뻗어 나가지 못하고 도리어 그녀 자신을 공격했다. 즉 자신의 공력에 자신이 당한 셈이었다.

단목요는 같이 죽을 용기와 패기는 없었기에 생각할 겨를도 없이 황급히 후퇴했다. 검은 피까지 토한 걸 보니, 그녀의 내상은 결코 가볍지 않았다.

이미 내상을 입은 몸에 또 부상이라니, 그야말로 중상이었다!

방금 싸움을 일대일 대결로 친다면, 한운석은 단 일 초招에 단목요를 패배시킨 셈이었다. 지금 단목요의 능력으로는 한운석의 이화루우를 당할 수 없기 때문이었다.

상황을 파악한 사람들의 입이 떡하니 벌어졌다.

두 여자의 싸움이 이런 결과를 낼 줄은 누구도 생각지 못했다. 아직 시작도 안 했는데? 어떻게 이렇게 끝이 났지?

한운석은 정말 사람을 놀라게 하는 재주가 있었다.

한운석은 독침을 입에 물고 단목요를 업신여기듯 내려다보았다. 그 어디에도 구속받지 않는 듯한 소탈함은 사내 못지않았다. 그녀의 외모가 으뜸이라면, 그녀의 기개와 풍채는 따라잡을 수 없는 수준이었다.

고칠찰과 목령아도 깜짝 놀라 멍하니 바라보았다. 한운석이 이렇게…… 이토록…… 강할 줄이야!

갑자기 무리 속에서 누군가가 외쳤다.

"한운석, 뻔뻔하게 독을 쓰다니! 비열하구나."

한운석은 눈을 가늘게 뜨고 소리가 난 곳을 바라보며 차갑게 말했다.

"누구냐? 자신 있으면 본 왕비 앞에 나와라!"

엄한 꾸짖음에 안 그래도 두려움으로 조용해진 현장이 더 적막해졌다. 그런데 정말 죽는 게 두렵지 않은지, 당사자가 앞으로 나왔다.

열네다섯 살쯤 되어 보이는 소녀였는데, 옷차림만으로는 내력을 알 수 없었다. 사실 그녀는 단목요의 시녀였다.

"나다!"

소녀의 우쭐대는 모습은 평소 단목요의 오만한 모습을 연상시켰다.

"나와 단목요의 일에 네가 무슨 상관이냐. 너는 누구냐?"

한운석이 차갑게 물었다.

그 말에 입심 깨나 있을 것 같던 소녀는 대답할 말을 찾지 못했다. 한참 후에야 대답이 나왔다.

"나……, 나는 단목 낭자 대신 불공정함을 호소하는 거다! 그러면 아……안 되냐? 찔리기라도 하느냐?"

"무엇이 공정치 않으냐?"

한운석이 인내심을 갖고 물었다. 오늘 그녀는 단목요를 공격하지 않고 말싸움만 하려 했다. 그녀를 모함하려는 단목요에게 어떤 기회도 주지 않고, 어떤 약점도 잡히지 않을 생각이었다.

"독을 썼다! 방금 단목 낭자에게 독을 쓰지 않았느냐!"

소녀가 당당하게 말했다.

이건 무슨 논리람?

한운석이 웃으며 말했다.

"누가 독을 쓰면 안 된다고 했지? 누가…….'

말이 끝나기도 전에 소녀가 얼른 끼어들었다.

"독술은 방문좌도요, 사람을 해치는 기술이다. 정파 사람은 언급하는 것도 꺼리고, 의성에서는 금기시되었다. 이런 사파의 방법으로 단목 낭자를 공격하다니, 염치없고 비열하구나!"

한운석은 화가 나서 물었다.

"본 왕비가 독술만 할 줄 알고 무공을 못하는 걸 뻔히 알면서, 당당하신 검종 노인의 애제자는 굳이 내 이름을 지목하며 일대일 대결을 청했다. 그래놓고 독술 쓰는 것은 허락할 수 없다니. 이것이야말로 더 비열하고 염치없는 짓 아니냐?"

한운석은 화가 나서 웃음이 나올 지경이었다. 그녀는 바닥에 주저앉은 단목요를 바라보며 차갑게 말했다.

"단목요, 패배를 인정하지 못하겠으면 찾아오지 마!"

단목요는 자신의 검기에 당해서 오장육부가 아팠고, 임독이맥任督二脈(기경팔맥 중 임맥과 독맥을 말하며, 절세 무공을 익힐 때 반드시 이를 뚫어야 하는 중요한 경맥)마저 막혀 방금 겨우 숨통이 트인 상태였다. 하지만 한운석의 이 말이 분노를 일으켜 하마터면 진기가 역류해 주화입마에 빠질 뻔했다.

그녀는 검으로 바닥을 짚으며 일어났다.

"내가 패배했다니 무슨 말이냐?"

"그럼 내가 독술과 암기를 사용해도 아무 문제가 없겠지?"

한운석이 다시 물었다.

그건…….

자신의 내상이 어떠한지는 누구보다 단목요가 가장 잘 알았다. 지금 상태로는 당문의 암기를 당해낼 수 없었다. 아직 완전히 정신을 추스른 것도 아니었다. 어쩌다…… 어쩌다 이렇게까지 다친 걸까?

"단목요, 패배를 인정할 테냐? 아니면 계속할 테냐?"

한운석이 차갑게 물었다.

그녀는 일대일 도전을 받아 주거나 죄를 인정할 생각은 없었지만, 단목요가 오자마자 공격해 버리니 승부를 내지 않을 수 없었다!

천산검종 노인의 제자가 뭐 그리 대단하다고?

그녀의 물건을 훔친 건 누구

천산검종 노인의 제자이자 남다른 재능을 타고나 무예에 뛰어난 기재이면 뭐해? 한운석이라는 '폐물'에게 단 일 초에 패배하고 말았는데!

정확히 말하면 일 초도 아니었다. 한운석은 아예 공격도 하지 않으니까. 한운석은 입에 숨겨 둔 독침을 절반 정도만 내보였을 뿐인데, 단목요가 지레 놀라 물러서다가 스스로 파국을 초래한 것이었다!

단목요 쪽에서 어떻게 진실을 각색해서 헛소문을 퍼뜨릴지는 모르지만, 용비야는 이미 사람을 시켜 사건의 진상을 널리 알리기 시작했다. 그는 특별히 천산에도 알리라고 분부해 두었다.

천산검종은 무림 맹주의 자리에 올라 있고, 검종의 제자들은 늘 천산을 자랑스러워하며 자부심이 대단했다. 단목요가 무공도 할 줄 모르는 사람에게 패배한 것을 그들이 알게 된다면, 모두 단목요를 질타하며 천산검종의 체면을 떨어뜨렸다고 욕할 것이다!

"단목요, 말이 없으면 패배를 인정한 것으로 알겠다."

한운석이 다시 재촉했다.

단목요는 분해서 견딜 수 없었다. 원래 그녀의 계획은 훌륭했다. 사형은 사부가 두려워 나서지 못할 테고, 자신은 먼저 한운석에게 일격을 날린 후 살인 증거를 내밀며 목숨으로 피값을 갚으라고 할 생각이었다.

그런데 일이 이렇게 되다니? 지금 꿈을 꾸고 있는 것은 아닐까? 젠장!

"한운석, 나는 너와 무예를 겨루러 온 게 아니다!"

단목요는 화제를 돌리며 차갑게 말했다.

"오늘 나는 너와 승패를 가르기 위해 온 게 아니라, 네 목숨을 빼앗아 모후의 복수를 하려고 왔다!"

그녀가 검을 휘두르자, 열 명의 여검객이 무리 속에서 걸어 나왔다.

용비야는 단번에 이 열 명의 여검객을 알아보았다. 단목요가 천산에서 몇 년 동안 기른 여검객들이었다. 검술 실력도 꽤 훌륭해서, 열 명의 능력을 다 합하면 정상 상태의 단목요와 맞먹는 수준이었다.

단목요는 정말 한운석을 죽일 결심을 하고 왔다!

용비야의 얼음처럼 차가운 눈동자가 점점 가늘어지며 무시무시한 살기를 드러냈다.

한운석은 용비야의 분노를 감지한 듯, 그의 곁으로 물러섰다. 그리고 등 뒤에 꽉 움켜쥔 그의 주먹을 가만히 잡으면서 소리 없는 위로를 전했다. 그러자 용비야는 어느 정도 냉정해질 수 있었다.

사실 용비야는 마음을 푹 놓고 있었다. 지금의 한운석은 예전과 달랐다.

예전의 한운석에게는 두려움이 있었다. 천녕 황족의 괴롭힘이 두려웠고, 무엇보다 자칫 진왕비 이름을 욕되게 해서 진왕전하의 미움을 살까 두려웠다. 하지만 그녀의 가장 큰 두려움이었던 존재가 지금은 가장 든든한 뒷배가 되었다. 그녀가 두려울 게 무엇이 있을까?

"단목요, 일대일 대결은 함부로 청할 일이 아닐 텐데! 지금 번복하려는 거냐?"

한운석이 웃으며 물은 후, 단목요에게 해명할 기회도 주지 않고 말을 이었다.

"번복해도 좋다! 편을 나누어 싸우고 싶다면 그렇게 하지. 우리 쪽도 사람이 없진 않거든."

그 말에 모든 사람이 약속이라도 한 듯 진왕 전하를 쳐다봤다. 무표정한 얼굴로 그 자리에 가만히 서 있는 진왕 전하에게서는 전혀 공격할 낌새가 보이지 않았다. 하지만 뭇사람의 심장은 쿵쾅거리며 빠르게 요동쳤!

진왕 전하가 나서면 일대일이든 편을 가르든 아무 의미가 없었다. 진왕 전하 한 명이면 단목요 무리를 다 쓸어버릴 수 있었다.

단목요는 두려운 마음에 노기 어린 목소리로 말했다.

"한운석, 본 공주는 오늘 복수를 하러 왔다! 쓸데없는 소리 하지 마라! 일대일 대결도, 편을 갈라 싸울 일도 없다!"

한운석이 탄식하며 말했다.

"그럼 대체 뭘 어쩌자는 거냐! 일대일 대결 도전장을 내민 것도 당신이고, 도와줄 사람들을 끌고 온 것도 당신이다! 그런데 일대일 대결도, 편을 갈라 싸우는 것도 안 한다니, 설마 본 왕비가 바보처럼 목숨을 내주기라도 해야 한단 말이냐?"

"푸하하!"

고칠찰이 참지 못하고 큰 소리로 웃기 시작하자, 군중 속에서도 웃음소리가 흘러나왔다.

한운석은 정말 이런 단목요의 행동이 가소로웠다.

용비야가 사람을 보내 소문낼 필요도 없었다. 누군가는 자연스럽게 이 웃음거리를 말하고 다닐 것이고, 단목요의 체면은 땅에 떨어질 게 분명했다!

단목요는 부끄러운 나머지 화가 치밀어 올랐다. 그녀는 당당하게 복수를 하러 왔건만, 어쩌다 상황이 이렇게 되었을까?

"여봐라, 다 덤벼라! 저 여자를 죽여라!"

그녀가 성난 목소리로 외쳤다.

여검객 열 명이 검을 뽑아 들자, 갑자기 흑의 검객 무리가 나타나 한운석을 보호하고 나섰다. 아무것도 알아채지 못한 한운석과 달리 고칠찰과 목령아는 깜짝 놀라고 있었다.

열 명의 검객에게서 뽑어져 나오는 살기와 무공은 단목요의 여검객 열 명보다 훨씬 대단했기 때문이었다.

단목요도 흑의 검객 무리가 만만치 않음을 알아챘다. 그녀는 화가 나서 말했다.

"사형, 한운석은 내 모후를 죽였어요. 사매를 위해 공정하게 나서 주길 바라지는 않겠어요. 하지만 잘못을 감싸주지는 마세요! 이 일에 대해 사형도 부황과 서주국 백성에게 해명해야 할 거예요!"

용비야가 싸늘하게 말했다.

"증거는? 아무 근거 없이 본 왕이 총애하는 왕비를 중상모략하다니, 본 왕이야말로 네게 해명을 요구한다! 증거를 내놓지 못하면, 본 왕이 가만두지 않겠다!"

단목요의 눈가가 젖어 들었다. 그녀는 억울해하며 소매에서 금침 하나를 꺼내 높이 들어 모든 사람이 볼 수 있게 했다.

"이것은 모후의 몸에서 찾아낸 독이 든 금침입니다. 한운석이 진료할 때 쓰는, 그녀만 갖고 있는 금침이지요!"

단목요가 손에 든 금침은 과연 한운석이 평소 사용하는 금침이었다.

그녀가 현대에서 가져온 의료용 침으로, 재질이며 효과와 형태 모두 고대 침과는 달랐기 때문에 확실한 물증이었다.

특수 상황이 아니면, 한운석은 사람을 구하는 의술을 펼칠 때만 이 의료용 침을 사용했고, 사용 후에는 소독 후 잘 보관해 두었다. 단 긴급 상황이 닥쳤을 때 잃어버린 적이 있었다.

단목요가 갖고 있는 저 침은 대체 어디서 났을까? 초천은은 이미 용비야에게 투항할 뜻을 밝히고 용비야의 시험을 받고 있으니 단목요에게 이런 중요한 물건을 줄 리 없었다.

초천은이 아니면 누가 그녀의 의료용 침을 손에 넣을 수 있지?

초청가인가? 아니면 영승? 두 사람은 또 어디서 이 금침을 손에 넣었을까?

한운석은 이 문제를 놓고 고민하기도 귀찮았다. 누명을 씌우려고 작정한 상대편에서 물증 하나 찾지 못했을라고?

"한운석, 말해 봐라. 이 금침은 네 것이지?"

단목요가 큰 소리로 물었다.

"그렇다! 내 물건은 언제 훔쳐 간 것이냐, 돌려줘!"

한운석은 그녀보다 더 당당하게 나왔다.

"너!"

단목요는 한운석과 말을 섞을 때마다 분을 못 이겨 죽을 것 같았다.

"너는 금침으로 내 모후를 독살했다. 할 말이 있으면 어디 해 봐!"

단목요가 다시 물었다.

"당신이 내 금침을 훔쳐서 내가 독을 썼다고 모함하는데, 내가 무슨 할 말이 있겠느냐?"

한운석이 반문했다.

"한운석, 너……, 너는…… 교활하게 궤변을 늘어놓는구나!"

단목요는 거의 피를 토할 것 같았다.

"오늘은 금침 하나를 가져와서 내가 당신 모후를 죽였다고 하고, 내일은 암기 침을 가져와서 내가 당신 집안을 몰살시켰다고 할 생각이냐?"

한운석이 다시 물었다.

장내는 조용해졌고, 감히 누구도 끼어들지 못했다. 단목요는 화가 난 나머지 호흡마저 가빠왔다. 그녀는 씩씩거리며 말했다.

"검시 결과 모후의 사인은 중독으로 밝혀졌다. 게다가 초씨 집안 군대 사람 중에 그날 밤 병영 주변에서 널 직접 본 자도 있어!"

증인과 물증, 모든 것이 갖춰졌다.

만약 이 증인과 물증이 모두 제삼자의 조사 결과라면, 운공 대륙 각국의 법률 절차에 따라 한운석은 확실한 유죄였다.

하지만 안타깝게도 이 증인과 물증은 모두 단목요 쪽에서 일방적으로 제시한 것이기 때문에, 조작 가능성이 컸다.

한운석은 증인과 물증이 타당한지 여부에 대해 논쟁하기도 귀찮았다. 생떼 부리기 좋아하는 단목요 성격을 생각하면, 아무리 논쟁해도 끝나지 않을 게 뻔했다. 그녀는 이미 용비야와 상의하여 일석이조의 계책을 마련해 두었다.

이들은 금침이 모함이라는 사실만 증명하면 될 뿐, 설 황후의 진짜 사인을 밝힐 필요는 없었다.

이 금침이 다 모함이란 사실만 증명되면, 단목요는 자연스레 금침을 준 사람을 의심하게 될 것이고, 단목요의 관심을 다른 쪽으로 돌리면, 이 일은 이들과 무관하게 되었다.

"검시관은 누구였지?"

한운석이 또 물었다.

"태평각太平閣의 임욱林旭이다!"

단목요가 큰 소리로 답했다.

태평각은 이익집단으로 조정과 민간의 각종 검시를 담당했다. 임욱은 태평각에서도 간판급의 인물이라 그 명성이 자자했다!

"난 믿을 수 없다!"

한운석이 차갑게 말했다.

"다른 사람이 다시 검시해서 설 황후의 사인이 중독이라는 것과 그 중독이 이 금침 때문이라는 사실을 밝히지 못하면, 본 왕비는 절대 잘못을 인정할 수 없다!"

초청가는 단목요 일에 많은 공을 들이며 특별히 임욱을 매수했다. 임욱은 직접 단목요에게 검시 보고를 했고, 단목요는 초청가를 철석같이 믿었다.

"좋아! 본 공주는 네가 반드시 승복하게 만들겠다!"

단목요는 자신만만했다.

"그럼 서주국 대리시의 전 검시관인 조동曹同 대검시관에게 맡기자!"

한운석이 한 자 한 자 천천히 말했기 때문에 장내 모든 사람이 그 이름을 분명히 들을 수 있었다. 사람들은 깜짝 놀라지 않을 수 없었다. 이제는 단목요가 정말 한운석을 모함하는 게 아닐까 하는 의심이 들었다.

서주국 대리시 사람이라면 절대 한운석 편에 설 리 없었다. 반드시 있는 그대로의 사실을 바탕으로 진상을 밝혀낼 게 틀림없었다. 게다가 조동 대검시관은 운공대륙에서 제일가는 검시관으로, 검시 실력은 일류요, 신망은 말할 것도 없었다!

한운석이 감히 그를 청하다니, 적어도 그녀가 켕기는 게 없다는 소리였다.

단목요는 크게 웃으며 말했다.

"한운석, 웃기지 마라! 조동이 자리에서 물러나 은거한 지 몇 년이 지났다는 사실을 알 텐데, 넌 절대 그를 청할 수 없다!"

"내가 청할 수 있다면?"

한운석이 반문했다.

"말도 안 되는 소리!"

단목요는 여전히 믿지 않았다. 조동은 서주국 조정의 여러 큰 사건들을 해결했지만, 개인적인 이유로 관직에서 물러난 지 벌써 몇 년이 흘렀다. 부황이 태자를 보내 청했을 때도 그를 산에서 불러내지 못했다. 그런데 한운석이 청한다고 올 리 있을까?

"조 대검시관은 이미 오는 중이고, 이틀 후면 이곳에 도착할 것이다. 단목요, 당신이 그래도 효녀라면 모후의 사인을 알고 싶겠지. 어서 시신을 가져와라."

한운석이 진지하게 말했다.

단목요는 그제야 그녀의 말이 농담이 아님을 깨닫고 몹시 놀랐다.

그 순간, 그녀의 머릿속에 무시무시한 생각이 떠올랐다. 설마, 한운석이 진짜 범인이 아니고, 자신은 초청가에게 이용당한 건 아닐까? 초씨 집안이 진범인 게 아닐까?

단목요는 얼른 정신을 차렸다. 자신의 의심을 믿고 싶지 않았다. 그냥 한운석이 진범이라고, 한운석이 그녀를 위협하는 거라고 믿었다!

단목요가 표독스럽게 말했다.

"좋다! 이틀 후에 너를 승복하게 만들고, 목숨 값을 받아 내겠다!"

이틀 후, 조동이 정말 요수 별원에 나타났다!

한운석이 조동을 청할 수 있었던 것은 물론 의성 삼장로가 암암리에 도와준 덕분이었다. 삼장로는 의성 장로 신분이라 공개적으로 한운석을 도울 수 없었다. 그래서 조동은 도착 후에도 삼장로와의 친분을 드러내지 않고 서주국의 옛 신하임을 자처하며, 설 황후의 사인을 철저히 조사하겠다고 맹세했다!

"공주님, 안심하십시오. 반드시 황후마마가 편히 눈 감으시지 못하는 일이 없도록 하겠습니다!"

조동은 여전히 단목요를 공주라고 칭하며, 극진히 대했다.

확고했던 단목요의 마음이 다시금 흔들렸다. 그녀는 고개를 끄덕이며 말했다.

"모후의 시신은 골목 어귀 원락에 있네. 함께 가세."

사람들은 조동을 따라갔고, 용비야와 고칠찰도 한운석을 데리고 함께 갔다. 고칠찰이 목소리를 낮추고 물었다.

"너희가 조동을 매수했어?"

한운석이 작게 말했다.

"모셔온 것만도 다행이지! 매수할 수 없는 사람이야!"

"그럼 저자가 진상을 밝히는 게 무섭지 않은 거야?"

고칠찰은 깜짝 놀랐다. 설 황후는 한운석이 아니라 용비야가 사람을 보내 죽인 거잖아!

천하제일의 검시관이라는 명성은 그냥 얻어지는 게 아니라고!

용비야와 한운석은 대체 무슨 자신감일까. 대체 무슨 꿍꿍이야?

왕비는 떳떳해

한운석은 조동을 매수하지 않았다. 조동이 진상을 만천하에 드러내는 게 두렵지 않은 걸까?

궁금해하는 건 고칠찰 한 사람만이 아니었다. 영승도 아주 궁금했다. 그는 조동이 매수할 수 없는 사람인 걸 알았고, 설 황후를 죽인 건 용비야 사람이라고 확신했다. 용비야와 한운석은 대체 무슨 자신감으로 이런 짓을 벌이는 걸까?

설 황후가 죽은 후 초천은이 많은 검시관을 불러왔지만, 진짜 사인은 밝혀내지 못했다. 진짜 사인은 무엇일까? 설마 용비야와 한운석은 조동이 찾아내지 못할 거라고 예상하는 걸까?

영승의 눈빛은 시종일관 한운석의 뒷모습에 고정된 채였고, 재미있다는 듯 입가에는 사악한 미소가 걸려 있었다. 한운석의 뒷모습이 군중 속으로 사라진 뒤에도, 그는 여운이 가시지 않은 듯 계속 바라보고 있었다.

영승은 변장한 채 군중 속에 섞여 있었고, 곁에는 변장한 시종들이 동행했다. 이들은 도무지 이해가 되지 않았다. 영왕 전하가 당장 처리해야 할 일이 산더미 같은데, 왜 전하는 이틀 밤낮 쉬지도 않고 달려 직접 요수까지 행차한 것일까? 영정의 혼사 일로 운공상인협회에서 몇 번이고 재촉해도 가 보지 않던 그였다.

이 일은 그가 직접 나설 수 없는데, 현장에 와서 구경하는 것이나 황궁에 앉아서 소식을 듣는 것이나 마찬가지 아닌가?

설 황후의 시신은 골목 어귀 원락에 안치되어 있었다. 단목요는 모후의 시신을 공개할 수는 없어서 관련된 사람이 아니면 아무도 들어오지 못하게 했다. 영승과 몇몇 시종은 조용히 무리에서 벗어나 주변 지붕 위에서 자취를 감추었다.

원락 중앙에 있는 설 황후의 시신은 특별 제작한 관에 보존되어 있었다. 관머리 쪽에 선 단목요는 안색이 창백했고, 비통한 표정이었다. 그녀는 아직까지도 좀 더 일찍 하산하여 모후를 구하러 가지 않은 것을 후회했다. 애당초 그녀는 부황에 대한 환상을 품고 있었다. 부황이 모후를 그리도 사랑하시니, 분명 어떤 대가를 치르더라도 모후를 구해 낼 거라고 믿었다. 하지만 결국, 부황이 가장 사랑한 것은 그의 나라였다.

모비의 죽음을 초래한 원흉은 초씨 집안이었다. 그녀는 흉수인 한운석을 처리하고 나면, 초씨 집안을 가만 놔두지 않을 생각이었다. 물론 초청가도 포함해서!

사람들이 주목하는 가운데 단목요는 조심스레 관을 열었다.

자리한 모든 사람이 앞으로 다가가 안을 들여다보는데 용비야만 제자리에 꿈쩍도 하지 않고 서 있었다. 그는 무서워한다기보다 이런 일을 싫어했다. 설 황후가 세상을 떠난 지도 벌써 두 달이 다 되었다. 늦겨울과 초봄 사이라서 기온이 낮지 않았다면, 그리고 약물로 보존하지 않았다면, 시체는 이미 시랍이 되었을 것이다.

비싼 약재로 보존해서 시체에서 이상한 냄새도 나지 않고 진물도 흐르지 않았지만, 형체는 이미 변형되었고, 얼굴과 손에는 시반이 가득했다. 시체의 부패 정도는 육안으로 파악하기 힘들었고, 전문가만 알아볼 수 있을 듯했다.

조동은 시신을 흘끗 보고는 어쩔 수 없다는 듯한 표정이 되었다. 그는 검사를 서두르지 않고 물었다.

"공주님, 소인이 우선 그 금침을 보아도 되겠습니까?"

"물론이네!"

단목요는 조심스럽게 금침을 건넸다.

"침 끝에 아직도 독이 남아 있으니 조심하게."

조동은 금침을 자세히 들여다보며 물었다.

"이것은 무슨 독입니까?"

단목요가 입을 열기도 전에 한운석이 답했다.

"전갈독이에요. 만져도 큰 문제는 없어요. 찔리지만 않으면 중독되지 않아요."

단목요가 코웃음을 쳤다.

"아주 잘 기억하는군 그래!"

한운석은 그녀와 논쟁하기도 귀찮았다. 한운석은 자신이 무슨 말을 하든지 단목요가 믿지 않을 것을 알았다. 그녀가 조동을 청한 것도 조동이 그녀 대신 말해 주길 바라서였다.

"이 침을 어디서 찾아냈습니까?"

조동이 다시 물었다.

"발바닥이네."

단목요가 아는 내용은 모두 초청가가 알려 준 것이었다.

"그러니까 공주님은 황후마마의 사인이 중독이라고 생각하시는 거지요?"

조동이 진지하게 물었다.

"그래. 한운석이 이 금침으로 독을 쓴 거지!"

단목요는 구구절절 말할 때마다 한운석을 지목하는 것을 잊지 않았다. 마치 직접 두 눈으로 본 것처럼 말했다.

조동은 고개를 끄덕이며 물었다.

"공주님, 소신은 독에 대해 잘 알지 못해 특별히 독의를 한 명 데리고 왔습니다. 들어오라고 해도 될까요?"

조동의 신망에 대해서는 칭송이 자자했기 때문에, 한운석이 청한 사람임에도 단목요는 그를 아주 신뢰했다. 그녀는 생각도 하지 않고 바로 허락했다.

독의는 들어와서 금침을 검사한 후, 다시 설 황후의 발바닥을 검사하고 나서 진지하게 말했다.

"이 독은 전갈 극독으로, 중독되면 세 걸음을 걷기도 전에 반드시 죽게 됩니다."

"한운석, 아직도 궤변을 늘어놓을 생각이냐?"

단목요가 바로 노성을 질렀다.

한운석은 코웃음을 치며 대답하지 않았다.

독의가 다급하게 설명했다.

"공주님, 소인이 확신할 수 있는 것은 두 가지뿐입니다. 첫째, 금침에 있는 독은 전갈독입니다. 둘째, 황후마마의 발바닥은 독침에 찔려 확실히 중독된 적이 있습니다. 하지만 사인이 전갈독인지에 대해서는 소인이…….”

독의가 말하면서 곤란한 듯 조동 쪽을 바라보자, 조동이 손을 흔들어 물러가도 좋다고 표시했다.

“조 대검시관, 그게…… 무슨 뜻인가?”

단목요는 이해할 수 없었다.

“공주님, 황후마마는 이미 세상을 떠나신 지 오래되어서…… 검사에 의미가 없습니다.”

조동은 완곡하게 돌려 말했지만, 사람들은 모두 그 뜻을 알아챘다.

보통 사망 후 7일이 지나면 검시의 의미가 없었다. 설 황후의 시신은 약물로 아주 잘 보존되었으나, 검사할 수 있는 상태는 아니었다.

“공주님, 지금 파악된 증거를 보면, 황후마마는 중독으로 사망하셨을 가능성이 큽니다. 그러나 심도 있는 검사를 진행할 수 없기 때문에 소인은 결론을 내드릴 수 없습니다.”

조동이 진지하게 말했다.

단목요의 눈살이 찌푸려졌다.

“뭐라고?”

조동은 여전히 진지한 태도로 말했다.

“공주님, 황후마마는 확실히 중독되셨습니다. 하지만 중독으로 사망하셨는지 여부는 확정할 수 없습니다. 공주님, 심사숙고하시어 좋은 사람에게 억울한 누명을 씌우고 진범을 놓치는 일이 없게 하십시오!"

단목요는 복잡한 눈빛이 되었다. 그녀는 의심스러운 눈길로 한운석을 바라보았다. 한운석은 말없이 그녀가 보게 내버려 두었다.

단목요는 무슨 생각을 한 것인지, 한참 후 분통을 터뜨리며 말했다.

"왜 확정할 수 없다는 건가! 증거가 이렇게 분명한데, 바로 저 여자라고!"

"그래, 그래, 나라고 해! 내가 인정할게, 됐어?"

한운석이 갑자기 짜증스럽게 말했다.

단목요는 아주 뜻밖이었지만, 조동은 도리어 화를 내며 물었다.

"왕비마마, 죄를 인정하실 거였다면, 이 늙은이를 왜 불렀습니까?"

"지금 검시를 해도 결과가 안 나오니 어쩌겠어요? 금침은 확실히 내 것이고, 발바닥에 찔린 흔적이 있다는데. 내가 인정 안 하면 누가 인정하겠어요?"

한운석은 어깨를 으쓱하며 어쩔 수 없다는 듯 말했다.

"방금 말씀드렸잖습니까. 중독의 흔적도 있고, 물증도 있습니다만, 황후마마가 중독으로 사망하셨는지 단언할 수 없고, 다른 사망 원인을 찾아낼 수도 없기 때문에 결론을 내릴 수 없습니다. 알겠습니까?"

조동은 이제 초조해졌다. 왜 두 번이나 설명했는데도 두 여자는 알아듣지 못하는 걸까? 한 명은 서주국 공주이자 천산 제자이고, 다른 한 명은 진왕비이니 둘 다 바보는 아닐 텐데!

한운석이 말이 없자 조동은 다시 한 번 물었다.

"왕비마마, 이해하셨습니까?"

그에게 많은 도움을 주었던 삼장로가 처음으로 부탁한 일이었다. 돕기는커녕 방해가 될 수는 없었다! 게다가 그는 평생 검시를 해 오면서 한 번도 억울하거나 잘못된 판결을 내린 적이 없었다. 이번에 이례적으로 산을 나와서 오랜 명성을 실추시킬수는 없었다! 검시할 수 없다고 경솔하게 결정을 내리는 것은 안 될 말이었다!

이것은 검시이지, 절대 '이것 아니면 저것'이라는 논리로 따질 일이 아니었다.

"난 이해했지만, 아무래도 이해하지 못한 사람이 있는 것 같아요. 어휴, 멍청하기는."

한운석이 웃으며 말했다.

그녀는 누가 멍청한지 이름을 밝히지 않았건만, 단목요는 콧방귀를 뀌며 자신이 그 대상임을 드러냈다.

"내가 이해하지 못했다고 누가 그래! 조 대검시관, 다른 증거를 찾을 수 없으니 바로 저 여자가 흉수라는 게 증명되는 거요! 이 이치를 이해하지 못하겠나?"

단목요는 반문하며 도리어 조동에게 화를 냈다.

조동의 입가가 실룩거렸다. 진왕비가 멍청하지 않다는 것은 알겠으나, 영락 공주가 멍청한지 아닌지는 그도 이제 알 수 없었다.

"모르겠습니다."

조동은 고개를 저었다.

단목요가 정색하고 말했다.

"이렇게 단순한 이치를 어찌 모를 수 있지? 진범이 한운석이 아니라면, 왜 이 금침이 모후의 발바닥을 찔렀겠나? 설마 누가 저 여자를 모함하려고, 죽은 모후를 침으로 찔렀단 말인가?"

그 말에 용비야는 처음으로 웃음이 나왔다. 소리 없는 이 웃음은 당연히 단목요가 아닌 한운석 때문이었다.

한운석은 단목요의 이 말을 기다리고 있었다. 단목요가 스스로 이 말을 뱉을 때까지 기다린 것이었다.

고칠찰과 목령아도 속으로만 즐거워하고 있었는데, 조동만은 유일하게 소리 내어 웃었다.

"공주님, 맞는 말씀입니다! 나중에 침을 찌른 것인데 오늘 경솔하게 결론을 내리면, 진범이 우리를 비웃을 겁니다."

단목요는 어리둥절했다. 멋대로 뱉은 말에 자신이 도리어 놀라고 말았다. 만약 조동이나 한운석이 이 말로 반박했다면, 그녀는 바로 부정했을지도 몰랐다. 하지만 한바탕 논쟁 후 스스로 뱉은 이 말에, 그녀는 자신도 모르게 진지하게 고심하기 시작했다.

방금 조동이 반복해서 강조했던 말과 한운석의 반응을 돌아보며, 확고했던 그녀의 마음이 다시금 흔들렸다. 그녀는 중얼거리며 혼잣말을 했다.

"초청가······."

"공주님, 황후마마가 죽어서도 편히 눈 감으시지 못하게 할 수는 없습니다!"

조동이 말했다.

"이 금침에 대해서는 본 왕비도 인정하지. 하지만 승복할 수 는 없다!"

한운석이 차갑게 말했다.

단목요는 다시 한 번 한운석을 보고는 결국 한 발 물러섰다.

"그럼 어떻게 하자는 거지? 지금은 검시도 할 수 없다면서."

"공주님, 소신에게 방법이 하나 있긴 합니다만······."

조동이 난처해하며 말했다.

"어서 말해 보게!"

단목요가 진지하게 답했다.

"소신이 기억하기로 천하에 '기사회생'이라는 기약이 있다고 합니다······."

말이 끝나기도 전에 단목요가 흥분했다.

"기사회생? 모후를 되살릴 수 있다고?"

"이상한 생각 마. 기사회생은 하늘을 거스르는 묘약인데, 짧 은 시간 동안 시체를 방금 사망한 상태로 복구시킬 수 있어. 하 지만 시간이 지나면 시체가 순식간에 피로 변해······ 흔적도 없 이 사라져!"

설명을 한 사람은 목령아였다. 그녀는 천하의 묘약에 대해 잘 알고 있었다.

"과연 약성의 천재답군, 실례를 범하였네!"

조동이 웃으며 읍을 했다.

"별말씀을요."

목령아는 아주 겸손한 태도를 보인 후 말을 이었다.

"이 약은 구하기도 어렵고, 짧은 시간 내에 꼭 찾아낸다는 보장도 없어요."

"소신이 알기로는 이 약이 약성 약려에서 나왔다고……."

조동이 한운석을 바라보며 떠보듯이 물었다.

"혹 왕비마마께서……."

말을 맺기도 전에 한운석이 당당하게 말했다.

"내가 못 나설 이유가 있겠어요? 약려에 약이 있다면, 본 왕비가 반드시 사부님에게 부탁해서 구해 오겠어요!"

조동은 정신이 멍해졌다. 왕비마마가 나설 수 있는지 떠보려고 했던 게 아니었다. 그저 약왕 노인에게 기사회생약을 부탁할 수 있는지를 물으려 했을 뿐이었다.

왕비마마가 왜 이렇게 흥분하는 걸까?

단목요는 한운석의 흥분하는 모습을 눈에 새겼다. 그녀는 한운석이 어머니를 죽인 원수가 아니라는 사실을 믿고 싶지 않았다. 하지만 한운석의 태도는 계속 그녀의 마음을 흔들었다.

내가, 정말 한운석을 모함한 걸까?

내가, 정말 초청가에게 놀아난 걸까?

머릿속에 이 두 가지 질문이 계속 맴돌아 단목요를 혼란스럽게 만들었다.

"공주님, 그럼…… 이 약을 쓸까요, 쓰지 말까요?"
조동이 진지하게 물었다.

용비야, 말해요

기사회생이라는 약을 쓸 것인가, 말 것인가?

단목요의 시선이 모후에게로 향했다. 그녀는 주저하고 있었다.

설 황후의 상황은 이미 충분히 비참했다. 그런데 시신마저 남지 않는다면, 영원히 편히 눈 감으실 수 없겠지.

적막 가운데 조동이 긴 한숨을 내쉬었다. 검시관으로서 날마다 시신을 마주했지만, 이런 일 앞에서는 그도 마음이 아팠다.

한참 후, 단목요가 목 메인 소리로 물었다.

"조 대검시관, 다른 방법은 없는가?"

조동은 어쩔 수 없다는 듯 고개를 저었다.

"없는 방법 중에 찾은 방법입니다."

단목요는 다시 침묵에 빠졌다.

어째서인지 한운석의 마음도 조금 아팠다. 단목요가 아닌 설 황후 때문이었다. 어쨌든 설 황후는 아무 죄도 없지 않은가! 한운석은 자신도 모르게 용비야를 바라보았다. 용비야는 차가운 눈빛을 한 채 조금도 동요하지 않았다.

이 남자의 마음은…… 대체 얼마나 차가운 걸까!

그가 계속 따뜻하게 대해 주어도, 그녀는 그의 냉혹함과 무정함을 잊지 않았다.

나중에 단목요가 진상을 알게 된다면, 어떤 생각이 들까?

갑자기 들려온 단목요의 과감한 목소리에 한운석의 생각이 끊어졌다.

"약을 쓰겠네. 진범을 찾지 못하면 땅에 묻히셔도 편히 눈 감으실 수 없을 테니 무슨 소용이겠나?"

그녀는 한운석을 바라보며 콧방귀를 뀌었다.

"한운석, 네가 한 말에 책임져! 기사회생을 구해 오지 못하면, 모후를 죽인 진범은 바로 너야!"

한운석은 대꾸도 하지 않고 바로 명령을 내렸다.

"여봐라! 매를 준비해라, 약려에 약을 부탁하는 서신을 보내야겠다!"

자연스레 사건 조사도 잠시 중지되었다. 요수에서 약려까지 매를 보내면 오가는 데만도 반나절은 걸렸다. 단목요는 자리를 뜰 의사가 전혀 없었지만, 한운석은 함께 있어 줄 만큼 기력이 남아돌지 않았다. 그녀와 용비야 일행은 우선 돌아가서 휴식을 취했다.

영승은 지붕 한쪽에 앉아 한운석의 뒷모습이 골목 끝에서 사라지는 것을 지켜보며 생각에 잠겨 있었다.

"전하, 이 일은…… 뭔가 속임수가 있는 듯합니다."

시종이 목소리를 낮추며 말했다.

영승은 나른하게 몸을 일으키며 기지개를 켜더니, 진지하게 물었다.

"한운석 저 여자 머릿속에는 뭐가 들어 있을까?"

시종은 말문이 막혔다. 그걸 자신이 어떻게 알겠는가?

"전하, 단목요가 만일 초청가를 의심하게 되면, 저희 쪽에……."

다른 시종이 진지하게 말했다.

"뭘 그리 조급해하느냐! 의심해 봤자 초씨 집안을 의심할 뿐이다."

영승은 초씨 집안에 대해서도 따로 계책을 마련해 둔 게 분명했다.

반나절 후, 한운석은 약왕의 회신을 받았다. 약려에는 '기사회생'이라는 약이 있으나, 약을 달이고 사용하는 방식이 아주 특수하기 때문에 보통 사람은 다룰 수 없다며, 설 황후의 시신을 가지고 약려로 오라는 내용이었다.

한운석은 소리를 낮추고 목령아에게 물었다.

"이 약의 용법이 그렇게 까다로워?"

"내가 알기로는 그렇지 않아. 약을 달여서 시체에 뿌리면 그만이야."

목령아도 작은 목소리로 물었다.

"약귀 선배님, 그렇죠?"

"약왕 그 늙은이가 이 기회에 너희를 불러들이려는 속셈이야."

고칠찰이 진실을 말해 주었다.

한운석에게는 별다른 방법이 없었다. 단목요를 상대하느라 바빠서 약왕 노인의 의도는 우선 무시해야 했다. 어쨌든 약왕 노인이 먼저 그들을 불렀으니, 그녀를 어쩌지는 못할 것이다.

"만일 우리가 그곳에 갔을 때, 약왕 노인이 또 조건을 걸면 어떡해?"

목령아가 걱정스럽게 말했다. 한운석 일행이 약을 구하러 갔던 일에 대해 그녀도 어느 정도 알고 있었다.

"그럼 이 제자 체면이 뭐가 되겠어?"

한운석이 놀리듯 말했다.

"또 그랬다간 구약동의 그 영감을 찾아가 도움을 청해야지."

한운석은 말하면서 고칠찰을 흘끔 보았다. 고칠찰은 내내 아무 말도 하지 않았다.

해가 지기 전, 한운석은 이 소식을 단목요와 조동에게 알렸고, 두 사람도 별 이견이 없었다. 이들은 설 황후의 시체가 악화되지 않게 보호 작업을 더 강화하며 떠날 준비를 했다.

다음 날, 단목요는 아침 일찍부터 일어나 조동을 그녀의 마차에 태우고 용비야의 별원 대문 앞에 가서 기다렸다.

그런데 아무리 기다려도 한운석과 용비야가 나오지 않았다.

단목요는 차마 나설 수 없어서 조동을 보냈다. 물어보니 용비야와 한운석은 어젯밤에 이미 길을 떠났다고 했다.

"아니…… 어찌 먼저 출발할 수 있단 말이요!"

조동은 아주 유감스러웠다.

"왕비마마께서 두 분은 약성에 도착한 후 바로 장로회를 찾아가시면, 누군가 약려까지 안내해 줄 거라고 하셨습니다."

하인이 성실히 대답했다.

조동은 더 묻지 않고 마차로 돌아갔다. 단목요의 얼굴은 완전히 구겨져 있었다. 용비야와 한운석은 그녀와 함께 가고 싶지 않았던 게 분명했다!

사실 찌푸린 표정이 된 건 몰래 숨어 있던 영승도 마찬가지였다. 그도 아침 일찍부터 이곳에 와서 그들을 기다리고 있었다.

"전하, 정 소저의 혼삿날이 어느 정도 가닥이 잡혔는데, 시간이 촉박합니다. 며칠 후면 당문 쪽에서 혼담을 꺼내러 올 텐데, 날짜를 이달 말로 정할 듯합니다."

시종은 방금 들은 소식을 보고했다.

"정 소저와 락 공자가 벌써 이틀이나 야단법석을 떨었지만, 정 소저는 당문에 1년 동안 머무는 것을 거절하셨답니다. 락 공자는 전하께서 직접 오셔서 상황을 정리해 달라고 부탁하셨습니다."

"성가시기는!"

영승은 귀찮았지만 그래도 운공상인협회로 돌아가기로 결단을 내렸다. 당문 일은 조금도 소홀함이 있어서는 안 되기 때문에, 영정이 막무가내로 행동하는 것을 허락할 수 없었다.

"단목요 일행을 따라가라. 무슨 일이 생기면 즉각 보고해야 한다!"

그는 말을 마치고 떠나면서 한마디 덧붙였다.

"그 금침도 잘 지켜라!"

시종은 영문을 알 수 없었지만 더 물어볼 수 없었다.

이때, 한운석 일행은 밤새 길을 달려 이미 요수군에서 멀리 떨어져 나왔다. 고칠찰과 목령아는 따라오지 않았다.

목령아는 아주 흥분해서 두 사람을 따라 약려를 방문하고 싶어 했지만, 고칠찰이 가지 않는다는 사실을 알고 그를 따라서 요수 별원에 남았다.

고칠찰은 이 말만 남기고 오지 않았다.

"이 몸과 무슨 상관이야."

한운석은 더 추궁하지 않았다. 용비야도 뭔가 알아차린 듯했지만, 역시 더 묻지 않았다.

용비야는 당문에서 좀 전에 보내온 서신을 읽으며 당리의 혼사에 대해 이야기하고 있었다.

"운공상인협회가 북려국 설산에서 약초를 재배하는 일은 어찌 되어가고 있느냐?"

용비야가 물었다.

"아직까지는 별다른 진전은 없습니다. 아마도 영정의 혼사로 일이 지연된 듯합니다."

마차 밖에 있는 초서풍이 사실대로 대답했다.

"예의주시해라."

용비야는 이 일에 많은 관심을 기울였다. 어쨌든 한운석의 약귀당 지위에 직접적인 영향을 주는 일이었다.

한운석은 도리어 별로 신경 쓰지 않았다. 운공상인협회가 정말 약초를 재배해내더라도, 그녀가 이 일을 의성에 폭로하기만 하면 운공상인협회의 약 판매는 어려워지기 때문이었다.

그녀는 당장 눈앞의 일에 더 관심이 있었다.

"용비야, 설 황후는 어떻게 죽었어요?"

한운석은 지금까지도 진상을 알지 못했다.

그녀는 용비야가 사람을 보내 설 황후를 죽였다는 사실만 알았지, 사인은 몰랐다. 칼에 찔려 죽은 줄 알았는데, 시신에는 뚜렷한 상처가 보이지 않았다.

초씨 집안과 영승도 분명 검시를 했겠지만 아마도 원인을 밝히지 못한 듯했다. 그렇지 않았다면 설 황후의 발바닥에 새로운 상처를 낼 게 아니라 원래 상처에 독을 쓰면 그만이었다.

용비야는 나른하게 높은 베개에 기대어 자는 척하며 말이 없었다.

한운석이 다가가 그를 밀면서 말했다.

"말해 봐요. 조동도 밝혀내지 못할 거라고 그렇게 확신한 이유가 뭐예요? 시신이 복구되어 사실이 드러날까 두렵지 않아요?"

용비야는 손을 뻗어 그녀를 품에 안으며 말했다.

"이 일은 중요치 않다."

이 일의 결과는 어찌 되든 그리 중요하지 않았다. 중요한 것은 과정이며, 단목요의 생각이었다.

"말해 봐요. 내가 당신을 팔아넘기진 않을 테니까."

한운석은 진실을 알아낼 때까지 포기할 생각이 없었다.

용비야가 여전히 말이 없자 한운석은 눈을 가늘게 뜨며 위협적인 표정으로 말했다.

"말 안 해요?"

용비야는 여전히 고개를 저었다. 그러자 한운석이 갑자기 그에게 달려들어 겨드랑이를 간지럽히기 시작했다. 용비야는 얼른 피하며 그녀의 손을 내려놓았다.

그의 최대 약점이 간지럼이라는 사실을 아는 사람은 한운석뿐이었다.

한운석은 끝까지 물고 늘어지며 간지럼을 태웠다.

"이래도 말 안 해요? 말 안 할 거냐고요!"

용비야는 처음에는 그저 조용히 피하기만 하다가 결국 참지 못하고 웃음을 터뜨렸다. 하지만 여전히 말해 줄 생각은 없었다.

두 사람이 마차 안에서 소란을 피우기 시작하자 그 소리가 점점 커졌다. 웃음소리 가운데 한운석의 가쁜 숨소리까지 섞이는 바람에, 밖에 앉아 있던 고 씨와 초서풍은 서로 얼굴을 쳐다보며 어찌할 바를 몰랐다. 두 사람은 마차 안의 상황에 대해 상상의 나래를 펼쳤다.

검시로 결백을 증명하는 일은 큰일이었다. 약려에 약을 구하러 간다는 소문이 이미 쫙 퍼져 운공대륙 전체가 이들을 주시하고 있었다! 그런데 두 사람은 여유롭게 마차에서 장난을 치고 있다니, 단목요가 이 사실을 안다면 미친 듯이 화내지 않을까?

며칠간의 여정 끝에 한운석 일행이 드디어 약려에 도착했다.

약왕 노인은 그들이 상상했던 것처럼 조건을 걸고 괴롭히지 않았다. 도리어 흔쾌히 기사회생약을 꺼내며, 친절한 태도로 약 쓰는 것을 돕고 싶다고 했다.

한운석은 이 늙은이가 이제 고분고분해지는 법을 배운 게 틀림없다고 생각했다.

"운석아, 지난번 네게 준 고대 약서는 보았느냐?"

약왕 노인이 웃으며 물었다.

"보았어요."

한운석은 형식적으로 대답했다. 독 저장 공간의 두 번째 단계를 수련하느라 바쁜데, 고서를 연구할 시간이 어디 있어. 목령아와 고칠찰이 연구하게 두고, 나중에 목령아의 필기를 들춰보면 되었다.

"그럼 잘 모르거나 이해되지 않는 부분은 없더냐?"

약왕 노인이 다시 물었다. 애초에 고대 약서를 한운석에게 준 이유도 한운석이 그에게 서신을 자주 보내 가르침을 청하기를 기대했기 때문이었다. 그러면 스승과 제자 두 사람이 점점 더 서로를 알아가면서 진정한 사제관계가 될 수 있었다.

억지로 붙들어 놓을 수는 없어도, 그녀의 사부는 되고 싶었다.

"보고…… 보고 있어요. 모르는 부분은 제가 많이 고민하면 돼요. 그래도 모르겠으면 그때 물어도 늦지 않아요."

한운석은 또 대충 얼버무렸다.

몇 마디 대화를 나눈 후, 그녀는 구약동 영감을 보러 갔다. 한운석은 약왕 노인보다 이 영감이 더 좋았다. 하지만 안타깝게도 영감은 좋은 소식이 없으면 그녀를 보지 않겠다며, 제자가 돌아오기만을 기다렸다.

한운석은 잘 웃는 고칠소의 두 눈동자가 떠올랐다. 이 영감이 아무리 불쌍해도, 절대 고칠소를 배신할 수 없었다.

한운석과 용비야가 약려에서 반나절 정도 휴식을 취하자, 단목요와 조동이 장로회 사람의 안내를 받고 찾아왔다.

약왕 노인은 시체를 검사한 후 말없이 직접 약을 달이기 시작했다. 조동은 약왕 노인을 우러러보며, 지긋한 나이에도 불구하고 어린 하인처럼 약왕 노인을 따라다니며 이것저것 도와주었다. 하지만 제자인 한운석은 도리어 옆에 서서 구경만 했다.

정말이지 말도 안 되는 일이었다!

이곳에 오니 단목요도 한운석이 약왕 노인의 제자가 되었음을 믿게 되었다. 안 그래도 나쁜 기분이 더 나빠졌다. 약왕의 제자는 꽤 높은 신분이었다.

진왕비 말고도 한운석에게 내놓을 만한 신분이 또 생긴 거야? 단목요는 이렇게 거리가 좁혀지는 느낌이 너무도 싫었다!

잠시 후, 약을 다 달인 약왕 노인은 직접 약을 쓰러 다가왔다. 거드름을 피우며 이상한 동작을 보이긴 했지만, 그래도 결국에는 약을 시체 위에 뿌렸다.

약을 뿌리는 양이 늘어나자 시체도 점차 회복되어 갔다. 곁에서 지켜보던 조동의 미간은 점점 더 찌푸려졌다.

그가…… 뭔가를 발견한 걸까?

후회막급 단목요

기사회생은 그 이름에 걸맞게 명성도 헛되지 않았다. 약을 많이 뿌릴수록 시체는 점점 회복되어 갔고, 잠시 후 시체는 좀 전에 죽은 상태로 회복되었다. 피부색이 좀 푸릇한 것 빼고는 잠든 사람과 크게 다를 바 없었다. 모르는 사람이 보면 설 황후가 살아난 것처럼 느낄 정도였다.

모든 사람이 약효에 놀랐고, 심지어 용비야도 속으로 깜짝 놀라고 있었다. 무력은 아무리 강력해도 할 수 없는 일이 많으나, 의약은 기적을 만들 수 있었다.

점차 회복되는 시신을 바라보며 조동의 미간이 찌푸려지기 시작했다. 그는 단번에 비밀을 알아챘기 때문에 사건의 실마리를 절반 정도 풀었다고 할 수 있었다. 조동은 믿을 수 없다는 듯 고개를 저었다. 하지만 다른 이들은 모두 약효에 놀라느라 그의 반응을 살피지 못했다.

"기사회생의 약효는 두 시진만 유지된다. 두 시진이 지나면, 이 시신은 뼛조각 하나 남지 않고 핏물로 변해. 애야, 검사를 하려거든 서둘러서 진행하거라."

약왕 노인의 눈에는 한운석뿐이었다. 한운석이 아니었다면, 이 사람들을 함부로 약려에 들이지 않았을 것이다.

"조 대검시관, 서두르세요."

한운석의 침착한 태도는 아무리 보아도 용의자 같지 않았다. 단목요는 내내 그녀를 관찰하고 있었다. 믿고 싶지 않았지만, 보면 볼수록 한운석이 범인 같지 않았다.

단목요는 초조한 마음에 아예 한운석을 보지 않고 차갑게 말했다.

"조 대검시관, 시체 복원의 대가는 엄청나니, 반드시 자세히 살펴야 하네. 만약 실수라도 하면 어떤 뒤탈이 따를지 잘 알 테지!"

"공주님, 소인이 먼저 꼭 알려드려야 할 게 있습니다."

조동이 진지하게 말했다.

"검시보다 더 중요한가? 주어진 시간은 두 시진밖에 없는데, 시간을 허비할 셈인가?"

단목요가 분노하며 말했다.

그런데 조동은 뜻밖의 말을 했다.

"검시만큼 중요합니다. 공주님께서 반드시 아셔야 하는 일이니, 이쪽으로 와 주십시오."

단목요는 관 위쪽에, 조동은 관 아래쪽에 서 있었다. 왜 오라고 하는 거지?

단목요는 의심스러워하며 그쪽으로 향했다.

"대체 무슨 말을 하려는 건가? 간단하게 말하게, 두 시진은 절대……."

말을 채 끝맺지 못하고 단목요는 입을 닫았다. 조동의 손가락이 가리키는 곳을 보니, 모후의 발바닥 상처가 보이지 않았다!

이건…….

설 황후의 발바닥 상처는 금침에 찔려 난 것으로, 원래 잘 보이지 않다가 독약의 작용으로 검푸르게 변했었다. 검시관이 침을 빼면서 2차 손상이 일어나 상처는 더 선명해졌다.

그런데 지금은, 사라지다니?

"어떻게……."

단목요는 도저히 믿을 수 없어 가까이 다가가 자세히 살펴보았다. 여전히 상처는 보이지 않았다. 설 황후의 하얗고 매끈한 발바닥은 상처 입은 흔적조차 없었다!

"말도 안 돼! 믿을 수 없어!"

단목요는 다시금 한운석을 바라보았다. 이때, 한운석도 맑고 투명한 눈동자로 떳떳하게 그녀를 바라보고 있었다!

진범이 누군지 알고 있지만, 찔릴 건 없었다!

용비야가 죽인 건데, 나와 무슨 상관이람?

다만 초청가와 영승이 왜 그녀를 못살게 구는지는 알 수 없었다. 사인을 찾지 못했으면 검으로 상처를 내서 용비야를 지목하면 되잖아!

"공주님, 소신이 말씀드리려는 게 바로 이것입니다. 기사회생은 시체를 방금 죽은 상태로 복원시킵니다. 죽은 이후에 시체에 생긴 변화나 흔적은 모조리 사라집니다. 그러니……."

그건 약을 쓰기 전부터 단목요도 잘 알고 있던 내용이었다. 그녀는 온몸의 힘이 다 빠져나간 것 같은 모습으로 중얼거리듯 말했다.

"그러니까, 모후는 독침으로 죽은 게 아니라고?"

"그렇습니다!"

조동은 확신에 차서 말했다.

"공주님, 황후마마가 돌아가신 후 발에 이 금침을 찔러 넣은 겁니다. 침을 사용한 자의 수법이 아주 뛰어나서, 기사회생을 쓰지 않았다면 소신도 황후마마의 발바닥 상처가 죽은 후에 생긴 것을 증명하기 어려웠을 겁니다……."

"진작부터 의심한 건가?"

단목요가 노한 목소리로 물었다.

"그렇습니다."

조동은 솔직하게 말했다.

"그럼 왜 말하지 않았나! 왜 설명하지 않았지? 어째서?"

단목요는 화가 나서 울기 일보 직전이었다.

"왜 빨리 말해 주지 않았지? 진작 말해 주었다면 모후의 시신이 사라질 일은 없었는데! 왜 그랬냐고?"

"공주님, 소신은 그저 의심스러웠던 것뿐입니다. 이론상으로만 증명할 수 있었기 때문에 믿지 않으셨을 겁니다. 지금 눈으로 직접 사실을 확인하셨으니, 소신은 더 설명하지 않겠습니다."

조동은 사실대로 대답했다.

단목요는 화가 나서 하마터면 검을 뽑아 조동을 죽일 뻔했다. 하지만 조동의 말이 맞다는 걸 인정해야 했다. 직접 보지 않았다면, 그녀는 한운석의 무죄를 옹호하는 말을 절대 믿지 않았을 것이다!

한운석은 모함을 당했고, 금침은 나중에 찌른 거란 말인가? 그러니까, 지금 갖고 있는 증거가 다 날조된 거란 말이지?

그렇다면 초청가 일당이 바로 모후를 죽인 범인이겠네?

이 못된 초청가! 감히 나를 농락해! 나를 이용해서 용비야와 한운석을 상대하려 하다니, 어림도 없지!

증오는 그녀에게 힘을 불어넣었다. 단목요는 눈이 빨갛게 충혈된 채 말했다.

"조동, 어서 검시하지 않고 뭘 하는가? 모후가 어떻게 죽게 된 건지, 반드시 내게 답을 내놓아야 하네!"

시체는 이미 변하기 시작했다. 다른 죽음과 마찬가지로 굳어지고 있었다.

조동은 서둘러 도구를 꺼내 장갑을 끼고 검사를 시작했다. 제한된 시간에도 불구하고 조동은 아주 꼼꼼하고 자세하게 검사했다. 머리부터 발끝까지 쭉 내려가면서 어떤 사소한 부분도 놓치지 않았다.

정원에는 고요만이 감돌았고, 모든 사람이 조동의 손만 바라보았다. 지금은 한운석도 좀 긴장이 됐다. 만일 조동이 정말 뭔가를 알아낸다면, 그녀와 용비야는 스스로 발등을 찍은 꼴이되었다.

시간이 흐르면서 시반이 나타나기 시작했다. 그런데 조동이 이맛살을 찌푸리며 뭔가 발견한 듯, 어딘가를 주시했다. 그는 고개를 들고 한운석과 용비야 쪽을 바라보았다.

다들 그가 뭔가 말할 줄 알고 기다렸으나, 그는 말없이 다시 고개를 숙였다.

"어찌 되었나?"

단목요가 기다리지 못하고 나섰다.

조동은 시간을 본 후 난색을 보였다.

"공주님, 아직 사인을 찾아내지 못했습니다. 아직 시간이 있으니 최선을 다하겠습니다."

한 시진이 넘었는데 죽은 이유조차 밝혀내지 못하다니, 다른 증거는 어떻게 찾는단 말인가?

단목요는 버럭 화를 냈다.

"조동, 그게 무슨 말인가? 사인을 왜 밝히지 못해? 그러고도 천하제일의 검시관이란 말인가!"

"공주님, 직접 보십시오. 황후마마의 몸에는 다친 흔적이 전혀 없습니다."

조동이 설명했다.

"그렇게 쉽게 찾을 수 있었다면, 왜 자네를 불렀겠는가?"

단목요가 반문했다.

조동은 어쩔 도리 없이 그저 입을 꾹 다물었다. 이런 상황이 처음은 아니었지만, 이렇게 시간이 촉박하기는 처음이라, 서둘러야 했다.

한운석도 시신을 관찰하면서 영문을 알 수 없어 답답했다. 이미 외상 가능성은 배제했고, 중독된 것도 아니니, 설마 병으로 죽은 건가?

병으로 죽었다면 고대 검시술은 물론 현대 의학으로도 단시간 내 원인을 찾을 수 없었다.

"공주님, 소신은 황후마마의 사인이 외부 힘이나 중독은 아니라고 확신합니다. 그렇다면 남은 가능성은 단 하나, 병사病死입니다. 황후마마가 과거에 앓으신 병증이 있으십니까?"

조동이 진지하게 물었다.

"모후는 가끔 풍한이 든 적은 있어도 늘 건강하셨네. 절대 병사일 리 없네! 분명 누가 살해한 걸세!"

단목요가 흥분해서 외쳤다.

그녀는 모후와 오랫동안 떨어져 지냈지만, 평소 서신으로 왕래하여 모후의 상황을 잘 알고 있었다.

"공주님, 누군가 황후마마의 병증을 이용해 해쳤을 가능성을 배제할 수 없습니다. 사인을 밝히고 싶으시다면, 아무래도……."

조동은 머뭇거리며 말을 잇지 못했다.

어쨌든 지금 눈앞에 있는 것은 서주국 황후의 시신이었다. 강성황제도 계속 초씨 집안 군대와 천녕국 섭정왕과 협상하며, 황후의 시신과 진범을 내놓으라고 요구하고 있었다.

황후는 죽었지만, 살아 있을 때보다 더 중요하게 여겨졌다!

"아무래도 뭔가? 끝까지 말하게!"

단목요가 다급하게 물었다.

조동이 계속 주저하자 한운석이 말했다.

"아무래도 시신을 해부해야겠지."

한운석이 알기로 고대 검시는 대부분 표면적인 검사에 불과했다. 조동이 감히 시신을 해부하여 병변을 알아내려 한 것은 정말 의외였다.

"말도 안 돼!"

단목요는 망설이지 않고 거절했다. 시신이 남김없이 피로 변하는 건 수용할 수 있었지만, 시신 해부라니, 그건 정말 안 될 말이었다! 모후가 죽은 후에 그런 엄청난 모욕을 당하는 걸 절대 허락할 수 없었다!

"공주님, 해부하지 않으면 진짜 사인은 밝힐 수 없을 것 같습니다."

조동이 어쩔 수 없다는 듯 말했다.

"시신을 해부하면, 반드시 찾아낼 수 있느냐?"

단목요가 차갑게 반문했다.

조동은 있는 그대로 솔직하게 인정했다.

"확신할 수 없습니다."

단목요는 매섭게 그를 노려보았지만, 이미 논쟁할 힘도 없었다. 그녀는 설 황후의 시신 곁에 무릎을 꿇었다. 눈에 가득 차 있던 눈물이 결국 버티지 못하고 흘러내렸다.

후회되었다!

더할 나위 없이 후회스러웠다!

초청가의 속임수에 넘어가지 말았어야 했는데, 지금 이렇게 돌이킬 수 없는 지경이 되도록 소란을 피우지 말았어야 했는데!

이제 모후의 시신이 사라지면, 부황에게 뭐라고 설명하지? 천산의 힘을 빌려 초씨 집안과 영왕을 위협하고, 모후의 사인을 밝힌 뒤 모후의 시신을 서주국으로 모셔가려고 했었는데.

이제, 그녀가 무슨 낯으로 돌아간단 말인가?

이 모든 게 다 초청가 때문이었다!

조동은 사인을 밝히지 못했다고 낙담하지 않았다. 그는 여전히 진지한 태도로 말했다.

"공주님, 황후마마의 사인은 밝힐 수 없어도, 최소한 황후마마를 죽인 범인이 진왕비가 아니라는 사실은 증명되었습니다. 초씨 집안이 진왕비를 살인범으로 중상모략한 의도를 생각해야 합니다."

"그들이 아니면 누구겠나? 초청가와 영승! 본 공주는 절대 네놈들과 한 하늘 아래 있을 수 없다!"

단목요는 증오로 가득 차서 이를 바득바득 갈았다. 초청가, 지금쯤 나를 비웃고 있겠지.

조동은 아무 결론도 내리지 않았고, 한운석은 시종일관 자신을 위한 변명 한마디 하지 않았지만, 단목요는 살인범이 초씨 집안 사람이라고 굳게 믿게 되었다.

그녀는 이 모든 일이 일어나지 않았다면, 자신이 조금만 더 똑똑해서 초청가의 계략을 간파했다면 얼마나 좋았을까 생각했다. 하지만 안타깝게도 상황은 이미 벌어지고 말았다.

갑자기 시신 쪽에서 괴이한 소리가 터져 나왔고, 삽시간에 설황후의 시신은 피로 변해 흔적도 없이 사라졌다.

"모후! 요요가 잘못했어요! 정말 잘못했어요!"

단목요는 얼굴이 눈물범벅이 되도록 대성통곡했다.

한운석은 진실을 알고 있었지만, 단목요를 동정할 수 없었다. 설 황후가 더 고통받지 않고 이대로 가는 것도 나쁘지 않다고 생각했다.

진짜 범인은 바로 한운석 옆에 서 있었다.

그는 뒷짐을 지고 서서 시종일관 차가운 눈빛을 한 채, 무정한 방관자처럼 아무것도 관여하지 않았다.

한운석은 그의 손을 잡고 작게 속삭였다.

싸움 구경

한운석이 목소리를 낮추고 물었다.

"용비야, 진짜 사인은 뭐예요?"

"내상이다."

용비야도 작게 말했다.

"내상이라…….."

한운석은 울 수도 웃을 수도 없었다.

"대체 어떻게 된 거예요?"

"내공으로 오장을 다치게 하면, 겉에는 아무 흔적도 남지 않는다. 일단 배를 가르면 한눈에 알 수 있지."

용비야가 담담하게 말했다.

"아무 흔적도 남기지 않고 오장을 다치게 할 수 있다고요? 그건 보통 사람이 할 수 있는 게 아니잖아요?"

한운석이 다시 물었다.

"천산의 내공을 가진 자면 할 수 있지."

용비야가 사실대로 답했다.

한운석은 그제야 방금 얼마나 위험한 상황이었는지 깨달았다. 단목요가 좀 더 마음을 독하게 먹고 조동이 배를 갈라 조사하는 것을 허락했다면, 진상이 만천하에 드러났을 것이다!

천산 내공심법을 익힌 자는 용비야 본인 아니면 그의 수하에 있는 검객들이었다.

그야말로 피 한 방울 안 보고 사람을 죽인 셈이었다.

한운석은 속으로 탄식이 흘러나왔다. 한참 침묵하던 그녀가 담담하게 물었다.

"용비야, 설 황후는 죄가 없죠?"

"죄가 없을 수 없는 신분이다."

용비야가 차갑게 대답했다.

한운석은 반박하고 싶었지만 어떻게 해야 할지 몰라 다른 질문을 던졌다.

"그럼 진왕비의 신분은요?"

용비야는 그녀를 돌아보며 잘생긴 눈썹을 찌푸렸다.

"무슨 생각을 하는 거냐?"

"한 장군의 공훈 아래에는 수많은 병사의 죽음이 있다는데, 영광스러운 황제의 자리란 얼마나 많은 죽음이 쌓여 이뤄질까요?"

한운석이 담담한 어조로 탄식했다.

"수천수만의 죽음이 따를 것이다. 차이라면, 황위에 오르는 사람이 태평성세를 이루어 운공대륙의 기근과 전란을 뿌리 뽑고, 의지할 곳 없이 방황하는 자들이 사라지게 만들 수 있는가 하는 것뿐이지."

이 말을 하는 용비야의 눈빛이 바닥에 꿇어앉아 소리 죽여 울고 있는 단목요를 무심결에 스쳐 갔다. 여전히 얼음처럼 차가운 눈빛에는 어떤 동정도, 연민도 보이지 않았다.

돌고 돌아도 결국 모든 것이 다 그의 통제하에 있었다. 이제는 영승과 단목요, 두 사람의 싸움 구경을 할 차례였다.

한운석은 이 남자의 커다란 포부를 거의 잊고 있다가 지금에서야 다시 떠올렸다.

그녀는 그의 손에 깍지를 끼며 말했다.

"용비야, 내가 함께 할게요!"

용비야는 말없이 그녀의 손을 꽉 움켜쥐었다. 떠나기 전, 그는 조동에게 다가와 물었다.

"금침은?"

조동이 금침을 꺼내자마자 용비야가 뺏어갔다.

"원래 주인에게 돌려주마."

조동은 용비야를 올려다보았다. 웃는 것 외에 그가 뭘 할 수 있을까? 이 금침은 본디 왕비마마의 것이니 주인에게 돌려주는게 마땅했다. 왕비마마 것이 아니라 해도, 진왕 전하의 패기에 눌려 어차피 줄 수밖에 없었다.

"주인에게 돌려주세요."

한운석이 웃으며 용비야에게 손을 내밀었다.

"오늘부터 네가 잃어버린 물건은 본 왕의 것이다. 다시는 돌려받을 생각하지 마라."

용비야는 기분이 아주 좋지 않았다.

한운석은 낙심하여 그와 언쟁할 엄두도 못 냈다. 앞으로 다시는 성가신 일이 생기지 않도록 꼭 조심해야지.

용비야는 손수건으로 금침을 싼 후 소매에 넣었다. 한운석은 깔끔 떠는 이 인간이 돌아가서 금침을 몇 번이고 닦을 거라 생각했다.

단목요는 바닥에 꿇어앉아 울고 있는데, 한운석과 용비야는 이미 떠날 채비를 마쳤다. 그들에게는 이미 다 끝난 일이었다.

확실한 것은 오직 하나, 초청가와 영승이 증거를 날조해 단목요를 속였다는 것뿐이었다. 그러니 그들의 살인 혐의가 가장 컸다!

한운석은 조동에게 감사의 뜻을 전한 뒤, 용비야와 함께 떠나려 했다. 그러자 약왕 노인이 서둘러 쫓아 나와 웃는 얼굴로 말했다.

"애야, 며칠 더 머무르지 않고?"

약왕 노인은 마치 서로 잘 아는 사이인 것처럼 말했다.

약왕 노인이 한운석을 약려에 붙잡아 놓으려 한 적이 있어서, 용비야는 약려에 대한 인상이 좋지 않았다. 한운석이 말하기도 전에 용비야가 차가운 말투로 물었다.

"또 무슨 일이 있소?"

약왕 노인도 용비야에 대한 인상이 좋지 않기는 마찬가지였다. 그는 용비야만 아니었다면, 그때 약려에 남으라는 자신의 부탁에 한운석이 응했을지도 모른다는 사실을 일찌감치 눈치 챘다!

하지만 약왕 노인도 나이를 헛먹은 건 아니라서, 한운석 앞에서 용비야의 미움을 살 만큼 어리석지 않았다.

그는 여전히 인자한 미소를 지으며 말했다.

"별다른 일은 없으니, 둘 다 조심히 돌아가게. 애야, 그리고 너는…… 그 고대 약서를 많이 봐 두어야 한다.”

“그럴게요, 지금 보고 있어요.”

한운석은 대충 얼버무리긴 했으나, 전보다는 태도가 좋아졌다. 적어도 더는 적대적으로 약왕 노인을 대하지 않았다.

조동은 이 모습을 지켜보며 속으로 놀라고 있었다.

한운석이 약왕 노인의 제자라는 건 알고 있었지만, 한운석이 약왕 노인 앞에서 이토록 멋대로 굴 줄은 몰랐다. 이 여자는 복에 겨워서 복이 복인 줄도 모르는구나!

이번에 약왕 노인이 기사회생약을 내놓지 않았다면 쉽게 죄를 벗을 수 없었을 텐데, 참으로 방자했다!

약왕 노인은 한운석과 용비야가 떠나는 모습을 눈으로 쫓으면서 웃느라 입을 다물지 못했다. 그는 한운석의 방자함은 전혀 개의치 않았다. 이번에 그를 향한 한운석의 태도가 지난번보다 훨씬 좋아졌으니, 이제 사부가 된 게 확실해 보였다. 한운석 같은 천재를 제자로 받아들일 수 있다면, 요 몇 년간 약려를 지켜 온 것이 헛되지 않았다!

약왕 노인은 소리 내어 웃으며 돌아오다가, 조동과 단목요를 보고 곧장 엄숙한 얼굴이 되어 함부로 웃지 않았다.

“아직도 안 갔느냐?”

그는 사정없이 이들을 내보내려 했다.

조동은 서둘러 읍을 하며 인사했다.

“노선배님, 실례했습니다. 이만 물러가겠습니다.”

단목요는 아직도 눈물을 흘리며 깊은 슬픔 속에 빠져 있었다. 조동은 그냥 가려다가 마음이 쓰여서 도저히 갈 수 없었다. 그는 돌아와 그녀를 설득했다.

"공주님, 가시죠. 울다가 눈이라도 상하면 어쩌려고 그러십니까."

"……."

"공주님, 일어나십시오. 몸을 챙기셔야 황후마마의 복수도 하지 않겠습니까?"

'복수'라는 두 글자가 단목요의 투지를 불러왔다. 그녀는 몸을 일으키며 차가운 목소리로 말했다.

"초청가, 이 복수를 끝낼 때까지 나 단목요는 절대 포기하지 않을 거야!"

조동과 단목요가 약려를 떠난 후 사흘 정도 지나자 운공대륙 전체에 소식이 퍼져나갔다.

조동이 개입했기 때문에 서주국 강성황제는 아무 의심도 하지 않았다. 그는 분노에 휩싸여 풍림군 서쪽에 병력을 배치했다. 그리고 영승에게 초씨 집안 군대를 내놓지 않으면 서주국은 황후의 복수를 위해 천녕국을 피로 물들이겠다고 경고했다!

단목요는 다시 기운을 차렸다. 그녀는 천산 여검객 몇 명과 함께 핏물만 남은 빈 관을 들고 서경성 황성 정문으로 밀고 들어와 초청가와의 만남을 요구했다.

어쨌든 서주국과 천녕국은 일촉즉발의 위기 상태가 되어 긴장 국면에 접어들었다.

운공상인협회 본부에서 영정을 꾸짖다가 소식을 접한 영승은 서둘러 서경성으로 돌아왔다.

그는 초청가를 보자마자 노성을 질렀다.

"일을 어찌 처리한 것이냐! 처음에 본 왕에게 뭐라고 약속했지?"

영승도 바보는 아니었다. 초청가가 믿을 만한 사람을 찾았으니 상처를 조작한 사실을 들키지 않을 거라고 장담하지 않았다면, 함부로 움직이지 않았을 것이다.

"조동은 상처 조작 사실을 밝혀내지 못했어. 그들이 약려의 묘약을 사용해 시체를 복원하는 바람에 발각된 것이다!"

초청가는 다급하게 해명했다.

"영승, 설 황후는 대체 누가 죽인 거지? 대체 어떻게 죽은 거냐?"

영승은 차가운 눈길로 초청가를 쳐다보았다. 이 여자와 쓸데없이 말을 섞기도 싫었다!

용비야 쪽에서 설 황후를 죽인 게 아니었다면, 그들의 능력으로 보아 일찌감치 사인을 밝혀냈을 것이다.

하지만 그들은 사인도, 진범도 찾아내지 못한 채, 단목요에게 그와 초씨 집안이 진범이라는 확신만 안겨 주었다. 정말 끝내주는 수법이 아닐 수 없었다.

이제는 시신도 사라졌으니 그와 초씨 집안이 억울한 누명을 뒤집어쓰게 생겼다.

"영승, 우린 이제 어쩌지? 강성황제는 정말 전쟁이라도 벌일 기세인데!"

초청가가 다급하게 물었다.

영승은 대답하지 않았다. 그가 걱정하는 건 강성황제가 아니라 단목요였다. 용비야가 온갖 방법을 동원해 단목요와 초씨 집안 관계를 이간질한 데는 다 이유가 있었다.

운공대륙 중부는 명문세가의 땅이요, 동부가 상인의 땅이라면, 서부는 강호 세력의 땅이었다. 삼도전장 주변 천 리까지 수많은 강호 세력이 존재했다. 이제 단목요에게 미움을 샀으니, 천산 세력은 물론 강호 세력 절반에게 미움을 산 것과 다름없었다. 이건 보통 골치 아픈 일이 아니었다!

영승이 얼굴을 찌푸린 채 깊은 생각에 잠겨 있는데, 태감 하나가 급히 안으로 들어왔다.

"영왕 전하, 병부에서 온 소식입니다. 삼도 암시장에서 가져오던 군량 세 채가 모두 약탈당했다고 합니다."

영승은 깜짝 놀랐다.

"어디서 일어난 일이냐?"

"항공산恒空山입니다. 항공산에 들어서자마자 바로 약탈당했습니다."

태감이 사실대로 대답했다. 항공산이라면 항공파의 세력권이었다. 항공파가 아니면 어떤 강도가 감히 그곳을 지나는 물건을 강탈할까?

영승은 주먹으로 탁자를 내리치며 싸늘하게 말했다.

"명령이다. 모든 군수물자 호송의 방비를 강화하고, 강호 세력을 경계하라! 그리고 소요성과 여아성 사람에게 연락하여 각 성

후계자와 상의할 일이 있으니 본 왕을 만나러 오라고 전해라!"

명을 받은 태감이 서둘러 물러가자 초청가가 창백한 얼굴로 말했다.

"영승, 서주국과 전쟁이 일어나면 단목요가 무림 세력을 끌어들일 거야. 그럼……."

영승이 중도에 말을 끊으며 나섰다.

"안심해라. 설 황후를 죽인 건 초씨 집안이니, 우리 천녕국은 무관하다."

이는 분명 초천은을 내놓겠다는 뜻이었다! 초청가는 바로 알아들었다.

그녀는 초천은을 위해 간청하려는 듯 잠시 머뭇거렸지만, 결국 아무 말도 하지 않았다. 그녀는 자신이 오늘 이 지경에 이른 것은 다 초천은과 아버지, 큰아버지의 계획 때문이었음을 늘 잊지 않았다.

이미 스스로에게도 모질게 군 지 오래되었다. 이제 와서 다른 사람을 위해 마음이 약해질 리 있을까?

그녀가 웃으며 말했다.

"초천은과 초씨 집안 군대를 내놓는 것은 훌륭한 선택이지. 어쨌든 초씨 집안의 어전술을 쓰는 궁수 전투력은 그리 대단치도 않으니까."

영승은 그녀를 아랑곳하지 않고 나가다가, 갑자기 뭔가 떠오른 듯 되돌아와서 쌀쌀맞게 물었다.

"본 왕의 물건은?"

"무슨 물건 말이냐?"

초청가가 멍한 표정으로 답했다.

"금침!"

영승이 차가운 목소리로 물었다.

"본 왕에게 잃어버렸다고 할 생각하지 마라!"

초청가는 그제야 그 일이 떠올랐지만, 그녀도 어쩔 도리가 없었다.

"내…… 내가…… 그 물건을, 내, 내가 단목요에게 일러두었지만……."

"잃어버렸다?"

영승은 변명을 듣고 싶지 않았다.

단목요를 만날 엄두도 못 내는 상황에서 그 물건이 어디로 갔는지 초청가가 어찌 알 수 있을까. 그녀는 대답할 수 없었다.

"찾아오는 게 좋을 것이다. 그렇지 않으면 당신도 함께 내쳐버릴 테니!"

영승은 차갑게 말을 내뱉은 후, 뒤도 돌아보지 않고 떠났다.

"그게 무슨! 영승, 그게 무슨 뜻이냐!"

초청가는 기가 막혀서 그를 쫓아갔지만 따라잡지는 못했다.

"애가哀家(태후 또는 황태후가 황제가 죽은 후 자신을 지칭하는 말)가 한운석의 그 금침 하나만도 못하단 말이냐? 영승, 그 금침을 갖고 뭘 하려는 거지?"

영승은 나가자마자 전에 그 시위를 불러와 냉랭하게 물었다.

"물건은?"

"전하, 소인은 약려에 가까이 갈 수 없어 그 물건이 누구 손에 들어갔는지 모릅니다."

시위는 사실대로 보고했다.

영승은 어두운 얼굴을 하고 한참 침묵에 잠겨 있다가 물었다.

"또 하나를 구해 올 수 있겠느냐?"

시위가 곤란한 표정으로 대답하려는 그때, 어디선가 온화한 목소리가 들려왔다.

"영왕 전하, 지금이 어느 때인데 아직도 한운석의 금침에 연연하십니까? 뭘 하시려고요?"

소리가 나는 곳을 돌아보니, 그 사람은 바로…….

북월, 희망이 생기다

소리 나는 곳을 돌아보니 빈틈없는 몸가짐에 고상하고 우아한 분위기와 비범한 기개를 뽐내는 사람이 서 있었다.

영승의 누이동생이자 천휘황제의 가장 어린 귀비, 지금의 영태비인 영안이었다.

노련하고 기민한 영정과 달리, 영안은 내성적이고 성숙했다. 영승의 누이동생이긴 했지만 겉으로 보면 손위 누나 같았다.

태후인 초청가가 화려한 복장을 하고 사치스럽게 다니는 데 반해 태비인 그녀는 늘 소박한 옷차림이었다. 그럼에도 초청가보다 훨씬 더 육궁六宮(황후와 후비들이 사는 궁실)의 주인다운 기개와 위엄을 드러냈다.

얌전한 성격이지만 그렇다고 남의 말에 잘 휘둘리지는 않았다. 천휘황제의 후궁으로 잠입해 오랜 세월 귀비 자리를 지키면서도, 자리다툼에 나서거나 말썽 하나 일으키지 않고 조용히 지낸 것은 그녀의 대단한 능력이었다.

"이렇게 늦은 밤에 산책을 나온 것이냐?"

영승이 담담하게 물었다.

그는 영안 앞에 서면 영정, 영락을 대할 때와는 조금 달라졌다. 영안의 평온함이 그를 안심시켰기 때문이었다.

"오라버니를 뵈러 온 거예요. 설 황후 일을 들어서요."

영안이 말했다.

"별일 아니다. 처음부터 초천은을 남겨 둘 생각은 없었다."

영승이 담담하게 말했다.

초씨 집안 군대는 아쉬웠지만, 일개 부대 하나 때문에 믿을 수 없는 자를 곁에 둘 수는 없었다. 요즘 그는 초천은을 계속 유의해 왔다. 딱히 의심스러운 점을 찾아내지는 못했지만, 늘 미심쩍었다.

초씨 집안 군대를 용비야에게 그냥 내줄 수는 없으니, 아예 서주국에게 내주어 망가뜨려 버리는 게 가장 현명한 선택이었다.

영안은 가까이 다가와 그를 자세히 살폈다.

"진왕에게도 흔들리지 않으시는 오라버니가 왜 금침 하나 때문에 화를 내십니까?"

"수하에 있는 자들이 일을 제대로 처리하지 못해서 본 왕이 꾸짖은 것뿐이다."

영승이 차갑게 말하며 뒤돌아 가려고 했다.

"정말요?"

영안이 물었다.

"시간이 늦었으니 돌아가서 쉬어라. 지난번 네게 말한 일도 잘 계획해 보고. 본 왕은 그 여자가 올해를 넘기지 않았으면 한다."

영승이 차가운 목소리로 분부했다.

"그 일은 이미 계획해 두었습니다."

영안이 다시금 캐물었다.

"그 금침으로 뭘 하시려고요? 또 다른 계획이 있으신가요?"

영승은 결국 짜증을 냈다.

"네가 맡은 일만 잘 처리해라. 본 왕의 일을 네게 설명할 이유는 없다!"

"큰오라버니!"

영안이 다급하게 외쳤으나, 영승은 아랑곳하지 않고 성큼성큼 멀어져갔다.

영안은 계속 고개를 저었다. 부모님이 돌아가신 후 오랜 세월 동안 두 남매는 한마음 한뜻으로 세상을 헤쳐 나갔다.

예전에 큰오라버니는 상인협회든 일족의 허다한 일이든, 모든 일을 그녀와 상의했다. 큰오라버니가 이렇게 함부로 대한 적은 처음 있는 일이었다.

그녀에게 오라버니 일에 관여할 만큼 대단한 재주가 어디 있겠는가. 다만 그 금침이 오라버니의 일을 망치고 그의 마음에 상처를 줄까 걱정됐다!

"마마, 정 소저가 보낸 사람이 궁 밖에서 기다리고 있습니다. 만나시겠습니까?"

궁녀가 목소리를 낮춰 물었다.

"만나지 않겠다."

영안이 담담하게 말했다.

"그래도…… 괜찮을까요?"

궁녀가 걱정스럽게 물었다.

"영왕 전하에게 말을 잘해 달라고 부탁하려는 듯한데, 방금 영왕 전하의 모습을 보지 않았느냐. 본 궁의 말이 통할 듯 싶으냐?"

영안의 말투는 아주 차분했지만, 궁녀는 도리어 깜짝 놀라며 더 말하지 못했다.

"예, 그럼 돌려보내겠습니다."

그런데 밖으로 나간 궁녀 뒤로 영안이 다시 쫓아왔다. 인생의 경험자인 언니로서, 그녀는 동생이 헛수고하는 모습을 보고 싶지 않았다.

"정아에게 전해라. 1년 참는 것이 평생 참는 것보다 나을 거라고."

그녀가 담담하게 말했다.

정아는 그래도 스스로 상대를 선택했고, 그래도 1년만 억울한 시간을 보내면 되었다.

하지만 그녀는 당시 선택의 여지가 없었다. 그녀가 할 수 있는 유일한 선택은 약을 먹고 평생 아이를 낳지 못하는 몸이 되어, 총애와 권세를 놓고 다투지 않는 것이었다. 그래서 그녀는 천휘황제의 후궁전에서 예불에만 몰두하며 평온한 나날을 보낼 수 있었다.

영안은 청옥 비녀를 건네며 담담하게 말했다.

"큰언니는 어머니와 다를 바 없다지. 이것은 내가 그 아이에게 주는 혼수다. 혼인 당일에 나는 가지 않겠다."

궁녀가 물러가자 영안은 길고 긴 한숨을 내쉬었다. 그녀는 서진 황족의 후예가 아직 살아 있어, 영씨 집안 모두의 이 불타는 충성심이 헛되지 않기만을 바랐다.

서진 황족의 유일한 후예는 지금 동진 황족 태자의 마차를 타고 있었는데, 그렇게도 똑똑한 그녀가 이 모든 사실은 하나도 알지 못했다.

　한운석과 용비야는 요수군으로 돌아가는 마차 안에 있었다. 단목요와 강성황제의 반응은 모두 두 사람의 예상대로였다.

　한운석이 말했다.

　"영승에게는 한 가지 선택만 남았어요. 모든 걸 초씨 집안에 떠넘기고, 초천은을 강성황제에게 넘기는 거죠."

　용비야가 고개를 끄덕였다.

　"초씨 집안의 두 노인은?"

　"당연히 남겨 놔야죠. 초씨 집안의 두 노인이 없으면, 어떻게 효자인 초천은을 협박하겠어요?"

　한운석이 웃으며 말했다.

　초천은이 강성황제 손에서 죽어 버린다면 그걸로 끝이었다. 하지만 죽지 않으면? 어찌되었든 그는 유족의 후손이었다!

　용비야는 한운석의 손을 가볍게 두드리며 말했다.

　"갈수록 똑똑해지는구나."

　"원래부터 똑똑했거든요."

　한운석이 도도하게 말했다.

　용비야는 순간 멍해졌다가 곧 큰 소리로 웃었다. 그는 자기애가 강한 여자를 많이 만나 보았지만, 그중 반감이 느껴지지 않는 사람은 눈앞에 있는 이 여자뿐이었다. 그녀는 자아도취마저 자신감처럼 느껴졌다.

한운석이 진지하게 충고했다.

"용비야, 정말 그 두 노인을 구해 주게 되면, 반드시 꽉 붙들고 있어야 해요."

"갈수록 비열해지는구나."

용비야가 말했다.

"원래부터……."

한운석은 말하다 말고 퍼뜩 정신을 차리며 눈을 흘겼다.

"어쩔 수 없죠. 근묵자흑이라잖아요."

고 씨는 밖에서 듣다가 하마터면 길을 잘못 들 뻔했다. 두 주인은 모처럼 몸이 아닌 입씨름을 하고 있었는데, 그가 듣고 있자니 진왕 전하가 불리한 위치에 있는 것 같았다.

두 사람은 쓸데없는 수다를 그치고 본론으로 들어갔다.

"초씨 집안의 운명과 살고 죽는 것 모두 초천은에게 달렸다."

용비야가 냉랭하게 말했다.

초천은은 가장 어려운 상황에 서 있었다. 그는 강성황제와 단목요의 적대적인 눈빛과 영승의 의심에도 맞서야 했고, 용비야의 시험까지 통과해야 했다.

이런 삼중고에서 살 길을 찾으려면 반드시 선택을 해야 했다. 그가 무엇을 남기고, 무엇을 버릴지는 두고 볼 일이었다.

용비야는 초천은에게 꽤 기대하고 있었다. 어쨌든 천녕국을 교란시킨 것은 초천은이었으니까. 필시 며칠 안에 초천은 쪽에서 행동을 보일 것이다.

한운석이 갑자기 질문을 던졌다.

"용비야, 초천은이 어쩌다 당신과 결탁할 생각을 하게 됐죠?"

세상에 영원한 동맹도, 영원한 적도 없다지만, 아직 완전히 막다른 골목에 이른 것도 아닌 초천은이 용비야를 찾아오다니! 초씨 집안이 지금 이 지경으로 몰락한 데는 용비야에게도 절반 정도 책임이 있었다.

"본 왕이 아니면 아무도 그를 도울 수 없기 때문이지."

초천은은 고북월이 설득한 것이었으나, 용비야의 말도 사실이었다.

며칠 후, 한운석과 용비야는 요수 별원에 도착했다. 마차에서 내리자마자, 초서풍이 보고하러 나왔다.

"전하, 왕비마마, 초천은이 인정했습니다!"

"자발적으로 죄를 인정했다고?"

용비야는 이해할 수 없었다.

"그런 셈입니다. 설 황후를 자신이 죽였다고 인정했습니다. 그리고는 서주국이 군대를 끌고 풍림군을 침범하려면, 먼저 초씨 집안 군대라는 관문을 통과해야 할 거라고 큰소리쳤습니다!"

초서풍이 사실대로 보고했다.

"이건 또 무슨 소리죠?"

한운석은 어리둥절했다. 초천은이 용비야에게 투항할 뜻이 있다는 걸 몰랐다면, 초천은이 영승에게 충성을 바쳤다고 믿게 할 소식이었다.

영승이 책임을 떠넘기기도 전에, 초천은이 먼저 나서서 책임을 겼다.

"재미있군……. 기다려 보자."

용비야가 아주 흥미롭다는 듯 말했다.

별원에 돌아와 요기를 한 뒤, 한운석은 목욕 후 부족한 잠을 보충했고, 용비야는 고북월에게 갔다.

"네가 초천은에게 계책을 준 것이냐?"

용비야가 물었다.

고북월은 고개를 저었다.

"이런 일도 해결하지 못한다면, 전하께서도 그를 받아 주실 필요가 없습니다."

용비야가 원하던 답이었다. 그는 자리에 앉아서 혼자 차를 따라 마셨다. 고북월이 웃으며 말했다.

"진왕 전하, 상의할 일이 있으십니까?"

일이 없는데 용비야가 앉아 있을 리 없었다. 그는 늘 할 말을 다 하면 바로 가 버렸고, 쓸데없는 말은 한마디도 하지 않았다.

"너는 단전을 다쳤는데, 어떻게 본 왕의 진기를 밀어낼 수 있었지?"

용비야가 진작부터 하고 싶은 질문이었는데, 마침 오늘 물을 시간이 생겼다.

"저도 며칠 동안 고민해 보았습니다만, 안타깝게도……."

고북월은 탄식하며 별다른 설명 없이 담담하게 말했다.

"의원도 자기 병은 못 고친다지 않습니까."

"손을 내밀어라."

용비야가 차갑게 말했다.

고북월은 잠시 어리둥절해하다가 곧 손을 내밀었다. 그런데 용비야가 또 그를 진맥할 줄이야.

용비야는 한참을 진맥해도 까닭을 알 수 없었다. 그는 갑자기 고북월의 손을 잡아당겨 자신의 손바닥과 마주 댄 후, 한 번 더 고북월에게 진기를 주입했다.

잠시 후, 진기가 또 튕겨 나왔다. 용비야가 제대로 앉아 있지 않았다면 그도 밀려 나갔을 것 같았다.

지난번에는 갑작스럽게 벌어진 일이라, 고북월은 자기 몸 상태를 제대로 살피지 못했었다. 하지만 이번에 그는 눈을 감고 자신의 단전에서 일어나는 변화를 자세히 느껴 보았다.

용비야는 그를 방해하지 않고 차를 마시며 기다렸다.

고북월은 뭔가를 발견한 듯, 운기조식을 시도했다. 처음에는 순조롭게 진행되는 듯하더니, 얼마 지나지 않아 그는 피를 토했고, 얼굴은 새하얗게 변했다.

"무슨 일이냐?"

용비야가 냉랭하게 물었다.

고북월은 그를 한참 바라보다가 진지하게 말했다.

"제 단전을 치료할 수 있을지도 모르겠습니다."

"어떻게?"

용비야는 뜻밖이었다.

다칠 당시만 해도 피가 정체되는 어혈 증상으로 단전이 크게 상하는 바람에 내공이 모두 사라졌다고 생각했다. 그런데 이제

508

보니 그게 아닌 듯했다. 지금 상태로 봐서는 피가 아니라 기가 정체된 것 같았다.

피와 기는 정체될 경우 둘 다 단전에 심각한 중상을 입히지만, 그로 인한 결과는 완전히 달랐다.

"아마도 진기가 단전에 정체되었고, 기가 제대로 통하지 않아 내공을 쓸 수 없었던 것 같습니다."

고북월이 진지하게 말했다.

전문가인 용비야는 듣자마자 단번에 상황을 파악했다.

고북월의 진기와 내공은 완전히 사라진 게 아니었다. 아마도 진기가 단전에 정체되어 내공을 쓰지 못하게 되었을 가능성이 높았다.

만약 진기가 막힘없이 통하면 단전도 회복될 수 있고, 일단 단전이 회복되면 내공도 자연스레 회복될 게 분명했다.

"본 왕의 진기를 밀어낸 것이 바로 그 정체된 기란 말이냐?"

용비야가 물었다.

"그럴 가능성이 높습니다."

고북월의 얼굴에 기쁜 기색이 역력했다. 일어서는 것만도 다행이었는데, 내공까지 회복되어 영술도 다시 쓸 수 있다면, 그야말로 천만다행이었다.

잃는 것이 내 운명이라면, 얻는 것은 나의 행운이로구나!

용비야의 얼굴에 순간 복잡한 눈빛이 스쳤다. 그는 곧 담담하게 물었다.

"회복될 가능성은 얼마나 되지?"

어혈을 없애는 일은 고북월에게 어렵지 않았으나, 진기와 내공이 모두 사라진 상태라면 어혈인지 아닌지는 별로 중요하지 않았다.

하지만 기가 정체된 것이라면 진기와 내공이 아직 남아 있다는 소리였다. 그저 정체되고 억눌린 상태일 뿐이었다. 일단 기의 소통이 원활해져 진기가 몸을 가득 채우고, 진기로 단전을 양생하면, 내공은 머지않아 회복될 수 있었다.

기의 소통이 고북월에게 뭐 그리 어려운 일일까?

고북월은 용비야의 질문에는 답하지 않고 웃으며 물었다.

"전하, 제가 회복된 후에도, 저에 대해 계속 안심하실 수 있겠습니까?"

쓸모 있는 자

영술을 회복한 뒤에도 용비야가 고북월을 통제할 수 있을까?

용비야가 대답했다.

"좋은 약이 필요하면 본 왕에게 말해라."

그는 말을 마친 후 바로 돌아섰다.

고북월은 멀어지는 용비야의 뒷모습을 바라보며 속으로 탄복했다. 과연 그의 선택은 틀리지 않았다.

이때, 꼬맹이가 한쪽에서 쪼르르 빠져나와 탁자 위로 뛰어올랐다. 꼬맹이는 공자의 무공이 회복될 수 있다는 가능성은 전혀 모른 채, 공자가 일어서게 되는 날만 기다렸다.

고북월은 꼬맹이를 품에 안고 턱을 긁어 주며, 흐르는 물처럼 부드러운 목소리로 말했다.

"편하지?"

편하고말고!

그의 목소리만 들어도 편안해지는데, 어루만져 주기까지 하니 말해 무엇 하랴. 꼬맹이는 꿀단지 안에 빠져 달콤함에 심취한 듯한 표정을 지었다.

꼬맹이는 공자와 용 아빠가 평화롭게 지내게 된 것이 가장 기뻤다. 그러면 떨어질 필요 없이 공자와 운석 엄마 모두를 지킬 수 있었다.

"자, 이제 혼자 놀아야겠다. 착하지."

고북월이 가만히 꼬맹이를 내려놓았다. 물론 귀를 긁어 주는 것도 잊지 않았다.

"가 보렴."

그런데 꼬맹이는 다리에 힘이 풀려 털썩 주저앉고 말았다.

꼬맹이 다리에 힘이 풀릴 정도로 상냥하다니, 세상에 이렇게 따스한 남자가 어디 있을까?

"배고프냐?"

고북월이 따스한 햇살처럼 매력적인 웃음을 지었다.

꼬맹이는 벌러덩 눕더니 구르고 굴러 탁자 아래로 떨어진 뒤 쪼르르 밖으로 빠져나갔다. 계속 있다간 더 창피한 일이 생길 것 같았다.

고북월은 꼬맹이가 왜 그러는지 몰랐지만 마음에 담아 두지 않았다. 무공이 회복될 가능성이 생겼으니, 앞으로는 더 바빠질 일만 남았다.

요수 별원에는 정적이 흘렀다. 용비야와 한운석은 초천은이 어떤 일을 벌일지 기다리는 한편, 당리의 혼사에 관심을 기울였다.

한편, 전혀 흔들리지 않던 영승도 도저히 가만히 있을 수 없게 되었다!

단목요와 강성황제가 초천은의 해명을 믿지 않았기 때문이었다. 단목요는 초청가의 이름을 지목하며 대면을 요청했고,

강성황제는 영승에게 풍림군에서 군대를 철수하고 공개적으로 사과하라고 요구했다.

"초천은, 강성황제에게 뭐라고 한 거냐?"

영승이 차갑게 물었다.

초천은은 영승의 분노한 눈동자를 똑바로 바라보며 진지하게 말했다.

"설 황후는 제가 죽였고, 서주국이 감히 군대를 일으켜 풍림군을 치겠다면 반드시 우리 초씨 집안 군대의 관문을 넘어야 할 거라고 했습니다. 영왕 전하께서 믿지 못하시겠다면 군영에 있는 자에게 물어보셔도 좋습니다. 소신이 서신 쓰는 것을 본 사람이 많습니다."

초천은 주변 사람은 모두 영승이 심어 놓은 자들이었기 때문에, 그는 이미 이 일에 대한 보고를 받았다.

초천은이 자발적으로 죄를 인정하고 나선 것은 생각지 못한 일이었다. 도리어 그는 초천은에게 책임을 뒤집어씌우려고 할 때 거절당할까 봐 걱정했었다.

"너를 내주겠다는데도 강성황제가 만족하지 못했다고? 대체 어쩌자는 거지?"

영승이 차갑게 말했다.

"너를 내주며 물러설 기회를 마련해 주었건만! 전쟁을 하겠다면…… 본 왕도 두렵지 않다!"

"소신도 이상하다고 생각했습니다. 영왕 전하, 소신을 믿지 못하시겠다면, 저도 드릴 말씀이 없습니다. 뜻대로 하시지요."

초천은은 어쩔 수 없다는 듯 탄식하며 말했다.

"영왕 전하, 소신이 자발적으로 죄명을 뒤집어쓴 것은 다 전하의 혐의를 벗겨드리기 위해서였습니다. 설 황후는 계속 초씨 집안 군대 안에 갇혀 있었으니 전하와 태후마마와 아무 상관이 없잖습니까. 그런데 저들이 전하와 태후마마를 물고 늘어질 줄 몰랐습니다. 강성황제와 단목요가 설 황후의 복수만 하려는 게 아닌 것 같습니다."

그 말에 영승이 바로 경계하며 말했다.

"무슨 뜻이냐?"

이어지는 초천은의 말 중 세 글자가 바로 영승을 믿게 만들었다. 바로 '용천묵'이었다.

"강성황제가 이번 기회에 용천묵과 손잡고 동서 양쪽에서 천녕국을 협공하려는 것 같습니다. 그들의 목표는 소신도, 영왕 전하도 아닌 태후마마와 어린 황제인 것이죠!"

초천은이 목소리를 낮추며 말했다.

영승의 안색이 어두워진 것을 보고 그는 계속 말을 이었다.

"강성황제는 설 황후의 죽음을 내세워 천녕국을 공격하고, 용천묵은 '정통을 바로잡고 요후妖后(요사스러운 태후)를 없앤다'는 명목으로 태후와 어린 황제를 치려는 속셈입니다. 이 두 사람의 연합에는 정당한 명분이 있는 셈입니다."

영승은 곁에 있는 부장副將에게 물었다.

"용천묵 쪽에서 무슨 움직임이 있느냐?"

"서부 지역이 혼란스러워지면서 천안국이 계속 병력을 이동시키고 있습니다만 아직은 행동을 개시하지 않았습니다. 하지만 언제든 공격에 나설 분위기입니다."

부장이 사실대로 대답했다.

영승은 눈을 가늘게 뜨고 어둡고 냉혹한 표정으로 턱을 어루만지며 아주 위험한 기운을 뿜어냈다.

초천은이 말하지 않았다면, 정말 용천묵을 잊고 있을 뻔했다!

그는 잠시 망설이다가 말했다.

"우선 군대를 움직이지 마라. 저들이 대체 뭘 하려는 건지 본왕이 살펴봐야겠다."

"그럼 소신은……."

초천은이 의중을 떠보자 영승이 차갑게 웃으며 말했다.

"네가 그 죄를 인정하든 하지 않든 무슨 차이가 있겠느냐? 본 왕이 놔주지 않는 한, 강성황제가 널 어찌할 수 있겠느냐?"

영승은 초씨 집안을 놓아주지 않을 생각이었다.

일단 강성황제와 용천묵이 협력하면 병사 하나하나가 귀해진다. 초천은은 잠시나마 자신이 안전해졌음을 깨달았다.

초천은은 두 손을 모아 읍을 하며 조롱의 눈빛을 감췄다.

"영왕 전하, 감사합니다!"

초천은이 나가자 시종이 들어와 보고했다.

"영왕 전하, 태후마마가 밖에서 뵙기를 청하십니다."

참으로 우스운 일이 아닐 수 없었다. 대단하신 태후마마가 섭정왕을 만나기 위해 밖에서 기다려야 하다니? 하지만 이것이 천녕국 황궁의 규율이었다.

"만나지 않겠다."

영승은 초청가 얼굴만 봐도 짜증이 났다.

사흘 후, 영승은 강성황제와 단목요에게 어떤 답도 주지 않았다. 체면을 구긴 강성황제는 분노하여 풍림군을 공격하기 위해 군사 만 명을 출동시켰다.

이렇게 전쟁의 불길이 다시 타올랐다.

영승은 원래 서주국 군대가 전혀 두렵지 않았다. 북려국을 경계하지 않아도 되는 상황에서, 서주국과의 전투에 병력 대부분을 집중시켜 속전속결로 전쟁을 끝낼 생각이었다. 하지만 초천은의 귀띔에 그는 천안국에 대한 방비를 강화할 수밖에 없었다. 결국 전투와 동시에 정세를 살피면서, 서주국과 긴 전투를 이어가야 했다.

사실 강성황제는 진짜 전쟁을 일으킬 생각이 아니었으나, 영승의 태도에 더는 물러설 곳이 없어졌다.

황후가 납치되었을 때 그는 대의멸친의 태도로 초씨 집안 군대의 위협에도 흔들리지 않았다. 황후가 살해당한 지금, 그는 강경한 태도를 유지해야만 자기 자신과 서주국의 체면을 떨어뜨리지 않을 수 있었다.

용천묵 쪽은 계속 나설 것 같은 낌새만 보일 뿐 실제로는 나설 생각이 없었다. 하지만 서주국과 천녕국이 다시 전쟁을 시작하자 목 대장군도 마침내 '요후를 죽이고 천녕국을 되찾는다'는 구호 아래 출병을 허락했다. 이들은 천녕국 동부 지역에 소규모 전쟁을 일으켜 영승을 견제함과 동시에 서주국에게 호의를 보이며 혼인동맹 관계를 계속 유지하고 싶다는 뜻을 드러냈다.

이렇게 초천은의 말이 사실이었음이 증명되었다.

과연 초천은은 인재였다!

단목요는 며칠을 기다려도 초청가를 만날 수 없었다. 그러자 그녀는 천산의 이름으로 강호에 명을 내려, 강호 세력권에서는 천녕국에게 어떤 편의도 봐주지 못하게 했다.

단목요는 직접 서경성 황궁에 잠입해 초청가를 죽이려 했지만, 심각한 내상 때문에 결국 초청가를 해치지 못했다. 하지만 초청가는 소스라치게 놀라 온종일 경계를 늦추지 못했고, 밤에 잠도 이루지 못했다.

결국 영승보다 초천은이 강성황제와 단목요를 잘 파악하고 있었다. 처음에 영승이 한 발만 양보했어도, 아주 작은 걸음이라도 강성황제에게 물러설 여지만 주었다면, 상황이 이렇게까지 되진 않았을 것이다.

안타깝게도 영승은 초천은의 도발에 그대로 넘어갔다.

"초천은이 영승에게 큰 골칫거리를 안겨 주었습니다!"

고북월이 웃으며 말했다.

"진왕 전하, 아주 쓸모없는 자는 아니지요?"

용비야는 명쾌하게 말했다.

"그에게 전해라. 초씨 집안의 두 노인을 본 왕이 반드시 구하겠다고!"

초천은처럼 심계가 깊은 자를 제압해 두지 않으면 큰 화가 될 게 분명했다. 당연히 용비야는 초씨 집안의 두 노인도 제 손아귀에 넣어야 했다.

"설마 전하께서는 이미 두 노인의 행방을 아십니까?"

고북월이 살짝 미소를 지었다.

자신의 무공을 망가뜨린 초운예 같은 사람을 언급하면서도 웃음이 나오다니, 참으로 고북월의 속은 헤아리기 어려웠다.

"당리의 혼삿날이 구출하기 가장 좋은 때다."

용비야가 차갑게 말했다.

고북월은 바로 그 말을 이해했다. 초씨 집안 두 노인은 아마 운공상인협회 본부에 갇혀 있을 텐데, 얼마 후면 운공상인협회에 혼사가 있으니 정말 좋은 기회였다.

영승이 초씨 집안 두 노인을 운공상인협회 본부에 가둔 것은 가장 안전한 선택이었다. 아무도 영씨 집안과 운공상인협회를 연관 짓지 못했기 때문이었다.

초천은이 암시를 주지 않았다면, 용비야와 한운석도 영씨 집안이 바로 옛날 적족 영씨 집안이라고 짐작하지 못했을 것이다.

용비야와 고북월은 모두 적족의 비밀을 알게 됐지만, 영승은 아직까지도 초천은을 반신반의하며 일족의 비밀이 드러났음을 모르는 듯했다.

며칠도 안 되어서 서주국과 천녕국 변경의 전선은 더 길어졌고, 천녕국과 천녕국 동부 지역 전투도 더 격렬해져 영승은 영정의 혼사에 신경 쓸 틈이 없었다.

가만히 앉아 어부지리를 얻은 용비야와 한운석은 아주 한가했다. 한운석은 여유롭게 당리의 선물까지 준비하여 용비야와 함께 다시 당문을 방문했다.

당문에 가기 전날 밤, 용비야는 검종 노인의 답신을 받았다. 서신에 설 황후의 일에 대한 언급은 없었고, 용비야의 몸 상태와 내상이 회복되었는지만 묻고 있었다.

사부가 실심풍 회복 후 용비야에게 보낸 답신이었다. 용비야는 이 서신을 한운석에게 보여 주지 않았다. 설 황후의 일을 사부가 언급하지 않았으니, 그도 다 지난 일로 생각했다.

한운석과 용비야가 당문에 도착한 것은 당 부인과 여 이모가 혼담을 꺼낼 때 가져갈 예물 준비를 다 마친 뒤였다. 예물은 당문의 열 가지 암기였는데, 그중 하나는 침을 다 써 버린 폭우이화침이었고, 나머지 아홉 가지는 평범했다.

운공대륙 혼인 예법에 따르면 신랑 측이 신부 측에 찾아가 혼담을 꺼내는데, 이때 신랑의 어머니가 아들을 데리고 직접 방문하여 혼인을 청했고, 산명선생算命先生(운수의 좋고 나쁨을 점치는 사람을 높여 부르는 말)도 함께 데리고 가서 궁합을 보고 혼삿날을 정했다.

운공상인협회 본부에 들어갈 천재일우의 기회인데, 용비야와 한운석이 어찌 놓칠 수 있을까?

당 부인은 진작 두 사람 자리를 비워 놓고, 용비야와 한운석을 변장시켜서 데려가려고 했다. 하지만 여 이모가 또 반대했다.

"운석은 가지 않는 게 좋겠다."

한운석은 수상쩍은 눈길로 쳐다보았다. 여 이모가 그녀를

'운석'이라고 부르다니, 우리가 그렇게 친한 사이도 아니잖아?

한운석이 입을 뗄 필요도 없이 용비야가 쌀쌀맞게 물었다.

"어째섭니까?"

"가도 쓸모가 없잖니. 차라리 초서풍을 데려가렴. 나중에 구출할 때 도움이 될 테니까."

그 말도 일리는 있었다. 한운석에게는 용비야와 함께 초씨 집안 두 노인을 구할 능력은 없었다.

초서풍은 깜짝 놀라서 얼른 거절했다.

"아닙니다. 소인은 나중에 전하를 따라가면 됩니다. 미리 가서 알아 놓을 필요는 없습니다."

이 얼마나 지각 있는 부하인가. 한운석은 순식간에 초서풍이 전에 그녀를 욕한 일을 깨끗이 용서했다.

"그럼 갈 사람은 이렇게 정해졌으니 모두 가서 쉬세요. 내일 아침 일찍 나서야 하니까요!"

당 부인이 나서서 상황을 수습했다. 마음에 드는 며느리는 아니었지만, 아들이 결국 혼인을 하게 되어 기분이 좋았다.

다들 흩어지려는데 용비야의 한마디가 모두의 발걸음을 멈춰 세웠다.

"초서풍, 너는 이곳에 남아서 누가 단목요와 결탁해서 요수별원 위치를 알려 주었는지 자세히 조사해라!"

〈천재소독비〉 14권에서 계속